MIRA®

Der Preis dieses Bandes versteht sich einschließlich der
gesetzlichen Mehrwertsteuer.

*Umwelthinweis:*
Dieses Buch wurde auf chlor- und säurefreiem Papier gedruckt.

*Julie Gordon*

# Die Lilie von Florenz

Erotischer Roman

MIRA®

MIRA® TASCHENBUCH
Band 35052
1. Auflage: November 2012



MIRA® TASCHENBÜCHER
erscheinen in der Harlequin Enterprises GmbH,
Valentinskamp 24, 20354 Hamburg
Geschäftsführer: Thomas Beckmann



Konzeption/Reihengestaltung: fredebold&partner gmbh, Köln
Umschlaggestaltung: pecher und soiron, Köln
Redaktion: Bettina Lahrs
Titelabbildung: Getty Images, München
Satz: Buch-Werkstatt GmbH, Bad Aibling; GGP Media GmbH, Pößneck
Druck und Bindearbeiten: CPI – Ebner & Spiegel, Ulm
Printed in Germany
Dieses Buch wurde auf FSC®-zertifiziertem Papier gedruckt.
ISBN 978-3-86278-804-0

www.mira-taschenbuch.de

## *1. KAPITEL*

*Ein Dorf in der Toskana, Sommer 1742*

„Ich hab keine Zeit für Spielereien, Cristina.“

„Ach komm schon, sei doch nicht so! Uns erwischt schon niemand. Wer soll denn schon hierher kommen? Das hier ist ein kleines, schmutziges Gästezimmer. Du kannst ja in alle Ecken schauen, wenn dich das beruhigt!“

Allegra erstarrte, als sie die Stimmen auf dem Flur hörte. Sie hatte Zuflucht gesucht in dem kleinen Gästezimmer am Ende des Gangs im Landhaus ihres Vaters. Die Unruhe im Haus zerrte an ihren Nerven. Überall waren Fremde. Zur Mittagsstunde waren ein Dutzend Kutschen aus Florenz eingetroffen – und sie hatten nicht nur die Gäste der Feier am Abend gebracht, sondern auch Köche und Dienstmädchen, die sich dem Regiment der Köchin Rosaline unterwarfen. Der wichtigste Gast aber war der Conte Matteo del Pirandelli.

Ihr Verlobter. Heute Abend sollten die Verlobungsfeierlichkeiten stattfinden.

Leise erhob Allegra sich vom Bett. Schritte näherten sich, eine Frau kicherte. Dann wurde die Tür aufgestoßen. Sie erstarrte und sah sich gehetzt um: außer dem Bett und einem Paravent war das Zimmer leer.

Ohne nachzudenken, eilte Allegra zum Paravent und kniete sich dahinter auf den Boden. Keinen Moment zu früh, denn schon betrat eine blonde Frau rückwärts den Raum.

Als Allegra durch einen Spalt des Paravents spähte, stockte ihr der Atem. Die blonde Frau zog Conte Matteo del Pirandelli hinter sich ins Zimmer. Was suchten die beiden hier?

„Stell dich doch nicht so an!“ Die Frau, die der Conte Cristina genannt hatte, legte ihre Arme um seine Hüfte und schmiegte sich an ihn. Ihre Lippen berührten seinen Hals und seine Wangen. Als sie versuchte, ihn auf den Mund zu küssen, drehte Conte Matteo den Kopf und befreite sich aus ihren Armen. Er trat einen Schritt beiseite.

„Du scheinst zu vergessen, wo wir hier sind.“

„Nein, das vergesse ich nicht!“ Cristina ließ sich aufs Bett fallen und zog einen Schmollmund. „Aber es ist ja jetzt schon sterbenslangweilig hier, und ich dachte, ein bisschen Abwechslung könnte dir nicht schaden.“

Allegra lauschte zunehmend beunruhigt. Was ging da vor sich? Sie wagte es nicht, erneut durch den Spalt im Paravent zu schauen, da sie fürchtete, sie könnte entdeckt werden.

Oh, das war eine so peinliche Situation! Ihr Verlobter Matteo del Pirandelli, den sie erst heute Mittag hatte kennenlernen dürfen, war in ein privates Gespräch mit einer anderen Frau vertieft – und sie wurde unfreiwillig Zeugin dieser Unterhaltung.

Kurz überlegte sie, ob sie einfach aufstehen und sich bemerkbar machen sollte.

Aber dann hörte sie, wie der Conte wieder sprach.

„Das ist wirklich ein Witz“, sagte er abfällig. Allegra wagte nun doch, einen Blick durch den Spalt des Paravents zu werfen. Der Conte stand an den Bettpfosten gelehnt. Geradezu lässig wirkte er auf sie. „Das Haus ist klein und der Ballsaal so winzig, dass wir kaum alle hineinpassen werden.“

„Du hast gesagt, es wird eine hübsche Landpartie. Es war *deine* Entscheidung, die Verlobung hier draußen zu feiern. Wenn es nach mir gegangen wäre, hättest du daheim in deinem Palazzo feiern sollen. Aber auf mich hörst du ja nicht.“ Cristina klang gekränkt.

Allegra traute ihren Ohren nicht. Diese fremde Frau redete, als wäre sie mit dem Conte durchaus vertraut. Waren sie Freunde? Oder gab es zwischen ihnen … mehr?

„Ich hatte meine Gründe“, sagte Conte Matteo.

„Ach, und was sollten das für Gründe sein?“ Cristina kicherte. „Wolltest du einfach mal sehen, wie Bauern leben?“

Allegra ballte die Fäuste. Am liebsten wäre sie aufgesprungen und hätte dieser Frau ihre Meinung gesagt. Was wusste sie schon über das Leben in dem kleinen toskanischen Dorf?

Dieses Landhaus hatte schon immer der Familie gehört. Es war Teil der Mitgift ihrer Mutter gewesen, und nach ihrem Tod war ihr Vater mit Allegra und Luigi hierher gezogen. Sie hatten Florenz hinter sich gelassen. Dreizehn Jahre war das inzwischen her, und seitdem hatte Allegra das Leben auf dem Land lieben gelernt. Nach der Hochzeit würde sie natürlich nach Florenz zurückkehren und dort an der Seite von Conte Matteo leben. Aber darüber wollte sie jetzt lieber nicht nachdenken.

„Und überhaupt – willst du wirklich dieses verhuschte kleine Mäuschen heiraten? Die ist ja an Schlichtheit kaum zu überbieten. Hast du ihr Kleid gesehen? Sowas lasse ich nicht mal meine Zofe tragen, also bitte. Und dann hat sie nicht mal den Mut gehabt, dir in die Augen zu sehen, hast du’s bemerkt? Wirklich, ich weiß nicht, was du an ihr findest.“

„Sie ist ein reizendes Geschöpf, findest du nicht?“, fragte Conte Matteo herausfordernd. „Sie ist jedenfalls bei weitem nicht so verdorben wie du.“

Cristina lachte gurrend. Sie streckte die Hand aus und zog den Conte am Hosenbund zu sich heran. Er trat zu ihr und griff in ihr üppiges blondes Haar.

„Was wird dann eigentlich aus uns? Wenn du ein Frauchen daheim hast …“

Conte Matteo antwortete nicht.

Atemlos beobachtete Allegra, wie er Cristina auf das Bett drückte. Er beugte sich über sie und stützte sich mit dem Knie zwischen ihren Beinen auf der Matratze ab. Cristina schloss die Augen und schlang die Arme um seinen Hals.

„Was wird aus uns?“, flüsterte sie.

„Was sollte aus uns schon werden?“, fragte der Conte. Mit dem Zeigefinger fuhr er über ihre Wange hinab zu ihrem Mund. Cristina schnappte nach seinem Finger, und er zog ihn zurück. Leise lachte er. „Noch genauso wild und unberechenbar wie immer.“

„Das magst du doch.“ Cristina richtete sich auf und schob ihn von sich herunter. Matteo setzte sich neben sie auf die Bettkante, während sie an ihrem Haar nestelte. „Darum verstehe ich auch nicht, was dir an ihr gefällt. Ich meine, ihre Familie hat offensichtlich kein Geld, es sei denn, sie haben ihre Matratzen damit gepolstert, was ich mir nicht vorstellen kann. Wenn man Geld hat, kann man es schließlich zeigen. Ja, lach nur.“

„Ich muss nur daran denken, dass so mancher in Florenz einen Reichtum vorzeigt, über den er nicht verfügt.“

Cristina sah ihn böse an, als fühlte sie sich angesprochen. Dann fuhr sie jedoch unbeirrt fort. „Und sie selbst ist flach wie ein Brett, starrt dich mit riesigen Kuhaugen an. Gut, ihr Gesicht wäre ganz hübsch, wenn sie ein wenig acht auf sich geben würde, und mit ein paar Schönheitspflästerchen und einem ordentlichen Kleid ließe sich da bestimmt was machen, aber daran scheint sie ja nicht im Geringsten interessiert zu sein. Was ist das? Geht die Mode jetzt zu ländlicher Nonchalance? Ist es das, was dich an ihr reizt?“

„Ach, Cristina.“ Er grinste sie frech an. „Manchmal bist du einfach zauberhaft.“

„Ich meine das ernst! Du kannst von mir alles – wirklich alles! – haben. Aber nein, du ziehst es vor, so eine Unschuld vom Lande zu heiraten. Ist es, weil sie nicht um deine düsteren Geheimnisse weiß?“

Das ist ja interessant, dachte Allegra. Zugleich aber schockierte sie das Gespräch, dessen Zeugin sie gerade eher unfreiwillig wurde. Sie wollte gar nicht wissen, was die anderen Gäste über sie und ihre Familie dachten, wenn schon diese Frau so über sie redete …

„Wenn du es genau wissen willst: ja, vielleicht. Vielleicht geht es mir auch um ihren Bruder.“

Allegra keuchte auf. Sogleich schlug sie die Hand vor den Mund. Hoffentlich hatten die beiden nicht ihren überraschten Laut gehört …

Doch sie hatte kein Glück.

„Hast du das gehört?“ Kerzengerade richtete Cristina sich auf. Sie lauschte. „Ich hab ein Geräusch gehört.“

„Was soll da schon sein?“, fragte Conte Matteo. Cristina stand auf, ließ sich aber von ihm wieder aufs Bett ziehen. „Bestimmt war es nur ein Tier draußen vor dem Fenster.“

„Du hast recht.“ Cristina machte ein abfälliges Geräusch. „Hier wimmelt es ja nur von Tieren. Würde mich nicht wundern, wenn es hier Ratten gäbe.“

„Nun lass doch gut sein. Komm her …“ Er zog sie an sich. Die seidigen Röcke raschelten.

Allegras Herz klopfte bis zum Hals. Nicht auszudenken, wenn die beiden sie hier entdeckt hätten …

Cristina saß nun rittlings auf dem Schoß von Conte Matteo. Seine Finger strichen erneut über ihre Wange, an ihrem Hals hinab bis zum Ausschnitt ihres zitronengelben

Kleids. Atemlos beobachtete Allegra, was passierte.

„Wirst du ganz auf mich verzichten, wenn du verheiratet bist?“, fragte Cristina leise.

„Das werde ich nie können“, beteuerte der Conte. Er beugte sich vor und küsste Cristinas Hals. Sie legte den Kopf in den Nacken und schloss die Augen. Genoss sichtlich seine Liebkosungen.

Allegra spürte, wie ein leichtes Zittern sie erfasste. Obwohl es sie schmerzte, zu sehen, wie ihr Verlobter mit einer anderen Frau Zärtlichkeiten austauschte, war sie zugleich fasziniert von diesem Anblick. Ja, es erregte sie.

Die Verlobung mit dem Conte Matteo del Pirandelli war von ihrem Vater verhandelt und beschlossen worden. Erst heute Mittag war sie dem Conte das erste Mal begegnet, und vor dieser ersten Begegnung war sie aufgeregt und nervös gewesen. Er hatte auf sie düster gewirkt, beinahe grimmig. Seine edlen Gesichtszüge hatten sich verfinstert, als ihr Vater ihm mitgeteilt hatte, dass für die Feierlichkeiten nicht all seine vorab geäußerten Wünsche hatten erfüllt werden können.

Allegra selbst hatte er nicht wahrgenommen. Ihm schien es nur darum zu gehen, im Hause der Bandinellis ein rauschendes Fest mit seinen Freunden zu feiern, die auch sogleich, nachdem sie aus den Kutschen gesprungen waren, alle Räume des Landhauses beansprucht hatten.

Nun also auch dieses kleine staubige Gästezimmer, das sich der Conte und seine Mätresse Cristina offensichtlich ausgesucht hatten, um ein kleines Schäferstündchen abzuhalten.

Cristina hatte den Conte aufs Bett geschoben. Er lag nun auf dem Rücken, die Füße standen auf dem Boden. Cristinas Hände fuhren unter sein weites Hemd, die Finger strichen über seine gebräunte Haut. Allegra biss sich auf die Unterlippe. Wie sich das wohl anfühlte? War seine Haut so weich wie ihre?

„Oh, du bist so stark“, flüsterte Cristina. Der Conte seufzte leise. „Was meinst du, ob wir beide etwas mehr Spaß haben sollten?“ Ihre Hand glitt hinab zu seinem Hosenbund, nestelte an den Knöpfen, während sie sich über ihn beugte. Ihr Mund streifte beinahe sein Ohr. Mit geschlossenen Augen drehte der Conte seinen Kopf. Sein Gesicht war nun Allegra zugewandt, und wenn er jetzt die Augen öffnete … vielleicht konnte er sie dann sehen, wie sie hinter dem Paravent saß und ihn mit seiner Mätresse beobachtete …

Allegra fuhr zurück.

Doch er hielt die Augen geschlossen. Ihm gefiel wohl, was Cristina mit ihm machte, denn er knurrte und seufzte. Cristina flüsterte ihm etwas ins Ohr und lachte. Seine Hände lagen auf ihren Hüften, strichen auf und ab, zerknitterten den teuren Seidenstoff. Eine Hand umfasste ihr Hinterteil.

Allegra konnte den Blick nicht abwenden. Sie fuhr sich mit der Zungenspitze über die Lippen. Oh, wie es wohl war, wenn seine Hand über ihre Hüfte glitt? Sie schloss die Augen, ließ ihre Rechte hinab wandern, streichelte sich durch den Stoff. Nein, das war vermutlich nicht dasselbe. Aber es fühlte sich gut an. Ihr Herz schlug schneller. Sie sehnte sich nach seiner Hand. Seine Hand auf ihrer Haut … Ihr stockte der Atem. Durfte sie so etwas überhaupt denken?

Cristina öffnete die Knöpfe und schob die Hose des Conte herunter. Sie kicherte leise. Allegras Augen wurden groß, als sie den gewaltigen Penis sah, der hervorschnellte. Cristina umschloss ihn mit beiden Händen und bewegte sie sinnlich auf und ab, sodass der Conte aufstöhnte.

„Gefällt dir das?“, fragte sie. „Ich wüsste etwas, das

könnte dir noch viel besser gefallen …“

„Dann mach es gefälligst“, knurrte der Conte. Er hielt die Augen geschlossen, aber mit einer entschiedenen Geste legte er die Hand auf Cristinas Kopf und schob ihn hinab zu seinem Penis. Allegra vergaß zu atmen.

Cristinas Lippen berührten die purpurne Spitze seines Glieds. Sie öffnete ihren Mund, umschloss ihn ganz und bewegte den Kopf auf und ab. Statt die Augen zu schließen, blickte sie prüfend zum Conte hinauf, als wollte sie sich versichern, dass ihm gefiel, was sie machte.

Das also war es, was Männer und Frauen miteinander taten, wenn sie zusammen waren?

Allegra hatte es sich immer ganz anders vorgestellt. Sie war schließlich auf dem Land aufgewachsen, da blieb es nicht aus, zu erfahren, wie die Fortpflanzung bei Pferden, Schweinen und anderen Tieren vor sich ging. Das hier aber war etwas völlig Neues für sie. Machte es ihnen beiden Spaß? Conte Matteo gefiel es offensichtlich, denn er stöhnte leise. Aber auch Cristina, die den Mund so voll nahm, wie es nur ging? Fast schien es Allegra, als verschwände das Glied des Conte vollständig in Cristinas Mund. Es sah fast so aus, als würde sie sich an ihm verschlucken.

Cristina jedenfalls gefiel offensichtlich, was sie da machte, denn sie hatte jetzt die Augen geschlossen und bewegte sich auf und ab, als würde sie das hier täglich machen.

Der Conte lag entspannt auf dem Rücken. Seine Hand ruhte auf Cristinas Schulter, die andere hinter seinem Kopf. Er beobachtete, wie Cristina sich auf ihm abmühte. Wirkte er erregt? Gefiel ihm wirklich, was Cristina da machte?

Allegra war sich nicht sicher.

Aber sie spürte, wie sehr ihr gefiel, was vor ihren Augen geschah. Sie war nass zwischen den Schenkeln, auf eine angenehme, warme Art. Als sie kurz die Augen schloss und sich ganz auf ihren Körper konzentrierte, spürte sie ein leises Pochen in ihrem Schoss, fordernd und erregend. Sie veränderte ihre Position, raffte den Rock ihres einfachen Kleids, das sie tagsüber bei dieser Hitze trug und schob eine Hand darunter. Sie schloss die Augen. Es war Sünde, was sie hier tat, aber auch wenn es Sünde war – viel schlimmer war doch, was der Conte und Cristina taten. Obwohl die beiden wohl keinen Gedanken daran verschwendeten, dass der Conte einer anderen versprochen war. Sie waren nicht verheiratet und genossen dennoch den Körper des anderen.

Allegra spreizte die Beine. Sie kniete nun auf dem Boden, die Beine geöffnet, den Rock hatte sie hoch geschoben, sodass ihre Oberschenkel nackt waren. Sie zitterte. Erneut wagte sie einen Blick durch den Spalt des Paravents, gerade in dem Moment, als ihre tastende Hand, die an ihrem Oberschenkel hinaufglitt, auf die feuchte Wärme ihres Geschlechts traf. Sie wimmerte leise – und in diesem Moment neigte sich der Kopf des Conte. Er hatte die Augen geöffnet. Er blickte in ihre Richtung. Und diesmal war Allegra sich sicher, dass er sie sah. Dass er ihre Augen durch den Spalt des Paravents sehen konnte, vielleicht sogar mehr …

Die Erregung traf sie völlig überraschend. Seine dunklen Augen, die sich an ihrem Blick festhielten – das war fast zu viel für sie. Nässe brandete gegen ihre Hand, und ohne zu wissen, was sie da tat, schob sie einen Finger in ihre enge Passage, die sich fest um ihn schloss. Allegra schloss die Augen. Das war ein so herrliches Gefühl!

In diesem Moment fühlte sie sich bereit, alles für den Mann zu tun, der auf dem Bett lag und die Liebkosungen einer anderen Frau empfing. Ja, sie wäre auch bereit gewesen, ihm das zu geben, was Cristina ihm schenkte. Ob es

Sünde war oder nicht, war ihr egal. Sie wollte ihm nahe sein. Ihn spüren.

Sie war verloren.

Conte Matteo del Pirandelli war ein Mann der Grundsätze. Und einer seiner Grundsätze lautete: genieße das Leben.

Seit einigen Monaten war Cristina seine Mätresse. Sie gefiel ihm. Sie hatte ein zartes Puppengesicht mit hellen blauen Augen und blondes Haar, das sie stets so frisierte, als wäre sie gerade erst aus dem Bett gestiegen. Andere Frauen in Florenz begannen bereits, ihren Stil nachzuahmen, denn Cristina war beliebter Gast auf Bällen und Soireen. Und bei jeder Opernpremiere saß sie mit ihm in der Loge und genoss es, die Frau an seiner Seite zu sein.

Kein Wunder also, dass sie seine Eröffnung, die junge Allegra Bandinelli zu heiraten, schockiert hatte.

Er war selbst überrascht gewesen, als die alte Fürstin ihn zu sich bat und davon überzeugte, dass er lange genug das Leben als Junggeselle genossen hatte. Und sie stellte ihm auch sogleich eine Kandidatin vor, von der sie sich wünschte, dass Matteo sie heiratete …

Nun, was bedeutete es schon, wenn er ein kleines unschuldiges Mädchen vom Lande zur Frau nahm? Er konnte sein Leben weiterhin so führen, wie es ihm beliebte. Wenn das Mädchen erst mal bei ihm in Florenz lebte, wären alle glücklich. Sie war nicht hässlich, es würde ihn also keine Überwindung kosten, mit ihr das Ehebett zu teilen. Und wenn sie verlässlich und von ruhigem Gemüt war, konnte es ihm nur recht sein – sie würde seinen Erben zur Welt bringen und erziehen, während er das Leben genoss.

So hatte er es geplant. Und weil er durchaus guten Willen zeigen wollte, hatte er beschlossen, die Verlobungsfeier auf dem toskanischen Landgut der Familie Bandinelli zu feiern. Auch wenn dies bedeutete, dass die betagte Fürstin nicht an der Feier teilnehmen konnte. Dies bedauerte er, denn Anna Maria Louisa de'Medici war ihm eine gute Freundin.

Dafür war Cristina mitgekommen, und sie tat alles, um ihm den Aufenthalt so angenehm wie möglich zu machen.

Aber das, was jetzt passierte, war für seinen Geschmack zu professionell. Es wirkte einstudiert, vom ersten schüchternen Kichern bis zu dem Moment, als ihre Lippen seinen Schwanz umschlossen und sie begann, an ihm zu lutschen. Sie war geübt darin, das wusste er, nahm ihn tief in sich auf und bewegte sich schnell. Fast hätte er laut gelacht. Nie hätte er geglaubt, dass es so weit kommen würde, aber er war von Cristina gelangweilt.

Er drehte den Kopf beiseite. Sein Arm lag hinter dem Kopf, die andere Hand ruhte auf der auf und ab wippenden Schulter von Cristina. Ihre Haut fühlte sich erstaunlich kühl an.

Sie berührte ihn nicht. Vermutlich hätte sie noch stundenlang so weiter machen können, ohne ihn zum Höhepunkt zu bringen.

Und dann sah er sie. Durch den Spalt im Paravent sah er die Augen, taubengrau und groß schauten sie ihn an. Beobachteten ihn. Sahen ihnen bei ihrem Liebesspiel zu. Er hörte ein leises Rascheln – der Stoff eines Kleids? – und dann ein sanftes Seufzen. Es kam nicht von Cristina, die stumm und eifrig das tat, von dem sie glaubte, es gefiele ihm.

Hinter der spanischen Wand hockte jemand. Eine junge Frau. Er konnte nur ihre Augen sehen, die durch einen Spalt spähten, darunter die zarte Linie ihrer Nase erahnen, die leicht geöffneten Lippen eines Munds, der ihn an duftige Rosenblüten denken ließ. Und dann erkannte er sie.

Allegra Bandinelli. Seine Verlobte.

Der Gedanke war unglaublich erregend. Wahrscheinlich war sie von Cristina und ihm in diesem Raum überrascht worden und hatte sich versteckt, ohne zu ahnen, was folgen würde.

Sie wandte den Blick nicht ab, im Gegenteil. Ihr Blick konzentrierte sich auf sein Gesicht. Er las darin Unschuld und zugleich Lust. Diese Mischung, gepaart mit ihrem hübschen Gesicht, ließ ihm keine Ruhe. Es erregte ihn. Sie war von Anfang an hier gewesen und wurde unfreiwillig Zeugin.

Aber sie genoss es. Er las es in ihrem Blick. Und er konnte die Augen nicht von ihr lassen.

Cristina richtete sich auf. Sie atmete schwer, ließ seinen Schwanz los und lächelte ihn an. Er blickte zu ihr herunter. Das blonde Haar hatte sich aus der Steckfrisur gelöst, einige Strähnen umrahmten ihr Gesicht. Ja, Cristina war auch attraktiv. Aber sie reichte nicht an das zarte Gesicht des Mädchens heran, das sich hinter dem Paravent verborgen hielt.

„Küss mich!", forderte Cristina und kroch zu ihm herauf.

Matteo lachte. „Du bist wirklich schamlos", stellte er fest. Er küsste sie sanft auf den Hals, ließ seine Hände hinabgleiten zu ihren Brüsten. Die Schleifenbänder ihres Mieders löste sie für ihn mit einer Hand, er brauchte nur noch den Stoff beiseite zu schieben, um von ihren üppigen Brüsten zu naschen. Ihre Nippel waren dunkel und hart, und er nahm einen in den Mund. Cristina keuchte auf.

Er versuchte, den Gedanken an Allegra zu verscheuchen. Aber ihn ließ der Blick nicht los, mit dem sie ihn angesehen hatte. So intensiv und zugleich schüchtern …

Er schob Cristina wieder hinunter, und sie gehorchte.

Ohne Zögern nahm sie seinen Penis wieder in den Mund, legte ihre Lippen fest um seinen harten Schaft. Sie bewegte sich auf und ab. Anscheinend war Cristina bemüht, ihm zu gefallen. Sie schien sich ernsthaft Sorgen um ihre Position zu machen. Normalerweise hielt sie ihn gerne hin, wenn es um Sex ging.

Matteo blickte wieder zur Seite. Da war das Mädchen. Allegra, dachte er. Der Name schmeckte süß.

Sie blickte ihn unverwandt an.

Berühr dich, dachte er. Ich weiß, wie sehr dich das hier erregt. Mich erregt es ebenso, mir vorzustellen, wie du hinter der Wand kniest und mit einer Hand deine kleine Vagina streichelst. Wie du einen Finger hinein steckst. Lass deine Finger über die Klit kreisen, ja, genau …

War das ein Stöhnen hinter der Wand? Sie blickte ihn noch immer an, noch immer sah er nicht mehr als einen kleinen Ausschnitt ihres Gesichts, mehr versteckt als gezeigt, und doch: es erregte ihn ungemein. Der Mund, halb geöffnet, und ihr keuchendes Atmen … kein Zweifel. Sie berührte sich, sie war erregt. Sie ließ ihn keinen Augenblick aus den Augen.

Er stellte sich vor, es wären ihre Lippen, die sich um seinen Schwanz legten, die sich langsam auf ihm auf und ab bewegten. Seine Hüften bewegten sich stoßweise, kamen ihr entgegen. Er stöhnte. Kurz schloss er die Augen, dann blickte er wieder zu ihr herüber. Leise raschelte etwas. Sie keuchte jetzt lauter. Er betete, dass Cristina es nicht hörte. Sie würde ihm eine Szene machen, wenn sie Allegra bemerkte … Dieser Gedanke stachelte ihn noch weiter an.

Und dann dachte er nicht mehr an Cristina.

Jetzt war es wirklich Allegra, die auf ihm kniete, die Beine über seinen Oberschenkeln gespreizt, den Rock gerafft, sodass er seine Hände in ihren Po krallen konnte. Sie war es, die ihn verwöhnte. Ihre Lippen bewegten sich schneller und schneller, während er in ihrem Mund immer härter wurde. Er warf den Kopf hin und her, legte die Hand auf ihren Kopf, damit sie ihn schneller nahm, tiefer und härter. Dann schlug er die Augen auf, sah Allegra an … und explodierte.

Allegra zog den Finger aus ihrer Vagina. Als sie ihre Klit berührte, spürte sie, wie die Erregung durch ihren ganzen Körper schoss. Sie seufzte. Oh, am liebsten hätte sie ihre Lust herausgeschrien. Mühsam bremste sie sich. Sanft rieb sie mit dem nassen Finger über die Klitoris. Eine herrliche Spannung baute sich in ihr auf. Sie konnte den Blick nicht von Matteo lassen. Er schaute sie unverwandt an. Legte seine Hand auf Cristinas Kopf. Allegras Finger bewegte sich schneller. Wie sollte sie Matteo del Pirandelli je wieder in die Augen blicken? Wie sollte sie diesen Mann nur heiraten können, nachdem sie bereits solch sündhafte Dinge geteilt hatten?

Doch dann schob sie den Gedanken beiseite. Sie wollte wissen, wie es war, seinen Penis im Mund zu haben. Sich auf ihm zu bewegen, seine Hände zu spüren. Doch sie war dazu verdammt, zuzusehen. Seine Hüften hoben sich Cristinas Mund entgegen. Er stöhnte, warf den Kopf hin und her.

Allegras Atem beschleunigte sich. Oh ja, wenn das Leidenschaft war, wenn das die Lust war, von der sie die Köchinnen und Dienstmädchen immer flüstern hörte, dann … dann … Sie konnte nicht mehr denken. Alles an ihr war Lust. Mit der anderen Hand umfasste sie ihre Brust, spürte, wie sich die harte Brustwarze gegen den Stoff drückte. Sie stöhnte verhalten, keuchte und biss sich auf die Unterlippe. Jetzt war der Moment höchster Lust nicht mehr fern …

„Ja! Ja!“, rief Matteo, und ihr Blick kehrte zu ihm zurück. Er hatte die Augen halb geschlossen, hielt den Blick jedoch auf sie gerichtet. Und das war der Moment, in dem auch sie die Lust überkam, sich wie ein Zittern von ihrem Schoß ausbreitete und ihren ganzen Körper erfasste, der geschüttelt wurde von der Leidenschaft. Sie hielt sich an Matteos Blick fest, allein das genügte ihr. Als ihr Höhepunkt verebbte, hielt sie den Atem an. Hatte sie geschrien? Hatte sie irgendetwas getan, dass Cristina ihre Anwesenheit verriet?

Doch Cristina schöpfte keinen Verdacht. Sie schien zufrieden mit sich und der Welt. Wie eine schnurrende Katze kuschelte sie sich an Matteo, als wäre dies das Normalste auf der Welt.

„Das war schön", seufzte sie und schloss die Augen.

Matteo schaute zu Allegra herüber. Sie schloss die Augen, wandte den Kopf ab. Behutsam brachte sie den Rock wieder in Ordnung, strich ihn glatt und faltete die Hände im Schoß. Nun musste sie wohl warten, bis Cristina und Matteo verschwanden, ehe sie selbst das Zimmer verlassen konnte …

Plötzlich sprang Matteo auf, knöpfte seine Hose zu und stopfte sein Hemd in den Hosenbund. „Ich muss gehen", sagte er knapp.

Cristina streckte die Hand nach ihm aus. „Aber warum denn? Wir haben doch gerade erst angefangen …" Sie legte die andere Hand auf ihre Brüste. „Wenn du willst, warten wir ein bisschen und dann …"

„Cristina, ich glaube, du überschätzt deine Möglichkeiten", sagte der Conte kühl. Er stand mit dem Rücken zu Allegra. Sie bewunderte seine muskulöse Figur. Oh, und in wenigen Stunden würde sie mit diesem Mann offiziell verlobt werden …

„Hat es dir nicht gefallen?", fragte Cristina herausfordernd. „Ich denke nämlich schon, dass es dir gefallen hat."

„Das ist es nicht." Er ging um das Bett herum zur Tür. „Komm", sagte er. „Heute Abend wird meine Verlobung gefeiert. Du wirst dich noch umziehen wollen, nehme ich an? Wenn es so lange dauert wie sonst, solltest du dich beeilen."

„Ach, das ist doch langweilig." Cristina saß auf dem Bett und schmollte. Sie zog die Bänder ihrer Miederschnürung nur langsam zu. „Ich darf ja kein schöneres Kleid tragen als deine Verlobte, da gehe ich am besten gleich in Sack und Asche." Sie schob die Unterlippe vor.

Matteo lachte. „Ich glaube nicht, dass du dir Sorgen machen musst."

Allegra lächelte still. Sie hatte das Kleid gesehen. Es war erst vor wenigen Tagen aus Paris geliefert worden, wo ihr Vater es bestellt hatte. Ein zartes Kleid mit üppigem Blumenmuster: dunkelrote filigrane Linien waren auf dem cremefarbenen Seidenstoff mit Goldstickerei verstärkt worden. Ihr Vater hatte extra einen Schneider aus Florenz kommen lassen, der letzte Änderungen am Kleid vornahm. So war zum Beispiel die Taille zu weit geschneidert und musste enger gemacht werden.

Aber sie war sicher, mit diesem wunderschönen Kleid dem Anlass entsprechend gekleidet zu sein. Vermutlich hatten die Kosten für dieses Kleid die finanziellen Nöte ihres Vaters noch verschlimmert, aber er hatte ihr versichert, dass sie ihm das wert sei.

„Nun komm." Merkwürdig sanft war Matteos Stimme plötzlich. „Es wird Zeit. Du bist nicht die Einzige, die sich für heute Abend noch umziehen muss."

War das eine Anspielung? Hatte er Allegra erkannt? Oh, wie sollte sie ihm heute Abend in die Augen sehen können, wenn sie gemeinsam tanzten?

Er hielt Cristina die Tür auf und folgte ihr, als sie das Zimmer verließ. Auf dem Gang verhallten ihre Schritte.

Allegra schloss die Augen und zählte still bis hundert. Dann erhob sie sich. Ihre Knie waren weich, und sie musste sich einen Moment am Paravent festhalten. Es war eine wohlige, entspannte Wärme, die ihren Körper erfasst hatte. Sie verließ das Zimmer und schloss die Tür hinter sich.

Es war höchste Zeit, sich für das Fest umzukleiden.

## 2. KAPITEL

„Mon Dieu, so kann ich nicht arbeiten!“ Signore Rossi schlug die Hände zusammen. „Hinaus mit euch, ihr Kichertäubchen, los, los! Ihr habt bestimmt anderes zu tun, als mir im Weg zu stehen!“

„Aber wir müssen noch Allegras Haare frisieren!“, widersprach Allegras Zofe Lucia. Das schwarzhaarige pummelige Mädchen mit der kleinen schönen Nase stand mit einer Schmuckschatulle in der Hand abwartend vor Allegra.

Doch Signore Rossi hatte keinen Sinn für derlei schmückendes Beiwerk. „Erstmal muss die Signora in ihr Kleid passen, dann könnt ihr meinetwegen für Unordnung sorgen. Jetzt brauche ich meine Ruhe! Husch!“ Er wedelte mit den Händen, als wären Lucia und Ana, die Allegra als Zofen aufwarteten, tatsächlich wilde Tauben, die er vertreiben wollte.

Allegra konnte sich vor Lachen kaum halten. Sie bekam Seitenstiche und wäre am liebsten von dem Podest heruntergetreten, auf dem sie nun schon seit einer Stunde ununterbrochen stand. Immer wieder fand Signore Rossi ein Fältchen, das nicht richtig lag oder ein Stäubchen, das er hektisch vom Stoff wedelte. Doch sobald sie auch nur tief durchatmete, echauffierte sich der kleine Schneider mit der spitzen Nase, wie schwer sie ihm doch die Arbeit machte. Zudem hatte er die Angewohnheit, jedes Wort zu verniedlichen, wenn es sich gerade anbot.

„Nun, hinaus mit euch!“

Lachend verließen Lucia und Ana das Ankleidezimmer. Gerade wollte Signore Rossi die Tür hinter den beiden Zofen schließen, als sich hochgewachsen und mit schmalen Schultern Allegras Bruder hereinschob.

„Entschuldigt“, sagte er mit seiner beeindruckend schönen

Stimme. „Ich würde gerne mit meiner Schwester reden."

„Dass man hier auch nicht die Ruhe hat, die ein Künstler braucht!" Doch Luigi durfte bleiben. In ihm schien Signore Rossi eine verwandte Seele zu sehen – war Luigi doch auch in gewisser Weise ein Künstler.

Luigi war drei Jahre jünger als Allegra. In den letzten Jahren hatten sie sich nicht allzu oft gesehen, denn seit seinem zehnten Geburtstag wurde Luigi im Konservatorium für Kastratensänger in Florenz ausgebildet. Im kommenden Winter sollte er sein Debüt als Opernsänger geben.

Luigis Gesichtszüge ähnelten denen von Allegra. Das sah sie jetzt wieder sehr deutlich, als er sich hinter ihrem Rücken auf ein Sofa setzte. Durch den mannshohen Spiegel, vor dem sie stand, konnte sie ihn sehen. Er hatte helle große Augen und einen sinnlichen Mund. Das schwarze Haar hing ihm verwegen in die Stirn. Er trug keine Perücke – aber das hatte er auch nicht nötig, wie sie fand.

„Worüber willst du mit mir reden?"

Allegra schaute ihn über die Schulter hinweg an.

„Ts-ts-ts! Nicht bewegen!", rief sogleich Signore Rossi. Mit einer Nadel piekte er Allegra durch den Stoff. „Ihr ruiniert das Kleid, Signora!"

Damit übertrieb er sicher. Aber Allegra drehte sich gehorsam wieder nach vorne. Sie blickte Luigi im Spiegel an.

„Nun?"

„Willst du ihn heiraten?", platzte Luigi heraus.

Allegra überraschte die Frage. „Ich verstehe nicht, was du meinst ..."

„Wie ich es sage. Willst du ihn heiraten?"

„Er ist ein gut aussehender, stattlicher Mann, und ja, jede Frau würde sich wohl glücklich schätzen, wenn er bei ihrem Vater um ihre Hand anhielte."

„Das meine ich nicht." Luigi wurde ungeduldig. „Was ist mit dir? Magst du ihn?"

„Aber ich kenne ihn doch gar nicht ..."

„Na ja, das will ich wohl meinen. Wusstest du, dass es in Florenz so manches Gerücht über ihn und seine ... Vorlieben gibt?" Luigi senkte den Blick, als Signore Rossi sich missbilligend räusperte. Er glaubte wohl, solche Unterhaltungen schickten sich nicht für eine junge Braut und ihren Bruder.

Allegra ignorierte Signore Rossi. „Was erzählt man sich denn?", fragte sie möglichst unbeteiligt. Aber sie atmete tief durch und legte eine Hand auf ihren Bauch. Oh, sie ahnte schon, worauf Luigi anspielte. Schließlich hatte sie es mit eigenen Augen gesehen.

„Er gibt ausschweifende Abendgesellschaften." Luigi beugte sich vor. „Ich weiß von einigen meiner Freunde, dass sie dorthin eingeladen wurden und als Lustknaben ..."

„Nun ist aber mal gut, junger Signore!" Missbilligend schnalzte Signore Rossi mit der Zunge. „Und Ihr hört auf zu lachen, Signora, sonst setze ich Euer Brüderchen vor die Tür, wie ich's schon mit Euren Täubchen getan habe!"

Allegra versuchte, wieder ernst zu werden. Aber das Lachen war wie das Prickeln, das ihr vom Champagner in die Nase stieg, den ihr Vater für die Hochzeit beim angesehenen Champagnerhaus Ruinart bestellt hatte. Vor wenigen Tagen hatten sie eine Flasche des Schaumweins probiert, der so ganz anders schmeckte als die schweren roten Weine, die sie gewohnt war.

Luigi grinste breit.

„Seid doch mal still!" Allegra verlor langsam die Geduld mit diesem vorlauten Schneider. Dieser verzog das Gesicht und zerrte stumm an ihrem Mieder herum. An Luigi gewandt sagte sie: „Erzähl!“

„Nun, viel gibt es da nicht zu erzählen“, sagte Luigi. „Ich höre ja auch nur die Gerüchte. Er hat eine Mätresse – das dürfte wohl ein offenes Geheimnis sein, denn sie begleitet ihn überall hin. Sie ist auch heute Abend hier ...“

„Ich weiß. Cristina.“

„Die Contessa Cristina della Visconti, ja. Woher weißt du davon?“

Allegra lächelte geheimnisvoll.

„Jedenfalls ist sie nicht die Einzige, die in Florenz gegen dich Politik macht. Es gibt so manchen Adeligen, der lieber seine Tochter oder Schwester mit Matteo del Pirandelli verlobt hätte. Und das verstehe ich ehrlich gesagt nicht.“

„Was verstehst du nicht? Warum er bei Vater um meine Hand angehalten hat?“

„Sieh dich doch um!“ Luigi machte eine weit ausholende Armbewegung. „Wir sind – zumindest mit dem Maßstab eines Conte del Pirandelli gemessen – arm. Wir haben nichts, wenn man von unserem Landgut und ein bisschen Landbesitz absieht. Vater musste sich Geld leihen, um die Verlobungsfeier auszurichten, wusstest du das?“

Allegra biss sich auf die Unterlippe. Nein, davon hatte sie nichts gewusst. Sie hatte es wohl geahnt, aber den Gedanken an die drängenden Geldsorgen hatte sie immer beiseite geschoben.

„Er hat meinen ersten Auftritt im Herbst verkauft“, sagte Luigi leise. „Meine Premiere in der Oper von Rom hat unser Vater meistbietend versteigert. Für diesen Abend. Für dich.“

Allegra fuhr gerade in dem Augenblick zu ihm herum, als Signore Rossi eine Nadel in den Stoff stach. Sie bemerkte gar nicht, dass er sie in den Bauch piekte. Kurzerhand hob sie den Rock und stieg von dem Hocker herunter.

„Mon Dieu, könnt Ihr nicht einen Moment stillhalten?“, jammerte Signore Rossi, doch Allegra ignorierte ihn. Sie hob eine Hand, und der Schneider verstummte.

Allegra trat zu Luigi, kniete sich neben dem Sofa auf den Boden und ergriff seine Hände. „Warum?“, fragte sie leise. „Warum tut unser Vater das?“

„Ich weiß es nicht“, flüsterte Luigi. „Ich habe ihn gefragt, doch er ist zu stolz, um mir eine Antwort zu geben. Er hat mich nur gebeten, mein Debüt versteigern zu dürfen. Weil er dich glücklich machen will, hat er gesagt.“

„Aber wenn er noch nicht mal das Geld hat für diesen Abend …“ Allegra verstummte. Ja, wenn sogar das Geld fehlte für eine Verlobungsfeier, und wenn sie noch so bescheiden war – wie sollte Vater dann erst das Geld für die Hochzeitsfeierlichkeiten aufbringen? Woher nahm er die Zuversicht, eine Mitgift zusammenzukratzen, die bei einem Conte del Pirandelli bestimmt üppig sein musste …?

„Was denkst du?“, fragte Luigi. „Weißt du, wenn ich mir überlege, dass Vater nicht mal Geld für einen Ball wie heute Abend hat … Dann denke ich eben weiter, und zusammen mit dem zweifelhaften Ruf des Conte … für mich lässt es nur einen Schluss zu.“ Er machte eine kurze Pause. „Für mich sieht es so aus, als bräuchte der Conte del Pirandelli nur eine Frau, die ihn repräsentiert. Eine Frau, die ihm nicht im Wege steht bei seinen … Eskapaden.“

Wenn Luigi wenigstens Klartext reden würde!

„Wie meinst du das?“, flüsterte Allegra. „Wie soll ich das verstehen, Luigi?“

Sie dachte wieder an den Conte. Wie seine dunklen unergründlichen Augen sie angeblickt hatten. Wie er die Augen schloss, wie er stöhnte, als er den Höhepunkt erreichte.

Sie erinnerte sich daran, wie sie selbst sich verloren hatte in diesem Blick und in der Vorstellung, eines Tages das Ehebett mit ihm zu teilen. Sie sehnte sich nach ihm, ja. Aber ihn mit anderen Frauen zu teilen, mit Frauen wie Cristina ... die Vorstellung war schrecklich.

„Du meinst ... das ist eine Zweckehe."

Nun, Zweckehen waren nichts Ungewöhnliches. Ein Ehebündnis wurde geschlossen, weil es beiden Familien diente, nicht weil Liebe im Spiel war. Das hatte Allegra schon immer gewusst.

Luigi zuckte mit den Schultern. „Ich möchte dich glücklich sehen, Schwesterchen." Er strich über ihre Finger, die sich plötzlich klamm und kalt anfühlten. „Und eine Zweckehe ist immer noch besser als gar keine Ehe, könnte man meinen. Aber du bist so leidenschaftlich, du hast mehr verdient."

„Signora, wir haben nicht den ganzen Tag Zeit!" Die schrille Stimme von Signore Rossi riss Allegra in die Realität zurück. Einen Moment nur hatte sie sich erlaubt, in die Zukunft zu blicken, die ihr wohl blühte, wenn ... ja, wenn sie Conte Matteo del Pirandelli das Eheversprechen gab.

„Was soll ich tun?", wisperte sie.

„Du kannst nichts tun", sagte Luigi düster. „Ich wünschte, du könntest etwas tun."

Sie erhob sich. Trat zwei Schritte zurück. Sogleich war Signore Rossi wieder an ihrer Seite und zog sie leicht an ihrem Ärmel zurück zum Podest. Nur widerstrebend ertrug Allegra die folgenden Minuten, in denen der Schneidermeister an ihr herumzupfte. Luigi blieb. Er unterhielt sie mit lustigen Geschichten über die Gäste und Erlebnissen aus dem Konservatorium.

Als sie endlich fertig war, rief Signore Rossi Lucia und Ana herein, damit sie Allegra frisieren und ihr den Schmuck anlegen konnten. Ein letztes Mal umrundete er Allegra. Er schien mit seinem Werk sehr zufrieden zu sein.

„Ihr habt so wunderschönes Haar“, flüsterte Lucia, während sie ihr mit der Bürste durch das hüftlange kastanienrote Haar fuhr. „Sie werden dich heute Abend alle lieben.“

Und dann war sie plötzlich allein. Luigi verabschiedete sich als Letzter von ihr, gab ihr einen zarten Kuss auf die Wange. Allegra hörte, wie die Tür sich hinter ihm schloss. Sie trat an die hohen Fenster. Gegen die sommerliche Hitze waren die Läden geschlossen, und nur durch die Ritzen drang das helle Sonnenlicht in das Zimmer. Sie schob einen Fensterladen auf.

Im Garten waren unglaublich viele Menschen. Sie promenierten hin und her, und über die Musik des Orchesters hob sich das leise Murmeln ihrer Stimmen. Allegra suchte die einzelnen Gruppen nach dem Conte ab. Da stand er – und an seiner Seite, als gehörte sie zu ihm, Cristina. Sie wagte es sogar, sich bei ihm unterzuhaken …

Allegra schloss den Fensterladen. Es schmerzte sie, diesen Mann mit einer anderen Frau glücklich zu sehen.

In diesem Moment betrat ihr Vater das Zimmer.

Giancarlo Bandinelli ging gebeugt. Er war gerade einmal Mitte vierzig, aber die Jahre waren nicht spurlos an ihm vorübergezogen. Manchmal dachte Allegra daran, wie jung und strahlend schön ihr Vater früher gewesen war – früher, als ihre Mutter noch lebte und als sie alle gemeinsam in dem kleinen Palazzo in Florenz gelebt hatten. Das lag nun schon so viele Jahre zurück … Geldsorgen und die Trauer um Allegras Mutter hatten ihn vor der Zeit altern lassen. Grau und schütter war sein Haar, die Augen waren getrübt von beginnender Erblindung. Er stützte sich schwer auf seinen Stock. Als er Allegra sah, lächelte er jedoch.

„Du bist so schön wie deine Mutter am Tag unserer Verlobung“, sagte er leise.

Allegra senkte den Blick.

„Sie wäre stolz auf dich.“

Er reichte ihr den Arm, und Allegra hakte sich bei ihm unter. Bevor sie das Zimmer verließen, hielt sie ihn fest. „Eine Frage habe ich, Vater.“

„Nur zu“, sagte er.

Allegra nahm all ihren Mut zusammen. „Warum soll ich den Conte del Pirandelli heiraten? Es ist nicht so, dass mich dieses Arrangement, das du für mich und das Wohl der Familie getroffen hast, nicht ehrt, jedoch …“

„Ah, ich verstehe.“ Ihr Vater lachte leise. „Du meinst, wir entsprechen nicht seinen Vorstellungen einer guten Partie?“

Allegra nickte knapp.

„Lass das nur meine Sorge sein, mein Kind. Glaub mir, der Conte kam zu mir und hielt um deine Hand an. Nie hätte ich nach den Sternen gegriffen, wenn dieser Stern sich uns nicht zugeneigt hätte. Und nun komm. Wir wollen deinen Verlobten und die Gäste nicht warten lassen.“

Mehr wollte ihr Vater also nicht zugeben. Im Stillen aber beschloss Allegra, dass sie es wissen wollte – was auch immer er vor ihr verheimlichte. Und sie spürte, es gab einiges, das zu erfahren sich lohnte.

„Mein Gott, ist das eine rührende Geschichte“, seufzte Cristina theatralisch. Sie hatte sich bei Matteo untergehakt und spazierte mit ihm durch den kleinen Park, der sich hinter dem Landhaus erstreckte. „Kleines armes Aschenputtel wird mit dem großen reichen Prinzen verheiratet, der auf dem weißen Pferd angaloppiert kam, um sie zu retten …“

„Hör auf, Cristina“, sagte Matteo. Er drehte sich um und

schaute zum Haus zurück. Jeden Augenblick würde Giancarlo Bandinelli mit seiner Tochter durch die hohen Flügeltüren treten. „Lass uns zurückgehen."

„Ach, bitte!" Cristina zog einen Schmollmund. „Aber nur, wenn du mir sagst, warum du ausgerechnet sie heiraten willst!"

Matteo lächelte. „Nun, ich werde es dir sagen, es ist ganz einfach: ich brauchte eine Frau. Mein Vater und die Fürstin haben mich gleichermaßen dazu gedrängt. Und wenn ich mir mit dieser Frau meine Freiheit bewahren kann …" Er sprach nicht weiter.

Cristina schien diese Antwort zufrieden zu stellen.

Und auch Matteo hatte bis vor wenigen Stunden gedacht, es wäre genau so. Er hatte nicht mit dem zurückhaltenden Charme von Allegra Bandinelli gerechnet. Schon als sie einander vorgestellt worden waren, hatte sie ihn bezaubert. Doch als sie ihn im Gästezimmer beobachtet hatte, war er vollends von ihr fasziniert. Er hatte gedacht, der Ausflug auf das toskanische Land sei lediglich eine Pflichtveranstaltung. Jetzt aber sehnte er sich danach, Allegra endlich in seinem Palazzo als seine Frau willkommen zu heißen …

All das musste Cristina aber nicht wissen.

„Sie kommen!" Ein Raunen und Flüstern wogte durch die Menge. Matteo machte sich von Cristina los und eilte nach vorne. Die Musik war verstummt, die Diener traten beiseite. Alle warteten gespannt auf den Auftritt von Allegra und ihrem Vater.

Und da war sie. Die hohen Flügeltüren wurden von zwei Dienern aufgehalten, und sie trat hinaus auf den Kiesweg hinter dem Haus. Matteo stand plötzlich allein da – all seine Freunde hielten respektvollen Abstand. Er ging Allegra entschlossen entgegen.

Ihre Wimpern flatterten und sie errötete, als er sie anblickte. Am liebsten hätte er die Hand unter ihr Kinn gelegt und ihr Gesicht angehoben, damit sie ihm in die Augen blickte. Hätte mit den Fingern über ihre zarte Haut gestreichelt. Sie geküsst.

Er verneigte sich vor Giancarlo Bandinelli und seiner Tochter.

„Signore Bandinelli, es ist eine Ehre für mich, dass Ihr mich und meine Freunde zu diesem rauschenden Fest eingeladen habt, um die Verlobung mit Eurer Tochter zu feiern. Ich möchte mich für Eure großzügige Gastfreundschaft bedanken."

Giancarlo Bandinelli nickte.

An Allegra gewandt fuhr Matteo fort: „Es würde mich freuen, wenn Ihr mir die Ehre des ersten Tanzes erweist, Signora Allegra."

Sie lächelte ihn an. „Die Ehre ist ganz auf meiner Seite, Conte Matteo."

Er hatte das Gefühl, sie meinte es so, wie sie es sagte. Als wäre es nicht nur eine höfliche Floskel.

Sie war wunderschön.

Als das kleine Orchester eine Sarabande spielte, verneigte sich Matteo erneut vor Allegra. Sie legte ihre schmale Hand auf seinen Unterarm und Seite an Seite betraten sie den Ballsaal, aus dem Allegra soeben erst mit ihrem Vater getreten war.

Kerzen in großen Leuchtern illuminierten den Raum, während draußen sich langsam die Dämmerung über das hügelige Land legte. Andere Paare folgten ihnen. Der Ballsaal war erfüllt vom süßen Duft der Orangenbäume, die in großen Kübeln an der Wand verteilt standen.

Die Sarabande war ein langsamer Tanz, der es den tanzenden Paaren ermöglichte, währenddessen das eine oder andere Wort zu wechseln. Matteo, der von Allegras Schönheit und ihrer Anmut begeistert war, versuchte sich darin, etwas mehr über sie herauszufinden.

„Genießt Ihr dieses Fest?“, fragte er. Zugleich fühlte er sich dumm und unreif. Oh, wohin war nur seine Souveränität im Umgang mit Frauen verschwunden? Das konnte er doch besser …

„Ich weiß nicht“, gestand sie. Mit dem nächsten Tanzschritt war sie ihm sehr nah, beide Hände berührten sich. „Sagt Ihr es mir.“

Er lächelte. „Heute Nachmittag hat es mir besser gefallen“, sagte er. Ihre Augen weiteten sich. Mit einer Drehung und zwei Schritten entfernte sie sich von ihm, doch als sie das nächste Mal so dicht vor ihm stand, flüsterte sie etwas, das er nicht auf Anhieb verstand.

„Mir hat es nicht gefallen.“ Hatte sie das tatsächlich gesagt? Und was hatte ihr nicht gefallen?

Er wünschte sich, sie würden nicht von all den Menschen um sie herum beobachtet. Er wünschte, sie ließe sich von ihm in die dunkle Stille des Gartens führen. Wenn er nur ein paar Minuten mit ihr allein sein dürfte …

„Was hat Euch nicht gefallen?“

Sie errötete. Ehe sie antworten konnte, war der Tanz beendet. Sie knickste vor ihm, schaute aus dem Augenwinkel aber bereits in eine andere Richtung.

Verdammt! Ob sie wusste, dass ihr sprödes Verhalten ihn in den Wahnsinn trieb?

„Ich hätte mir auch gewünscht, Ihr wärt es gewesen“, flüsterte er, ohne nachzudenken.

Allegra erstarrte. Dann verfinsterte sich ihre Miene. „Ihr entschuldigt mich?“

Schon rauschte sie an ihm vorbei. Er konnte das zarte Parfüm riechen, das sie aufgelegt hatte, doch noch viel mehr betörte ihn die Art, wie sie ihn stehen ließ.

„Nun, hat sie schon genug von dir?"

Cristina war sogleich zur Stelle. Sie machte einen tiefen Knicks vor ihm, und er verneigte sich knapp vor ihr. Das Orchester spielte ein Menuett, und während sie die komplizierten Schritte im Takt der Musik tanzten, suchte Matteo mit dem Blick immer wieder die Menge ab.

„Kennst du den Mann dort?" Er nickte zu dem hochgewachsenen jungen Mann hinüber, der neben Allegra am Rand der Tanzfläche stand. Allegra redete aufgeregt auf ihn ein, während der Schwarzhaarige Matteo keinen Moment aus den Augen ließ.

„Was denn, du kennst Luigi nicht?" Cristina lachte. „Er ist der schönste Kastrat, dem ich je begegnet bin. Stell dir vor, ein Kastrat! So eine Verschwendung!"

Das war also Luigi, der Bruder von Allegra. Nein, Matteo war ihm noch nie begegnet, er hatte nur schon einiges über ihn gehört …

„Und so ein Mann ist für die Frauenwelt verloren …" Cristina seufzte.

Matteo hörte nicht mehr zu. Cristina langweilte ihn. Er war froh, als der Tanz vorbei war. Doch als er jetzt nach Allegra Ausschau hielt, wurde er enttäuscht. Sie war verschwunden.

„Ich halte das nicht mehr aus", hatte Allegra ihrem Bruder zugeflüstert. „Siehst du – jetzt tanzt er schon wieder mit der Contessa della Visconti!"

Luigi hatte versucht, sie zu trösten. „Er kommt gleich bestimmt wieder zu dir herüber."

Aber darauf wollte Allegra nicht warten.

Sie verließ den Ballsaal. Draußen war es angenehm kühl. Sie klappte den Fächer auf und wedelte sich frische Luft zu. Nach der stickigen, süßen Luft im Ballsaal war das eine Wohltat.

Die meisten Gäste waren inzwischen ins Haus zurückgekehrt. Diener huschten durch den Garten und steckten Fackeln in die Halterungen am Boden. Als die ersten Flammen entzündet wurden, wanderte Allegra den breiten Kiesweg hinab. Am anderen Ende des Gartens gab es eine Steinbank, die unter einem blühenden Rosenbogen stand. Dorthin zog es sie. Sie wollte das Fest aus sicherer Entfernung beobachten.

Plötzlich hörte sie hinter sich eilige Schritte, die sich näherten.

„Ihr wollt lieber allein sein?"

Sie wusste, dass er hinter ihr war, ohne sich umdrehen zu müssen. Allegra blieb stehen. Die geharkten Wege des Gartens kreuzten sich hier, ein kleiner Brunnen plätscherte leise.

„Ich habe gedacht, Ihr wart mit anderen Dingen beschäftigt", erwiderte sie kühl. Wenn er meinte, mit ihr leichtes Spiel zu haben – wenn er wirklich glaubte, sie wäre das brave Lamm, das sich zur Schlachtbank führen ließe … nun, dann sollte er sich das mit der Hochzeit vielleicht noch mal überlegen.

„Ihr seid doch nicht eifersüchtig auf meine Mätresse?" Er lachte leise und trat zu ihr. „Wenn Ihr gestattet … ich würde Euch gerne ein Stück begleiten."

Allegra nickte knapp. Sie legte die Hand auf seinen Arm und setzte ihren Weg schweigend fort. Mit einer raschen Handbewegung klappte sie den Fächer auf und fächelte sich frische Luft zu. Sie spürte, wie Conte Matteo sie von der Seite musterte.

„Also? Seid Ihr eifersüchtig?"

„Ihr seid erstaunlich neugierig, Conte." Ach, wie gerne hätte sie ihm in diesem Moment an den Kopf geworfen, was sie wirklich dachte. Ja, sie war eifersüchtig, auf diese Cristina und seine zahllosen anderen Mätressen, die er sich vermutlich zum Zeitvertreib hielt und die in ihrem Haus ein und aus gehen würden, so schamlos wie sich die Contessa schon hier verhielt, im Haus ihres Vaters ...

Er lachte wieder. Allegra fuhr zu ihm herum. Ehe sie sich's versah, hatte sie ihm den zusammengeklappten Fächer ins Gesicht geschlagen. Das Lachen war wie fortgewischt aus seinem Gesicht. Er griff nach ihrer erhobenen Hand, die noch immer den Fächer hielt. Der Fächer zitterte, dann ließ sie ihn los. Leise klappernd fiel er zu Boden.

„Das ... das tut mir leid", stotterte sie. Verzweifelt versuchte sie, den festen Griff seiner Hand zu lösen, aber er war stärker. Schlimmer noch: ihm gelang es, ihr anderes Handgelenk zu packen. Allegra wollte sich losmachen, wollte schreien – und dann sah sie in seine Augen.

Hunger las sie darin. Leidenschaft. Einen Moment versuchte sie, sich zu wehren, doch dann, als er ihre linke Hand losließ und den Arm um ihre schlanke Taille legte, um sie an sich zu ziehen, war sie schon längst verloren. Dunkel und unergründlich waren seine Augen. Sie spürte, wie sein Atem sich beschleunigte. Wurde an seine breite Brust gepresst, während seine andere Hand ihren Arm auf den Rücken drehte – nicht schmerzhaft, beinahe zärtlich. So hielt er sie einfach fest.

Sie konnte den Blick nicht von ihm lassen. Konnte nicht hinabsehen, konnte den Kopf nicht abwenden. Er verzauberte sie. Es war ein winziger Moment, in dem sie zögerte, doch dann hob Allegra die freie Linke und legte sie auf seine Wange.

„Es tut mir leid", flüsterte sie.

Ich will ihn nicht mit anderen Frauen teilen, dachte sie plötzlich. Der Gedanke war absurd. Dennoch stimmte es: Sie wollte nicht, dass er sich mit anderen Frauen vergnügte, wie er es mit Cristina della Visconti getan hatte.

Dann küsste er sie. Zunächst waren seine Lippen, die sich auf ihre legten, nur wie ein Schmetterlingsflügelschlag, doch schnell wurde er fordernder. Allegra, die das sanfte Gefühl im ersten Moment hatte genießen wollen, riss die Augen weit auf. Sie drückte die Hand auf seine Brust, wollte ihn bremsen, doch das schien ihn nur noch mehr zu erregen, denn sie spürte, wie seine Zunge ihre Lippen umspielte, mit ihrer Zunge einen schnellen Tanz begann.

Und dann gab sie sich diesem wilden Rhythmus hin. Leise stöhnte sie, gab jeden Widerstand gegen ihn auf.

Er hielt atemlos inne. Allegra schlug die Augen auf und blickte ihn an. Ihr Herz schlug heftig, und sie fühlte sich, als bekäme sie keine Luft mehr.

„Du bist wunderschön", flüsterte er. Mit dem Zeigefinger zeichnete er die Linie ihrer Wange nach, fuhr über ihre Lippen. „Und so unglaublich sinnlich." Seine Stimme klang rau, ihr kam es vor, als beherrschte er sich nur mühsam, als wollte er mehr von ihr.

Und ihr ging es nicht anders.

Zugleich aber kam ihr ein schrecklicher Gedanke. *Wie viele Frauen bekommst du auf diese Weise herum, Matteo?*

Er blickte sie entgeistert an. Da bemerkte sie erst, dass sie die Worte laut ausgesprochen hatte, und nun errötete sie. Aber war es nicht genau so? Bekam er die Frauen nicht beliebig herum, mit schönen Worten, seiner männlichen Ausstrahlung und dem einen oder anderen Kuss? Sicher war es für ihn keine Herausforderung mehr, eine Frau zu erobern, oder?

Dann lachte er. Zog sie spielerisch an sich. „Darüber machst du dir Sorgen?“, fragte er. „Ob ich andere Frauen … nein. Es gibt neben dir keine anderen Frauen.“

„Und was ist mit Cristina della Visconti?“, fragte Allegra herausfordernd. Sie machte sich unwillig von ihm los, und er gab sie frei. „Sie ist schließlich deine Mätresse!“

„Ja, aber sie ist nicht mehr als das. Eine Mätresse, die ich jederzeit freigeben kann.“

Schöne Worte, dachte Allegra bitter. Wer sagte ihr denn, dass er die Wahrheit sprach? Sie musste wieder an Luigi denken, der sich so große Sorgen um sie machte. Er glaubte, dass sie in der Ehe mit dem Conte verkümmern würde, weil er sie nur brauchte, um eine vorzeigbare Frau zu haben, während er sich mit anderen Frauen weiterhin schamlos vergnügte. Wie sollte sie ertragen, dass er manche Nächte fort blieb oder erst im Morgengrauen zu ihr ins Ehebett kam? Wenn er nach anderen Frauen roch?

Sie konnte ihn unmöglich heiraten.

Und dann fiel ihr ein, wie viel ihr Vater für diese Verlobung riskiert hatte. Er hatte Luigis Debüt versteigert, hatte ein teures Fest ausgerichtet, das den Gästen aus Florenz wie eine Provinzposse vorkommen musste. Wofür? Hatte Vater nicht immer betont, es gehe ihm allein um ihr Glück? Nun, sie konnte in der Ehe mit dem Conte del Pirandelli nicht glücklich werden, das musste ihr Vater einsehen. Sie würde ihn bitten, die Verlobung zu lösen. Ja, es blieb ihr kein anderer Ausweg. Ihr Vater musste verstehen, dass sie diesen Mann nicht heiraten konnte, der sie vor ihrer Hochzeit schon zu einer einsamen, unglücklichen Frau machte …

„Allegra“, sagte Matteo leise. Er trat zu ihr. Sein Mund berührte beinahe ihren Hals, sein Atem streifte ihr Ohr. Sie schloss die Augen, spürte, wie ein eisiger Schauer über ihren Rücken rann und sich mit dem heißen Prickeln in ihrem Schoß zu einer köstlichen Mischung verquickte. „Glaube mir, keine Frau kann mir so wichtig sein wie du.“ Winzige Küsse setzte er auf ihren Hals, und sie legte den Kopf in den Nacken, seufzte wohlig. Seine Hände umfassten wieder ihre Taille. „Ich wünschte, ich könnte dich heute Nacht noch …“ Er sprach nicht weiter.

„Dann schickst du sie fort?“, fragte sie hoffnungsvoll.

„Bitte?“ Er schob sie von sich weg. „Du verlangst von mir, dass ich Cristina fortschicke?“

Allegra antwortete nicht.

„Das ist nicht dein Ernst … nein, Allegra, das kannst du nicht von mir verlangen. Ich bin bereit, vieles zu tun, ich werde dir Florenz zu Füßen legen und ganz Italien wird dich lieben, aber du kannst mich nicht an deine Seite ketten.“

Er hielt sie noch immer fest.

„Versteh doch – ich bin ein freier Mann. Ich kann nicht für eine Frau mein ganzes Leben aufgeben.“

Sanft und ohne ein Wort löste sie sich von ihm, wandte sich ab und ging. Zurück zum Haus ihres Vaters, in dem eine Verlobungsfeier gefeiert wurde, die sie nicht gewünscht hatte. Mit einem Mann, in den sie sich unrettbar verliebt hatte, vom ersten Augenblick an. Der ihr nachrief, aber dort stehen blieb, wo sie einander das erste Mal geküsst hatten. Leidenschaftlich. Mehr als das. Einen Moment hatte sie geglaubt, sie sei etwas Besonderes für ihn. Ja, sie hatte gedacht, er könnte sich ändern. Für sie.

Aber er würde Cristina nicht fortschicken. In dieser Ehe wären sie immer zu dritt.

Dafür bin ich mir zu schade, dachte sie.

Doch ob sie sich diese Art von Stolz würde leisten können?

Als Allegra fortlief, war es für Matteo wie ein Schlag ins Gesicht. Er starrte ihr nach. Dann schüttelte er den Kopf. Sie ließ ihn einfach so stehen? Weil er nicht bereit war, auf seine Mätressen zu verzichten?

Nun, dann gab es für ihn auch keinen Grund mehr, sich in Verzicht zu üben. Für sie wäre er vielleicht dazu bereit gewesen, aber so konnte sie mit ihm doch nicht umspringen!

Er wartete, bis sie im Haus verschwunden war. Dann schlenderte er zurück zur Festgesellschaft. Es wurde ausgelassen getanzt und geschmaust, Diener gingen mit Tabletts hin und her und servierten Champagner. Matteo griff sich eines der Gläser. Er hielt nach Allegra Ausschau. Sie sollte Zeugin sein, wenn er sich nahm, was ihm zustand.

„Nun, hat sie dich abserviert, die kleine Landpomeranze?"

Er brauchte Cristina nicht suchen. Sie fand ihn. Er wandte sich zu ihr um, lächelte sie verführerisch an. Cristina hielt ein Champagnerglas in der Hand und kicherte.

„Sag bloß, du hast bei ihr nicht landen können?", fragte sie.

„Komm her", sagte Matteo einfach nur.

Cristina gehorchte. Sie standen am Rand der Tanzfläche, auf der sich die Tanzenden nun zu einer Pavane bewegten – einem schrecklich altmodischen Tanz, den in Florenz kein Orchester zu spielen wagte, um die anspruchsvollen Gäste nicht zu langweilen.

Ihre Lippen schmeckten süß und prickelten. Matteo war nicht sonderlich sanft – er zog sie an sich, dass ihr die Luft wegblieb. Sie ließ ihr Glas fallen, warf sich ihm hungrig in die Arme. Mit weit geöffnetem Mund hieß sie ihn willkommen, und er vergrub seine Hände in ihrem vollen Haar, während ihre Hände sich auf seinen festen Hintern legten.

Ja, das war Leidenschaft ... und doch schmeckte diese Leidenschaft schal und bitter. Atemlos machte Matteo sich von Cristina los.

Und da stand sie, am anderen Ende des Raums. Ihre hellen Augen wirkten im Schein der Kerzen geheimnisvoll. Sie sah zu ihm herüber, und als sie seinen Blick bemerkte, wandte sie sich wieder ihrem Bruder zu, der neben ihr stand und aufgeregt auf sie einredete.

Aber sie war nicht die Einzige, die sein Tun bemerkte. Die anderen Gäste störten sich jedoch nicht daran, im Gegenteil. Als hätte Matteo damit ein geheimes Signal gegeben, wandte sich so mancher Mann seiner Tanzpartnerin zu, Fächer wedelten hektisch, gerötete Wangen wurden geküsst. Erste Paare verließen den Saal in Richtung Garten, um sich dort die Zeit auf äußerst angenehme Weise zu vertreiben.

„Komm“, sagte Matteo zu Cristina. Er nahm einfach ihre Hand. Seite an Seite verließen sie den Ballsaal und gingen hinauf in sein Schlafzimmer.

„Bald gehört Ihr mir ganz“, flüsterte Conte Matteo. „Dann kommt Ihr nicht so billig davon wie letzte Nacht.“

Allegra erstarrte. Der Conte beugte sich über ihre Hand, küsste sanft ihre Finger und blickte zu ihr auf. Sie senkte die Lider. Es war ihr unmöglich, seinen Blick zu erwidern. Nachdrücklich versuchte sie, ihm die Hand zu entziehen. Er hielt sie eisern fest.

„Seid Ihr anderer Ansicht?“, fragte er und hob gespielt erstaunt die Augenbrauen. „Wollt Ihr Euch mir nach unserer Hochzeit auch weiterhin verweigern, Signora? Obwohl ich dann Anspruch habe auf Euch?“

Am Vorabend hatte er sie beim Vornamen genannt. Er hatte sie geküsst. Ihre Knie waren weich geworden, und es war ihr schwergefallen, ihm zu widerstehen – ach, nahezu unmöglich war es ihr gewesen, und wenn er auch nur angedeutet hätte, dass er bereit war, ihretwegen seine Mätresse zu verstoßen …

Allegra dachte diesen Gedanken nicht weiter. Sie entzog dem Conte ihre Hand.

„Ihr kennt meine Bedingung“, sagte sie leise.

Er lachte. Dann verneigte er sich ein letztes Mal vor ihr. Doch bevor er die Kutsche bestieg, in der die Contessa della Visconti bereits auf ihn wartete, beugte er sich noch einmal zu Allegra herüber.

„Ich bin gewohnt, zu bekommen, was ich will.“ Heiß war sein Atem an ihrem Ohr. Allegra erschauerte. „Und ich will Euch. Sobald ich in Florenz bin, werde ich die Hochzeit vorbereiten lassen. Ihr hört von mir, Signora. Ich lasse nach Euch schicken.“

Ein letzter Blick, dann sprang er in die Kutsche. Ein Peitschenknall durchschnitt die Luft, bei dem Allegra zusammenzuckte. Livrierte Pagen sprangen auf das Trittbrett hinter der Kutsche, die schon bald in einer Staubwolke am Ende der Allee verschwand.

Abrupt wandte Allegra sich ab.

Wie sollte sie diesen Mann heiraten? Luigi hatte recht – er würde sie unglücklich machen. Doch auf eine andere Art als Luigi es ursprünglich befürchtete. Sie hatte keine Angst vor ihm, wenn sie nur nicht ihr Herz so heftig schlagen fühlte beim Gedanken an den Conte.

Kein Zweifel: sie hatte sich in ihn verliebt.

Aber wie sollte sie mit einem Mann glücklich werden, den sie so ganz und gar für sich haben wollte und der zugleich an seinen Liebschaften festhielt?

Sie musste mit Vater sprechen, sofort.

Giancarlo Bandinelli hatte sich heute Früh entschuldigen lassen – es ginge ihm nicht gut. Allegra hatte sich allein von all den Gästen verabschiedet, denn auch Luigi war spurlos verschwunden.

Es war ein Spießrutenlauf gewesen. Die mitleidigen Blicke und abfälligen Bemerkungen der anderen hatte sie noch tapfer ertragen, doch die Worte des Conte waren es, die Allegra bewusst machten, dass sie handeln musste.

Sie war kein Weib, das sich willig ins Unglück führen ließ. Hatte sie nicht ein Recht darauf, glücklich zu werden? Andererseits wünschte sie sich nichts sehnlicher, als bei ihm zu sein. Allegra hielt auf dem Weg nach oben auf dem Treppenabsatz inne. Sie schloss die Augen und atmete tief durch.

Heute Nacht hatte sie von ihm geträumt. Matteo … Im Traum hatte er vor ihr gestanden, lediglich mit einer Kniebundhose bekleidet. Die muskulöse Brust war nackt, und sie selbst hatte auf einem breiten Bett gelegen. Sie hatte nichts weiter getragen außer einem Unterkleid, und als er sich in diesem Traum auf sie zubewegt hatte … als er am Fußende der Matratze kniete und seine Hände sich um ihre Knöchel schlossen … als er sanft ihre Beine auseinanderschob und seine Hände liebkosend bis zu ihren Knien hinaufglitten … weiter hinauf, bis sie sich in Allegras Schenkel krallten …

Allegra seufzte und lehnte sich an die Brüstung der Treppe. Der Traum hatte sich so echt angefühlt … leider war sie ausgerechnet in dem Moment, als sich Matteos Hand zwischen ihre Schenkel schob, aufgewacht. Schweißgebadet und mit rasendem Herzen hatte sie wach gelegen. Aber der Traum war so real gewesen …

Nun, es war nur ein Traum.

Aber wenn sie sich vorstellte, dass dieser Mann, nach dem sie sich geradezu schmerzlich sehnte, zur selben Zeit mit einer anderen Frau das Lager geteilt hatte, wurde ihr übel. Nein, sie konnte nicht in einer Ehe zu dritt leben.

Lieber sollte ihr Vater die Verlobung lösen, als dass er sie mit diesem Mann verheiratete!

Auf Zehenspitzen betrat sie das Schlafzimmer ihres Vaters.

Giancarlo Bandinelli saß in einem Lehnstuhl direkt am Fenster. Als Allegra eintrat, wandte er den Kopf.

„Es tut mir leid“, sagte er leise.

Er schien in der vergangenen Nacht um Jahre gealtert. Allegra eilte zu ihm und kniete neben ihm nieder.

„Vater, was ist passiert?“

„Ich habe einen schrecklichen Fehler gemacht, Allegra“, flüsterte er. Tränen rannen über die pergamenttrockenen Wangen und tropften auf sein feines, zerknittertes Hemd. Er hatte sich seit dem Vorabend nicht umgezogen, trug noch immer den feinen dunkelblauen Rock und die helle Hose. „Wie konnte ich dir das nur antun?"

Allegra griff nach den Händen ihres Vaters. Sie fühlte, wie sehr er zitterte, als wäre ihm kalt. Dabei herrschte in seinem Zimmer eine stickige Wärme.

„Wie konntest du mir *was* antun?", fragte sie. Doch sie kannte die Antwort, und plötzlich war ihr, als schnürte ein eisernes Band ihr die Luft ab.

„Ich habe dich ihm verkauft." Seine Stimme war kaum mehr als ein Hauch, und Allegra musste sich ganz nah zu ihm herüberbeugen, um seine Worte zu verstehen. „Letzte Nacht hat der Conte sein wahres Gesicht gezeigt. Er bringt nicht nur seine Mätresse hierher, in das Haus, das dein Heim ist … Er entweiht auch die feierliche Verlobung mit meiner einzigen Tochter, indem er lautstark sein brünftiges Liebesspiel mit dieser … dieser …" Ihm versagte die Stimme. „Und ich konnte nichts dagegen tun … Kannst du mir verzeihen?"

Sie schüttelte den Kopf. „Es gibt nichts, das ich dir verzeihen müsste."

Das Lachen ihres Vaters war ein trockenes Bellen. Er hob die Hand und strich über Allegras Wange. Sie hielt seine Hand fest, neigte ihm den Kopf zu und schloss die Augen.

„Vater, es ist nicht deine Schuld", flüsterte sie.

„Er hat uns allen schreckliches Unrecht angetan." Die zitternde Hand ihres Vaters löste sich von ihr und ballte sich zur Faust. Er hieb kraftlos auf die Lehne des Stuhls. „Ich werde nicht zulassen, dass er dich unglücklich macht."

Aber wie? Allegra sprach es nicht aus. Doch beiden war bewusst, dass es unmöglich war, jetzt noch einen Rückzieher zu machen. Und wenn sie über die Worte ihres Vaters nachdachte – was hatte es zu bedeuten, dass er sie *verkauft* hatte?

Doch Allegra traute sich nicht, ihm diese Frage zu stellen.

„Er möchte dich heiraten. So schnell wie möglich. Diesen Herbst", fügte er hinzu. Ihr Vater atmete tief durch. „Heute früh sprach er bei mir vor. Er wird gut für dich sorgen, du wirst nie in Armut leben, und ebenso gut wird es auch Luigi ergehen. Man könnte meinen, ich habe für meine Kinder gesorgt und ihnen eine Zukunft geschenkt …" Er verstummte erneut. Schwer ging sein Atem, und sein Gesicht verzog sich vor Schmerz.

„Aber was er dir gestern Abend angetan hat … Noch dazu vor all den Gästen! Nein, ich kann es nicht tun. Ich kann mein Mädchen doch nicht in die Hände eines … eines …"

Allegra wartete geduldig. Als ihr Vater nicht weitersprach, fragte sie behutsam: „Was hast du ihm gesagt?"

„Ich habe ihm natürlich gesagt, was für ein Kretin er ist, sich so zu verhalten! Aber er hatte dafür nur ein spöttisches Lachen. Und nun drängt er auf eine schnelle Eheschließung. Er will sich nicht hinhalten lassen. Am liebsten hätte er dich sofort mitgenommen nach Florenz."

„Aber das geht nicht!", rief Allegra. Zugleich schlug ihr das Herz bis zum Hals. Wie gerne würde sie mit Matteo gehen, sofort, jederzeit, bis ans Ende der Welt! Wenn das die Liebe war, die so viel besungen und in Romanen beschworen wurde, dann … ja, was dann? Dann war sie verloren. Wie sollte sie einen Mann lieben, dem die Frauen jenseits des heiligen Ehebands so viel mehr wert waren?

„Ich weiß, ich weiß." Seine Hand strich beruhigend über Allegras langes Haar. „Wüsste ich nur, wie ich dich vor ihm schützen kann, wenigstens ein paar Monate, bis diese leidige Episode mit der Contessa della Visconti vorbei ist. Denn früher oder später wird er sie verstoßen, wie er es mit all den anderen Frauen vor ihr getan hat …"

Allegra schwieg. Sie hatte geglaubt, ihr Vater würde vor ihrem Kummer die Augen verschließen, aber nun versicherte er ihr, dass er sie nicht in diese Ehe geben wollte – nicht gegen ihren Willen.

Sie sehnte sich nach Matteo. Matteo … Sie wäre bereits gestern beinahe schwach geworden. War es denn falsch, sich ihm erst nach der Hochzeit hinzugeben? Hatte sie ihm etwas verweigert, das sein gutes Recht war? Was hieß das überhaupt – sich hingeben? Schmerzlich wurde ihr bewusst, wie wenig sie davon wusste, was wirklich geschah zwischen Mann und Frau.

„Ich hab eine Idee."

Allegra fuhr herum. Luigi stand an der Tür. Er trat in das Zimmer und schloss die Tür hinter sich.

„Es gibt eine Möglichkeit, wie du dem Conte nahe sein und dich davon überzeugen kannst, wie er sich zu deinen Gunsten ändert. Wenn er sich ändert. Und zugleich kann er dir nicht zu nah kommen."

„Wie soll das möglich sein?"

Luigi zögerte. „Es ist nicht ungefährlich."

„Das ist mir egal", sagte sie. „Ich bin bereit, dieses Risiko einzugehen."

„Also gut. Du kommst mit mir nach Florenz. Und lebst bei mir."

„Aber du lebst im Konservatorium! Frauen werden dort nicht geduldet", widersprach Allegra.

„Ich habe gesagt, es ist nicht so einfach", sagte Luigi geduldig. „Es stimmt, Frauen werden dort nicht geduldet. Es ist eine kleine Gemeinschaft, die ihre eigenen Regeln hat."

„Aber wie …?" Allegra runzelte die Stirn. Dann verstand sie. „Du meinst … ich soll als Mann …?"

„Genau! Niemand wird hinter der Fassade eines jungen Kastratensängers, der aus Paris oder sonst woher gekommen ist, um seine Fertigkeiten zu vervollkommnen, eine junge Frau vermuten.“

Einen Moment stand Allegra still und überlegte. Doch dann nickte sie langsam. Ja, es könnte funktionieren. Es war eine Möglichkeit, Matteo nahe zu sein und sich ihm dennoch zu entziehen.

„Eine gute Idee“, sagte auch ihr Vater zu Allegras Überraschung. Er stemmte sich aus dem Lehnstuhl hoch. „Nirgends kann man sich besser verstecken als in der Höhle des Löwen …“

Luigi scheuchte Lucia und Ana aus dem Ankleidezimmer. „Raus mit euch, was hier passiert, ist kein Weiberkram!“

Die Mädchen suchten kichernd das Weite. Schnell hatte sich im Haus herumgesprochen, was die Herrschaften planten. Lucia und Ana hielten es für ein großartiges Abenteuer und wären zu gerne dabei gewesen, wenn aus Allegra der junge Kastrat Alessandro Bandini wurde.

Eine Woche war inzwischen seit jener verhängnisvollen Verlobungsfeier vergangen. Morgen wollten sie sich auf den Weg nach Florenz machen, wo Luigi bereits erwartet wurde. Und heute war ein Brief gekommen – aus Florenz. Matteo del Pirandelli befahl seiner Verlobten, sich zur Hochzeitsfeier im Oktober einzufinden.

„Er befiehlt es …“ Allegras Vater hatte das Papier sinken lassen. „Nun bleibt uns keine andere Wahl, nicht wahr? Bist du noch immer entschlossen, es zu tun, mein Kind?“

Allegra hatte entschlossen genickt. Ja, jetzt blieb ihr kein anderer Ausweg.

Luigi hatte einige Kleider herausgesucht, aus denen er

schon längst herausgewachsen war. Diese zeigte er nun Allegra, und sie staunte über sich selbst, als sie zielstrebig ein nachtblaues Justaucorps mit passender Weste, ein helles Leinenhemd und eine hellbraune Kniebundhose auswählte.

„Dann hinein mit dir." Luigi reichte ihr die Kleidungsstücke.

Allegra verschwand hinter dem halbhohen Paravent. Sie legte die Ärmel ab, hakte das Kleid auf und stieg aus den sich bauschenden Röcken. Das Schnürmieder konnte sie allein nicht öffnen, da es im Rücken fest verknotet war. Luigi half ihr dabei. Dann stand sie nur noch im Unterhemd vor ihm, das ihr bis an die Knie reichte. Ratlos hielt sie Hose und Hemd in den Händen. Und jetzt?

Luigi erkannte ihre Hilflosigkeit. Er wusste Rat.

„Zunächst die Hose", riet er ihr. „Danach kannst du das Unterhemd ausziehen."

Allegra fuhr zu ihm herum. „Ich darf mein Unterhemd nicht anbehalten?"

„Nein. Im Gegenteil. Ich fürchte, wir müssen deine Brüste einschnüren."

„Aber dann hätte ich doch das Schnürmieder anbehalten können!"

Sie hatte zwar gewusst, dass sie einiges verändern musste, aber würde sie sich nicht nackt fühlen, wenn sie kein Unterhemd trug? Es war schon ein unangenehmes Gefühl, als sie in die Hose schlüpfte. Linkes Bein, rechtes Bein. Sie zog die Hose hoch, spürte den Stoff, der erst an ihren Schenkeln rieb und sich dann gegen ihr Geschlecht drückte. Vorsichtig machte Allegra einen Schritt.

„Du wirst die Hose schon zumachen müssen."

Plötzlich stand Luigi vor ihr. Er schien überhaupt nicht verlegen, als er ihr half, die Knöpfe zu schließen. Allegra stand wie erstarrt vor ihm, ließ ihn gewähren, während sie selbst nur ihr Unterhemd hoch hielt.

„Aber ist das nicht unangenehm, wenn sich der Stoff …“ Sie errötete und sprach nicht weiter.

„Davon merkst du nichts. Die Hosen sind angenehm weit geschnitten. So.“ Zufrieden trat er zurück und betrachtete sein Werk. „Jetzt das Hemd.“

Allegra schlang die Arme um ihren Oberkörper. „Denkst du, das ist alles so eine gute Idee?“

„Ach, Schwesterchen.“ Obwohl er drei Jahre jünger war als sie, fühlte sich Allegra in diesem Moment kleiner und unerfahrener. Sie blickte zu ihrem Bruder auf.

„Ich verspreche dir etwas. Wenn es dir gar nicht gefällt, musst du es nicht machen. Aber es sollte uns den Versuch wert sein, oder nicht?“

*Und wenn ich es nicht wenigstens versuche, wird Matteo in wenigen Wochen nach mir schicken. Und dann kann ich mich ihm nicht entziehen. Dann muss ich ihn heiraten, ob es mir gefällt oder nicht. Ob Cristina seine Mätresse ist oder nicht.*

Mit einem entschlossenen Ruck zog sie das Unterhemd über den Kopf und ließ es neben sich zu Boden fallen. Sie hatte kleine, runde Brüste, die ein aufmerksamer Beobachter selbst unter einem weiten Hemd mühelos ausmachen konnte.

Luigi trat zu ihr. Er lächelte. „Siehst du, was ich meine?“

Stumm nickte Allegra. Sie blickte an sich herab. Es war kühl im Ankleidezimmer; ihre Nippel zogen sich zusammen. Aber sie wusste, es war nicht nur der kalte Lufthauch, der ihre Brustwarzen so hart wie kleine Kiesel werden ließ. Genauso war es vor einer Woche gewesen, als sie Matteo beobachtet hatte. Da hatten sich ihre Nippel gegen das

Schnürmieder gedrückt. Und zugleich hatte sie ein Ziehen tief drin in ihrem Bauch verspürt …

Sie zuckte zusammen, als Luigis Hände ihre helle Haut berührten. Er hatte aus mehreren Stoffstreifen eine Binde hergestellt. Kühl legte sich der Stoff auf ihre Haut. Allegra schloss die Augen. Wie es wohl wäre, wenn nicht ihr Bruder, sondern ein anderer Mann sie auf diese Art berührte?

„Hör auf zu zappeln", ermahnte Luigi sie. Geschickt wickelte er die Binde um ihre Brüste und zog sie nach der ersten Runde fest. Allegra seufzte leise. Sie hob die Arme, um ihm die Arbeit zu erleichtern.

„Wenn wir in Florenz sind, musst du jeden Morgen daran denken", ermahnte er sie. „Hörst du?"

In diesem Moment hätte sie ihm alles versprochen. Wenn sie nur schon bald in Florenz wäre!

Mit einer kleinen Nadel befestigte er das lose Ende des Stoffstreifens. Allegra holte tief Luft. Es fühlte sich schlimmer an als bei ihrem Schnürmieder. Kleine Sterne tanzten vor ihren Augen, und sie hielt sich am Paravent fest, bis das Schwindelgefühl vorbei war.

„Zu fest?"

Sie schüttelte den Kopf. Senkte die Arme. Erst jetzt wagte sie es, die Augen wieder aufzuschlagen. Sie blickte an sich herunter. Wo zuvor die schwellenden Brüste gewesen waren, fand sie nun einen breiten Stoffstreifen, unter dem sich nichts abzeichnete. Einen Moment ergriff sie Panik. Was, wenn ihre Brüste sich von dieser groben Behandlung nicht erholten? Was, wenn sie sich damit schadete? Wenn sie nie wieder so schön wären wie früher?

Vorsichtig tastete sie den Verband ab.

„Und das schadet mir nicht?"

„Bestimmt nicht", versicherte Luigi ihr. Nach einer kurzen

Pause fügte er hinzu: „Manchmal glaube ich, diese Schnürmieder schaden eher. Sie zwängen doch die Taille so schrecklich ein. Dabei hast du das gar nicht nötig."

Allegra wandte sich ab. Sie hatte nicht vor, mit ihrem Bruder über etwas so Intimes wie ihren eigenen Körper auch noch zu reden! War es nicht schlimm genug, dass er sie berührte und ihr half, in die Verkleidung eines Mannes zu schlüpfen?

„Keine Angst", sagte Luigi leise, gerade so, als hätte er ihre Gedanken gelesen. „Ich mag vielleicht äußerlich ein Mann sein, aber wir wissen doch beide, dass es längst nicht mehr stimmt. Ich bin kein Mann. Ich bin ein Kastrat."

Allegra fuhr zu ihm herum. Sie hielt das Hemd in der Hand. Die Traurigkeit, die plötzlich in Luigis Stimme lag, der Schmerz, den sie in seinen Augen las, ließen ihr Herz schmerzen – und das nicht, weil sie so unnatürlich eingeschnürt war. Sie ließ das Hemd fallen, streckte beide Hände nach ihrem Bruder aus. „Luigi", flüsterte sie. „Komm her."

Er trat zu ihr. Tränen glitzerten in den dunklen vollen Wimpern. „Wenn du nur glücklich wirst", flüsterte er.

Dann umarmten sie einander. Allegra bettete seinen Kopf an ihrer Schulter. Ihr jüngerer Bruder, der sie um Haupteslänge überragte, machte sich klein an ihr, hielt sich an ihr fest und riss sie zu Boden. Allegra taumelte, sie sank nieder, kniete und bettete den Schoss des weinenden Luigi auf ihren Schenkeln.

„Es wird alles gut", versprach sie ihm. „Alles wird gut, hörst du? Ich verspreche es dir. Ich hatte keine Ahnung ..."

„Wie auch!" Tränennass wandte sich ihr sein Gesicht zu. Wie schön er war, dachte Allegra ergriffen. „Nie hat jemand gefragt, wie es mir geht. Wie sehr ich gelitten habe. Wie viel

Angst ich ausstand. Wie sehr ich jetzt noch fürchte, nicht zu gefallen. Was ist, wenn ich beim Debüt versage? Was dann?"

Wenn sie ehrlich war, so hatte sie nie darüber nachgedacht. Sie wusste viel zu wenig! Die Welt da draußen war für sie verschlossen gewesen, sie war eine Frau, die nichts weiter zu tun hatte, außer zu gefallen.

Auch Luigi musste gefallen.

Wie wenig sie wusste! Sie erinnerte sich zwar noch, wie es war, als Luigi damals nach Florenz ging. Als er sich jener schmerzhaften Operation unterzog, die ihm jene glockenklare Stimme erhalten sollte, mit der er sonntags in der Kirche jede andere Stimme übertönte. Doch welchen Verzicht es für ihn bedeutete, daran hatte sie nie einen Gedanken verschwendet.

„Du wirst nicht versagen", tröstete sie ihn. „Ich werde bei dir sein, wenn es soweit ist. Ich passe auf dich auf."

Sie flüsterte beruhigend auf ihn ein. Streichelte ihm die dunklen Locken aus der Stirn, vergrub die Finger im feinen Flaum in seinem Nacken. Er beruhigte sich langsam. Schließlich wischte er sich mit dem Hemdärmel die Tränen von den Wangen.

„Manche Tage komme ich damit nicht zurecht", flüsterte er. „Meistens macht es mir nicht aus, es gibt anderes, das mich ebenso erfüllt. Und dann wieder werde ich rasend eifersüchtig auf jene, die das haben, was ich am meisten ersehne. Lust. Erfüllung."

*Und darum hilft er mir wohl auch so mutig. Weil er weiß, was ich entbehren würde, wenn ich Matteo nicht heirate. Er hat es gesehen. Er hat erkannt, wie sehr ich Matteo begehre.*

„Komm, lass uns zügig weitermachen. Wir haben gemeinsam noch viel zu tun."

Luigi stand auf. Er half Allegra auf die Füße und reichte ihr das Hemd, das sie sich über den Kopf streifte. Sie kam mit dem Spitzenjabot nicht zurecht, sodass er ihr half. Die Spitzenmanschetten waren für sie wiederum ein gewohntes Accessoire. Über das Hemd kam eine Weste, die aus demselben zarten Seidenstoff geschneidert war wie das Justaucorps. Zierknöpfe verzierten diese Jacke. Nun fehlten ihr nur noch Strümpfe und Schuhe, aber Luigi versicherte ihr, darum könnten sie sich später kümmern.

„Jetzt das Wichtigste."

Er schob sie zu ihrem Toilettentisch. Ein ovaler Spiegel zeigte ihr den ungewohnten Anblick. Allegra drehte sich zu Luigi um, doch unnachgiebig drückte er sie auf den Stuhl.

„Du musst dein Haar lösen."

Jetzt war er so geschäftig, dass sie nicht glauben konnte, dass er vor wenigen Minuten einen so emotionalen Zusammenbruch erlitten hatte. Zögernd löste sie die Spangen und Nadeln aus ihrem Haar, das auf die Schultern fiel.

Auf ihr Haar war sie immer stolz gewesen. Es reichte bis zur Taille und hatte eine Fülle, die sogar Lucia, die das dickste Haar von allen hatte, stets anerkennend hervorhob.

Allegra schloss die Augen. Sie strich über den Justaucorps mit den feinen Stickereien und den versilberten Knöpfen. Darunter die Weste, das Hemd. Ihr Körper war unter unzähligen Lagen Stoff versteckt, doch nie hatte sie das Gefühl gehabt, sich selbst näher zu sein. Ihre nackten Füße gruben sich in den dicken Teppich. All ihre Sinne waren zum Zerreißen gespannt.

Wie ging ein Mann? Wie fühlte es sich an, Mann zu sein?

*Aber ich bin ein junger Kastrat. Und ein Kastrat ist nunmal kein Mann …*

Das plötzliche Geräusch dicht an ihrem Kopf riss sie aus ihren Gedanken. Allegra öffnete die Augen. Durch den Spiegel blickte sie Luigi an. Er hielt eine geöffnete Schere in der Rechten.

„Was tust du?“, flüsterte sie.

Die Antwort kannte sie bereits. Und jetzt war sie es, der die Tränen in die Augen schossen. Er wollte ihr das Haar abschneiden – ihr kastanienrotes schönes Haar wollte er opfern.

„Es geht nicht anders“, sagte er. Doch zugleich senkte er die Schere. Seine linke Hand lag auf ihrer Schulter. Sie blickten einander im Spiegel an.

*Du hast so viel für uns geopfert. Dir haben sie mehr genommen als nur das Haar.*

Sie nickte leicht. „Mach es“, flüsterte sie. Dann schloss sie die Augen. Allegra lauschte dem leisen Schnippen der Schere, sie spürte, wie ein Gewicht von ihrem Kopf genommen wurde, wie sie sich leichter fühlte. Ihre Hände verkrampften sich im Schoß. Auf dem Stoff ihrer Hose.

Sie trug eine Hose, sie trug Hemd, Weste und Justaucorps. Bald auch Schuhe, und an den kalten Tagen einen Umhang. Ihr Haar war schulterkurz abgeschnitten. Ihre Hände fuhren auf den Oberschenkeln auf und ab. Es war eine neue Erfahrung, alles war neu, aber was sie am meisten erstaunte, war die innere Ruhe, die von ihr Besitz ergriff. Sie freute sich auf Florenz. Sie freute sich darauf, sich frei in den Straßen der riesigen Stadt bewegen zu können. Als Kastrat gab es für sie keine Grenzen.

Luigis Hand strich über ihren Nacken. Allegra spürte eine frische Brise, die durch das offene Fenster hereinwehte, sie spürte, wie der Wind ihre nackte Haut im Nacken liebkoste. Nie war ihr das so aufgefallen. Wie sanft die Berührung des Windes war. Wie behutsam Luigi ihren Hals berührte, der jetzt schutzlos war. Oft hatte sie schon ihr Haar hochgesteckt, doch erst jetzt, da ihr Haar auf dem Teppich landete, fühlte sie sich verletzlich.

„Fertig", flüsterte Luigi.

Er hatte das Haar, das ihr geblieben war, im Nacken zusammengefasst und nach der neuen Mode mit einer schwarzen Schleife zusammengebunden. Es war nun streng aus dem Gesicht gebürstet. Allegra beugte sich vor.

Sie war sich selbst fremd.

Aber vielleicht war das auch das Beste, was ihr passieren konnte. Wenn sie sich selbst schon fremd war, wie mochte es dann erst Matteo ergehen, wenn er sie sah? Nein, er konnte sie nicht erkennen. Vor ihr saß ein junger Mann, der ernst dreinblickte, der sich nur behutsam bewegte. Blass war er, und sein Gesicht wurde von den großen grauen Augen dominiert. Die kleine schmale Nase, die vollen Lippen – all das fügte sich zu dem hübschen Gesicht eines Knaben zusammen.

Keine Frau.

Es war, als hätte Luigi mit diesem letzten Schritt ihre Weiblichkeit ausgelöscht.

„Zufrieden?", fragte er leise.

Sie wollte schon den Kopf schütteln. Doch dann nickte sie zögernd.

„Es ist perfekt", gestand sie. „Und ich kann mich frei in Florenz bewegen?"

„Er wird dich nicht erkennen. Wenn du so herumläufst, wird jeder denken, du wärst ein junger Kastrat. Niemand käme auf die Idee, eine Frau unter den Kleidern zu vermuten."

Allegra stand auf. Sie trat an das Fenster, stieß es weit auf.

Der Himmel war wolkenverhangen.

„Komm“, sagte sie. „Lass uns nach Florenz gehen.“

*Ich will Matteo wiedersehen. Ich will sehen, wie er ist, wenn er mich nicht bei sich glaubt. Ich will sehen, wie er lebt, wie er begehrt. Ich will sehen, ob er sich ändert. Und wenn er sich ändert, dann will ich ihn spüren. Nur für mich soll er sein.*

## 4. KAPITEL

Müde legte Matteo die Feder beiseite. Die letzten Stunden hatte er am Schreibtisch damit zugebracht, Briefe zu schreiben. Langweilige Korrespondenz mit den Verwaltern seiner Landgüter, mit Freunden, die sich ihm andienten. Briefe von Frauen hatte er beantwortet, die ihn in ein erotisches Spiel der Worte verstricken wollten, weil sie sich davon einen Vorteil erhofften.

Ja, als Liebhaber war er ebenso begehrt wie als Freund.

Er schob den letzten Brief beiseite, den er soeben versiegelt hatte. Dann zog er noch einmal das unscheinbare Billet heran, das am frühen Morgen von einem Boten gebracht worden war.

Im ersten Moment hatte er seine Aufregung bezähmen müssen, als er die etwas unsichere Handschrift von Giancarlo Bandinelli erkannte. Dann jedoch, nachdem er das in knappen Worten verfasste Billet gelesen hatte, war die Wut in ihm aufgekocht.

Er hatte die Karaffe mit Wein an der Wand zerschmettert.

Was fiel dieser kleinen Schlampe ein, ihn hinzuhalten?

Der Brief vom alten Bandinelli war unmissverständlich. Allegra sei, so schrieb er, für längere Zeit mit unbekanntem Ziel verreist. Der Hochzeitstermin im Oktober könne nicht eingehalten werden.

Verreist! Und das sollte er glauben?

Matteo zog ein neues Blatt Papier aus der Lade. Er tauchte den Gänsefederkiel so schwungvoll in die schwarze Tinte, dass einige Tropfen aus dem Fass spritzten. Egal! Schwungvoll setzte er an, den störrischen Signore Bandinelli daran zu erinnern, dass er ihm eine nicht unbeträchtliche Summe vorgeschossen hatte, damit dieser alte Mann die Verlobung im eigenen Haus ausrichten konnte. Wenn Allegra im Oktober nicht zur Hochzeit erschiene, so schrieb er, fordere er das Geld zurück. Sofort. Ihm war es egal, in welche finanzielle Schwierigkeiten er die Familie Bandinelli damit brachte. Und nein, kein Aufschub. Er wollte Allegra.

Er sehnte sich schmerzlich nach ihr, seit er vor einer Woche das toskanische Landgut verlassen hatte.

„Musst du denn den ganzen Tag am Schreibtisch sitzen und arbeiten?“

Matteo zuckte zusammen. Er hatte nicht bemerkt, wie Cristina das Arbeitszimmer betreten hatte. Sie legte ihre Hände auf seine Schultern, beugte sich über ihn und küsste ihn. „Komm doch zu mir ins Bett“, schnurrte sie. „Mir ist schrecklich fad, wenn du den ganzen Tag hier sitzt und deine langweilige Korrespondenz erledigst.“

Matteo schob mit der Rechten Cristinas Finger von seiner Schulter. „Lass das“, sagte er ungeduldig. „Ich habe zu tun.“

„Immer hast du zu tun!“ Sie trat neben ihn. Ihr Finger fuhr prüfend über die Wachssiegel, mit denen er die Briefe verschlossen hatte. Matteo seufzte, sagte aber nichts. Warum langweilte ihn Cristina in den letzten Tagen? Bisher hatte er immer gedacht, mit ihr etwas Besonderes zu erleben. Ja, sie war leidenschaftlich, sie hatte immer Lust auf ihn. Ihre Launen waren zu ertragen, und eine Zeitlang hatte er derlei sogar amüsant gefunden.

Ihr Körper war eine Offenbarung.

Sie stand nun auf der anderen Seite des Schreibtischs und beugte sich vor. Wie pralle Früchte drängten sich ihre üppigen Brüste gegen das Mieder. Matteo konnte den Blick nicht von ihren Brüsten lassen. Er ließ die Feder sinken. Blickte auf ihr Dekolleté. Dann streckte er die Linke, in der er die Feder hielt, nach ihr aus. Zart malte er mit der schwarzen

Tinte eine Linie auf ihre blasse Haut.

Cristina kreischte. Sie schlug sich die Hand vor den Mund. Die Augen aber blitzten unternehmungslustig.

„Komm her", sagte er. Seine Stimme klang heiser.

Sofort war sie wieder bei ihm. Matteo schob den Stuhl zurück. Ohne sich um die Dokumente zu kümmern, fegte er mit einer weit ausholenden Armbewegung die Papiere vom Tisch. Dann hob er sie hoch, setzte sie vor sich auf den Schreibtisch.

Sie kicherte. „Aber wenn uns jemand sieht!"

„Das ist mir egal", knurrte er und schob ihre Röcke hoch. Ihre weißen Beine schlangen sich um seine Hüften. Sie ließ sich nach hinten fallen, befreite selbst die Brüste aus ihrem Mieder, drehte die kleinen Nippel zwischen Daumen und Zeigefingern. Matteos Hand fuhr unter ihre Röcke, an der Innenseite ihres Schenkels hinauf. Seine Finger berührten das krause Haar ihrer Scham. Cristina stöhnte, als sich seine Finger weiter vorwagten. Er spürte ihre Feuchtigkeit. Sie war bereit für ihn, mehr als das.

Und plötzlich erwachte der Hunger in ihm. Er beugte sich über Cristina. Riss ihre Hände von den Brüsten fort, legte seinen Mund auf eine Knospe, saugte daran. Ihre Hände hielt er mit der Linken unbarmherzig über ihrem Kopf fest. Sie sah ihn an. Einen Moment nur, dann wandte sie den Kopf beiseite und schloss die Augen.

Schnell hatte er die Hose geöffnet. Sein Schwanz war schmerzlich hart, und mit einem heftigen Stoß war er in ihr. Statt sich zu bewegen, genoss er diesen Moment, da sie ihn ganz umschloss. Sie bewegte sich, rutschte auf dem Schreibtisch hin und her, weil auch sie die köstliche Spannung spürte, die sich in ihnen aufbaute.

Langsam nur zog Matteo sich zurück, ehe er mit unerwarteter Heftigkeit in sie stieß. Cristina schrie. Sofort legte er die Hand auf ihren Mund. Sie biss ihn, biss ihn in die Handfläche, aber das machte ihn nur noch wilder. Über seiner Hand sah er ihre weit aufgerissenen Augen, die ihn wütend anfunkelten. Nein, das war keine Wut. Pure Lust sprach aus ihren Zügen, in ihren Augen las er die Leidenschaft, die ihnen in den letzten Tagen allzu leicht abhanden gekommen war.

In ihr zu sein, war in diesem Moment alles, was er sich wünschte. Seine Hände legten sich an ihre Hüften, hoben ihre runden Hinterbacken an, damit er noch tiefer in sie eindringen konnte. Sie drückte das Kreuz durch, kam ihm entgegen. Ihre Vagina umschloss ihn heiß und pulsierend.

Matteo schloss die Augen. Nun lagen beide Hände an ihren Hüften, und unnachgiebig hielt er sie so fest. Seine Stöße wurden schneller. Er keuchte. Ja, das war's. So fühlte es sich an, leidenschaftlich zu sein, so musste es sein, so wollte er auch mit Allegra …

Er schüttelte den Kopf.

Sah hinab auf die Frau, die unter ihm lag. Blond und so schön, dass er seit Monaten nicht mehr von ihr lassen konnte. Und sie sollte er für Allegra aufgeben? Nie! Nie käme es ihm in den Sinn, dieses sinnliche Geschöpf zu verstoßen, nur weil eine taubenäugige Rothaarige es von ihm verlangte!

Mühsam beherrschte er sich, um nicht schon in diesem Moment seinen Samen zu verströmen. Stattdessen zog er sich ganz aus Cristina zurück. Sie schrie wie ein kleines Kätzchen auf.

„Nimm mich!", flehte sie.

„Dreh dich um."

Ohne zu fragen gehorchte sie. Rasch rutschte sie vom Schreibtisch herunter, stand nun davor und beugte den Oberkörper nach vorne. Matteo raffte ihre Röcke. Seine Hände umfassten ihre prallen Hinterbacken. Mit dem Daumen strich er über ihre Gesäßspalte, und er lachte leise, als sie auf der glattpolierten Schreibtischplatte unruhig hin und her rutschte. Mit dem Zeigefinger folgte er der Linie ihrer Gesäßspalte, bis er die Nässe ihres Geschlechts spürte. Tief steckte er den Finger in sie, spürte ihr Pulsieren, hörte ihr Stöhnen.

„Oh ja, bitte, nimm mich endlich!“, rief sie.

Ohne auf ihr Jammern und Flehen zu achten, er möge doch endlich wieder mit seinem Schwanz zustoßen, glitt sein Finger wieder nach hinten, berührte die feste Rosette ihres Anus und massierte ihn. Plötzlich lag sie still.

Er beugte sich vor.

„Gefällt dir das?“

Stumm nickte sie.

Bis zum ersten Glied schob er den Finger in ihren Anus. Cristina stöhne. Sie lag still da, die Beine leicht gespreizt. Die andere Hand legte er auf ihre Klitoris. Sie war so unglaublich nass …

„Bitte“, flehte Cristina.

Er lächelte. Ja, so gefiel sie ihm. Bettelnd. Leidenschaftlich. Nun umfasste er mit beiden Händen ihre Hüften. Mit einem harten Stoß war er wieder in ihr. Das berauschende Gefühl, von ihr umschlungen zu werden, gepaart mit der Lust … es machte ihn schier wahnsinnig. Er schloss die Augen. So hart waren seine Stöße, dass Cristinas Hüften gegen die Tischkante schlugen. Sie schrie vor Lust. Ihre Faust hämmerte auf die Tischplatte. Er drückte sie nieder, stieß ein letztes Mal in sie, noch einmal, noch einmal … Der Höhepunkt berauschte ihn. Er keuchte, als er sich in ihr verströmte. Ein spitzer Schrei war ihre Antwort.

Dann war alles still.

Matteo trat zurück. Er knöpfte seine Hose wieder zu, klapste Cristina noch einmal auf den Hintern. Sie lag einen Moment reglos da, dann stand sie langsam auf. Sie drehte sich zu ihm um und küsste ihn auf den Mund.

„Das war schön“, flüsterte sie. „Komm heute nacht wieder zu mir, versprichst du mir das?“

Er strich ihr eine Strähne aus dem verschwitzten Gesicht und lächelte. „Ich werde da sein“, versprach er. „Aber jetzt lass mich allein.“

Sie brachte ihre Kleidung rasch in Ordnung, gab ihm einen letzten Kuss auf die Wange und huschte aus dem Arbeitszimmer. Die Tür klickte leise, als sie ins Schloss fiel.

Matteo warf sich auf den Stuhl. Er zog die wenigen Papiere zu sich heran, die diesen leidenschaftlichen Sturm überlebt hatten. Dann schleuderte er sie zu Boden. Wozu brauchte er eine Allegra Bandinelli in seinem Leben? Hatte er nicht alles, was ein Mann zu seinem Glück brauchte?

Er griff sich Feder und Papier, klappte das Tintenfass auf. Er lächelte. Sollte der alte Bandinelli ruhig glauben, er ginge auf dieses Spiel um die verschwundene Braut ein – solange die kleine Bandinelli nicht in seinen Palazzo einzog, hatte er doch alle Freiheiten. Und was ihm danach blühte, hatte sie ihm allzu eindrucksvoll auf der Verlobungsfeier klarmachen wollen. Schade nur, dass er nicht geneigt war, nach ihren Regeln zu spielen.

Doch wenn ihm Allegra Bandinelli gleichgültig war – und das war sie! – warum träumte er dann selbst am Tage von ihr? Warum hatte er vorhin, als er in Cristinas köstlicher Weiblichkeit schwelgte, das Gefühl, von taubengrauen Augen beobachtet zu werden? Warum hatte erst der Gedanke an sie ihn zu diesem unbeschreiblichen und befriedigendem Höhepunkt getrieben?

„So lebst du also?“

Allegra blickte sich neugierig um. Am frühen Nachmittag hatten sie Florenz nach zweitägiger Reise erreicht. Ein Diener führte Luigi und sie in eine Zimmerflucht im Obergeschoss des riesigen Gebäudekomplexes. Hier herrschte ein überraschender, dezenter Luxus. Nachdem der Diener verschwunden war, wandte Allegra sich zu Luigi um.

Luigi lächelte. „Es ist ein Vorzug, der den Älteren vorbehalten ist“, sagte er.

„Mir scheint, die Älteren haben hier so manchen Vorzug.“

„Die Jungen schlafen in Schlafsälen unterm Dach. Da viele von ihnen das Konservatorium vor dem Abschluss ihrer Ausbildung verlassen …“ Er zuckte mit den Schultern.

Allegra fragte nicht weiter. Sie wusste, für viele junge Kastraten endete der Traum von einer hoffnungsvollen Karriere als Opernsänger in diesen Mauern. Nur die wenigsten schafften es, eines Tages ein viel beachtetes Debüt zu geben. Was wohl aus ihnen wird, fragte Allegra sich. Knaben, denen die Manneskraft genommen wurde, um ein bestimmtes Ziel zu erreichen, das ihnen dann nicht vergönnt war …

„Und wo schlafe ich?“, fragte sie, um sich von diesen Gedanken abzulenken.

Er führte sie durch den Salon, in dem neben einem Sekretär und zwei gemütlichen Sofas auch ein Spinett stand, in eines der Schlafzimmer, das ähnlich luxuriös eingerichtet war.

„Hier wohnst du. Mein Schlafzimmer ist auf der anderen Seite des Salons. Nun, wie gefällt es dir?“

„Das ist schön!“, seufzte sie und sank auf die Récamiere am Fenster. Durch hohe Fenstertüren gelangte man auf einen Balkon, der in den Innenhof ging.

Es klopfte an die Tür des Salons, und Luigi ließ sie kurz allein. Jemand trat ein und sie hörte, wie Luigi kurz mit ihm sprach. Als er nicht zurück in ihr Schlafzimmer kam, stand Allegra auf und ging in den Salon. Er hielt ein Billet in der Hand und runzelte die Stirn.

„Das hier wurde soeben für dich abgegeben“, sagte er.

„Für mich?“ Ihr Herzschlag setzte aus. Matteo hat mich gefunden, war ihr erster Gedanke. Ihr Versteckspiel war bereits zu Ende, bevor es begonnen hatte …

„Von wem …?“

Statt einer Antwort hielt Luigi ihr das Billet hin. Ein üppiges Wappen prangte auf dem Siegellack. Ein Wappen, das sie im ersten Moment nicht zuordnen konnte – drei Lilien? Der französische König trug die Lilien im Wappen, das wusste sie … Aber Conte Matteo del Pirandelli hatte keine Lilien in seinem Wappen. Sie war gleichermaßen erleichtert und enttäuscht.

Aber wer schrieb ihr, kaum dass sie in Florenz angekommen war?

Sie riss das Billet auf. Faltete es auseinander und las atemlos:

*„Hoch verehrter Signore Alessandro,*
*der Maestro setzte mich in Kenntnis, dass ein neuer, talentierter Sänger den Weg in sein Konservatorium gefunden hat. Verzeihen Sie einer alten Dame ihre Neugier; wären Sie bereit, morgen zur Mittagsstunde für mich zu singen?*
*Es heißt Sie in ihrer Stadt willkommen*
*Principessa Anna Maria Louisa de'Medici.“*

Allegra ließ den Brief sinken.

„Die Principessa …“

Luigi war blass geworden, als sie ihm den Brief vorlas. Er

sank auf eines der Sofas. „Die Principessa habe ich vergessen“, gestand er. „Sie ist den Künsten zugetan, mehr noch, alles Künstlerische begeistert sie. Ich hätte ahnen müssen, dass sie sogleich nach einem neuen Sänger schicken lässt, sobald sie von ihm hört.“

„Aber wie kann das sein? Du hast mir doch versichert, der Maestro …“

„Ja, aber auch der Maestro ist letztlich nur Untertan der Principessa, und zudem ist er schwatzhaft. Er wird sich verplappert haben und vielleicht hat er in dem Moment keinen Gedanken daran verschwendet, in welch arge Schwierigkeiten er dich damit bringt. Sie hat ihre Ohren überall. Nichts geschieht in dieser Stadt, ohne dass sie davon früher oder später erfährt.“ Luigi seufzte und erhob sich wieder. „Wir können froh sein, dass er ihr deine wahre Identität nicht enthüllt hat. Du wirst wohl hingehen müssen – alles andere wäre ein Affront.“

„Ich kann doch gar nicht singen!“, jammerte Allegra. Sie zerknüllte den Brief. Luigi trat zu ihr und öffnete ihre Faust. Sanft nahm er ihr den Brief ab, strich ihn glatt und legte ihn auf das kleine Beistelltischchen.

„Dann wirst du sie täuschen müssen“, sagte er ruhig. „Erzähle ihr, du hättest dich auf der Reise verkühlt und dürftest deine Stimme nicht überfordern. Das wird dir einen kleinen Aufschub verschaffen.“

Allegra atmete tief durch. Etwas anderes blieb ihr kaum übrig, nicht wahr? Nichts als Lügen, und schon drohte sie, sich darin zu verstricken. Wie lange würde es dauern, bis Matteo erfuhr, dass sie kein Kastratensänger war, sondern seine Braut, die sich vor ihm versteckte? Wie viel Zeit blieb ihr, bis er im Konservatorium auftauchte und von ihr die sofortige Vermählung forderte?

Sie brauchte Zeit …

„Ich werde hingehen“, sagte sie. Vielleicht gelang es ihr, die Fürstin zu täuschen. War sie nicht schon sehr betagt? Weit über siebzig, wenn Allegra sich recht entsann. Es kam auf einen Versuch an …

„Sie ist spurlos verschwunden!“

Wütend stürmte Matteo in den Salon der Principessa und baute sich vor ihr auf. Er wedelte mit dem Brief herum.

„Conte Matteo, wie schön, dass Ihr mal wieder hereinschaut.“ Die Principessa lächelte und nickte huldvoll. „Kennt Ihr schon die Contessa Rivaldi?“

Matteo verneigte sich knapp vor der ältlichen Dame mit grauer Perücke, die neben der Principessa auf dem breiten Sofa Platz genommen hatte und mit geziert abgespreiztem Finger eine zarte Porzellantasse balancierte.

„Ich muss Euch sprechen“, sagte er beschwörend zur Principessa. „Dringend.“

„Ich wollte ohnehin gerade gehen.“ Die Contessa stellte die Kaffeetasse auf den winzigen Beistelltisch und erhob sich. Flatternd flog der Fächer auf und sie wedelte sich frische Luft zu, obwohl es im Salon der Principessa stets angenehm kühl war – ein Vorteil des Palazzo Pitti, der aus massivem Stein erbaut war und im Sommer selten die Hitze speicherte, die über der Piazza flirrte. „Principessa, Conte del Pirandelli – ich empfehle mich.“

Die Principessa erhob sich geschmeidig. Sie strafte Matteo mit einem Blick, der nichts Gutes verhieß.

„Oh, bevor ich es vergesse!“ Contessa Rivaldi wandte sich an Matteo. „Stellen Sie sich vor, meine Nichte Marie kommt nächste Woche in die Stadt. Sie möchte Euch gerne kennenlernen, Conte.“

Matteo verneigte sich. Nur mühsam konnte er sich beherrschen. „Es würde mich freuen, Eure Nichte bei Gelegenheit kennenzulernen."

Huldvoll nickte die Contessa, dann ging sie endlich. Ein Diener geleitete sie zur Tür.

„Und nun zu dir!"

Kaum hatte sich die Tür hinter der Contessa geschlossen, fuhr die Principessa zu Matteo herum und klopfte mit ihrem Fächer auf seinen Unterarm. „Für dein eher lebhaftes Temperament bist du ja bekannt, aber dass du hier hereinstürzt, als ginge die Welt unter, das ist selbst mir neu. Was ist passiert?"

Matteo hielt ihr wortlos den Brief hin, den der alte Bandinelli ihm geschrieben hatte.

Die Principessa nahm ihn und las.

„Und?" Sie gab ihm den Brief zurück.

„Mehr habt Ihr dazu nicht zu sagen? Meine Verlobte verschwindet, und alles, was Euch dazu einfällt, ist ‚und'? Darf ich Euch daran erinnern, dass ich erst vor wenigen Tagen auf diesem kleinen, dreckigen Landgut meine Verlobung mit dieser … dieser rothaarigen Hexe gefeiert habe. Und nun ist sie verschwunden, und ihr Vater schreibt, er bedauere diesen Vorfall sehr, aber seine Tochter habe nun mal ihren eigenen Kopf. Ihren eigenen Kopf!" Er lief wie ein Tiger auf und ab.

Die Principessa hatte sich wieder auf das Sofa gesetzt und las den Brief ein zweites Mal. Dabei umspielte ein feines Lächeln ihren Mund.

„Es hätte mich gewundert, wenn sie nicht das Weite gesucht hätte. Ich hab ja böse Geschichten gehört über dich und die Contessa della Visconti. Wenn nur die Hälfte davon stimmt, hat die kleine rothaarige Signora Bandinelli mein volles Verständnis."

Matteo verschränkte die Arme vor der Brust. „Wie meint Ihr das?“

„Nun, du scheinst die Sache mit der Ehe nicht allzu genau zu nehmen. Sonst hättest du wenigstens den Anstand besessen, wenn du schon auf der eigenen Verlobungsfeier deine Mätresse vernaschen musstest, dies nicht vor den Augen und Ohren aller Gäste zu tun. Erst recht nicht vor deiner Verlobten!“

„Sie hat mich hingehalten! Sie wollte mich nicht! Geküsst hat sie mich, und dann stellte sie Forderungen. Ich solle Cristina fortschicken, nur dann würde sie sich mir hingeben.“

„Kannst du es denn nicht verstehen?“, fragte die Principessa sanft. „Meine Güte, ihr Männer! Manches lernt ihr nie!“

Matteo senkte den Blick. Er fühlte sich unter dem prüfenden Blick der Principessa unwohl – wie ein Schuljunge, der ausgescholten wurde.

„Komm.“ Sanft zog sie ihn zu sich aufs Sofa. Sie läutete ein kleines Glöckchen und befahl dem Diener, der sogleich erschien, ihnen frischen Kaffee zu bringen. „Und jetzt werde ich dir mal was über die Natur der Frauen erklären.“

„Danke, da habe ich keinen Bedarf. Die kleine Bandinelli soll sich nicht einbilden, ich würde für sie mein Leben aufgeben.“

„Aber das verlangt sie gar nicht.“ Die Principessa wirkte sichtlich zufrieden. „Sie möchte doch mit dir gemeinsam leben. Welche gute Ehefrau wäre denn deinen Mätressen gegenüber gleichgültig? Und dass sie Temperament hat, habe ich dir vorher gesagt.“

„Ihr habt erzählt, Ihr kennt dieses Mädchen nicht.“

„Ich kannte ihre Mutter. Es hätte mich gewundert, wenn

dieses liebenswerte, störrische Temperament nicht ebenso bei ihrer Tochter durchschlagen würde."

Matteo antwortete nicht. Es war die Idee der Principessa gewesen, dass er sich mit Allegra verlobte. Er hatte diese Ehe tatsächlich vom ersten Moment an nicht ernst genommen, bis ... ja, bis er ihr das erste Mal begegnete. Da hatte sie ihn gereizt. Ihre zweite Begegnung, die so leidenschaftlich und intim war, ohne dass sie einander berührten, hatte ihn verzaubert. Die dritte Begegnung aber ... der Kuss und ihre Abweisung ... Sie hatte ihn gekränkt! Abgewiesen! Welche Frau wies ihn, Matteo del Pirandelli, ab?

Der Diener brachte auf einem Tablett zwei kleine Tassen mit frisch aufgebrühtem Mokka. Erst nachdem er den Salon verlassen hatte und sie wieder allein waren, nahm die Principessa eins der Tässchen und rührte mit einem ebenso winzigen Silberlöffel darin.

„Gefällt sie dir?", fragte sie sanft.

Gefallen war kein Ausdruck! Er dachte seit Tagen an nichts anderes. Seit gestern der Brief ihres Vaters eintraf, war er wie besessen von dem Gedanken an sie. Ihre großen hellen Augen, die ihn so vertrauensvoll angeblickt hatten. Der Rosenblütenmund, der sich ihm so bereitwillig geöffnet hatte. Die schmale Taille, auf der seine Hände hatten ruhen dürfen. Die Brüste, die sich unter dem Mieder hoben und senkten, als ihr Atem schneller ging ... Ja. Sie gefiel ihm. Mehr als das. Er begehrte sie.

„Ja", sagte er.

„Das habe ich mir gedacht." Die Principessa lächelte. Plötzlich wirkte sie gar nicht mehr so ehrwürdig, und auch das Alter war ihr kaum mehr anzusehen. Sie machte auf Matteo eher den Eindruck eines jungen Mädchens. „Das ist wirklich sehr gut."

„Was soll daran gut sein, wenn sie mich abweist“, widersprach er.

„Liebst du sie?“

Er schüttelte stumm den Kopf. Nein, Liebe … er wusste viel über die Liebe. Cristina hatte er vom ersten Moment an geliebt und begehrt. Doch die Liebe war wie ein Schmetterling, sie taumelte von einer Blüte zur nächsten.

„Was nützt es mir, sie zu lieben? Irgendwann endet jede Liebe.“

Die Principessa blickte ihn stumm an. Es sah aus, als dachte sie nach. Dann sagte sie leise: „Erzähl mir von ihr.“

„Von Allegra?“ Sie nickte. „Sie ist wunderschön. Ich habe nie eine Frau gesehen, die so viel Schönheit und Anmut in sich vereinigt. Aber etwas an ihr ist anders … Sie ist sich dieser Schönheit nicht bewusst, und das macht sie noch …“ Er biss sich auf die Zunge. Beinahe hätte er gesagt, es mache Allegra noch „liebenswerter“ …

„Nun, wie auch immer. Sie hat rotes Haar, das ihr bis zur Taille reicht, ihre Augen sind grau, ihr Gesicht von einer hellen Schönheit, und wenn sie spricht …“

Ihm versagte die Stimme. Ja, wenn Allegra sprach, dann schien ihm jedes seiner eigenen Worte dumm und plump.

„Ich kann kaum in Worte fassen, wie schön sie ist“, flüsterte er.

„Liebst du sie?“, fragte die Principessa erneut.

Er sprang auf. „Ich muss gehen“, verkündete er, griff das Mokkatässchen und stürzte den heißen bitteren Trunk herunter. Am Tassenboden hatte sich der Zucker gesammelt, und er spürte die Süße auf der Zunge. „Es geht mir wie Euch, ich habe dringende Geschäfte.“

„Oh, ich habe mir für die Mittagszeit eine Mußestunde verordnet“, sagte die Principessa fröhlich. „Ich habe mir einen jungen Kastratensänger aus dem Konservatorium bestellt. Denk dir nur, er ist gerade aus Paris eingetroffen, um bei uns den letzten Schliff zu bekommen ... ich sag' es ja, die ernste französische Oper wird sich immer an uns orientieren müssen." Sie wirkte sichtlich zufrieden. „Und du denk noch mal darüber nach, ob es sich mit Allegra nicht wieder richten lässt. Ich werde mein Möglichstes tun, um eure Versöhnung zu beschleunigen, aber du wirst dich ändern müssen."

Matteo verneigte sich knapp, ohne auf die letzten Worte der Principessa zu antworten. Er verließ den Salon. Erst vor der Tür verlangsamte er seine Schritte.

Was meinte sie damit, sie wolle ihr Möglichstes tun, um die Versöhnung zu beschleunigen? Wusste sie etwa, wo Allegra sich versteckte? Und wenn es so war – warum sagte sie es ihm nicht?

Heckte die Principessa etwas aus? Es war ihr zuzutrauen ...

Er war so in Gedanken versunken, dass er den Knaben nicht sah, der ihm entgegen kam. Der Junge wollte sich mit gesenktem Kopf an ihm vorbeischieben, doch da Matteo in diesem Moment abrupt stehen blieb, lief sein Gegenüber direkt in ihn hinein.

„Pass doch auf!", rief Matteo ungehalten und packte den jungen Mann am Arm. „Kannst du nicht schauen, wo du hinrennst?"

„Verzeihung, Signore." Die Stimme des Jungen war kaum mehr als ein Flüstern. „Es tut mir leid, ich ..."

„Was? Ach, vergiss es. Pack dich fort."

Er stieß den Jungen von sich und lief weiter. Nach drei Schritten aber hielt er inne.

Etwas war an diesem Jungen. Etwas, das ihn nicht losließ, ohne dass er es genau benennen konnte. Eine unerklärliche Faszination. Matteo zögerte, dann drehte er sich um. Der Knabe stand noch genau dort, wo Matteo ihn von sich gestoßen hatte, mit gesenktem Kopf. Er atmete heftig.

„He, du!“

Der Junge fuhr zu ihm herum. Einen Augenblick sah Matteo die hellen Augen, dann senkte der Knabe den Blick und starrte auf die Spitzen seiner Schnallenschuhe.

„Bist du der Kastratensänger aus Paris?“

„Ja, Signore.“

Matteo trat näher. Er konnte die Angst seines Gegenübers spüren. Angst? Nein. Da war etwas anderes. Keine Angst.

Der Knabe trug eine Perücke mit silbernem Haar. Das Justaucorps und die Weste waren nachtblau, dazu trug er eine hellbraune Hose. Er sah hübsch aus. Ein ebenmäßiges Gesicht, das noch nicht vom ersten Bartwuchs verunstaltet wurde.

„Wie alt bist du, Junge?“

Den Blick noch immer gesenkt, flüsterte der Knabe: „Achtzehn, Signore.“

„Du wirst der Principessa vorsingen?“

Stummes Nicken.

„Sieh mich an“, befahl Matteo.

Der Knabe schüttelte den Kopf.

Matteo trat ganz dicht an den Kastraten. Er wusste nicht genau, warum er das hier tat. Jungen hatten ihn nie besonders gereizt. Es gab Gerüchte, er hielte den einen oder anderen Lustknaben aus, aber das stimmte nicht. Ja, hin und wieder gefiel es ihm, sich einen Knaben ins Bett zu holen. Aber alles, was darüber hinausging, waren jämmerliche Gerüchte, die er weder leugnete noch befeuerte. Denn diese Gerüchte waren es erst, die seinen zweifelhaften Ruf begründet hatten.

Und nun stand dieser Junge vor ihm, zitternd und unruhig. Keine Angst, warum hatte er keine Angst? Matteo spürte, wie seine Erregung wuchs. Er wollte in die Augen dieses Jungen blicken. Ja, einen Moment dachte er darüber nach, wie sich die Haut dieses Knaben wohl anfühlte, wenn er seine Hand nahm. Wenn er mit der eigenen Hand unter die Weste fuhr.

„Sieh mich an“, flüsterte Matteo mit rauer Stimme.

Der Kastrat verharrte regungslos.

„Sieh mich an!“, brüllte Matteo, und dann blickte der Junge zu ihm auf.

Beide sprachen nicht.

Matteo schluckte. Sein Schwanz drängte sich hart gegen den Stoff der Hose. Er hob die Hand. Einen Moment wollte er diesem Knaben die Wange streicheln. Er wollte wissen, ob seine Haut so sanft war wie *ihre* Haut. Allegra.

Wurde er wahnsinnig? Seine Hand zitterte, dann ließ er den Arm wieder sinken.

„Das kann nicht sein …“, flüsterte er.

Waren es nicht Allegras Augen, die ihn anblickten? War es nicht ihr Rosenblütenmund, der sich fest zusammenpresste, als wollte er die vollen Lippen vor ihm verbergen? Ihre gerade kleine Nase, ihre rosigen Wangen, es war sie … Ja, er war sicher, es war Allegra, die vor ihm stand. Ihre Augen, die ihn unter den geschwungenen Wimpern ansahen. Die heftige Reaktion seines Körpers auf diesen Knaben stürzte ihn in eine Verwirrung der Empfindungen.

Wie gerne hätte er diesen Jungen hinter die hohe Säule gedrängt, hätte sich an den schmalen Körper gedrückt. Das Gesicht mit den Händen umfasst und den Mund in einem langen, sehnsüchtigen Kuss geschmeckt …

„Wie heißt du?“

„Alle… Alessandro, Signore.“

Es war eine Sinnestäuschung. Auch die Stimme klang Allegras so ähnlich …

Er hatte bisher nur wenige Stunden in ihrer Gegenwart verbringen dürfen. Nur wenige Erinnerungen hatte er an seine junge Verlobte. Und doch gaukelten seine Sinne ihm vor, sie stünde nun vor ihm – in Gestalt eines Knaben.

„Wenn Ihr mögt … wenn Ihr mögt, kommt am nächsten Sonntag in meinen Palazzo. Bringt einen Freund mit, ich gebe einen Maskenball. Mein Name ist Matteo del Pirandelli. Jeder in dieser Stadt kennt mich.“

Und ich hoffe, bald kennst auch du mich, fügte er in Gedanken hinzu.

Der Junge nickte knapp. Er sprach nicht. Matteo schob sich an ihm vorbei zur breit geschwungenen Freitreppe.

Er eilte die Stufen hinab. Durch die hohe Halle zum Ausgang. Ein Diener hielt ihm die Tür auf, und als er in der Tür stand, fuhr seine Kutsche vor. Die ganze Episode hatte nur wenige Augenblicke gedauert.

Matteo blickte noch einmal zurück. Da oben stand der Knabe, der seine Sinne verwirrte. Er blickte zu Matteo hinab, und als Matteo sich zu ihm umdrehte, zuckte er zusammen, als fühlte er sich ertappt.

„Sonntag!“, rief Matteo. „Ich erwarte dich!“

Dann war der Junge fort.

Matteo sprang in die Kutsche. Seine Lenden zogen sich schmerzhaft zusammen. Er klopfte an das Dach der Kutsche. „Fahr mich zur Contessa“, befahl er dem Kutscher.

Er sehnte sich nach einem Frauenkörper. Einer Frau, die sich ihm willig hingab. Wohlig seufzend schloss er die Augen, lehnte sich auf der Polsterbank zurück, gab sich der Vorstellung hin, seine Hand in ihren roten Locken zu vergraben …

Schluss! Er zwang sich, über etwas anderes nachzudenken.

Etwas an der Principessa hatte ihn verwirrt. Ohne es genau benennen zu können ... es war eine knisternde Erregung gewesen, eine Vorfreude, die von der Principessa Besitz ergriffen hatte. Lag es am Besuch des Kastratensängers, den sie sehnsüchtig erwartete?

Dass Principessa Anna Maria den schönen Künsten zugeneigt war, wusste jeder in Florenz, denn sie pflegte nicht nur Kastratensänger zu fördern, sondern auch Bildhauern, Malern, Musikern und Komponisten ein Zuhause zu bieten – und sie sparte nicht mit Zuwendungen, wenn einer ihrer Schützlinge in finanzielle Not geriet. Für die Kunst tat die Principessa alles.

Dennoch war ihr Interesse an dem neuen Sänger merkwürdig. Es war ein Glitzern in ihren Augen gewesen ... als plante sie etwas.

Der Gedanke war so abwegig, dass Matteo laut lachte. Nein, das war zu verrückt, und dennoch: was war, wenn sich die Principessa einen Lustknaben hielt?

## 5. KAPITEL

Vor der Tür zum Salon hielt Allegra inne. Sie lehnte sich an die Wand. Unter ihrer Hand spürte sie die Seidentapete, mit der die Flurwände bespannt waren. Sie lehnte die Stirn an die Hand und schloss die Augen. Ihre Knie zitterten. Sie wäre am liebsten zu Boden gesunken. Oder, nein. Sie wäre Matteo am liebsten in die Arme gefallen. Hätte sein Gesicht mit Küssen bedeckt, seine Lippen geschmeckt, seine Wangen gestreichelt. Er hatte müde ausgesehen. Er war unrasiert. Als hätte er die letzte Nacht nicht geschlafen.

Aber er hatte sie zu sich gerufen. Dann hatte er so nah vor ihr gestanden, dass sie seinen Atem gespürt hatte. Einen Moment stand sie kurz davor, ihm alles zu sagen, sich die Perücke vom Kopf zu reißen und ihm zu zeigen, wer sie wirklich war. Aber dann wäre alles vergebens gewesen. Sie zügelte ihre Sehnsucht. Und wurde in ihrer Vorsicht bestätigt.

Es stimmte also … Matteo war Knaben zugetan. Warum sonst sollte er sie in der Verkleidung des Kastraten Alessandro Bandini zu seinem Maskenball einladen?

Aber sie würde nicht hingehen. Nie im Leben! Was hatte sie dort verloren? Vor allem jedoch hatte sie Sorge, was sie tun sollte, falls Matteo zudringlich wurde.

Sie atmete noch einmal tief durch. Dann straffte sie die Schultern, nickte dem Diener zu, der neben der Tür wartete. Der Diener verneigte sich knapp und öffnete für Allegra die Tür. Sie betrat den Salon der Principessa.

Die Tür knallte hinter ihr ins Schloss. Allegra zuckte zusammen.

„Da bist du ja.“

Eine alte Dame stand am Fenster. Sie drehte sich zu Allegra um, kam auf sie zu. Beide Hände streckte die Principessa ihr entgegen. Verwirrt ergriff Allegra die Hände. Einen Moment wäre sie beinahe in einen tiefen Hofknicks gesunken, ehe sie sich besann, wer sie war.

„Principessa, Eure Einladung ehrt mich." Allegra räusperte sich. Ihre Stimme klang so hoch! Aber Luigi hatte ihr versichert, daran könne man sie nicht erkennen. Dennoch, der prüfende Blick der Principessa, mit dem Allegra von oben bis unten gemustert wurde, ließ ihre weichen Knie beinahe einknicken.

Erst Matteo und nun dies!

„Wirst du für mich singen, Alessandro?", fragte die Principessa sanft.

„Oh, ich ..." Die Principessa ließ Allegras Hände los. „Ich würde so gerne, aber ich habe mir auf der Reise eine hartnäckige Erkältung zugezogen. Ich darf nicht singen, der Maestro hat es mir verboten."

„Ach, das ist aber schade!" Die Principessa wirkte ehrlich enttäuscht. „Und ich hatte mich so gefreut!"

Verlegen räusperte Allegra sich und legte schützend eine Hand an ihren Hals, den sie für diese Scharade mit einem Seidentuch umwickelt hatte.

„Nun, wenn du nicht singen kannst und mich geradezu enttäuschen willst ..." Sie seufzte. Allegra beeilte sich, ihr zu versichern, dass es nicht ihre Absicht sei, die Principessa zu enttäuschen. Sie könne gerne zu einem anderen Zeitpunkt ...

„Lassen wir das."

Mit einer knappen Handbewegung schnitt die Principessa ihr das Wort ab. Sie trat zu Allegra. Erneut fühlte sie, wie der Blick der Principessa sie prüfend maß.

„Es würde mich nur allzu sehr interessieren ...", hörte sie die Principessa murmeln.

„Was?“, fragte Allegra vorsichtig.

Die Principessa war wirklich schön. Auch im hohen Alter, das sie inzwischen erreicht hatte, hielt sie sich gerade. Nur die Altersflecke auf ihren Handrücken, die durch den Puder schimmerten, verrieten ihr wahres Alter.

„Nun, da du schon einmal hier bist … und da du nicht gewillt bist, mir vorzusingen, hätte ich eine andere Idee, wie du mir gefallen könntest.“ Sie lächelte. „Zeige dich mir nackt.“

„Aber …“ Sofort legte Allegra die Hände schützend vor ihre Brüste.

„Ach, was du auch gleich wieder von mir denkst!“ Die Principessa lachte herzlich. „Nein, du sollst dich natürlich nicht gänzlich vor mir entblößen. Nur das Hemd da. Ich kann einer muskulösen männlichen Brust einfach nicht wiederstehen“, seufzte sie. „Du musst wissen, ich bin Künstlerin durch und durch, ich könnte ein Modell durchaus gebrauchen, für mich und meine stümperhaften Versuche als Malerin …“

„Das geht nicht“, stotterte Allegra. „Verlangt von mir, was Ihr wollt, aber bitte nicht das!“

Die Principessa antwortete nicht. Sie betrachtete Allegra nachdenklich.

Oh, was sollte sie nur tun? Wenn sie das weite Hemd und das Justaucorps auszog, war’s vorbei mit ihrem Versteckspiel. Und die Principessa würde Allegras Geheimnis bestimmt nicht lange für sich behalten … Allegra schluckte krampfhaft, doch sie hatte das Gefühl, einen Ballen kratziges Leinen in der Kehle stecken zu haben. Es war unmöglich, sich einem zweiten Wunsch der Principessa zu widersetzen, oder?

Nun, wenn sie sich erneut weigerte, wer wusste, ob die Principessa nicht ihre Wachen rufen ließ, um sich das zu nehmen, was sie wollte?

Das Billet fiel aus ihrer zitternden Hand. Sie griff nach dem Kragen ihres Hemds, nahm den Schal ab, löste die Schleife. Dabei ließ sie den Blick nicht von der Principessa. Langsam nur entkleidete sie sich. Zunächst legte sie das Justaucorps ab, dann die Weste. Das war einfach, und es brachte sie auch nicht in große Verlegenheit.

Die Principessa hatte sich derweil auf ein Sofa gesetzt. Sie schlug ihren Fächer auf, fächelte sich mit heftigen Bewegungen Luft zu. Ihr Blick ließ nicht von Allegra, während diese sich mit dem Ausschnitt ihres feinen Hemds mühte.

Allegra holte tief Luft. Das ließ ihre Brüste schmerzen, die sie an diesem Morgen besonders fest eingeschnürt hatte.

„Nun?", fragte die Principessa. Der Fächer, von einem seidenzarten Rosa mit schwarzem Spitzenbesatz, flatterte vor dem tiefen Ausschnitt.

Allegra schloss die Augen. Wenn sie es nicht sah, passierte es vielleicht gar nicht? Vielleicht war alles nur ein böser Traum?

Mit einem entschiedenen Ruck hob sie den Saum des Hemds und zog es sich über den Kopf. Sie ließ die Arme sinken. Das Hemd sank zu Boden, fiel aus ihrer Hand direkt auf das Justaucorps, das sie ebenso achtlos abgeworfen hatte.

Sie hielt die Augen fest geschlossen. Wartete.

Das Kleid der Principessa raschelte, als sie sich erhob.

„Leg den Verband ab", hörte sie.

Allegra schüttelte stumm den Kopf. Sie kniff die Augen noch fester zu.

„Willst du deiner Landesherrin etwa ungehorsam sein?" Obwohl die Stimme sanft war und die Principessa leise sprach, spürte Allegra etwas Lauerndes darin. Sie nestelte an dem Verband herum. Ihre Finger zitterten, und das Atmen fiel ihr schwer.

Sie war einer Panik nahe.

Langsam nur wickelte sie den Verband ab. Darunter war sie nackt. In der steinernen Kälte, die in diesem Salon der Sommerhitze trotzte, fröstelte Allegra, als sie mit nacktem Oberkörper vor der Principessa stand. Ihre Brustwarzen zogen sich vor Kälte zusammen. Obwohl sie noch immer die Augen geschlossen hielt, spürte sie den Blick der Principessa auf sich ruhen.

„Ich muss schon sagen ... der Conte hat nicht übertrieben, als er mir von deiner Schönheit erzählte. Jetzt sehe ich es auch."

Allegras Herzschlag setzte aus. Sie hielt die Augen fest geschlossen, dennoch flüsterte sie: „Der Conte? Aber was habt Ihr mit dem Conte zu schaffen ..."

Die Principessa stand direkt vor ihr. Allegra spürte die Gegenwart der alten Frau, sie spürte den Luftzug, als die Principessa spielerisch ihren Fächer aufschlug. Unwillkürlich wich Allegra einen Schritt zurück.

Am liebsten wäre sie fortgerannt.

„Keine Angst, mein Kind. Bei mir ist dein Geheimnis sicher. Ich kannte deine Mutter, und wer deine Mutter kannte, wird auch die Ähnlichkeit sehen. Selbst wenn du dir Mühe gibst und dich in Männerkleidung stecken lässt." Plötzlich lag eine Hand auf ihrer Schulter. Kühl und weich. Ein Finger, der langsam über ihr Schlüsselbein nach unten glitt. Allegra hielt den Atem an. Wie sollte sie der Principessa je wieder in die Augen sehen können?

Aber noch etwas passierte mit Allegra, als sie die Berührung verspürte. Sie seufzte leise. Sie tat einen halben Schritt nach vorne, sodass ihre linke Brust nun in der Hand der

Principessa ruhte. Und plötzlich war sie nicht mehr mit der Principessa allein.

Es war Matteo, der vor ihr stand. Matteo, der sie aus seinen dunklen unergründlichen Augen ansah. „Bald seid Ihr mein“, hatte er zum Abschied gesagt. Sie wollte es so gerne glauben ... Sie war bereit, ihm alles zu geben. Ihren Körper, ihre Seele. Doch sie war nicht bereit, sich ihm um jeden Preis hinzugeben. Denn sie wollte ihn ganz.

Ihr Nippel wurde zwischen Zeigefinger und Daumen gequetscht. Allegra stöhnte leise. Sie stand einfach da, mit hängenden Armen, stellte sich vor, es wäre Matteos Hand, die langsam über ihre Rippen nach unten strich. Sein Finger, der ihren Nabel umkreiste. Seine Handfläche, die kühl auf ihrem heißen, leicht verschwitzten Bauch lag ...

Die Principessa lachte leise. Sie trat zurück. Die Hand war fort, und erst jetzt wagte Allegra es, die Augen zu öffnen.

„Warum?“, fragte die Principessa.

Allegra legte schützend die Hände auf ihre Brüste. Jetzt war es ihr peinlich, wie sie sich hatte gehen lassen. Hatte sie wirklich gestöhnt? Sie senkte den Blick. „Ich verstehe nicht ...“

„Nun, warum bist du als Knabe nach Florenz gekommen. Und nicht, wie es dir gebührt, als stolze Braut des Conte del Pirandelli?“

Allegra atmete tief durch. Was sollte sie darauf antworten? So viele Gedanken drängten sich ihr auf. Doch schließlich hörte sie sich selbst sagen: „Weil er mich nicht achtet.“

„Eine kluge Antwort, kleine Allegra.“ Beifällig nickte die Principessa. „Komm, zieh dich wieder an. Und dann lass uns reden.“

Erleichtert klaubte Allegra ihre Sachen vom Boden auf. Sie umwickelte ihre Brüste wieder, schlüpfte in das Hemd und stopfte es in die Hose. Dann nahm sie das Justaucorps vom Boden auf, zog es über und folgte der Principessa, die ihr winkte.

„Komm. Dies hier ist kaum der angemessene Ort für ein Gespräch, wie ich es mit dir führen muss. Auch in meinem Palast haben die Wände Ohren."

Verwirrt folgte Allegra der Principessa. Sie gingen durch verwinkelte, lange Zimmerfluchten, über Flure und stiegen eine Treppe hinauf.

„Hier sind wir ungestört."

Es war ein kleiner, geradezu heimeliger Salon, der fünf Schritte im Quadrat maß. Zwei kleine Sofas und mehrere zierliche Sessel waren um einen Tisch gruppiert. Ein Bildnis der Principessa stand auf einer Staffelei. Allegra blieb davor stehen und betrachtete das Bild.

Die Principessa zog an einer Klingelschnur.

„Trinkst du gerne heiße Schokolade?"

„Ich weiß nicht", gestand Allegra. „Ich habe es noch nie probiert."

„Dann wird es Zeit. Und bitte, setz dich doch." Nachdem sie bei einem Diener, der den Raum betrat, etwas bestellt hatte, setzte sich die Principessa auf ein Sofa und wies einladend auf das andere. Allegra setzte sich vorsichtig und legte die Hände in ihren Schoss.

„Werdet Ihr mich dem Conte verraten?", fragte sie bang. Die ganze Zeit schon brannte ihr diese Frage auf der Seele.

„Nein, das würde ich nie tun." Die Principessa verstummte, als der Diener eintrat und ein Silbertablett auf das Tischchen zwischen ihnen stellte. „Weißt du, Conte del Pirandelli hat verdient, was du mit ihm tust." Sie beugte sich vor und zwinkerte Allegra zu. „Wenn ich ehrlich bin – es freut mich, dass er endlich eine ebenbürtige Gegnerin gefunden hat. – Und nun erzähl mir. Liebst du ihn?“

Die Frage verwirrte Allegra. „Ich verstehe nicht …“

„Ach, Liebchen. Doch, du verstehst mich nur zu gut. Keine Frau würde all das auf sich nehmen, um dem Conte einerseits eine Lektion zu erteilen und ihm andererseits nahe zu sein. Wusstest du, dass er bei mir war? Bitterlich beklagt hat er, dass du verschwunden bist.“

„Wirklich?“

„Ja, glaub mir. Hätte ich nicht vorher schon nach dir geschickt, wäre spätestens danach meine Neugier auf dieses Persönchen, das dem Conte die Stirn bietet, groß gewesen.“

„Dann wusstet Ihr von Anfang an, wer ich bin?“, murmelte Allegra.

„Das war nicht allzu schwer zu erraten. Ein junger Kastrat kommt mit deinem Bruder nach Florenz, direkt von deiner Verlobungsfeier. Oh ja, ich wusste sofort, was du spielst.“

Die Principessa strahlte Allegra an. „Was wirst du jetzt tun? Wirst du in den nächsten Tagen zu ihm gehen? Ach, ich weiß. Du wirst dich in seinen Palazzo schleichen und ihn in seinem Bett erwarten, nicht wahr?“ Wie ein kleines Kind, das man mit Konfekt verwöhnte, klatschte die Principessa entzückt in die Hände.

Allegra runzelte die Stirn. „Nein“, sagte sie. „Nichts läge mir ferner als ihn … ich kann nicht“, gestand sie.

„Aha“, sagte die Principessa nur. Allegra merkte ihr die Enttäuschung an. „Warum bist du dann hergekommen?“

Da brach die ganze Geschichte aus Allegra heraus. Die Erregung, die sie erfasst hatte, als sie den Conte mit Cristina del Visconti beobachtete. Die Lust in seinen Augen, als er sie ansah. Der Kuss im Garten. Seine Weigerung, die Contessa freizugeben. Und wie er sich dann so schamlos mit der

Contessa vergnügt hatte, dass die Lustschreie der anderen Frau durch Haus und Garten hallten.

„Er hat dich gedemütigt“, stellte die Principessa fest.

Allegra senkte den Kopf und nickte.

Wenn sie nur nicht vom ersten Moment voll heftiger Liebe für den Conte entbrannt wäre! Als er sie das erste Mal geküsst hatte, war es um sie geschehen, und sie hatte gewusst, dass sie an seiner Seite leben sollte. Es war ihr Schicksal.

„Mach dir keine Hoffnungen“, sagte Principessa Anna Maria.

Allegras Kopf ruckte hoch. „Hoffnungen? Worauf?“

„Nun ... viele Frauen haben bereits gehofft, den Conte zu ändern. Glaub mir, ich hab das auch manches Mal gedacht. Nicht so, wie du denkst“, fügte sie lachend hinzu, weil Allegras Augen sich vor Erstaunen weiteten. „Aber diesen Mann kann niemand ändern. Er ist frei wie ein Vogel. Und wird es immer bleiben.“

So kann ich ihn aber nicht lieben, dachte Allegra. Das macht mich krank.

Dennoch sagte sie: „Ich möchte kämpfen.“

„Das ehrt dich. Aber nun habe ich dich lange genug aufgehalten.“ Sie stand auf und geleitete Allegra, die ihr zögernd folgte, zur Tür.

„Das seid nicht Ihr“, sagte Allegra. Sie nickte zu dem Porträt herüber, das auf der Staffelei lehnte.

„Wie meinst du das?“

Sie zögerte. Dann sagte sie vorsichtig: „Der Maler hat die Wangenknochen zu hoch angesetzt. Und die Augen liegen zu weit auseinander. Darum habt Ihr das Gefühl, es ist nicht Euer Bild. Ehrlich gesagt, seinen Lohn hat der Maler nicht verdient für diese Arbeit.“

„Warum denkst du, ich habe das Gefühl, es sei nicht mein Bild?“ Der Fächer flog auf und flatterte rasch.

„Ihr habt es hier aufgestellt. Nicht irgendwo, wo jeder es sehen kann. Denn es ist eigentlich ein schönes Bild, der Künstler versteht etwas von seinem Handwerk. Aber Euer Gesicht hat er nicht gut getroffen.“

„Verstehst du etwas von der Malerei, mein Kind?“ Die Stimme war sanft. Gefährlich.

„Ich wünschte, ich verstünde mehr davon. Doch meinem Vater fehlte stets das Geld, um mir einen Zeichenlehrer zu bezahlen.“

„Zu schade … Deine Mutter war eine sehr gute Malerin. Mir scheint, in dir schlummert ihr Talent.“ Die Principessa tippte sich mit dem Zeigefinger gegen die Unterlippe. „Was machst du den ganzen Tag, Allegra?“

„Ich weiß nicht“, murmelte Allegra und senkte den Blick. Es stimmte, sie hatte keine Beschäftigung und keine Aufgabe, die sie in den nächsten Wochen von dem einen Gedanken ablenkte – von ihrer Liebe zu Matteo und ihrer Sehnsucht nach ihm. Während er sich anderswo vergnügte.

„Ich werde dich bei Maestro Ferretti ausbilden lassen“, sagte die Principessa plötzlich. „Wenn du das willst.“

„Das wäre … schön“, flüsterte Allegra.

„Dann machen wir es so. Das wird ein Spaß! Der Maestro nimmt nur Jungen in die Lehre, du wirst also deine Identität weiter verschleiern müssen.“ Wie ein kleines Mädchen klatschte die Principessa erneut begeistert in die Hände. Dann trat sie an ihren Sekretär und warf ein paar Zeilen aufs Papier.

„Das wird genügen.“ Sie gab Allegra das Billet und erklärte ihr, wo das Atelier von Signore Ferretti zu finden sei. Dann war Allegra entlassen.

Sie verließ den Salon mit zitternden Knien. Vor der Tür stand ein Diener, der ihr bedeutete, ihm zu folgen. Sie wurde in den Hof geführt, wo eine Kalesche auf sie wartete. Allegra stieg ein und warf sich in die Polster. Sie drückte das Billet an die Brust. Was für ein Tag!

„Signore Ferretti?"

Allegra betrat den Hinterhof und blickte sich suchend um. Der stechende Geruch von Farben hing in der Luft. An den Wänden lehnten Leinwände, die auf Holzrahmen gespannt waren, und auf einem Tisch häuften sich Töpfe und Tiegel. Pinsel lagen kreuz und quer darüber verstreut. Die Farbe trocknete auf den Pinseln ein.

„Hallo?"

Der Innenhof wurde wohl bei gutem, sommerlichem Wetter als Werkstatt benutzt. Durch eine hohe Tür betrat Allegra das Atelier. Der Raum hatte hohe Fenster und wirkte groß wie ein Ballsaal. Hier setzte sich das Chaos aus halbfertigen Bildern, Farbtiegeln, Pinseln, Lumpen und Weinflaschen fort.

Ein Klappern ließ sie herumfahren.

„Hallo?", rief sie erneut.

„Komme schon, komme schon."

Ein dunkelhaariger hochgewachsener Jüngling erschien im hinteren Teil des Ateliers. Allegra atmete auf. Einen Moment schon hatte sie gedacht, unverrichteter Dinge abziehen zu müssen.

„Seid Ihr … Ihr seid Signore Ferretti?", fragte sie. Als die Principessa ihr gesagt hatte, sie wolle Allegra zu einem Maestro schicken, damit sie das Malen lernte, hatte sie an einen älteren Herrn gedacht, der sie unterwies.

Die grünen Augen ihres Gegenübers maßen sie prüfend.

Allegra fühlte sich unter seinem Blick nackt und zittrig.

„Bin ich nicht. Aber wenn ich's wäre, würdest du mir dann deine hübschen Rundungen unter dieser albernen Verkleidung zeigen?"

Allegra zuckte zurück, als hätte er sie geschlagen. Seine Augen blitzten und er lachte sie an. „Was … ich weiß nicht, was Ihr meint", sagte sie. „Ich will nur zu Signore Ferretti, er wird mich ausbilden."

„Was denn? Er nimmt nur Lehrjungen. Dass du ungeeignet bist, solltest du wissen. Willst du ihn mit dieser Verkleidung etwa täuschen?" Er schnalzte mit der Zunge. „Könnte sogar gelingen, er sieht nichts anderes als seine Arbeit, und Arbeit hat er mehr als genug. Und ein Frauchen, das hier saubermacht, wäre uns beiden recht."

Allegra verschränkte die Arme vor der Brust. Sie widerstand dem Impuls, auf dem Absatz umzudrehen und zu gehen. Stattdessen streckte sie ihm das Billet hin. „Die Principessa schickt mich mit diesem Empfehlungsschreiben", sagte sie, ohne auf seine Worte einzugehen.

Er pfiff durch die Zähne. „Die Principessa? Hast du auch sie getäuscht?"

Allegra schwieg. Er faltete das Blatt auseinander und las es, dann nickte er. „Meinetwegen. Du gefällst mir, und eine Frau kann hier nicht schaden."

„Ich bin keine Frau", sagte sie und betonte jedes einzelne Wort.

„Nein, du bist Alessandro Bandini. Ich habe verstanden. Ich heiße Alberto Buontalenti. Und ja, ich habe tatsächlich ein großes Talent." Er zwinkerte ihr zu. „Aber wenn wir allein sind … dann bist du schon ein bisschen eine Frau, oder? Für mich?"

Sein Blick ging ihr durch und durch. Sie schloss die Augen, weil sie das leise Zittern verwirrte, das sich in ihrem Körper ausbreitete. Allein die Art, wie er sie anblickte, wie seine Blicke sie maßen, machte sie unruhig. Er war nur ein Lehrling, so wie sie es nun wurde. Alberto war ungefähr in ihrem Alter, vielleicht zwei Jahre älter, und in seinem schäbigen Kittel, der über und über mit Farbspritzern verziert war, sah er noch strahlender aus, als wenn er sich in den teuersten Justaucorps mit Goldstickerei geworfen hätte. Er war lebenslustig und fröhlich, und er hatte versprochen, ihr Geheimnis zu wahren. Sie hoffte es zumindest.

Doch etwas musste sie tun, damit nicht jeder Zweite, dem sie begegnete, sogleich erkannte, dass eine Frau in den Männerkleidern steckte.

Vor allem, wenn sie an den Maskenball bei Conte del Pirandelli dachte. Zu dem sie natürlich nicht gehen konnte, das hatte sie sich insgeheim geschworen. Doch die Sehnsucht nach ihm war schier unerträglich …

„Was kann ich machen?“, fragte sie eifrig.

„Oh, du willst gleich anfangen? Zunächst mal kannst du dich nützlich machen. Der Maestro hat Farben und Papiere bei einem Händler bestellt, die müssen abgeholt werden.“

Alberto beschrieb ihr den Weg, drückte Allegra zwei Goldmünzen in die Hand und schob sie aus dem Atelier.

„Und wann sehe ich den Maestro?“, fragte sie.

„Später“, antwortete er lapidar.

So machte sie sich auf den Weg. Die Gassen waren eng, die Luft stand in der Sommerhitze. Was hätte sie darum gegeben, wenigstens das Justaucorps abzulegen. Aber nachdem Alberto so schnell ihre Verkleidung durchschaut hatte, traute sie sich nicht. Ohnehin hatte sie das Gefühl, von den anderen Leuten, die in den Gassen unterwegs waren, permanent angestarrt zu werden.

Allegra wischte sich mit der flachen Hand über den schweißnassen Nacken. Wenn es wenigstens nicht so heiß gewesen wäre, dann hätte sie ihre weiblichen Formen zusätzlich unter einem Mantel verstecken können …

Sie fand das Geschäft und trat ein. Ein hutzeliges Männchen, das gebeugt aus dem hinteren Raum des Geschäfts geschlurft kam, fragte sie nach ihrem Begehr.

„Ich komme von Signore Ferretti und soll die bestellten Farben und das Papier holen", sagte sie und bemühte sich, ihrer Stimme einen möglichst tiefen Klang zu geben.

„Ah, natürlich. Warten Sie, Signore, warten Sie …"

Er verschwand im Gelass und ließ sie allein. Sie atmete auf. Wenigstens er hatte sie als Mann wahrgenommen.

In dem kleinen, engen Laden gab es einige Regale, die bis zur Decke reichten und von oben bis unten mit Pamphleten, Folianten und Flugschriften vollgestopft waren. Eines der Regale bewegte sich plötzlich. Und es stöhnte.

Sie runzelte die Stirn. Regale konnten nicht stöhnen. Auch nicht seufzen – denn das hörte sie jetzt. Ein leises, wohliges Seufzen. Eine Frauenstimme, die etwas flüsterte.

Allegra schloss die Augen. Dieses Flüstern, das Stöhnen, das Seufzen … in ihr wurden Erinnerungen wach an den Abend ihrer Verlobungsfeier. Als sie Matteo und seine Mätresse beobachtet hatte.

Auf Zehenspitzen schlich sie näher. Ein spitzer Schrei war zu hören, dann zwei Stimmen, die lachten. Die eine dunkel und rau, die andere glockenhell.

Nein, sie wollte es gar nicht sehen. Und dennoch machte sie einen weiteren Schritt. Noch einen. Sie legte die Hand an das grobe Holz des Regals. Hielt die Luft an. Und schaute um die Ecke.

Der hintere Teil des Ladenraums war dunkel und eng.

Zwischen zwei Regalreihen, von denen eine das Fenster zum Innenhof fast vollständig bedeckte, sah sie einen breiten Rücken, um den sich orangenhelle Röcke bauschten.

Obwohl er ihr den Rücken zuwandte, erkannte sie ihn.

„Matteo“, wisperte sie.

Die Frau, die mit geschlossenen Augen an der Wand lehnte, die Hände über ihrem Kopf abgestützt, schlug die Augen auf. Sie sah Allegra an und lächelte. Die Augen Cristinas sprachen deutlich zu Allegra. Sie las darin eine unbändige Lust, das Verlangen nach mehr.

Und Allegra konnte den Blick nicht von ihr lassen. Nie hatte sie gesehen, wie schön die Lust eine Frau machte.

Es war nicht unbedingt der richtige Ort, um leidenschaftlich zu werden. Aber als Matteo ihr einen Ausflug zum Buchhändler vorgeschlagen hatte, war Cristina gerne mitgekommen. Denn es war selten geworden, dass er sie bat, ihn zu begleiten.

Wenn sie nachts wach lag, dann war daran die Angst schuld. Sie hatte Angst, ihn zu verlieren. Er hatte sich nach der Verlobungsfeier anders verhalten, war finster und abweisend und ging auf ihre Bemühungen, ihm Lust zu verschaffen, nicht ein. Doch gestern hatte sich das geändert. Als sie ihn in seinem Arbeitszimmer überrascht hatte. Und heute war er zum ersten Mal seit über einer Woche zu ihr gekommen, hatte sie erst in ihrem Schlafzimmer nach allen Regeln der Kunst gevögelt und dann spontan die Spazierfahrt angesetzt. Er ging selten mit ihr zusammen vor die Tür, es war ja ein offenes Geheimnis, dass er der lachende Dritte in ihrer Ehe mit dem Conte della Visconti war.

Heute hatte er immer und überall Lust auf sie.

Sie wollte sich ihm nicht verweigern. Sie wollte ihn weiterhin an sich binden, und sie wusste, dass es für sie nur beschränkte Möglichkeiten gab. Schon zu Beginn ihrer Liaison hatte sie sich seinen speziellen Interessen verweigert. Er hatte das akzeptiert. Inzwischen aber schloss sie nicht aus, auch dieses Spiel mit ihm zu spielen. Wenn es ihn an sie band.

„Du bist so schön", hatte er gemurmelt, als sie in dem engen, stickigen Laden standen. Sie hatte es zugelassen, dass er ihre Schulter mit leisen Küssen bedeckte. Hatte sich von ihm zwischen den Regalen an die Wand drücken lassen. Ihre Hände tasteten nach einem Halt über ihrem Kopf, aber da war nichts. Ihr Rücken prallte unsanft gegen das verputzte Gemäuer.

„Vorsicht", flüsterte sie.

Er vergrub sein Gesicht zwischen ihren Brüsten, ging naschend von einem Nippel zum anderen, drückte ihre Brüste zusammen. Sie keuchte auf. Ihre linke Hand klammerte sich an ein Regalbrett, während sie das rechte Bein hob und um seine Hüfte legte.

„Wenn du wüsstest, wie sehr ich dich begehre", murmelte er. Seine Finger flogen, als er ihr Mieder öffnete, das Seidenband zerriss mit einem Ratschen, und sie, die doch sonst immer so peinlich auf ihre Kleidung achtete, kümmerte es nicht. Seine Hände ließen von ihren Brüsten, glitten unter die Röcke.

Seine Finger strichen über ihr Schamhaar. Er grinste sie frech an, weil er ihre Nässe spürte, die ihn willkommen hieß. Schon schlüpfte sein Finger in sie und kostete die pulsierende Enge ihrer Passage aus.

Cristina legte den Kopf in den Nacken und stöhnte. Er küsste sie gierig auf den Hals, während sein Finger sich in ihr bewegte. Er zog den Finger zurück, doch nur, um im nächsten Moment mit zwei Fingern in ihr zu sein. Sie biss in seine Schulter, um nicht laut aufzuschreien.

Mit der freien Hand zerrte sie an seiner Hose. Der Knopf sprang ab, sie hörte, wie er auf den staubigen Boden klapperte. Sie spürte sein Glied, das sich gegen den Stoff drängte und nach ihrer erfahrenen Hand gierte. Und nach mehr.

Matteo hielt kurz inne, zerrte die Hose herunter, zog das Hemd hoch. Sie spürte die seidige Haut seines Schwanzes, die sich an ihre Hand drückte. Dann spürte sie, wie Matteo ihre Oberschenkel umfasste. Hart hielt er sie fest, als er ihre Beine spreizte. Mit einer fließenden Bewegung drang er in sie ein.

Cristina schloss die Augen. Ja, das war es, was sie sich von ihm wünschte. So wollte sie von ihm geliebt werden, ihr Geschlecht ganz erfüllt von seinem harten Schwanz. Sie verbiss sich in seiner Schulter, spürte die festen Muskeln unter ihren Zähnen und hörte ihn stöhnen, während sein Schwanz sich in ihrer engen Möse rieb.

Es war jener köstliche Moment vor ihrem Höhepunkt, als sie plötzlich eine Stimme hörte. Und diese Stimme flüsterte: „Matteo."

Cristina schlug die Augen auf.

Am Regal stand ein Knabe. Er mochte höchstens sechzehn oder siebzehn sein, aber er stand dort, als wäre er festgewachsen in seinem nachtblauen Justaucorps. Sie lächelte. Seine Augen weiteten sich, doch seine Lippen blieben stumm verschlossen. Hatte er Matteos Namen geflüstert?

Seine Hand glitt hinab zum Hosenbund. Schob er etwa die Hand hinein? Nein, er legte die Finger schützend auf seinen Schwanz, der sich wohl gegen die Hose stemmte. Cristina warf den Kopf in den Nacken. Doch sie ließ ihn nicht aus den Augen, und auch er ließ den Blick nicht von ihr.

*Gefällt dir, was du siehst? Willst du auch wissen, wie es*

*ist, in eine Frau zu stoßen? Sie zum Schreien zu bringen?*

War es die Leidenschaft, die dieser Junge versprühte? War es nicht eher Matteos Schwanz, der sie mit jedem Stoß an die raue Wand in ihrem Rücken jagte? Vielleicht war es beides. Cristina spürte den Höhepunkt heranrauschen, größer und gewaltiger als alles, was sie bisher hatte erleben dürfen. Sie hieb sich die geballte Faust in den Mund, um nicht laut zu schreien. Matteos Mund lag heiß auf ihrer Haut, er erstickte seine Schreie mit ihrer Hitze, während sie sich in ihrem Daumen verbiss.

Und der Knabe stand da. Machte einen Schritt zurück, schüttelte leicht den Kopf. Cristina genoss es, dieses Publikum zu haben. Oh, ganz Florenz sollte wissen, dass sie und Matteo nichts auseinanderbringen konnte!

Es kümmerte sie nicht, dass sie aufschrie. Sie zitterte am ganzen Körper, das Zittern war ebenso in ihrem Körper, und wären Matteos Hände nicht gewesen, die sie unerbittlich hielten, so wäre sie an der Wand hinabgerutscht. Sofort legte Matteos Hand sich auf ihre Lippen, um ihren Schrei zu ersticken, und sie biss ihn, während er seinen Samen mit ein paar letzten Stößen in ihr entlud. Und mit diesen letzten Stößen kam auch für sie die Erlösung, es schlug über ihr zusammen, und sie schloss die Augen. Sterne tanzten. Die Welt war nicht mehr ganz.

Plötzlich war es still.

Matteo stellte behutsam ihr Bein auf den Boden. In diesem Moment war sie froh, mit dem Rücken an die Wand gelehnt zu stehen. Ihre Beine fühlten sich an, als bestünden sie nicht aus Fleisch und Knochen, sondern aus Blut, das zugleich laut in ihren Ohren rauschte.

Sanft berührte Matteos Hand ihre Wange. Cristina öffnete die Augen. Er hielt ihr den Finger hin, auf dem eine

Träne glitzerte. „Du hast geweint. Habe ich dir weh getan?“, fragte er besorgt.

Sie schüttelte den Kopf. Doch als sie versuchte, einen Schritt zu machen, musste sie sich am Regal abstützen. Ihr Rücken schmerzte. Sie fuhr mit der Hand suchend nach hinten, aber Matteo war schneller. Seine Hand strich über den Stoff, der sich bei den heftigen Stößen an der Wand aufgerieben hatte.

„Dein Kleid ist ruiniert.“

„Das macht nichts.“ Sie lächelte fröhlich. Als sie aufblickte und über Matteos Schulter sah, wunderte es sie nicht, dass der Junge weg war. Vielleicht hatte sie ihn sich auch nur eingebildet? Nein, das konnte nicht sein, und dennoch: als Matteo und sie hinter dem Regal hervortraten, war nur der bucklige Buchhändler da, der vermutlich auch schwerhörig war. Matteo griff sich ein paar Pamphlete, warf dem Buchhändler eine Goldmünze zu und sie verließen ohne einen Gruß den Laden.

„Lass uns nach Hause fahren“, flüsterte Matteo ihr zu, als sie in der Kalesche saßen. „Ich will deinen Körper von oben bis unten untersuchen, ob du auch nicht zu Schaden gekommen bist bei unserer wilden Einkaufstour.“

Das Lächeln, das er ihr schenkte, war ihr besonders lieb. Neckend und verheißungsvoll. Sie schmiegte sich an ihn und schloss die Augen.

Den Jungen aber konnte sie nicht vergessen.

## 6. KAPITEL

Sie rannte, so schnell ihre Füße sie trugen, das Päckchen fest an sich gedrückt, das der Buchhändler ihr ausgehändigt hatte. Sie rannte und schnappte nach Luft, fühlte ein Stechen, das sich ihr in die Seite bohrte. An einer Straßenecke machte sie Halt und rang keuchend nach Atem.

„Na, Hübscher, willst du dich nicht lieber auf mir verausgaben?"

Eine Hübschlerin, alt und mit grellrot bemalten Lippen, hängte sich an ihren Arm und streichelte ihre Wange. „Bist ja noch ganz haarlos, nicht mal Stoppeln im Gesicht. Hast du da unten auch keine Haare?" Sie lachte und griff nach Allegra.

Allegra schlug in wilder Angst um sich, traf die Hure am Kinn, die brüllte und nach hinten stolperte. Allegra hastete weiter.

Erst als sie wie durch ein Wunder Ferrettis Haus fand, hielt sie an. Sie hatte das Bündel so krampfhaft an sich gedrückt, dass sie hoffte, nichts Zerbrechliches sei darin. Nachdem sie Cristinas Blick gespürt hatte – vor allem aber die Wirkung, die Cristinas Blick auf sie hatte –, war ihr nur ein Ausweg geblieben. So schnell fort wie nur möglich. Dem Händler hatte sie das Gold hingeworfen, ohne das Wechselgeld abzuwarten.

Aber sie konnte nicht immer weglaufen. Und wovor lief sie davon? Vor der Lust, die sich ihr in jeder Ecke dieser Stadt offenbarte? Sogar Alberto, der doch gar nicht wusste, wie sie unter den Männerkleidern aussah, hatte sie verlangend angesehen. Und sie spürte es ja selbst, das sanfte Ziehen, das ihren Körper erhitzte.

Sie fasste einen Entschluss.

Ihre Knie zitterten noch immer, als sie den Hinterhof betrat. Alberto stand vor einer Leinwand, pfiff leise vor sich hin und pinselte mit großen weitausholenden Bewegungen.

Allegra blieb stehen.

Er spürte wohl ihre Anwesenheit, denn sein Pfeifen verstummte, der Pinsel hing in der Luft, als lauschte er. Ohne sich zu ihr umzudrehen, fragte er: „Hast du alles bekommen?"

Nein, dachte sie. Das, wonach ich mich am meisten sehne, hat mir keiner geben können.

„Ja", antwortete sie.

Er legte den Pinsel beiseite, schaute über die Schulter. „Gut."

Sie nahm all ihren Mut zusammen. Viel war das nicht, aber sie hatte auch nichts zu verlieren. Nichts zu verlieren, das sagte sie sich stumm.

„Du hast sofort gewusst, dass ich kein Mann bin. Warum?"

Er lachte leise. Dann drehte er sich doch zu ihr um, und seine Augen maßen sie. Vom Scheitel ihrer silbergrauen Perücke über das Gesicht glitt sein Blick hinab, streifte Hemd und Weste, als wären sie nicht vorhanden, ja, als trüge sie nicht mal das Hemd, als stünde sie nackt vor ihm. Oder als wäre sein Blick mächtiger als seine Hand und zöge sie über die Entfernung weniger Schritte aus.

Weiter hinab schlich sein Blick, verharrte in ihrer Leibesmitte, etwas tiefer als der Nabel. Stellte er sich vor, wie sich ihr Schamhaar über ihrem Geschlecht kräuselte? Ihrer … Möse. So nannten es die Mädchen daheim, Allegra hatte sie manchmal belauscht, wenn sie in der Küche ihre Liebesabenteuer austauschten.

„Nun, du gehst nicht wie ein Mann. Du bewegst dich

nicht so, als hinge dir ein Schwanz zwischen den Beinen."

„Ich habe mich als Kastrat verkleidet."

Er hob die Augenbrauen. „Willst du damit sagen, Kastraten haben keinen Schwanz?" Er machte eine Handbewegung. „Wie pinkeln sie?"

Allegra spürte, wie ihr die Röte heiß ins Gesicht stieg. Er war in seinen Worten so direkt und freizügig. Wenn Blicke und Worte sich schon solche Freiheiten herausnahmen, was tat er wohl, wenn sie ihm gestattete, sie auszuziehen?

„Siehst du. Sie sind zwar keine richtigen Männer, aber weibisch sind sie auch nicht. Jedenfalls nicht alle."

„Wie ist das, wenn Mann und Frau sich lieben? Wie fühlt es sich an? Wie kann ich einen Mann glücklich machen?", sprudelten die Fragen aus ihr heraus, die sie innerlich zerfraßen. „Wie mache ich, dass er stöhnt, dass er mich berührt, wie lerne ich, ihm zu gefallen?"

Dann war sie wieder stumm und senkte den Blick. Da hatte sie es ausgesprochen, doch statt sich erleichtert zu fühlen, spürte sie nur noch mehr Hitze, die ihren Körper erfasste. Es war, als stünde sie neben einem Herdfeuer, das den Schweiß auf ihrer Haut hervorbrechen ließ.

„So viele Fragen …" Alberto klopfte den Pinsel aus, legte ihn beiseite und kam zu ihr herüber. „Willst du das wirklich wissen?"

Sie nickte, wild entschlossen. Blickte auf und sah in seine grünen Augen, die versuchten, in ihrem Blick zu lesen.

„Warum?"

„Ich bin alt genug." Trotzig reckte sie das Kinn. Sie würde sich kaum der Lächerlichkeit preisgeben, indem sie ihm erzählte, wem sie gefallen wollte. Dem Mann, der alle Spielarten der Liebe kannte. Sie war verzweifelt, denn wie sollte sie in ihrer Unschuld diesen Mann für immer an sich binden?

„Kannst nicht du mein Lehrmeister sein?"

Alberto schüttelte den Kopf. „Das meinst du nicht ernst."

Allegra schwieg. Er findet mich hässlich, dachte sie. Er hat zwar den Frauenkörper unter den Männerkleidern erkannt, aber ich bin abstoßend. Kein Wunder, dass er mich nicht will. Wie soll mich dann je Matteo wollen?

„Es ist, weil ich nicht hübsch bin."

„Nein, das ist es nicht." Er trat zu ihr, sie spürte seine Gegenwart. Er roch so gut, es war eine merkwürdige Mischung: Schweiß, Farben, Staub. Sein Duft war so fremd, als hätte er sich in einem Gewürzöl gebadet. „Ich glaube, du bist unglaublich hübsch unter diesen Kleidern. Und eine Augenweide. Jeder Mann, mit dem du eines Tages das Ehebett teilst, wird sich glücklich schätzen. Aber ich bin nur ein armer Malergeselle."

„Ich bin doch auch nicht …"

„Oh, du bist reich. Das sehe ich dir an der Nasenspitze an, und an der Kleidung. Außerdem wird's schon Gründe haben, dass du dich verkleidest. Bist du einem Scheusal versprochen?"

Sie nickte stumm. Wie klug er war, dachte sie, und dann dachte sie sogleich, wie gefährlich es für sie war, wenn jemand ihr Geheimnis wusste. Es reichte, dass die Principessa davon wusste.

„Aber das ist egal", sagte sie hastig, „Ich will einstweilen nur lernen, was Lust ist. Leidenschaft. Wie es ist, wenn Mann und Frau sich vereinigen."

Er schien belustigt. „Willst du, dass ich kastriert werde? Nein, an einer adeligen Frau werde ich mich nicht vergreifen. Jedenfalls nicht, solange sie Jungfrau ist. Das Recht der ersten Nacht gebührt deinem Ehemann."

„Also wirst du mir nicht helfen …"

Enttäuschung wallte in ihr auf wie bittere Galle. Sie wandte sich ab.

„Halt, warte!“ Er griff nach ihrem Arm, und sie zuckte zurück. Seine Hand fühlte sich so kühl an, dass sie es durch den Stoff des Hemds spürte. „Du musst wirklich sehr unerfahren sein, wenn du nicht weißt, wie viele Spielarten der Liebe es gibt, ohne dass ich meinen Schwanz in deine Möse stecke.“

Seine Worte entsetzten und erregten sie. Allegra schloss die Augen. Sie fühlte sich zu ihm hingezogen, machte einen Schritt auf ihn zu und spürte seinen Atem, der über ihre Stirn strich.

„Mach die Augen auf“, flüsterte er. Sie schüttelte den Kopf. „Sieh mich an. Ich gebe dir, was du willst. Aber ich kann dir nicht alles geben.“

Da sah sie ihn an. Seine Hand legte sich unter ihr Kinn.

„Hast du schon mal geküsst?“

Stumm nickte sie.

„Möchtest du es noch einmal versuchen? Möchtest du all die Dinge ausprobieren, die uns Männern schier den Verstand rauben?“

Sie nickte erneut.

Seine Hände umfassten ihr Gesicht. Jede seiner Bewegungen war nun vorsichtig, als hätte er Angst, ein wildes Tier in die Flucht zu schlagen. Bevor seine Lippen ihre berührten, sah er sie prüfend an, seine Augen tanzten zwischen ihren hin und her, als wollte er ergründen, ob es ihr wirklich ernst war damit.

Entschlossen erwiderte sie seinen Blick.

„Gut“, flüsterte er, und dann fühlte sie seine Lippen. Sie schmeckten nach Wein, und sie hörte sich in seinen Mund seufzen, weil er seine Lippen leicht öffnete und sie nicht anders konnte, sondern gehorsam alles machte, was er tat. War das Küssen? Schmeckte es so, wenn Mann und Frau einander mit den Lippen liebkosten?

Er löste sich von ihr. Lächelte sie aufmunternd an. „Vergiss das Denken“, murmelte er. Ehe sie wusste, was er genau damit meinte, ehe sie ihn fragen konnte, verschlossen seine Lippen ihre. Und diesmal spürte sie, wie seine Zunge über ihre Unterlippe glitt. Sie taumelte. Doch dann hob sie die Arme, ihre Hände legten sich um seinen Nacken, sie zog ihn näher an sich. Ihre Zunge schlüpfte hervor, glitt über seine Lippe, drang in seinen Mund ein. Sie spürte, wie seine Zunge ihre umschmeichelte, in immer schnelleren Kreisen umtanzten sie einander.

Danach spürte sie nichts mehr – außer diesem Taumel, der sie erfasste. Ihre Hände glitten hinab, zerrten an seinem fleckigen Malerkittel. Ein leises Ratschen brachte sie zurück in die Wirklichkeit. In ihrer Eile, ihm den Kittel abzustreifen, ohne zu wissen, was dann folgen sollte, hatte sie den Ausschnitt zerrissen.

Sie schlug die Hände vor den Mund. „Das tut mir leid“, wisperte sie. „Ich werde das bezahlen, ich meine …“

Er lachte leise. Nahm ihre Hände und zog sie zu sich heran. Sie sträubte sich. Ach, sie hatte alles, alles falsch gemacht!

„Ich sollte mich wirklich darauf konzentrieren, anderes zu lernen …“

„Später“, sagte er. Und erneut küsste er sie, flügelgleich glitten seine Lippen über ihren Mund, ihr Kinn, hinab zu ihrem Hals. Sie legte den Kopf in den Nacken, hielt sich an seiner Schulter fest. Sie sehnte sich danach, sich ganz fallen zu lassen. Ihre Knie gaben unter ihr nach, kaum dass sie es gedacht hatte, und er hielt sie fest. Seine Arme schlangen sich um ihren Körper, er drückte sie an sich, und sie hielt sich zitternd an ihm fest, während er beruhigend in ihr Haar flüsterte.

„Du lernst schnell“, flüsterte er.

Das konnte er nicht ernst meinen. Sie war ungeschickt, zerriss seinen Kittel und stellte sich dumm an. Allegra machte sich von ihm los. Er aber streckte die Hand nach ihr aus. „Ich will dir etwas zeigen“, sagte er. Sein Lächeln war so frech, sie konnte ihm nicht wiederstehen. Sie streckte die Hand nach ihm aus. Er packte sie am Handgelenk, zog Allegra näher und legte ihre Hand auf seinen Schritt. Allegras Augen weiteten sich vor Schreck, sie wollte die Hand zurückziehen, aber sein Griff war hart.

Fast so hart wie sein Penis, der sich unter dem Stoff reckte. Sein Schwanz drückte sich gegen das Gefängnis, als wollte er die Hose sprengen.

„Siehst du?“

Plötzlich war er wieder ganz nah, und sein Atem strich über ihren Hals.

„Nur eine sinnliche, erregende Frau schafft es, einen Mann allein durch einen Kuss so sehr zu entflammen.“ Er atmete schwer. „Es ist nicht leicht, sich da zu zügeln, ich würde am liebsten …“

Allegra wartete, doch er sprach nicht weiter. Stattdessen glitt seine Hand an ihrem Hals hinab, nestelte am Kragen ihres Hemds. Atemlos ließ sie ihn gewähren. Seine andere Hand ließ sie los, und während er ihr Hemd aufband, ließ sie ihre Finger über seinem Schwanz liegen. Sanft streichelte sie ihn, spürte sein Zucken unter dem Stoff.

Alberto schob das Hemd auf. Nicht weit, gerade so, dass er die Hand hineingleiten ließ. Sie stand wie erstarrt, lauschte auf die unzähligen neuen Empfindungen, die ihren Körper überfluteten. Lust. Zittern. Ein sanftes Ziehen, das sich von ihrem Unterleib ausbreitete und das sie bereits kannte.

„Ah, du machst es mir wirklich nicht leicht.“ Enttäuscht zog er die Hand zurück, weil sie auf den straffen Verband um ihre Brüste gestoßen war. „Zu schade, dafür bleibt uns jetzt keine Zeit.“

Bevor Allegra antworten konnte, gab es unter dem Torbogen ein Poltern und Krachen. Beide fuhren herum.

Ein gebeugter Mann mit schwarzer Perücke stand unter dem Torbogen. Allegra konnte nicht viel erkennen, aber Alberto schob sich an ihr vorbei und eilte auf den Mann zu.

„Ich hätte Euch abgeholt, Maestro“, sagte er leise. „Ich war schon fast auf dem Weg.“

„Wer ist dieser Tunichtgut? Ein neuer Liebhaber von dir?“, fragte Giancarlo Ferretti. Seine Stimme war ein müdes Krächzen. Er hustete, spuckte gelblichen Schleim auf den Boden. Allegra verzog angeekelt das Gesicht.

„Die Principessa hat Alessandro Bandini zu Euch geschickt, Maestro. Er soll bei Euch in die Lehre gehen.“

„Ah, ein Lehrling, sehr gut. Komm her, ich will dich ansehen.“

Allegra trat näher. Bei jedem Schritt spürte sie die Hitze zwischen ihren Beinen. Es fühlte sich ungewohnt an, und es fiel ihr schwer, nicht zu zeigen, was sie spürte. Alberto, der den Arm des Meisters stützte, warf ihr einen prüfenden Blick zu. Sie straffte sich.

„Ah, sehr schön. Ah, ja. Ja.“ Der Maestro nickte zufrieden. „Du weißt, was du zu tun hast, Alberto. Und jetzt bring mich zu Bett.“

Schwer auf Alberto gestützt verschwand der Maestro im Atelier. Allegra hörte, wie die beiden die Treppe hinauf polterten, unterdrücktes Fluchen, ein rasselndes Husten. Sie blieb im Hof und trat vor die Leinwand, an der Alberto gearbeitet hatte.

„Das ist hübsch“, sagte sie, als er zurückkam.

Er nahm den Pinsel und legte den Kopf schief. „Nein, das ist nicht hübsch“, erwiderte er. „Und für heute hast du genug gelernt, komm morgen wieder. Ich muss hier weitermachen.“

Allegra trat zurück. Sie hob das Päckchen auf, das sie vorhin hatte fallen lassen und legte es auf den Tisch. Alberto hatte sich bereits in die Arbeit an seinem Bild vertieft. Sie zögerte, doch dann flüsterte sie „bis morgen“ und verließ den Hinterhof.

Fast wünschte sie, er würde sie zurückrufen. Aber nichts passierte. Sie schmeckte seinen Mund auf ihren Lippen, spürte fast noch seinen Atem an ihrem Hals, die heiße Nässe zwischen den Beinen, die er ihr beschert hatte.

Morgen. Das war ein süßes Versprechen. Sie hoffte, dass er sich daran hielt.

Am nächsten Tag war sie vorbereitet. Ihre Brüste waren nicht so eng geschnürt, dafür trug sie ein weites bauschiges Hemd. Die Weste und das Justaucorps waren von einem zarten Goldton, und sie wählte beides, da die Weste einen Knopf weniger hatte. Ja, sie hatte sich am Vorabend einen Badezuber bereiten lassen und Luigi gebeten, ihr Haar einzuseifen, während sie im heißen Badewasser saß.

Ihr Bruder hatte eingewilligt, aber er hatte sich ausbedungen, nach ihr das Badewasser nutzen zu dürfen, da auch er sich den Schmutz der letzten Woche von der Haut waschen wollte.

So saß sie in dem Zuber, den die Diener des Observatoriums in ihr Schlafzimmer getragen und nach und nach mit heißem Wasser gefüllt hatten, das sie in Krügen einzeln die Treppen aus der Küche hochtragen mussten. Luigi saß auf einer Fußbank neben dem Zuber und sie erzählte ihm, welche Ereignisse an diesem Tag über sie hereingebrochen waren. Wie ein Erdbeben, das alles erschütterte, war ihr Leben durcheinander gewirbelt worden.

Luigi schüttelte ungläubig den Kopf, als sie ihm von ihrer Begegnung mit Matteo erzählte. „Und du bist sicher, dass er dich nicht erkannt hat?"

„Er hat mich zu seinem Maskenball eingeladen."

Luigi pfiff durch die Zähne.

Allegra richtete sich auf und griff über den Zuberrand nach der Seife, die auf einem sauberen Laken am Boden lag. „Was ist so besonders an diesem Maskenball?"

„Na, er wird dich bestimmt nicht erkannt haben. Dass er seine keusche Verlobte bei diesen Ausschweifungen dabei haben will, scheint mir sehr unwahrscheinlich."

„Warst du schon mal dort?"

„Schwesterchen, wenn ich dort gewesen wäre, dann wäre ich kaum so beeindruckt, dass er dich einlädt."

Sie wollte schon beleidigt tun, doch Luigi fuhr fort: „Es ist eine Ehre, dorthin eingeladen zu sein. Eine Ehre, die man nicht mehr vergisst."

„Er hat gesagt, ich darf jemanden mitbringen."

Sie streckte ihr Bein aus und seifte die Wade ein. Das Wasser plätscherte leise. Luigi sah sie nachdenklich an.

„Ich glaube kaum, dass du auf diese Art von Ball vorbereitet bist", sagte er schließlich.

„Ich werde vorbereitet sein", versprach sie. „Vertrau mir. Nichts wird mich erschüttern, wenn wir dort sind. Ich will ihn … Ich will Matteo sehen. Ich will ihn betören, er soll mir zu Füßen liegen."

„Dir? Für ihn bist du nur ein unerfahrenes Gänschen. Davon gibt es Dutzende."

„Nein", widersprach sie. „Für ihn bin ich ein junger, hübscher Kastrat. Diese Maskerade sollte ich doch für meine Zwecke nutzen können, meinst du nicht?"

Ihre Hand glitt mit der Seife am Arm hinauf. Sie strich mit dem kühlen, runden Seifenstück über ihren Hals und das Dekolleté. Mit beiden Händen rieb sie die Seife und ließ sie ins Wasser plumpsen, verteilte den sanft nach Lavendel duftenden Schaum auf ihren Brüsten, die sich schwer und von der Hitze des Wassers gerötet in ihre Hände schmiegten.

Luigi schüttelte den Kopf. „Du bist eine Sirene", flüsterte er. „Komm her, ich will dir das Haar waschen."

Sie tauchte mit dem Kopf vollständig unter, ehe sie ihm das Stück Seife reichte. Luigi begann, ihr Haar einzuseifen.

„Du solltest bedenken, dass es dort jede Spielart der Liebe gibt. Männer verwöhnen Frauen. Frauen verwöhnen Männer. Du siehst Männer, die sich mit zwei Frauen vergnügen oder mit einem Knaben. Frauen ... Frauen, die einander streicheln, küssen und das alles vor den Augen eines Dutzends Männer. Aber das ist nicht alles ..." Luigi atmete tief durch. Mit einem Krug goss er Wasser über ihr Haar. Allegra schloss die Augen und legte den Kopf in den Nacken.

„Was noch?", fragte sie, als er nicht weitersprach.

„Es gibt bestimmte Räume in seinem Palazzo, zu denen nur Geladene Zutritt haben. Und dort ... Dort geht es noch wilder zu. Ungezügelt und hemmungslos. Es gibt Räume, in denen sich Männer dem Schmerz hingeben, weil es ihnen Lust bereitet. Frauen lassen sich fesseln und die Augen verbinden, damit sie nicht sehen, welcher Mann sie als nächstes nimmt. All das findest du dort. Und an all diesen Dingen findet er Gefallen."

„Davon hast du mir nie erzählt …"

Luigi strich den Schaum aus ihrem Haar. Er tauchte den Krug in das Wasser im Zuber, spülte ein zweites Mal ihr Haar. „Ich wusste nichts davon", sagte er. „Aber nachdem du hierher kamst, habe ich Erkundigungen eingeholt. Ich habe es geahnt", fügte er leiser hinzu. „Es tut mir leid, du hast etwas Besseres verdient."

Allegra öffnete die Augen. Einen Moment sprach keiner von ihnen, und als sie die Hand ausstreckte, reichte er ihr stumm das Badetuch. Sie stand auf, stieg aus dem Zuber und schlang das Tuch um ihren Körper. Aus dem Haar tropfte es auf den Teppich, aber was kümmerte es sie. Hinter ihrem Rücken hörte sie, wie Luigis Kleidung raschelnd zu Boden fiel. Dann hörte sie leises Platschen. Er saß nun im Zuber.

„Es ist mir egal, wer er jetzt ist", sagte sie leise.

Luigi schnaubte. „Glaubst du, dass du ihn ändern kannst?"

Sie antwortete nicht. Aber sie dachte an Alberto, an seinen Kuss. Sein Schwanz, der sich hart gegen ihre Hand drückte. Ja, ihn hatte sie erregt. Nun musste sie nur noch lernen, dasselbe bei Matteo zu erreichen. Und sie musste darin perfekt sein, denn er sollte ihr ganz allein gehören. Er sollte in ihren Armen seine Mätresse vergessen.

Und wenn sie dafür Dinge tun musste, die ihr nicht gefielen?

Darüber wollte sie dann nachdenken.

So war sie gewappnet, als sie am nächsten Tag das Atelier betrat. Der Maestro war da; er saß im Hinterhof auf einem Schemel und beugte sich über ein kleines Holzbrett, auf das er eine Skizze warf. Als Allegra den Hof betrat, brummelte er, schrie über die Schulter nach Alberto und widmete sich wieder seiner Arbeit. Allegra war für ihn Luft.

Sie folgte Alberto ins Atelier. „Was soll ich machen?“, fragte sie.

Er reichte ihr eine Handvoll verkrusteter Pinsel. „Du kannst sie saubermachen. Und die Farbtöpfe sortieren.“

Einen Moment sah Allegra ihn sprachlos an. Er schien sie gar nicht zu sehen, war ganz damit beschäftigt, etwas in dem herrschenden Durcheinander zu suchen.

„Was ist?“, fragte er gereizt.

„Ich dachte ... wir wollten ...“, stotterte sie.

„Ach so. Ja.“ Er kratzte sich am Nacken. „Später. Der Maestro braucht seine Farben. Wenn er sich auf den Weg macht zur Kapelle“, und bei diesen Worten wurde sein Gesicht ganz weich und die Augen verloren den harten Glanz, „dann haben wir Zeit. Für uns.“

Sie nickte stumm. Plötzlich war ihr Hals trocken, und sie schluckte hart.

Zeit für uns. Er meinte es ernst. Er wollte sie einweihen in die Geheimnisse der Liebe.

Viel Zeit blieb ihr nicht mehr ... In wenigen Tagen war der Maskenball.

Still arbeitete Allegra an dem großen Tisch vorm Fenster. Wie Alberto es ihr gezeigt hatte, reinigte sie die Pinsel. Sie war so in ihre Aufgabe vertieft, dass sie nicht merkte, wie der Maestro schließlich mit einem Kästchen, in dem er Farben und Pinsel aufbewahrte, den Innenhof verließ. Alberto und sie waren allein.

Plötzlich trat er hinter sie und legte seine Hände links und rechts von ihren Hüften auf den Tisch. Sie erstarrte mitten in der Bewegung.

„Er ist fort. Und in den nächsten Stunden kommt er nicht wieder.“

„Dann lass uns ... lass es uns tun“, sagte sie und drehte

sich zu ihm um. Ihr zitterten die Knie, und ihre Hände wurden plötzlich kalt. Doch es gab kein Zurück mehr. Sie wollte es.

Sie bibberte vor Angst, doch ihr Blick hielt sich an seinem fest. Alberto streckte die Hand aus, und sie neigte den Kopf, legte ihre Wange an seine Handfläche. Ihre Haut fühlte sich heiß an, ein bisschen verschwitzt war sie.

In ihm zog sich alles zusammen. Sie war zu schön, um wahr zu sein.

Gestern hatte er das, was sie sagte, für einen Scherz gehalten. Alles, von ihrem Brief bis zu ihrem Wunsch, die Lust kennenzulernen, war für ihn ein Witz gewesen. Aber ihr schien es ernst damit zu sein, heute mehr als gestern.

„Sag mir nur, warum du die Lust kennenlernen willst", flüsterte er. „Für das Scheusal, dem du versprochen bist, wird's kaum sein …"

Ihr Kopf ruckte hoch. „Er ist kein Scheusal!", erwiderte sie heftig. Ihre Augen, sonst taubengrau, wirkten dunkel wie ein Gewittersturm.

„Gut, dann ist er kein Scheusal. Also tust du's für den, dem du versprochen bist? Erzähl mir von ihm. Wer ist er?"

Sie schüttelte den Kopf. „Das kann ich nicht sagen."

Alberto wartete. Als sie nichts sagte, trat er zurück und verschränkte die Arme.

„Du wirst es mir sagen", stellte er klar.

„Ach, und wenn ich es nicht sage?" Das Gewittergrau ihrer Augen wurde fast schwarz. „Was dann? Soll ich mich dann lieber dem nächstbesten Stadtwächter an den Hals werfen, dass er mir die Lust zeigt?"

Tränen glitzerten in ihren Augen, und eine Träne löste sich und rann ihre Wange hinab. Er hob die Hand, nahm die

Träne mit dem Finger auf. Hielt ihr den Finger hin.

„Und du wirst es mir sagen“, versprach er ihr. „Ich werde dich dazu bringen, es mir zu sagen.“

„Niemals.“ Sie spie das Wort aus, kniff die vollen Lippen zu einer schmalen Linie zusammen und verschränkte die Arme vor der Brust.

„Worum wetten wir?“ Noch immer hielt er ihr den Finger hin. „Du machst nur das, was dir gefällt. Ich werde dir sagen, was du tun sollst, aber du bist frei, dich mir zu verweigern und es nicht zu tun. Und trotzdem verspreche ich dir, du wirst mir seinen Namen nennen. Denn ich werde dir die Erfüllung erst schenken, wenn ich seinen Namen weiß.“

Sie runzelte die Stirn, doch dann nickte sie knapp.

Das gefiel ihm an ihr. Sie stellte sich zwar manchmal etwas zickig an, aber wenn es wirklich zur Sache ging, war sie neugierig. Und sie wollte lernen. Aber er war nicht bereit, sein breit gefächertes Wissen zu verschenken.

„Sein Name – gegen deine Lust.“

Wieder nickte sie. Alberto war zufrieden. Er hielt ihr den Finger hin, auf dem noch immer ihre Träne glitzerte.

„Leck ihn ab“, sagte er, nun mit sanfter Stimme.

„Warum?“, fragte sie.

„Tu es einfach. Wenn du willst“, fügte er hinzu. Wenn sie es nicht machte, war das nicht schlimm. Dann wäre sie lediglich eine größere Herausforderung. Doch wenn er Erfolg hatte – und davon ging er aus –, wäre sein Triumph umso größer.

Sie blickte ihn nachdenklich an. Dann trat sie vor, griff seine Hand und nahm den Finger in den Mund. Ebenso schnell, wie sie auf ihn zugekommen war, zog sie sich wieder zurück.

Alberto grinste. Sie hatte die dritte Möglichkeit gewählt: machen, was er von ihr verlangte, aber es auf ihre Art tun.

„Das war nicht gerade sehr … sinnlich. Weißt du, es kommt darauf an, sinnlich zu sein, wenn du den Mann verführen willst."

Verwirrt sah sie ihn an. „Ich verstehe nicht …"

„Ich werde es dir zeigen." Er trat näher. Sie drückte den Rücken gegen die Arbeitsplatte, als wollte sie im Tisch versinken. Seine linke Hand legte sich an die Tischkante. Er spürte die Hitze ihres Körpers. Dann nahm er ihre Hand. „Streck den Finger aus", flüsterte er. Sie gehorchte. Seine Lippen strichen über den Finger, dann nahm er ihn ganz in den Mund. Und saugte daran.

Einen Moment tat sie nichts. Dann seufzte sie leise, schloss die Augen.

Er beobachtete sie. Wie sich ihr Körper ganz weich machte unter dieser kleinen Liebkosung. Wie ihr Gesicht, das von Misstrauen, Furcht und Unsicherheit ganz unruhig war, sanfter wurde und wie sich ihre Wangen mit einem rosigen Hauch überzogen, der nur für das geschulte Auge eines Malers sichtbar war.

„Siehst du … So ist es richtig. Und jetzt versuchst du es."

Sie war nun bemüht, es richtig zu machen. Ihre Finger waren zu seiner Überraschung heiß und trocken, als sie nach ihm griff. Ihr Mund jedoch … Er seufzte. Warm und feucht. Fest schlossen sich ihre Lippen um ihn. Sie blickte ihn über ihre Hände hinweg an, fragend, ob sie auch alles richtig machte, und er nickte leicht. Sie machte es mehr als richtig. Schon spürte er, wie sein Schwanz sich regte, der schon den ganzen Tag in einem Zustand der Bereitschaft war und bei der kleinsten Andeutung lebendig wurde. Der Moment, als sie ins Atelier kam und er ihre federleichten Schritte hinter sich hörte, war fast schmerzhaft gewesen. Am liebsten hätte er sie sofort auf den Tisch gelegt, ihr die unnütze Kleidung vom Leib gerissen und ihr gezeigt, was wahre Lust sein konnte.

Aber seine Aufgabe nahm er ernst.

„Verrätst du mir deinen Namen?“, flüsterte er.

Er spürte ihre Zähne, die seinen Finger hielten. In ihren Augen las er die Antwort.

„Nein?“

Kopfschütteln.

Nun, er konnte sie auch namenlos verwöhnen. Vielleicht war es besser, ihren Namen nicht zu wissen.

„Setz dich auf den Tisch.“

Diesmal gehorchte sie ohne Zögern. Der Tisch war niedrig und wackelte, außerdem war er über und über mit Utensilien vollgestellt. Alberto wischte mit dem Arm die Pinsel, Tiegel und Lappen herunter. Sie saß vor ihm, die Füße berührten den Boden nicht mehr.

„Magst du dich für mich ausziehen?“

Sie nickte. Ihre Hände fuhren zum Kragen, lösten die Schleifenbänder. Sie öffnete die Knöpfe der Weste, streifte das Justaucorps ab. All das in einem eiligen Durcheinander. Er beobachtete sie mit verschränkten Armen.

„Was ist?“, fragte sie, als sie seinen missbilligenden Blick bemerkte.

„Ja, das frage ich dich. Willst du die Männer verführen? Oder willst du ihnen den Appetit verderben, indem du dir die Kleider vom Leib reißt wie eine Hure?“

Sie kniff die Lippen zusammen. Ob sie wusste, dass dann ein kleines Grübchen am Mundwinkel auftauchte, das ihrer trotzigen Miene die Schärfe nahm? Selbst jetzt sah sie hinreißend aus.

„Langsam. Nimm dir Zeit.“ Er überlegte. „Hast du schon

mal für ein Bad, auf das du dich den ganzen Tag gefreut hast, die Vorfreude hinauszögern wollen? Indem du sorgfältig jedes Kleidungsstück ablegst, ganz behutsam? Als wäre dein Körper aus Glas … Dein Körper will gestreichelt und verwöhnt werden. Wie du es manchmal tust, wenn du allein bist."

Sie errötete. Die Wimpern flatterten über dem Taubengrau ihrer Augen. Alberto atmete tief durch. Bei allen Heiligen, diese Frau war wirklich eine Prüfung seiner Selbstbeherrschung. Worauf hatte er sich nur eingelassen?

Ihre Finger glitten hinab, lösten den letzten Knopf der Weste. Sie streifte auch dieses Kleidungsstück ab, warf es beiseite und legte die Hand an den Hals. Schon glitt die Hand tiefer, hinein in den Ausschnitt des Hemdes. Darunter konnte Alberto den Verband erspähen, den sie eng um ihre Brüste geschnürt hatte.

Ihre Fingerspitzen berührten den Verband. Sie schaute beiseite.

„Du musst mich nicht ansehen. Stell dir vor, ich wäre nicht da", flüsterte er.

Mit geschlossenen Augen nestelte sie am Hemd, öffnete es weiter, zerrte am Saum, der in der Hose steckte. Alberto sah die weiche Haut ihres Bauchs, die sich hell vom Rot der Hose abhob. Dann zog sie mit einem entschiedenen Ruck das Hemd über den Kopf.

„Ja. Und jetzt der Verband."

Noch immer den Kopf abgewandt, löste sie den Verband. Alberto atmete schwer, denn sie zögerte den letzten Moment heraus. Nur noch eine dünne Lage Stoff verhüllte ihre Brüste. Er konnte die dunklen Nippel sehen, die sich gegen das Gewebe drückten und vor Erregung schon ganz hart waren.

Mit einem entschlossenen Ruck zog sie den Verband fort. Und blickte ihn im selben Moment an.

„So?“, fragte sie, als wäre er ihr Lehrer, der sie lobte oder tadelte.

„Ja. So.“ Sein Hals fühlte sich trocken an, er räusperte sich.

So verführerisch hatte er sich ihre Brüste nicht vorgestellt. Klein, rund und fest waren sie, bestimmt passten sie genau in seine Hand. Im Takt ihrer heftigen Atemzüge hoben und senkten sie sich. Am liebsten wäre er jetzt zu ihr getreten, hätte sich über ihre Brüste gebeugt und an ihren Nippeln gesaugt.

Warum tat er es nicht einfach?

Alberto zögerte. Sein Schwanz war hart und drückte sich fordernd gegen den Stoff. Er spürte ein schmerzhaftes Ziehen in den Lenden. Ja, er wollte sie. Aber er hatte ihr auch ein Versprechen gegeben, das er halten wollte. Das Recht der ersten Nacht gehörte ihrem Ehemann, auch wenn sie sich ihm so willig hingab wie eine reife Pflaume, die ihm vom Baum direkt in den Mund flog.

„Jetzt leg dich hin.“

Ihre Bewegungen waren nicht mehr zögerlich. Sie lehnte sich zurück, und er trat zu ihr. Schob ihre Beine auseinander, sodass er ihr noch näher war. Sein Schwanz rieb sich durch die Hosen an ihrem Geschlecht, als seine Hände sie näher heran zogen. Sie bog den Rücken durch, seufzte leise.

Ja. Sie war mehr als bereit, die Liebe kennenzulernen.

„Deine Lust gegen seinen Namen“, sagte er noch einmal, und sie nickte stumm. Seine Hand strich an ihrer Flanke empor, und er fühlte, wie ein Zittern unter ihrer Haut seiner Liebkosung antwortete. Dann beugte er sich über sie, legte seinen Mund an ihren Hals, die Zunge schnellte vor und leckte sie zärtlich. Sie legte den Kopf in den Nacken, offenbarte ihm die zarte Haut ihrer Kehle, wimmerte leise. So verletzlich. So ängstlich und doch mutig … Er schloss für einen Moment die Augen, verließ sich ganz auf seine anderen Sinne. Ihr Duft, der ihm in die Nase stieg, die weiche, kühle Haut unter seinen Fingern und seiner Zunge, ihr leises Seufzen.

Sie war keine Schülerin, der er etwas beibringen musste. Sie war wie ein Granitblock, grob behauen, dem er seine innere Schönheit zeigen musste. Was diese Frau brauchte, war kein Lehrmeister, sondern jemand, der ihre natürliche Sinnlichkeit erweckte.

Einen Moment schien es Alberto unfassbar, dass er dieser Mann sein sollte.

Doch dann siegte seine Leidenschaft. Er kannte seine Grenzen. Er wusste, wie weit er gehen durfte. Nie war ihm das so schwer gefallen wie in diesem Moment. Denn er ahnte, dass sie mehr als bereit war, ihm alles zu geben.

Aber nicht er hatte das Recht, sie zu lieben. Es gebührte einem anderen Mann.

Und den Namen dieses Mannes wollte er erfahren.

Seine Hände glitten an ihrem Bauch hinauf, während er winzige Küsse auf ihren Hals setzte und sein Mund sich langsam nach unten schob. Er spürte ihre zarten Knochen, die sich unter der Haut abzeichneten. Ihr Schlüsselbein, dann die Linie ihres Brustbeins.

Sie stöhnte leise, bewegte die Hüften unter ihm, drückte das Kreuz durch.

„Beweg dich nicht“, flüsterte er zwischen zwei Küssen.

Als sie nicht stillhalten wollte, richtete er sich auf. Sie öffnete die Augen und blickte ihn fragend an.

„Ich habe gesagt, du sollst dich nicht bewegen.“

„Aber ich will mich bewegen“, flüsterte sie.

„Halt still!“ Er lachte leise, als sie sich ihm wieder entgegenhob. Ob sie wusste, wie verführerisch sich ihre kleinen

Brüste ihm entgegenreckten, rosig überhaucht und mit den harten Nippeln gekrönt, die wie gemacht waren, um an ihnen ausdauernd zu saugen und zu knabbern?

Das war wohl das Verführerischste an ihr. Sie wusste nicht, wie sehr sie ihn reizte. Wie sehr sie seine Selbstbeherrschung erprobte.

Mit einem entschlossenen Griff packte er ihre Handgelenke und bog die Arme über ihren Kopf. Die andere Hand griff blitzschnell nach ihrer Brust, und aus ihrem überraschten Keuchen wurde sogleich ein Stöhnen. Sie schob sich so nah an ihn heran wie nur möglich, und ihm wurde am ganzen Körper heiß, als ihr Geschlecht sich durch die Stoffschichten an seinem Schwanz rieb.

„Lass das", befahl er ihr, und sie gehorchte zu seiner Überraschung. Er musste sich ermahnen: sie war ein unschuldiges Mädchen, das bisher nicht mehr Leidenschaft kannte als den gestrigen Kuss. Er musste behutsam vorgehen. Doch ihre Reaktionen ließen ihn allzu leicht vergessen, wie wenig sie über die Lust wusste.

Er beugte sich über sie. Seine Lippen umschlossen ihren Nippel, und er saugte daran. Sie schnappte nach Luft. Seine Hand hielt unnachgiebig ihre Hände über dem Kopf fest, während die andere Hand ihre freie Brust knetete. Ihre Beine schlangen sich plötzlich um seine Hüften, zogen ihn näher zu sich heran.

Sein Schwanz schmerzte, drängte gegen den Stoff. Er stöhnte leise, während sie erneut das Kreuz durchdrückte, ihm ihren ganzen Körper darbot wie ein Geschenk.

Und er durfte dieses Geschenk nicht annehmen …

Atemlos ließ er von ihren Brüsten. Er ließ ihre Arme los, doch sogleich streckte sie die Hände nach ihm aus, nestelte an seinem Kittel. Diesmal kümmerte es ihn nicht, als der Stoff unter ihren ungeduldigen Fingern zerriss, diesmal wollte er sich ihr nicht entziehen. Ihre Finger erkundeten seinen Oberkörper, sie fand seine kleinen Brustwarzen, die sich verhärtet hatten. Er spürte lustvollen Schmerz, als sie ihn hinein kniff.

Seine Hände nestelten derweil an den Knöpfen ihrer Hose. Mit so viel Leidenschaft hatte er nicht gerechnet, erst recht nicht, dass sie so willig auf sein Liebesspiel einging. Schon hatte er die Knöpfe aufgerissen, einer sprang auf den Boden, weil Alberto in seiner Ungeduld daran riss. Kurz schloss er die Augen, versuchte sich zu zügeln und die Vorstellung zurückzudrängen, sie im nächsten Moment zu nehmen, so wie sie vor ihm auf dem Tisch lag. Dann zerrten seine Hände an ihrer Hose.

Plötzlich verharrten ihre Hände an seinen Flanken. Sie zog die Hände zurück. Ihre sturmgrauen Augen blickten zu ihm auf, und er las Zweifel darin.

„Vertraust du mir?", flüsterte er mit rauer Stimme.

Sie nickte stumm.

„Ich werde dir nichts tun. Ich werde nicht zu weit gehen, ich gebe dir mein Wort. Es gibt hier eine klare Grenze, hörst du?"

Sie nickte erneut.

„Willst du weitermachen?", fragte er.

Ihre Hände, die an seinem Hosenbund zerrten, waren Antwort genug. Alberto lachte leise, dann schob er langsam ihre Hose herunter. Sie hob den Hintern an, ließ sich von ihm bereitwillig Hose, Schuhe und Strümpfe nehmen. Das dunkelrote Schamhaar hob sich von der weißen Haut ab. Sein Blick ruhte darauf, während ihre Augen ihn nicht losließen.

„Und jetzt?", fragte sie leise.

Er schluckte. Was sollte er darauf schon antworten?

„Jetzt geht es weiter. Entspann dich."

Er ließ sich Zeit, ließ seine Hände über ihre Unterschenkel hinauf tanzen, schob ihre Knie auseinander, spreizte ihre Schenkel. Andächtig staunte er, während sie ihn erwartungsvoll anblickte.

„Mache ich alles richtig?“, flüsterte sie.

„Mehr als richtig.“ Er atmete tief durch. Es gab kein Falsch in diesem Spiel. Alles, was sie tat, ob sie sich nun zurückhaltend gab oder nach ihm griff, ob sie ihn berührte, küsste oder still da lag, ob sie wimmerte oder stöhnte … das alles war richtig.

Seine Hand schob sich näher an ihre heiße Vagina. Er teilte mit den Fingern das Schamhaar, betrachtete verzückt ihre Spalte, die feucht glänzte. Er streckte ihr seine Hand hin. „Leck an meinen Fingern“, flüsterte er.

Sie gehorchte. Ihr Saugen am Zeigefinger ließ seinen Schwanz noch heftiger pochen, und er zog den Finger schnell zurück.

Ihre Augen, der halb geöffnete Mund … Alberto schloss für einen Moment die Augen. Wie es wohl war, wenn er seinen Schwanz in diesen heißen Mund schob, wenn sie mit derselben Kunstfertigkeit an seinem Schaft ihre Lippen auf und ab gleiten ließ, mit der sie seinen Finger nass machte?

Er schob den Gedanken beiseite. Später, sagte er sich. Erst wollte er den Namen des Mannes erfahren, dem sie versprochen war. Danach blieb ihnen genug Zeit für anderes …

Sein nasser Finger legte sich auf ihre Klitoris. Sie keuchte auf, ihre Augen wurden groß, doch dann fiel sie zurück auf den Tisch. Sie seufzte.

„Berühr dich“, flüsterte er.

Ihre Hände glitten rastlos über ihren Bauch und ihre Brüste hinweg.

„Langsam … Berühr’ deine Brüste. Nimm die Nippel

zwischen die Finger, ja, genau so …“

Ihre Bewegungen folgten seinen Anweisungen. Sein Finger begann, langsam um ihre Klitoris zu kreisen. Sie stöhnte jetzt immer lauter, und als er mit den Fingern der anderen Hand über ihre Vagina streichelte, spürte er die Nässe, die dagegen brandete. Plötzlich tauchte er mit einem Finger in ihre enge Passage, und sie schrie auf.

„Gefällt es dir?“

Sie nickte.

Wieder kreiste der Finger um ihre Klitoris. Ihr Keuchen wurde immer lauter, durchsetzt mit Schreien, während ihre Hände die Brüste kneteten, an den Nippeln zerrten.

Sie war mehr als bereit.

Wieder ließ er seinen Finger in ihre Vagina gleiten. Er stieß auf einen Widerstand, zog sich zurück, doch das gefiel ihr nicht.

„Bitte, gib mir mehr … davon“, stöhnte sie. Ihr Haar hing wirr um den Kopf, Schweiß glänzte auf ihrer Haut, und er spürte ein Pulsieren in ihr. Nicht mehr lange, und sie erlebte ihren ersten Höhepunkt. Nicht mehr lange …

„Nein“, flüsterte er. Beugte sich über sie. Sein Finger, der nass von ihren Säften war, umkreiste immer schneller ihre Klitoris, während seine andere Hand nach ihren Handgelenken haschte, erst das linke, dann das rechte. Sie stöhnte, als er wieder ihre Hände über ihrem Kopf ausstreckte. Ihre Finger klammerten sich an den Tisch, ihre Brüste hoben sich ihm entgegen, ihre Schenkel umschlossen seine Hüften. Sie stöhnte nur noch, und ihre Lust kannte nur noch ein Ziel.

Seine Lippen lagen wieder an ihrem Hals, er spürte das Pochen ihres Bluts unter der dünnen Haut, wie es auch in ihrer Möse pochte. Noch einmal ließ er den Finger hineingleiten, spürte das Pulsieren, das ihn so fest umschloss, als wollte sie ihn nicht gehen lassen.

„Sag mir seinen Namen“, flüsterte er an ihrem Hals.

Sie kniff die Lippen zusammen, als könnte sie damit das Unausweichliche aufhalten.

„Seinen Namen …“

Sie gab nicht nach. Erstaunlich, wie sehr sie ihm widerstehen konnte, während er ihrer Lust gerade so viel Erfüllung gab, dass sie sich nach mehr sehnte, ohne zu wissen, wie viel dieses Mehr war … Er lächelte grimmig. Sein Schwanz schmerzte. Nichts ersehnte er mehr, als sich in ihre Enge zu schieben, zu spüren, wie sie ihn umschloss. Er stöhnte leise, doch dann waren seine Sinne wieder ganz auf sie konzentriert. Ihr Blick war verschleiert, ruhte jedoch auf ihm.

„Sag mir nur seinen Namen …“, wisperte er. „Mehr will ich nicht, dann bekommst du alles …“

Dann beugte er sich über ihre Brüste. Seine Zunge umkreise den harten Nippel, wie sein Finger ihre Klitoris umkreiste. In immer schnellerem Rhythmus, im Gleichklang, doch als er spürte, dass sie nahe vor dem Höhepunkt stand, verharrten Finger und Zunge, und er blickte zu ihr auf.

„Sein Name …“

Und da war es um sie geschehen. Sie wandte den Kopf zur Seite. Tränen glitzerten an ihrer Schläfe und rannen ins Haar, als sie flüsterte: „Matteo.“

Und noch einmal. „Matteo.“

Sein Finger nahm den Rhythmus wieder auf. Da schrie sie den Namen heraus, schluchzte und weinte und lachte, wimmerte und stöhnte unter seiner Hand und seinem Mund, bis sie den Namen des anderen nur noch heiser flüstern konnte. „Matteo.“

## 7. KAPITEL

Plötzlich war es still. Alberto richtete sich auf und trat einen Schritt zurück. Allegra vermisste bereits im selben Moment seine Hand und seinen Mund. Es schmerzte sie, und sie wagte es nicht, die Augen zu öffnen.

Es fühlte sich an, als hätte sie ihre Liebe zu Matteo verraten.

Was tat sie überhaupt hier? Wieso hatte sie sich auf dieses Spiel eingelassen? Nur weil sie Matteo gefallen wollte? Und dann verriet sie ihn …

Sie richtete sich auf. Alberto stand einige Schritte von ihr entfernt, hatte sich halb von ihr abgewandt und goss aus einem Krug Wein in einen Becher.

„Hast du Durst?“, fragte er. Seine Stimme klang anders als sonst. Allegra sprang vom Tisch, doch sie musste sich an der Tischkante festhalten. Ihre Knie waren weich, als hätte jemand die Knochen fortgezaubert.

Er lächelte, kam zu ihr herüber und reichte ihr den Becher. Allegra trank hastig, und ein paar Tropfen rannen an ihrem Hals hinab. Da nahm er ihr den Becher weg und zeichnete mit einem Finger die Spur nach, die der Wein auf ihren Hals malte, zwischen ihren Brüste hinab zum Bauchnabel.

„Du bist ein Wunder“, flüsterte er und beugte sich über sie. Jetzt folgte seine Zunge dem Wein, ritt auf dem schmalen roten Fluss hinab zu ihrem Bauch. Allegra ballte die Hände zu Fäusten. Nur mit Mühe konnte sie ein Seufzen unterdrücken. Er kniete vor ihr, und sie spürte die Holzplatte des Tischs, die sich an ihren Po drückte.

„Siehst du, was für ein Wunder du bist? Am liebsten würde ich dich malen, genau so, wie du jetzt bist. Weil du so köstlich schmeckst, weil das Salz deiner verschwitzten Haut mit dem Wein und deinem inneren Glühen so … malenswert ist.“ Er lächelte schief. Als wären ihm die Worte ausgegangen.

„Ich muss gehen.“ Sie bückte sich nach ihren Kleidern, raffte Hemd und Hose, Weste und Strümpfe an sich und schaute sich suchend um. Vor kurzem noch hatte sie nackt auf dem Tisch gelegen und unter seinen Händen und seinem Mund vor Lust gewimmert. Doch jetzt wollte sie nur fort, wollte allein sein mit sich und diesen köstlichen Empfindungen, die er in ihr geweckt hatte. Wollte die Hitze in ihren Wangen und die Wärme, die sich von ihrem Bauch ausbreitete, mit niemandem teilen.

„Ich warte draußen.“ Alberto verstand. Seine grünen Augen blitzten sie noch einmal an, dann verließ er das Atelier und schloss die Tür hinter sich.

Hinter einem Pfeiler, an den Leinwände gelehnt waren, zog sie sich ohne Hast an. Ihr Körper war erhitzt vom Liebesspiel und reagierte auf jede kleine Berührung. Sie spürte ein leises Zittern unter der Haut, als ihre Hand über den Bauch strich. Einen Moment verharrte sie und genoss dieses Gefühl, das durch ihren Körper raste wie ein verzehrendes Feuer.

Sie kannte nun die Lust und wusste, was es für sie bedeutete, Leidenschaft zu erfahren. Doch noch immer wusste sie nicht, was es bedeutete, einem Mann Lust zu schenken und ihn mit diesem Wissen an sich zu binden. So wie Cristina es mit Matteo tat. So wollte sie es auch können.

Als sie ins Freie trat, stand Alberto vor einer Leinwand. Er pfiff eine kleine Melodie und pinselte mit weit ausholenden Schwüngen das schönste Himmelblau auf die obere Hälfte der noch leeren Leinwand.

„Lerne ich morgen das Malen?“, fragte sie leise.

Er drehte sich zu ihr um. Seine Augen blitzten und wirkten grüner als sonst. „Natürlich! Du bist schließlich hier, um etwas zu lernen, schon vergessen?“

Ihre Finger kneteten das Justaucorps, das sie noch nicht wieder angezogen hatte. „Nein“, sagte sie. „Ich meine, ja, ich … wenn du mir noch etwas beibringen willst.“ Das Letzte flüsterte sie.

„Ich kann dir alles und nichts beibringen“, gestand er, und als sie die Stirn runzelte, weil sie nicht verstand, was er meinte, nahm er ihre Hände, legte das Justaucorps beiseite. Er setzte sich auf einen Schemel, immer noch ihre Hände in seinen und zog sie auf den Schoss.

„Du bist eine sehr sinnliche und aufregende Frau … Und das Wichtigste beherrschst du bereits. Die Neugier und die Fähigkeit, dich fallen zu lassen. Mehr braucht es fast nicht. Wenn du aber weitere Lektionen wünschst … wäre ich nicht abgeneigt.“

„Dann sehen wir uns morgen“, sagte sie und stand auf. Als sie den Hof verließ, war ihr leicht ums Herz. Sie freute sich auf die nächste Lektion, freute sich aber vor allem auf den Maskenball in drei Tagen.

Sie würde für Matteo bereit sein. Wenn er zu ihr kam und ihr Avancen machte, war sie bereit. Und dann würde er eine Überraschung erleben …

„Für dich wurde ein Paket abgegeben.“ Luigi stand am Spinett und sortierte Notenblätter, als Allegra heimkam. Er blickte kurz auf und stutzte, als er sie sah.

„Was ist denn mit dir los?“, wollte er wissen.

„Wieso? Was soll mit mir los sein?“, fragte Allegra. Ihre Hände glitten über das Justaucorps, als fürchtete sie, es könne sie verraten.

„Nein, ich meine dein Gesicht. Du strahlst so. Und du bist ganz … weich“, fügte er nach kurzem Überlegen hinzu.

Allegra errötete. Man sah ihr wohl an, wie sehr sie die Stunden mit Alberto genossen hatte …

„Und was ist das für ein ominöses Paket?“ Sie trat in ihr Schlafzimmer. Auf dem kleinen Tisch neben der Récamiere lag ein Päckchen, verschnürt und mit einer dunkelvioletten Seidenschleife gekrönt, unter die eine Blüte gesteckt war.

Andächtig fuhren Allegras Finger über die Blume, die ihr gänzlich unbekannt war.

„Eine Madonnen-Lilie“, sagte Luigi leise. Er war unbemerkt neben sie getreten. „Sie steht für die reine Unschuld.“

Allegra errötete. Sie nahm behutsam die Lilie und legte sie beiseite, ehe sie die Schleife löste und die Schachtel öffnete.

Unter duftigem Seidenpapier, das sie raschelnd beiseite schob, kam eine dunkle Maske zum Vorschein. Es war eine Samtmaske, die die obere Gesichtshälfte des Trägers verdeckte und umfiederte Aussparungen für die Augen ließ. Mit dunkelviolettem Samt bespannt, mit zarten Federn, die sich über den Augen bauschten, und mit winzigen glitzernden Edelsteinen besetzt, war es das Schönste, was Allegra je gesehen hatte.

Und die Maske wirkte auf sie sehr weiblich …

Unter einer weiteren Lage Seidenpapier kam ein Justaucorps zum Vorschein, ebenso dunkelviolett, mit einem schwarzen Seidenfutter, auf das silberne Lilien gestickt waren. Allegra drückte den Mantel einen Moment an sich. Sie war sprachlos, vor allem, als sie die schwarze Seidenweste unter dem Justaucorps erblickte – ebenso reich bestickt und von unglaublicher Schönheit.

„Hier, ein Brief.“ Luigi reichte ihr das kleine Billet, das zwischen Justaucorps und Weste lag.

Allegra faltete es auseinander und las laut vor: „Mein lieber Alessandro, hiermit möchte ich meine Einladung zum Maskenball am 24. dieses Monats bekräftigen und sende Euch eine kleine Aufmerksamkeit, die Euch sicher außerordentlich gut stehen wird. Ergebenste Grüße sendet Euch Conte Matteo del Pirandelli …“ Sie ließ den Zettel sinken.

„Ergebenste Grüße?“ Luigi entwand ihr den Zettel und las nach. Allegra aber starrte wie betäubt auf die Kleider, die Matteo ihr geschickt hatte. Sie hatte noch nie etwas so Hübsches besessen. Aber es waren Männerkleider, und sie hoffte, schon bald auf diese Scharade verzichten zu können …

„Nimmst du mich mit auf den Maskenball? Bitte, Allegra!“ Luigis Augen leuchteten, und plötzlich war er gar nicht mehr so erwachsen, wie er sich sonst zu geben pflegte. Eher wie ein kleiner Junge, der um Naschwerk bettelte. Allegra lachte. Sie musste sich auf die Zehenspitzen stellen, um ihrem jüngeren Bruder das Haar zu zausen. „Du bist aber gerade erst achtzehn geworden, kleiner Bruder. Meinst du, das ist der richtige Umgang für dich?“

„Und für dich? Vater will dich ja irgendwann noch mal verheiraten!“, gab Luigi ungewöhnlich heftig zurück.

Allegra seufzte. „Also gut. Wir gehen gemeinsam hin. Aber du bleibst an meiner Seite, hörst du?“

„Ich brauche eine Maske, gehen wir eine kaufen!“

Schon war er wieder aus dem Zimmer geeilt, und Allegra blickte ihm nachsichtig lächelnd hinterher. Manchmal war Luigi wie ein Kind, und manchmal war er so erwachsen … Sie nahm die Lilie vom Tisch und schnupperte daran.

Der süße Duft war nur noch ganz schwach, und leider begann die Blüte schon zu verwelken. Sie wollte einen Zinnbecher holen und die Blume hineinstellen … Auch wenn diese Blume das Zeichen reiner Unschuld war, wusste sie doch, was ihr Welken zu bedeuten hatte. Denn ihre Zeit der Unschuld war auch bald vorbei. Ob Matteo wusste, wie passend dieses Geschenk für sie war?

„Wie sehe ich aus?"

Spielerisch drehte Allegra sich um die eigene Achse. Luigi betrachtete sie, dann nickte er zufrieden. Sie trug ein neues blütenweißes Hemd unter dem Justaucorps, und zusammen mit der Weste, einer schwarzen Hose und der schwarzen Perücke, die sie sich extra für diesen Anlass hatte anfertigen lassen, sah sie geheimnisvoll aus. Das Bild wurde durch die dunkelviolette Maske komplettiert. Als Allegra sich die Maske vors Gesicht hielt und ihre grauen Augen ihren Bruder anblitzten, sah sie, wie er den Blick abwandte.

„Was ist denn los?" Sie ließ die Maske sinken, das Spiel war vergessen.

„Ich denke, so kann ich dich wohl mitnehmen", neckte er sie.

„Ach, du bist unausstehlich!" Sie klapste ihn gegen die Brust, und er lachte gequält.

„Ich mache mir Sorgen, Allegra. Was hast du heute Abend vor?"

Sie runzelte die Stirn. „Was soll ich vorhaben?"

„In diesem Aufzug werden dir nicht nur sämtliche Frauen der Florentiner Gesellschaft zu Füßen liegen, sondern auch so mancher Mann."

„Mir würde ein Mann genügen", sagte sie leise.

„Sei vorsichtig, Schwesterchen."

„Was meinst du, warum ich meinen großen, starken Bruder mitnehme?“, neckte sie den Jüngeren. „Komm, unsere Kutsche wartet.“

Sie ergriff seine Hand und zog ihn aus dem Salon die Treppe hinunter. Luigis Ensemble bestand aus einem tannengrünen Justaucorps mit dazu passender Weste und Maske. Die Hose war ebenso schwarz wie seine schief gelaufenen Schnallenschuhe. Allegras kostbare Maske war vermutlich mehr wert als alle Kleider, die ihr Bruder an diesem Abend trug. Insgeheim schwor Allegra sich, dass sie eines Tages dafür sorgen würde, dass Luigi keinen Mangel mehr spürte. Er hatte in seinem Leben bereits zu viel verloren.

Bis zum Palazzo des Conte war es nicht weit. Schon hundert Meter vor dem Innenhof drängten sich die Kutschen, es war kaum ein Durchkommen. Ihr Kutscher fluchte so derb, dass Allegra rote Ohren bekam. Dann waren sie da. Sie folgte Luigi aus der Kutsche und blickte an der prächtigen Fassade des Palazzo hinauf.

Wenn es in Florenz einen Palast gab, der sich in seiner Pracht mit dem Palazzo Pitti der Principessa messen konnte, dann war es der Palazzo des Conte del Pirandelli. Die breite Treppe zur Eingangstür wurde von Fackeln beschienen, und der ganze Hof erstrahlte hell. Hinter ihnen hielt die nächste Kutsche, und die Gäste strebten dem Eingang zu, wo sie von den livrierten Dienern willkommen geheißen wurden, die bei Bedarf den Damen und Herren ihre Umhänge abnahmen. Allegra verharrte auf der Freitreppe. Dies also sollte – wenn es nach dem Willen Matteos ging – schon bald ihr Ehegefängnis werden …

Obwohl es eine angenehm laue Spätsommernacht war, kam so manche Dame in einen Mantel gehüllt, den sie erst ablegte, wenn sie den Palazzo betreten hatte. Allegra sah eine junge Frau, die kaum älter als sie selbst war und mit einem eleganten Schwung ihren Umhang ablegte. Darunter kam ein tief ausgeschnittenes Kleid zum Vorschein, das sogar die rosigen Höfe ihrer Brustwarzen unter der zarten Spitze schimmern ließ. Bewunderndes Murmeln erklang von allen Seiten, als sie sich bei ihrem Verehrer unterhakte und den großen Saal betrat. Ihre Augen blitzten herausfordernd hinter der golden bestickten Maske.

Allegras Hand fuhr unwillkürlich zu ihrer Maske. Sie wusste, dass sie mit dem Ensemble, das Matteo ihr geschickt hatte, für ihn leicht zu erkennen war, denn die Kleidung wirkte fast ein wenig weiblich. Zumindest die Maske hatte einen verführerischen Schwung, der ihre hohen Wangenknochen betonte und das charakteristische dunkle Grau ihrer Augen zum Leuchten brachte. Sie fand die Maske zu weiblich für einen Mann, aber Luigi hatte sie beruhigt, dass es manchen Kastraten durchaus gestattet war, sich etwas weiblich zu geben – vor allem, wenn sie es auf die Männer abgesehen hatten.

Neugierig blickte sie sich um, als sie den Ballsaal betrat. Wo war Matteo? Und wo war Cristina?

„Erstaunlich“, erklang plötzlich eine Stimme hinter ihr. „Ich habe ja nicht geahnt, dass du mich tatsächlich verführen willst.“

Allegra fuhr herum.

Statt vorne beim Orchester zu stehen und seine Gäste zu begrüßen, lehnte Matteo direkt neben der breiten Flügeltür an einer Säule. Er hielt ein Champagnerglas in der Hand. Allegras Herz machte einen Satz. Er sah so begehrenswert aus, und in seinen Augen las sie etwas Verletzliches, das sie am liebsten zärtlich fortgestreichelt hätte, einfach durch ihre Gegenwart.

Sie hatte ihn sofort erkannt. Seine Maske war pechschwarz und schlicht, ohne Federn, Perlen oder sonstigen Zierrat. Das Justaucorps war ebenso schlicht und schwarz, nur die Weste darunter war mit winzigen Sonnen und Monden bestickt, die golden im Kerzenlicht glänzten. Er verneigte sich vor ihr und beinahe hätte Allegra geknickst. Stattdessen machte sie einen steifen Diener.

„Was bringt Euch auf die Idee, ich könnte Euch verführen wollen?“, brachte sie mühsam hervor. Hatte nicht er ihr dieses außergewöhnliche Ensemble geschickt? War sie ihm allein damit, dass sie dieses Geschenk annahm, schon ins Netz gegangen?

„Ich habe es vermutet, mehr nicht. Willst du es denn nicht?“ Er stieß sich von der Säule ab und kam auf sie zu. Offensichtlich erwartete er gar keine Antwort auf seine Frage. „Etwas hast du an dir, das mir keine Ruhe lässt“, gestand er. „Ich weiß nicht genau, was es ist, aber vielleicht finden wir es heute Abend gemeinsam heraus?“

„Ich glaube kaum“, gab Allegra mühsam beherrscht zurück. In diesem Moment wallte ein unbändiger Hass auf ihn in ihr auf und trieb all ihre Gefühle für ihn in die Ecke. „Entschuldigt mich bitte, Conte, aber Ihr irrt Euch, wenn Ihr glaubt, ich wäre hier, weil ich daran interessiert bin, mich in die unendliche Reihe Eurer Liebhaber einzureihen.“

Matteo starrte sie sprachlos an. Dann stürzte er den Champagner herunter und warf das Glas beiseite. Es zerschellte am Boden, aber es kümmerte ihn nicht, und sogleich eilten zwei Diener herbei, um die Scherben aufzusammeln.

„Du weißt gar nicht, wie schön du bist, nicht wahr, Alessandro? Und schon wieder weist mich ein wunderschönes Geschöpf ab, das passiert mir in letzter Zeit häufiger. Sag, muss ich mir Sorgen machen? Werde ich alt? Verliere ich meine Anziehungskraft?“

Allegra antwortete nicht. Sie spürte, wie die Hitze in ihre Wangen stieg, und obwohl sie noch nicht vom Champagner gekostet hatte, fühlte sie sich trunken und berauscht von Matteos Gegenwart.

„Niemand hat dir bisher gesagt, wie mädchenhaft dein Gesicht ist, wie hübsch sich deine Gestalt an den falschen Stellen leicht rundet.“ Sein Blick glitt hinab zu Allegras Hüften. „Und dennoch gebärdest du dich, als könntest du dir diesen Stolz leisten. Als wäre ich dir gleichgültig. Bin ich das, Alessandro?“

Sie fröstelte.

„Nein“, flüsterte sie.

*Gleich ist's aus, gleich wird er mir die Maske herunterreißen, wird mein Hemd aufreißen, wird mich entlarven und auslachen, weil ich glaubte, ihn zum Narren halten zu können.*

Wo war Luigi? Sie blickte sich suchend um.

„Du suchst wohl deinen Freund? Tut mir leid, aber er scheint ganz und gar von der Frauenwelt vereinnahmt zu sein.“

Er nickte herüber. Tatsächlich stand Luigi mit vier jungen Frauen, die ihn umringten, in einem Alkoven. Sie hingen an seinen Lippen, legten die Hand vertraulich auf seinen Arm, legten den Kopf schief, lachten über seine Bemerkungen.

„Interessierst du dich für Frauen, Alessandro?“ Matteo trat zu ihr. Sie spürte ein Kribbeln auf ihrer Haut, und ihr Körper reagierte auf seine bloße Gegenwart, als hätte er schon längst seine Lippen auf ihre gelegt, als kreisten seine Finger bereits um ihre Nippel, die sich schmerzhaft hart unter dem schützenden Verband anfühlten.

„Nicht so sehr wie für Euch, Conte Matteo", wisperte sie.

„Wenn du wissen willst, was ich dir bieten kann", flüsterte Matteo und neigte sich zu Allegra hinunter, „dann solltest du nicht versäumen, was sich später am Abend in den Gemächern abspielt. Im ersten Stock, das blaue Zimmer", fügte er hinzu. „Dort wirst du mich in zwei Stunden antreffen."

Mit diesen Worten wandte er sich ab und ließ sie stehen. Ein letztes Mal schaute er zu ihr zurück, dann schritt er quer durch den Saal. Vor ihm wichen die Gäste zurück, die Männer verneigten sich, die Frauen sanken in einen tiefen Knicks. Mancher blickte zu Allegra herüber und viele steckten bereits die Köpfe zusammen. Der Abend war noch jung, und schon machten erste Gerüchte um den jungen Kastraten die Runde, der sich mit dem Conte auf äußerst vertrauliche Weise unterhielt.

Verwirrt blickte Allegra ihm nach, und als ein Diener mit einem Tablett an ihr vorbei kam, nahm sie sich gleich zwei Champagnergläser, die sie eilig hinunterkippte.

Danach fühlte sie sich wenigstens für einen Moment besser. Dann wurde ihr schwindelig.

Weil sie Luigi nirgends entdecken konnte, beschloss sie, den Palazzo auf eigene Faust zu erkunden. Matteos Worte hatten sie neugierig gemacht. Außerdem machte sich der Champagner bemerkbar, und sie wollte wissen, wo dieses blaue Zimmer war, in das Matteo sie eingeladen hatte.

Die Gäste hatten den gesamten Palazzo für sich eingenommen. Während im Ballsaal zur fröhlichen Musik getanzt wurde, promenierten Frauen an den Armen ihrer Kavaliere durch die angrenzenden Räume, probierten von den Köstlichkeiten am Büffet und sprachen dem Champagner zu. So manches Paar verschwand über die Treppe ins Obergeschoss. Allegra zögerte, dann eilte auch sie die Treppe hinauf. Doch ehe sie den ersten Absatz erreicht hatte, ging ein Raunen durch die Menge derer, die sich in der hohen Halle versammelt hatten.

Sie wandte sich um.

Soeben betrat ein weiteres Paar durch die hohen Flügeltüren die Halle. Der Mann war alt, er stützte sich schwer auf einen Gehstock mit vergoldetem Knauf. Seine Begleiterin hatte sich bei ihm untergehakt und strahlte alle Anwesenden an, ohne den Alten an ihrer Seite, der eine protzige goldene Maske ohne jegliche Verzierung trug, auch nur zu beachten.

Von der hoch aufgetürmten weißhaarigen Perücke bis zu den winzigen Satinpantoffeln, die unter dem Saum ihres Kleids hervorblitzten, war die Frau ein einziges weißes Glitzern. Das Kleid war aus weißer Atlasseide geschneidert, die angesteckten Ärmel bauschten sich glockig über ihren Handgelenken und waren aus zarter duftiger Spitze, in die Diamanten eingenäht waren. Das Mieder war reich mit Silberfäden bestickt, und die Maske, die sie trug, war ebenso wie das Kleid mit Schwanenfedern besetzt.

„Die Contessa della Visconti“, flüsterte eine Frau, die mit ihrem Partner in der Nähe von Allegra stand.

„Man sagt, sie habe die Verlobte des Conte del Pirandelli vertrieben“, gab ihr Begleiter zurück. Er grinste. „Auf der Verlobungsfeier des Conte sollen sie es so schamlos getrieben haben, dass die ganze Festgesellschaft es gehört hat. Und am nächsten Tag soll die kleine Verlobte Hals über Kopf noch vor dem Morgengrauen nach Rom gereist sein.“

„Was Ihr nicht sagt. Erzählt mir mehr …“

„Kommt, ich weiß einen Ort, wo wir ungestört sind."

Die Dame hakte sich bei ihrem Begleiter unter und sie stiegen die Treppe hinauf. Allegra konnte den Blick nicht von Cristina lassen, die sogleich von zahlreichen Leuten umringt wurde. Auch Matteo trat jetzt zu seiner Mätresse und obwohl ihr Mann neben ihr stand, küsste er ihre Hand so innig, als betrachte er diese höfliche Geste schon als Teil ihres Vorspiels.

Angewidert wandte Allegra sich ab.

Sie wollte sich darauf konzentrieren, das Obergeschoss zu erkunden.

Ihre Schritte waren unsicher, und sie stolperte auf der letzten Stufe. Der Champagner machte sich bemerkbar, und sie beschloss, ein ruhiges Plätzchen zu suchen, um sich von der berauschenden Wirkung des Alkohols zu erholen.

Sie lauschte an einer schmalen Tür am Ende des Gangs. Aus den anderen Räumen hörte sie Stimmen, das Stöhnen einer Frau drang durch eine Tür. Sie schloss die Augen und stellte sich vor, was sich hinter dieser Tür wohl abspielte. Das Stöhnen wurde zu Schreien, so schrill und laut, dass sie auf dem Gang gut zu vernehmen waren. Doch niemand von den anderen, die hier oben beisammenstanden und plauderten oder in einem der Zimmer verschwanden, schien von den lauten Geräuschen Notiz zu nehmen.

Allegra schlüpfte in das Zimmer und schloss leise die Tür hinter sich. Zum Glück war niemand im Raum. An den Wänden brannten Kerzen in Lüstern und verbreiteten ein golden strahlendes Licht. Ein breites Bett stand in der Mitte des Raums, die Vorhänge waren offen und die Leinenbettwäsche duftete frisch nach Lavendel.

Allegra setzte sich auf die Bettkante. Sonst standen keine Möbel in diesem Zimmer; es schien ein Gästezimmer zu sein, das an diesem Abend auf seine besonderen Gäste wartete …

Sie sank in die Kissen. Weich und verschwenderisch waren sie über das Bett ausgebreitet, und sie schloss einen Moment die Augen. Nur kurz wollte sie ausruhen, bevor …

Sie richtete sich abrupt auf. War sie eingeschlafen? Draußen johlte jemand, und sie hörte, wie eine Frau sang. Allegra fröstelte. Sie sprang auf und lief zur Tür. Nein, sie hatte nur ein paar Minuten gedöst, stellte sie erleichtert nach einem kurzen Blick auf die Kaminuhr fest. Bis zum Treffen mit Matteo blieb ihr noch genug Zeit.

Draußen waren die Gäste inzwischen immer lebhafter geworden. Vermutlich wurde das obere Stockwerk inzwischen von den meisten Gästen bevölkert. Sie trat aus dem Gästezimmer und stand unversehens vor einem Mann, der gerade seine Gefährtin an der Hand hinter sich in das Zimmer ziehen wollte, aus dem Allegra kam.

Der Mann trug eine schwarze Perücke, einen nachtblauen Justaucorps und eine cremeweiße Maske. Die Frau trug das genaue Gegenteil: ein cremeweißes Kleid und eine nachtblaue Maske, die mit silbernen Sternen bestickt war. Ihr Haar war blond, und sie brauchte es nicht unter einer Perücke zu verbergen, so üppig und hell war es.

„Hoppla! Wen haben wir denn da?“ Der Mann musterte Allegra von oben bis unten. „Ich habe Euch vorhin gesehen. Mit dem Conte. Ist er da drin? Wir wollen ihn nicht stören, wenn Ihr gerade mit ihm …“

Seine Gefährtin kicherte und schlug ihm spielerisch mit dem Fächer auf den Unterarm.

„Nein, da drin ist niemand“, sagte Allegra hastig. „Bitte, tretet ein.“

Sie hielt den beiden die Tür auf. Als die Frau an Allegra vorbei ging, streifte ihre Hand Allegras Arm. „Willst du dich nicht zu uns gesellen?"

Allegra schluckte. Ihre Haut kribbelte, und sie zögerte. Die beiden machten einen recht sympathischen Eindruck auf sie.

„Eine gute Idee." Der Mann beugte sich zu ihr herüber. „Ihr seid herzlich eingeladen, an unserer kleinen Ausschweifung teilzunehmen …"

„Ich weiß nicht …"

„Wenn Ihr möchtet, könnt Ihr auch einfach zusehen … Wusstet Ihr das? Wenn man die Zimmertür offen lässt, lädt man die anderen Gäste ein, sich zum Zuschauen dazuzugesellen …"

Das war ihr neu, aber es war gut zu wissen.

„Danke, vielleicht ein anderes Mal", stotterte Allegra. Sie schob sich an dem Paar vorbei und verließ beinahe fluchtartig das Zimmer. Der Gang lag verwaist vor ihr. Manche Tür stand offen, und als Allegra sich wie im Traum zum anderen Ende des Flurs bewegte, wo hinter einer Biegung weitere Räume darauf warteten, entdeckt zu werden, verlangsamte sie hin und wieder ihre Schritte, um in die Räume hinter den offenen Türen zu blicken.

Cristina wedelte hektisch mit ihrem Fächer. Sie kochte vor unterdrückter Wut. Matteo hatte sie begrüßt, als wäre sie eine Fremde, allenfalls eine Freundin, die er hin und wieder auf Soireen und Bällen sah. Nichts an seinem Verhalten ließ sie spüren, dass sie etwas Besonderes für ihn war.

Sie ließ ihren Mann, der diese Art von Ausschweifungen verabscheute, mit ein paar älteren Männern im Ballsaal stehen. Sie wollte Matteo finden! Bestimmt war er in seinem blauen Zimmer – jenem besonderen Raum, den Matteo für sein eigenes Vergnügen reservierte und zu dem er nicht allen Gästen Zutritt gewährte.

Nun, eigentlich gewährte er nur der Frau Zutritt, die gerade in seiner Gunst ganz weit oben stand. Und wenn er sie dort nicht empfing …

Cristina schauderte. Diesen Gedanken wollte sie nicht zu Ende denken. Sie hatte so viel Sorgfalt auf ihr Kostüm und ihre Maske verwendet. Bis vor wenigen Stunden hatte ihr Schneider mit seinen Gehilfinnen daran gewerkelt, die zahllosen Schwanenfedern aufzunähen. Und das alles sollte vergebens gewesen sein? Wenn Matteo sie nicht zur Ballkönigin wählte, wen dann?

Ihr wurde plötzlich eiskalt. Was, wenn Matteo eine neue Mätresse hatte, die er an diesem Abend der Florentiner Gesellschaft vorstellen wollte? Wenn sich eine andere Frau in sein Bett gevögelt hatte, dann würde Cristina alles unternehmen, um sie von dort zu vertreiben. Sie kannte Matteos ausgefallene Gelüste, und sie würde ihm seine Wünsche schon erfüllen. Auch wenn sie sich bisher immer geweigert hatte. Das waren doch alberne Spielchen. Welche Frau wollte sich denn die Augen verbinden lassen, wenn sie mit ihrem Liebhaber vögelte? Doch wenn es ihm gefiel …

Sie eilte die Treppe hinauf und hastete an den zahlreichen Räumen vorbei, ohne einen Blick durch die halboffenen Türen zu werfen. Inzwischen wusste sie allzu gut, was sie in den unterschiedlichen Räumen erwartete, und sie hatte sich daran gewöhnt. Nichts von dem, was dort geschah, schockierte sie.

Das blaue Zimmer lag am Ende des langen Flurs hinter einer blassblauen Tür, die verglichen mit den anderen Türen in diesem Palazzo schäbig wirkte. Die Farbe blätterte stellenweise ab, und die zarten Vergoldungen waren kaum mehr zu erkennen. Cristina verzog den Mund. Warum Matteo die Tür so beließ, war ihr ein Rätsel, und als sie ihn einmal darauf angesprochen hatte, gab er eine merkwürdige Erklärung, dass es nur auf innere Werte ankäme. So ein Unsinn, hatte sie gemeint, aber Matteo hatte darauf nur so fein gelächelt, wie er es immer tat, wenn sie etwas nicht verstand.

Sie war nicht weiter darauf eingegangen.

Die Tür war nur angelehnt.

Cristina zog die Tür leise auf und schlüpfte hinein. Sie stand in einem Vorraum, der durch blaue Samtvorhänge von dem Zimmer getrennt war. Mit angehaltenem Atem lauschte sie, doch aus dem Zimmer war nichts zu hören.

Vielleicht war sie rechtzeitig. Vielleicht war noch nicht alles zu spät.

Sie schob den Vorhang beiseite und betrat den Raum. Die Kerzen in den Leuchtern, die links und rechts das breite Bett mit den blütenweißen Laken flankierten, waren bereits entzündet. Auf einem Kissen lag ein Strauß strahlendweißer Lilien. Cristina zögerte. Dann setzte sie sich auf die Bettkante. Auf einem Tischchen neben dem Bett lagen ein paar Utensilien, die Matteo wohl schon für seine Gespielin ausgesucht hatte. Ein schwarzes Tuch, um ihr die Augen zu verbinden. Dazu weiße Stoffstreifen, mit denen er sie wohl fesseln wollte … Cristinas Fingerspitzen tanzten über diese Gegenstände. Sie hatte einmal versucht, dieses Spiel mitzuspielen, doch stets hatte sie ein Kichern nicht zurückhalten können, bis Matteo es aufgab und ihr die Augenbinde herunterriss.

Heute wusste sie es besser. Heute wäre sie bereit, alles zu tun, und sie wäre auch bereit, sich alles gefallen zu lassen.

Wenn er nur bei ihr blieb …

Sie streifte die zarten Pantoffeln ab und legte sich aufs Bett. Die blendendweißen Röcke breitete sie wie Flügel um ihren Körper aus, und zuletzt legte sie sich das Bouquet der süß duftenden Lilien auf die Brüste. Sie schloss die Augen und wartete geduldig auf ihren Liebhaber.

## *8. KAPITEL*

In einem Raum sah sie ein Bett, das in die Mitte gerückt war. An den Wänden standen zahlreiche Männer und auch einige Frauen. Sie blickten alle auf das Bett in der Mitte, wo sich zwei Frauen räkelten. Beide waren schockierend nackt. Bis auf die Masken und ihre Perücken trugen sie nichts. Allegra drückte sich an den Türrahmen und linste in den Raum.

Die eine trug eine schwarze Maske und eine schwarze Perücke, ihre Haut war dunkler als die der anderen, die mit der blonden Perücke und einer goldenen Maske wie das lichte Gegenteil ihrer Gefährtin wirkte. Sie knieten voreinander, die Dunkle hatte die Hände nach der Hellen ausgestreckt und massierte die Brüste ihrer Freundin, während die Helle begann, die Dunkle zu küssen. Doch schon bald veränderte sich das Bild. Die Blonde legte sich auf den Rücken und dirigierte den dunklen Kopf zwischen ihre bereitwillig geöffneten Schenkel. Allegra stockte der Atem. Von hier aus konnte sie nicht genau sehen, was auf der Bettstatt geschah, aber das Stöhnen der Blonden war ihr Antwort genug, ebenso wie die langen, schlanken Finger der Dunklen, die sich in das helle Fleisch ihrer Gefährtin krallten.

Allegra spürte ein leises Ziehen im Bauch. Der Anblick erregte sie, und damit war sie vermutlich nicht allein. Die Anwesenden hielten den Atem an, und ein Mann, der einen Schritt nach vorne tat und dabei seine Hand auf die sich unter der Hose deutlich abzeichnende Erektion legte, wurde von einem anderen zurückgezogen.

Leise zog Allegra sich zurück. Sie ging an weiteren Türen vorbei, ohne dort lange zu verweilen. In einem Raum, der so dunkel war wie ein Kerker, hingen Eisenketten von der Decke, und ein Mann war an die Wand gefesselt und stand mit dem Rücken zum Raum. Eine Frau, die ganz in Schwarz gekleidet war, schwang eine Pferdepeitsche. Rote Striemen zogen sich über seine Haut, doch er stöhnte nicht vor Schmerz. Nicht nur. Denn sein Penis war erigiert, und er genoss sichtlich die Züchtigungen.

Allegra hastete weiter. Der nächste Raum, an dem sie vorbeikam, war größer als alle anderen Räume, die sie bisher gesehen hatte. Die Wände waren mit roten Seidentapeten bespannt und in der Mitte des Raums stand auf einem Podium eine Chaiselongue.

Auf diesem bequemen Sofa, das nur eine halbe Rückenlehne hatte, lag bequem hingestreckt eine Frau. Sie hatte ihre Röcke hochgeschoben, als könnte sie es gar nicht abwarten, bis sich ihr endlich ein Mann näherte.

Nur dass bereits vier Männer um sie herumstanden und jeder von ihnen an seiner Hose nestelte, als könne er es ebenso wenig erwarten, dass sie ihn erwählte.

Sie lachte glockenhell, und dann winkte sie einen der Männer heran. Er näherte sich ihr, knöpfte im Gehen schon seine Hose auf und holte seinen harten Schwanz heraus.

Allegra betrat den Raum. Sie gesellte sich zu den anderen Zuschauern, die allesamt abwartend an den Wänden standen und mit angehaltenem Atem beobachteten, was passierte.

„Komm her, mein Hübscher. Willst du der erste sein?“, gurrte die Frau. Sie legte die Hand um seinen dicken Penis, beugte sich vor und umschloss ihn mit den Lippen. Die Anwesenden seufzten, während die Frau mit der anderen Hand zwischen ihre Beine glitt und sich selbst berührte. Sie lächelte verführerisch zu ihrem Liebhaber auf, und dann lehnte sie sich zurück, ließ seinen Schwanz aus ihrem Mund gleiten, der jetzt feucht glänzte. Sie zog ihn auf sich, und er folgte ihr eifrig, kniete zwischen ihren Beinen und drang mit zwei Fingern in ihre Vagina ein. Sie lächelte zufrieden, und im nächsten Moment krallten sich ihre Hände in seinen Po und sie zog ihn ganz auf sich.

Als er in sie eindrang, schrie sie vor Lust auf.

„Gefällt dir das?“

Allegra erschauerte. Sie musste sich nicht umdrehen, um zu wissen, dass Matteo hinter ihr stand. Unbemerkt hatte er den kleinen Saal betreten. Sie konnte seinen Duft riechen, so unverwechselbar und männlich, dass sie am liebsten ihren Kopf an seiner Brust geborgen hätte.

„Ich wusste nicht, dass es hier so … ausschweifend zugeht …“

Matteo lachte leise.

„Sie ist eine stadtbekannte Kurtisane. Es ist ihr Beruf, an diesem Abend so viele Männer zu beglücken, wie sie will. Und unter uns, sie will immer alle Männer. Sie ist schier unersättlich.“

Atemlos beobachtete Allegra, wie sich der Mann in immer schnelleren und heftigeren Stößen bewegte. Die weißen Hände der Kurtisane krallten sich in seinen Hintern, und sein tiefes Stöhnen vermischte sich mit ihren hellen Schreien. Die Anwesenden bewegten sich unruhig. Einige Männer machten einen Schritt nach vorne, andere drängten sich nach hinten. Sie waren in Bewegung, als wüssten sie nicht, wer aus ihren Reihen der nächste sein durfte.

Mit einem letzten Schrei sackte der Mann über der Kurtisane zusammen. Schon schob sie ihn beiseite, ihre Hand streichelte ein letztes Mal zärtlich sein erschlaffendes Glied. „Ich bin noch nicht zufrieden!“, rief sie in den Saal. „Und ich glaube, es würde mir gefallen, wenn sich diesmal zwei Herren zu mir bemühen!“

Wie um ihre Worte zu unterstreichen, richtete sie sich auf

und reckte ihren nackten Hintern den Männern entgegen, die jetzt zu ihr traten. Einer stand nun direkt hinter ihr und streichelte mit seinem Penis die Spalte zwischen ihren Hinterbacken, während ein zweiter vor sie trat und ihr seinen Schwanz darbot, damit sie ihn in den Mund nahm.

„Möchtest du bleiben?" Matteos Stimme war wie Samt, das sich um Allegras Sinne legte. Sie hatte das Gefühl, ihre Sicht würde verschwimmen, sie hörte ihr eigenes Blut in den Ohren rauschen. Wie betäubt schüttelte sie den Kopf.

„Bring' mich fort, Matteo", flüsterte sie. Nimm mich mit, dachte sie. Ihr Körper sehnte sich nach seinen Händen, und ihre Lippen kribbelten, weil sie seinen Mund spüren wollten, der sich fest und hart auf ihren drückte.

Seine Hand tastete nach ihrer, und erst jetzt wagte sie, den Blick von der Kurtisane zu lassen, der es sichtlich gefiel, den Schwanz des einen zu lutschen, während ihr anderer Liebhaber sie von hinten nahm. Ihr gedämpftes Stöhnen erregte Allegra nur noch mehr. Ihre Finger schlossen sich um Matteos Hand und drückten sie fest. Er verzog das Gesicht, weil sie so fest zugriff.

„Komm", flüsterte er. „Ich weiß einen Ort, an dem noch viel größere Lust auf uns wartet."

Sie vertraute ihm in diesem Moment. Sie begehrte ihn. In dieser Nacht war sie bereit, ihm alles zu geben.

Matteo spürte die kleine, schmale Hand des Knaben in seiner. Er schloss für einen Moment die Augen und verzog das Gesicht, als der Junge so fest zugriff. Nicht weil der kleine Kastrat ihm weh tat … nein. Es war noch viel komplizierter.

Er hatte, als er die Einladung für diesen Jungen aussprach, leichtfertig gehandelt. In den nächsten Tagen hatte er oft darüber nachgegrübelt, was es war, das ihn an diesem Kastraten so sehr reizte. Ein junger Mann. Bisher hatte er selten Lust verspürt, sich mit einem anderen Mann im Bett zu vergnügen. Es gab für alles Grenzen. Natürlich gefiel es ihm, hin und wieder mit einem anderen Mann und einer Frau gemeinsam das Lager zu teilen, aber das war völlig anders als die Gefühle, die ihn bei Alessandro Bandini übermannt hatten.

Er war nicht sicher, woran es lag. Vielleicht waren es die sturmgrauen Augen, vielleicht war es auch das Haar, das so einen merkwürdigen Kupferton hatte, den der Kastrat heute unter einer pechschwarzen Perücke verbarg. Die zarte weiße Haut? Die leicht geröteten Wangen, das heftige Atmen, als der junge Mann der Kurtisane bei ihrem geübten Liebesspiel zusah?

Oder waren es die sanften Rundungen, die sich unter dem dunkelvioletten Justaucorps abzeichneten und beinahe weiblich wirkten?

Das bildete er sich bestimmt nur ein … Trotzdem. Irgendwas war anders bei diesem jungen Mann. Und Matteo war neugierig genug, um es herauszufinden.

Er führte seinen jungen Liebhaber, der ihm ohne Zögern folgte, aus dem Raum. Matteo erstaunte das Vertrauen, das der junge Mann in ihn legte. Hatte er schon häufiger Erfahrungen mit anderen Männern gemacht? Oder spürte auch er diese köstlichen, süßen Gefühle, die Matteo überkamen, sobald er den anderen ansah? Er hatte den ganzen Abend nach Alessandro Ausschau gehalten, weil er ihm einen besonderen Empfang bereiten wollte. Und sein Körper reagierte auf die Anwesenheit des Knaben, sobald er ihn erblickte. Schon vorhin im Saal hatte er sich kaum beherrschen können. Und auch jetzt war sein Schwanz so hart, dass er schmerzte.

Er wollte alles. Er wollte den Körper des anderen unter sich spüren, wollte seine Lippen auf Alessandros Mund pressen und ihn niederdrücken mit all seiner Kraft. Und er konnte auch nicht warten, nein. Jetzt sofort wollte er Alessandro in sein Refugium führen und sogleich beginnen, ihn zu verführen.

Doch als sie vor der Tür des Zimmers standen, das er im Stillen sein Refugium nannte, zögerte Matteo. Etwas war anders. Die Tür war nicht angelehnt, sondern ins Schloss gezogen. Und das konnte nur eines bedeuten.

Jemand war hier.

Vielleicht war dieser Jemand auch schon wieder fort, aber Matteo war nicht bereit, dieses Risiko einzugehen. Nur wenige Menschen kannten sein Refugium. Und nur einer Person traute er zu, ihm in diesem Raum aufzulauern.

Er machte auf dem Absatz kehrt. „Komm“, sagte er. „Ich habe es mir anders überlegt.“

Doch bevor er ging, zog er die Tür weit auf, sodass sie jeden einlud, näher zu treten. Dann schlichen sie fort, Alessandros Hand wieder in Matteos. Er führte ihn zu einer Geheimtür, die über eine schmale Wendeltreppe direkt in Matteos Schlafzimmer führte.

So hatte er das nicht geplant. Seine privaten Räume waren genau das: privat. Selbst Cristina hatte er erst nach Wochen in diesen Räumlichkeiten empfangen, und er fühlte sich plötzlich unsicher. Vermutlich ging es Alessandro nicht anders.

Er musste ihnen Zeit lassen.

Sein Schlafzimmer war bis auf das Glühen eines abgebrannten Feuers im Kamin dunkel. Matteo tastete nach der Klingelschnur und zog daran. Wenige Augenblicke später riss ein Diener die Tür auf, und Matteo blaffte ihn an:

„Feuer! Und die Kerzen! Schnell!"

Der Diener verschwand sofort wieder. Sie standen in der Dunkelheit. Matteo hörte den leisen, schnellen Atem Alessandros. Er streckte die Hand nach dem Kastraten aus. „Keine Angst", hörte er sich flüstern.

„Ich habe keine Angst. Ich fürchte höchstens, Ihr könntet mich wegschicken", wisperte der junge Mann.

Matteo schob sich näher heran. Er legte eine Hand auf Alessandros Schulter und zeichnete mit den Fingern der anderen Hand die Linie der Maske nach, die sein Gesicht halb verdeckte. Aber das war im Moment egal. Er spürte sein Gegenüber mehr, als dass er ihn sah, denn gegen das helle Mondlicht und die Glut im Kamin war Alessandro nur ein Schatten.

Ein wunderschöner, begehrenswerter Schatten.

„Ich bin noch nie einem Mann begegnet, der so schön ist", flüsterte Matteo. Doch bevor Alessandro widersprechen konnte, legte er einen Finger auf seine vollen Lippen. „Sag nichts."

Seine Hände umfassten Alessandros Wangen, die sich unter der Maske heiß anfühlten. Er beugte sich hinab, und ihre Lippen berührten sich zum ersten Mal. Es war ein süßer Kuss, der mehr versprach. Seine Hände glitten hinab zu Alessandros Hals, nestelten am Kragen des Hemds, doch im Dunkeln war das nur schwer möglich.

„Nicht", flüsterte Alessandro. „Ich meine, ich …"

Matteo verstand. Der junge Kastrat hatte sich so souverän gegeben, doch schien er in Wahrheit nicht sehr erfahren in Liebesdingen zu sein.

„Ich gebe dir alle Zeit, die du willst", versprach er und löste sich schweren Herzens von ihm.

In diesem Moment betraten zwei Diener auf leisen Sohlen das Schlafzimmer. Sie eilten still von einem Leuchter zum nächsten und entzündeten die frischen Kerzen. Ein dritter Diener brachte Holz und schichtete es im Kamin auf, obwohl die warme Sommerluft, die durch die hohen Fenster hereinströmte, es nicht nötig machte, sich am Feuer zu wärmen.

Und auch in der kältesten Winternacht hätte Matteo sich lieber an seinen jungen Liebhaber geschmiegt und sich an seiner warmen Haut gelabt, statt sich an einem Feuer zu wärmen.

Nachdem die Diener Matteo und sie wieder allein gelassen hatten, versuchte Allegra, sich zu entspannen. Sie waren im Schlafzimmer des Conte, weit entfernt von der Festgesellschaft. Was ging hier vor? Matteo schien ein besonderes Interesse an ihr zu haben, aber warum war das so? Hatte er ihre Verkleidung durchschaut und gedachte er sich jetzt zu holen, was sie ihm bei der Verlobung verweigert hatte? Oder plante er tatsächlich, eine Liebesnacht mit einem anderen Mann zu verbringen?

Beide Gedanken waren für Allegra unerträglich, und sie war nicht sicher, welcher sie mehr schreckte.

Der Conte hatte die Tür hinter den Dienern fest verschlossen. Allegra stand mit dem Rücken zur Tür und lauschte auf seine Bewegungen. Sie hörte, wie er durch den Raum schritt. Dann war er direkt hinter ihr, und sein Atem strich über ihren Nacken, als er sich über sie beugte.

„Hast du Angst, Alessandro?“, fragte er.

„Ich weiß nicht.“

Und sie wusste es wirklich nicht. Sie sehnte sich danach, sich in seine Arme zu werfen und sich ihm ganz hinzugeben. Ihm zu gestehen, wer sie wirklich war. Sie sehnte sich danach, Erkennen, Überraschung und Freude in seinen Gesichtszügen zu lesen.

Zugleich hatte sie aber schreckliche Angst, er könnte sie von sich stoßen und sie verabscheuen, weil sie so ein schmutziges Spiel mit ihm trieb.

Am liebsten wäre sie weggelaufen. Aber dafür war es jetzt zu spät. Und war sie nicht genau dort, wo sie immer hatte sein wollen? Bei Matteo.

„Möchtest du dich nicht ausziehen?" Seine Hände lagen auf ihren Hüften, krochen langsam höher. Allegras Körper spannte sich an, sie zögerte.

Dieser Moment war ihre letzte Chance, zu gehen. Sie wusste, sobald sie sich zu ihm umdrehte, ihn ansah oder zuließ, dass er sie berührte, würde sie schwach werden. Dann gab es kein Zurück mehr, und sie würde ihm alles zugestehen, was er sich von ihr wünschte.

Kurz dachte sie wieder an die Frau in dem roten Zimmer, die es so sehr genossen hatte, sich den Männern hinzugeben. Matteo hatte gesagt, sie sei eine stadtbekannte Kurtisane, zu diesem Fest geladen, um die lustvolle Stimmung zusätzlich einzuheizen.

Sie war auch dazu bereit, sich den Liebkosungen eines Mannes hinzugeben, eines bestimmten Mannes. Matteo. Plötzlich kannte ihr Vertrauen keine Grenzen mehr. Denn er hatte sie ausgewählt. Mit ihr wollte er die Nacht verbringen, obwohl es weiß Gott genug Frauen auf dem Maskenball gab, die seine Lust befriedigen wollten.

Ob er enttäuscht war, wenn er sie erkannte? Wenn sie sich ihm nun enthüllte und er sah, dass sie eine Frau war? Die Maske und die Perücke wollte sie weiterhin tragen. Diese beiden Utensilien gaben ihr zumindest die Hoffnung, dass Matteo nicht ihre wahre Identität enthüllte.

Sie war bereit, alles zu riskieren. Nur ihr kleines Geheimnis wollte sie wahren, bis sie sich seiner Liebe sicher war. Bis sie wusste, dass es neben ihr keine anderen Frauen gab. Dass Cristina nicht mehr Teil seines Lebens war.

„Es gibt etwas, das Ihr wissen solltet", flüsterte sie. „Ich bin nicht, was ich zu sein scheine."

Sie drehte sich zu ihm um. Matteo ließ sie kurz los, doch sogleich ergriff er ihre Hand. Streichelte ihre Finger, und sie schloss einen Moment die Augen, weil diese harmlose Berührung schon mehr war, als sie in diesem Moment zu ertragen bereit war.

„Nein? Was ist dein kleines Geheimnis, Alessandro?" Er trat näher. Seine Lippen streiften Allegras Stirn, seine Hand glitt zu ihrem Hals. Sie hob ihm ihr Gesicht entgegen, spürte seine Lippen, die ihre berührten, dann über ihr Kinn hinab zum Hals glitten. „Verrat mir dein Geheimnis …"

Sie seufzte leise. Ihre Hände begannen, ihn zu streicheln. Sie grub die Finger in sein volles dunkles Haar. Seine Zähne knabberten zärtlich an ihrem Hals.

„Ich bin nicht … ich bin kein …"

Matteo lachte leise. „Kein Mann, ich weiß", wisperte er an ihrem Hals. „Du bist nur ein kleiner Kastrat. Keine Sorge. Wir kommen trotzdem beide auf unsere Kosten."

Allegra schloss die Augen. Sie schlang die Arme um Matteos Hals, spürte, wie seine Hände sie ergriffen, er sie an sich zog. Seinen harten Schwanz spürte sie, der sich gegen ihren Unterleib drückte. Sie stöhnte leise. Sein Mund legte sich hart und fordernd auf ihren. Er drängte sie zum Bett, und sie gab sich ganz in seine Hände, stolperte rückwärts und wäre beinahe gestürzt, wenn nicht seine Hände gewesen wären, die sie festhielten.

„Ich werde vorsichtig sein", murmelte er, während seine

Hände ihr Justaucorps herunterzerrten. Er war ebenso hungrig wie sie, ebenso ungeduldig. Seine Küsse waren nicht länger zärtlich, sondern besitzergreifend, gierig. Sie legte ihre flachen Hände auf seine Brust, um ihn zu bremsen.

„Nicht", flüsterte sie. „Nicht."

Er zog sich zurück. Enttäuschung lag in seinem Blick, als er vor ihr auf dem Boden kniete, während sie nun auf dem Bett lag. Sie richtete sich auf, beugte sich zu ihm herunter und nahm sein Gesicht in ihre Hände.

„Ich bin es nicht gewohnt, so … Ich bin noch nie mit einem Mann so … so intim …"

Sie sprach nicht weiter. Er verstand.

„Ich werde uns Zeit lassen." Er rührte sich nicht.

Allegras Mund fühlte sich trocken an. Sie schluckte krampfhaft. Er war so schön … Seine dunklen Augen blickten sie prüfend an, während seine Finger zärtlich über ihre Schenkel tanzten und langsam nach oben wanderten. Ein paar Strähnen hatten sich aus seinem strengen Zopf gelöst und hingen um sein Gesicht, das noch immer von der Maske halb verborgen war.

Jetzt oder nie! Wenn sie ihm jetzt nicht enthüllte, wer sie wirklich war, dann war diese günstige Gelegenheit vorbei … Sie blickte ihn an.

„Warte. Ich zeige dir, wer ich bin."

Sie setzte sich gerade hin, hielt sich ein letztes Mal an seinem wachen, neugierigen Blick fest, ehe sie die Augen schloss. Ihre Finger lösten den Kragen des Hemds. Seine Hand gesellte sich zu ihrer, doch sie schob ihn weg. „Lass mich das machen", flüsterte sie.

Jetzt gab sie sich keine Mühe mehr, ihre Stimme zu verstellen. Sie war nicht mehr Alessandro, der Kastrat. Sie war Allegra. Die Verlobte des Mannes, der vor ihr kniete und ihr beinahe andächtig zusah, während sie langsam ihr Hemd öffnete. Sie sah ihn nicht an, aber sie spürte seinen Blick auf ihrem Oberkörper, spürte sein Erstaunen, das sich in einer schnelleren Bewegung seiner Finger niederschlug, die nun eilig auf ihren Oberschenkeln auf und ab fuhren, als könnte er nicht abwarten, ihre nackte Haut zu spüren.

Sie zog mit einem Ruck das Hemd aus dem Hosenbund. Streifte es über den Kopf und warf es fort. Heftig atmend verharrte sie einen Moment.

Matteo sagte nichts. Seine Hände glitten von ihren Oberschenkeln hinauf, verharrten kurz an ihrer schlanken Taille, hinauf zu dem Verband, der ihre Brüste einschnürte.

„Sieh mich an“, flüsterte er.

Sie öffnete die Augen. Seine Hände zupften an dem Verband, unter dem ihre Nippel hart wurden. Allein der Gedanke, wie es wäre, wenn er ihre Brüste aus dem Verband befreit hatte, wenn er sie berührte, wenn er sich über sie beugte und daran saugte … Sie stöhnte leise. Hielt sich an seinem Arm fest, während seine Hände weiterzupften, schließlich fand er den Anfang und begann langsam, den Verband abzuwickeln.

Allegra spürte, wie ihre Muschi allein von seinen Berührungen feucht wurde. Wie konnte das sein? Er berührte nicht mal ihre nackte Haut. Dennoch schoss die Erregung wie ein Lichtblitz durch ihren Körper.

„Das ist also dein kleines Geheimnis? Du bist kein Mann, kein Kastrat, du bist …“ Er sprach nicht weiter, wartete bis er die letzte Stoffschicht von ihren Brüsten gelöst hatte. Dann flüsterte er andächtig: „Eine Frau.“

Seine Hände legten sich auf ihre Brüste. Allegra sank nach hinten, zog ihn auf sich und spürte sein Gewicht auf ihrem Körper. Ein köstliches Gefühl, das sie nie mehr missen wollte. Sie spürte seine Zunge, die ihren Nippel umkreiste, während er mit der Hand die andere Brust streichelte und ihren Nippel kniff, bis er rot und hart wurde. Sie stöhnte leise. Er tat ihr weh, doch der Schmerz war so herrlich und erregend …

„Matteo, bitte …"

Er sollte die ganze Wahrheit erfahren. Er sollte wissen, dass sie in dieser Nacht zu ihm gekommen war, um ihm das zu geben, was er schon in der Verlobungsnacht von ihr gewollt hatte. Jetzt würde sie es ihm nicht verwehren, im Gegenteil. Sie sehnte sich danach. In ihrem Schoß breitete sich eine herrliche Hitze aus, und sie spürte mit jeder Bewegung, wie nass sie war. Allein die wenigen Berührungen ließen ihren Körper glühen. Sie spürte ein leises Zittern, das unter ihrer Haut dahinraste. Ungeduld. Sehnsucht. Sie brauchte ihn.

„Willst du nicht wissen, wer ich bin?" Es fiel ihr schwer, sich ihm zu entziehen. Dennoch zog sie sich zurück und setzte sich mit gekreuzten Beinen aufs Bett, während er noch immer am Boden kniete und zu ihr aufblickte.

„Warum?", fragte er. „Das Wichtigste ist doch, dass du hier bist. Ich will dich. Und du willst mich. Nichts anderes zählt."

Seine Stimme war so leise. Dunkel und liebevoll. Sie konnte ihm nicht länger widerstehen.

„Vom ersten Moment an wollte ich dich." Er stand auf, kniete sich auf das Bett und schob mit sanftem Nachdruck ihre Schenkel auseinander. „Und ich wusste ja nicht, dass sich unter der Kostümierung eines Knaben eine hübsche Frau verbirgt." Er lachte. „Vielleicht hat es mein Schwanz schon vorher gemerkt, wer weiß? Spürst du das?" Er näherte sich ihr behutsam, lag nun halb auf ihr und rieb sich an ihrer Schenkelinnenseite. Allegra sank in die Kissen und beobachtete ihn mit wachem Blick. Seine Berührung erregte sie, gepaart mit seinen Worten.

„Gefällt dir das?“ Er drückte seinen harten Schwanz zwischen ihre Beine. Sie spürte ihn durch die Stoffschichten.

Sie nickte stumm.

„Willst du ihn spüren? In dir?“

Verführerisch waren Stimme und Bewegung. Sie konnte nur flüstern. „Ja.“

Seine Hände schoben sie in die Kissen, und sie schloss die Augen. Spürte, wie er ihre Hose öffnete, hob ihre Hüften, um es ihm leichter zu machen, als er ihr die Hose abstreifte. Sie beobachtete ihn aus halb geschlossenen Augen, konnte den Blick nicht von ihm lassen. Er kniete vor dem Bett. Zärtlich rollte er ihre Strümpfe herunter, stellte die Schuhe fein säuberlich nebeneinander auf den Boden. Dann erst stand er auf und begann sich für sie zu entkleiden.

Sie lag nackt auf seinem Bett. Die kühlen Laken umschmeichelten ihren erhitzten Körper, und ihre Hände fuhren unwillkürlich über ihren nackten Körper. Matteo lachte leise.

„Lass das“, sagte er und wurde plötzlich ernst.

Ihre Hände verharrten. „Warum?“

„Weil ich es dir verbiete. In diesem Raum und in diesem Bett gehorchst du nur mir, hast du verstanden? Und wenn ich dir befehle, die Finger von dir zu lassen, dann tust du das.“

„Und wenn ich nicht gehorche?“, fragte sie neckend. Doch sie legte ihre Hände hinter ihren Kopf.

Erneut lachte er. Mit einem entschiedenen Ruck schob er seine Hose herunter und kickte sie geschickt in eine entfernte Ecke des Raums. „Dann muss ich dich vielleicht bestrafen, wer weiß.“

Sie erschauerte. Der Gedanke erschreckte sie. Aber zugleich wurde sie neugierig. Wie sah es wohl aus, wenn er sie bestrafte? Was musste sie sich unter einer Bestrafung vorstellen? Ob er ihr weh tun würde?

Sie wollte es nicht ausprobieren.

Er streifte sich das Hemd über den Kopf. Jetzt stand er nackt vor ihr. Bewundernd ließ sie ihren Blick auf seinem Oberkörper ruhen. Er war muskulös, von den breiten Schultern bis hinab zum Bauch, wo sich unter der Haut dezent die Stränge seiner Muskeln abzeichneten. Sie schnappte unwillkürlich nach Luft, als sie seinen großen Schwanz sah. Er streichelte sich mit einer Hand, während er sie auf seinem Bett betrachtete.

„Ist es für dich das erste Mal?“, fragte er leise.

Sie nickte stumm, ohne ihn aus den Augen zu lassen.

Er kniete sich aufs Bett und beugte sich über sie. Sein Schwanz berührte ihren Bauch. „Ich werde vorsichtig sein“, versprach er ihr.

Danach sagten sie nichts mehr. Sie ließen ihre Körper sprechen, die in diesem stummen Tanz zueinander fanden, als gehörten sie zusammen. Als hätten sie sich stets gesucht und jetzt erst zueinander gefunden.

Seine Lippen legten sich auf ihre, doch diesmal war der Kuss anders. Zärtlicher, zugleich auch fordernd. Sie drückte das Kreuz durch, kam ihm mit ihrem ganzen Körper entgegen, während er sich mit einer Hand aufstützte und sie mit der anderen streichelte. Ihren Bauchnabel umkreiste. Hinabwanderte zu ihrer Scham. Sie spürte, wie seine Finger ihre Locken dort unten teilten, sich tiefer schoben und das kleine, harte Knöpfchen streiften, das sich nach seiner Berührung sehnte.

Unwillkürlich schnappte sie nach Luft.

Dann erreichten seine Finger ihre Vagina. Tauchten in ihre Nässe ein, während sie bereitwillig ihre Beine für ihn öffnete. Ja, sie wollte ihn. Ganz und gar.

Sie stöhnte in seinen Mund, als er begann, mit einem Finger in ihre enge Passage zu stoßen, bis er auf ihren Widerstand traf. Da lächelte er sie an, und sie schlug die Augen auf. Suchte in seinen Augen, die unter der Maske wie Schatten wirkten, nach einer Antwort auf ihr Verlangen.

Er schob sich hinab. Kurz verharrte er an ihren Brüsten, biss sie sanft in die Brustwarzen, dann war seine Zunge an ihrem Bauchnabel und umkreiste ihn in schnellen Kreisen. Sie krallte ihre Finger in sein Haar. Schob ihn hinab, ohne zu wissen, was sie dort erwartete. Sie wusste nur, dass sie ihn wollte.

Er blickte zu ihr auf, fragend. Doch sie hatte die Augen schon wieder geschlossen, eine Hand an sein Gesicht gelegt, die andere auf ihre Brust. Sie spürte das Blut, das in ihrem Körper pulste und sich in ihrem Unterleib sammelte. Sie fühlte sich anders an. Nicht nur nass. Auch heiß. Enger.

Matteo ließ sich Zeit. Er machte es sich zwischen ihren Beinen bequem, schob ihre Schenkel auseinander. Einen Moment tat er nichts, und sie blickte zu ihm herab. Hätte sie es besser nicht getan! Er lächelte, während er jene intime Region betrachtete, die sie erst vor kurzem für sich entdeckt hatte, ja, die sie bisher nie zu betrachten gewagt hatte.

Erst jetzt teilten seine Finger ihr krauses rotbraunes Schamhaar. Er legte sie bloß, aber jede seiner Berührungen verschaffte ihr so große Lust, dass sie bald jedes Gefühl von Scham und Schüchternheit vergaß. Sie hielt den Atem an und zappelte unter ihm, weil sie ihn wollte. So sehr wollte sie ihn.

Heiß legte sich sein Mund auf ihre Klitoris. Er saugte an ihr, ganz kurz.

Allegra schrie überrascht auf. Sie setzte sich auf und starrte ungläubig auf ihn herab, der zu ihr aufblickte und leise lachte. Sein Atem strich über ihre Klitoris, und ohne den Blick von ihr zu lassen, schnellte seine Zunge vor. Leckte sie. Sie sank zurück in die Kissen, schloss die Augen. Stöhnte leise. Seufzte vor Lust, während seine Zunge, die zunächst so vorsichtig und langsam gewesen war, jetzt begann, sie zu erforschen. Nicht nur ihre Klitoris umkreiste er mit schnellem Zungenschlag. Sein Finger ebnete den Weg in ihr heißes Inneres. Sie spürte, wie seine Zunge in sie hineinschlüpfte. Nicht weit. Aber es war mehr, als sie ertrug. Es war nicht genug. Sie sehnte sich, mehr von ihm zu spüren. Nach seiner Männlichkeit sehnte sie sich. Seinem Gewicht, das sich auf ihren Körper drückte.

Doch bevor sie ihm zuflüstern konnte, er solle zu ihr kommen, bevor sie diesen Gedanken überhaupt zu Ende gedacht hatte, spürte sie, wie sich jene herrliche Spannung in ihr aufbaute. Wie sie dem Höhepunkt entgegenstrebte. Schneller und heftiger als je zuvor. Ihre Hand krallte sich in sein Haar, spornte ihn an. Wollte ihn tiefer in sich spüren.

Und gerade, als sie glaubte, es nicht länger auszuhalten, da schob er einen Finger in sie. Seine Zunge tanzte auf ihrer Klitoris, seine Lippen schlossen sich um sie.

Allegra schrie, als der Orgasmus sie überkam. Überrascht, weil die Lust sie überrollte, sie alles vergessen ließ, was um sie herum war.

Sie kam nach diesem Moment, in dem sie sich ganz entzwei fühlte, nur langsam wieder zu sich. Sie blinzelte, weil ihr Tränen in die Augen schossen.

Matteo kniete vor ihr. Er streckte die Hand aus. Sein

Finger nahm eine Träne auf, die unter ihrer Maske hervorsickerte. Er schmeckte ihre Träne und lächelte.

„Komm zu mir“, flüsterte Allegra. Sie streckte die Arme nach ihm aus, und Matteo kam zu ihr. Er drückte sie in die Kissen. Seine Küsse waren sanft. Seine Hand schob sich zwischen ihre Leiber, umfasste seinen harten Schwanz. Allegra schloss die Augen. Sie konnte es kaum erwarten, ihn endlich zu spüren. Ihm zu geben, was er vom ersten Moment an von ihr gewünscht hatte.

Sie wollte es auch. Nichts wollte sie mehr als ihn in dieser Nacht und für immer zu spüren.

Seine Schwanzspitze verharrte an ihrer Vagina. Mit der Hand bewegte er seinen Schwanz auf und ab, streichelte sie, durchpflügte ihre heiße Nässe. Allegra stöhnte.

„Ich will dich“, flüsterte sie mit rauer Stimme. „Bitte …“

Er versuchte, vorsichtig zu sein. Langsam schob er sich in sie. Ihre Beine schlangen sich um seine Hüfte. Er stieß auf ihren Widerstand. Sie schrie, als er mit einer fließenden Bewegung ganz in sie kam. Es war nicht nur, weil er ihr wehtat. Es war ein lustvoller Schmerz, der im nächsten Moment bereits verebbte. Dennoch traten ihr Tränen in die Augen, und eine Träne rann an ihrer Schläfe hinab und versickerte in ihrer Perücke.

„Ich wollte dir nicht weh tun“, flüsterte er. Ganz still lag er auf ihr, sein Gewicht auf die Arme gestützt, um sie nicht niederzudrücken.

„Ich weiß“, wisperte sie.

Langsam begann er, sich zu bewegen. Ihre Beine zogen ihn mit jedem Stoß näher an ihren Körper, als wollte sie ihn noch tiefer spüren. Er war ganz in ihr, sein Unterleib rieb sich an ihrer Klitoris, und sie hob sich ihm mit jedem Stoß entgegen. Begegnete ihm, klammerte sich in wilder Lust an ihn.

Ihr Gesicht an seiner Schulter geborgen, die Arme fest um seinen Hals geschlungen. Die Maske drückte sich in sein Fleisch, und sie hörte ihn unterdrückt stöhnen.

Aber es war kein Schmerz. Die Lust, die auch sie von Neuem ergriff. Sie schloss die Augen. Konzentrierte sich allein auf das, was mit ihrem Körper geschah, seinen Bewegungen auf ihr. In ihr. Seinen Schwanz, der ihre enge Passage wieder und wieder verließ, um sie im nächsten Moment weit für ihn zu öffnen. Und plötzlich spürte sie es wieder. Das Pulsieren, das zuerst nur von ihrer Klit ausgegangen war, breitete sich in ihrem Unterleib aus, erfasste ihre Möse, die sich pochend um seinen Schwanz schloss. Er stöhnte. Hielt einen Moment inne.

Sie lächelte verlegen zu ihm auf.

Seine Hand zeichnete die Linie ihrer Maske nach. Sie versank in seinen dunklen Augen. Er brauchte nichts zu sagen. Sie verstanden einander stumm.

Dann bewegte er sich wieder. Diesmal waren es langsame, genüssliche Bewegungen. Seine Hand griff nach ihren Fingern, die sich um seinen Nacken geschlossen hatten wie zum Gebet. Erst die eine Hand, dann die andere bog er zurück, hielt sie fest auf die Matratze gedrückt. Allegra versuchte, sich aus seinem festen Griff zu befreien, doch er war unnachgiebig. Stieß schneller in sie. Schweiß tropfte von seiner Stirn, und sie schmeckte sein Salz auf ihren Lippen, ehe er sich wieder über sie beugte und sie so heftig küsste, dass er sie in ihre Lippe biss. Sie schmeckte Blut, doch im selben Moment breitete sich in heißen Wellen der Vorbote ihres zweiten Höhepunkts aus. Vom Unterleib stieg ein Zittern auf, das auch er spürte. Schneller wurden seine Stöße, die Hände umklammerten ihre Arme und drückten sie in die Matratze. Allegras Höhepunkt war kurz und heftig. Er rauschte über sie hinweg, ihre Hände krallten sich in seine, und kaum ließ ihr Orgasmus nach, da stöhnte Matteo auf. Barg seinen Kopf an ihrer Schulter. Sie spürte, wie seine Maske ihre zarte Haut am Hals zerkratzte. Doch sie tat nichts, genoss nur das Pulsieren in ihr. Genoss es, ihn auf sich zu spüren. Ihn in sich zu spüren, wie er erst größer wurde, ehe sein Samen in sie schoss.

Danach lagen sie einen Moment reglos, und sie spürte, wie er in ihr langsam erschlaffte. Sie schloss die Augen. Seine Hand strich über ihre Perücke, doch dann rollte er sich von ihr herunter. Ihr Unterleib fühlte sich heiß und ein bisschen wund an. Sie setzte sich auf und sah zu ihm herüber.

Er hatte das Bett verlassen und trat nackt ans Fenster. Die Läden stieß er weit auf und eine kühle Brise wehte durch das offene Fenster herein und ließ auf ihrer Haut ein leises Frösteln erblühen. Sie schlang die Arme um ihre Knie. Die Nässe zwischen ihren Beinen, das sanfte Pulsieren, vor allem aber seine Gegenwart ließen sie erzittern.

Es war schön. Wie sie es sich erhofft hatte. Wie sie es sich immer gewünscht hatte. Sie fühlte sich von ihm geliebt.

„Werde ich dich wiedersehen?“, fragte Matteo. Er drehte sich zu ihr um. Nie war er ihr begehrenswerter erschienen. Sie wäre gerne aufgestanden und zu ihm getreten, aber plötzlich war sie sich ihrer eigenen Nacktheit bewusst. Als wäre ihr kalt, zog sie ein Laken heran, in das sie sich hüllte, ehe sie antwortete. Ihre Haut glühte von der vorangegangenen Leidenschaft.

„Wenn du es wünschst.“

Sie stand auf und ging zu ihm herüber. Der Holzfußboden fühlte sich unter ihren Füßen angenehm kühl an.

„Viel lieber würde ich erfahren, wer sich unter dieser hübschen Maske verbirgt.“ Er drehte sich zu ihr um und hob die Hände. „Immerhin habe ich sie dir geschenkt …"

Allegra wich zurück.

„Nicht", flüsterte sie. „Nein, das … nicht." Sie trat zwei Schritte zurück. Jetzt war ihr wirklich kalt, aber das war die Angst. „Es ist zu früh, ich kann mich Euch nicht offenbaren, nicht jetzt …"

„Komm schon …" Er bewegte sich langsam auf sie zu, und Allegra stolperte rückwärts. Nur fort von ihm! Er streckte die Hand nach ihrer Maske aus.

„Nein!" Sie schrie verzweifelt auf, und er ließ die Hand sinken, als überraschte ihn die Heftigkeit, mit der sie sich an die Maske klammerte. Ihre Hände legten sich schützend auf den violetten Samt. „Wenn Ihr mich wiedersehen wollt, Conte del Pirandelli, dann werdet Ihr wohl nach meinen Regeln spielen müssen!"

Sie verharrte atemlos. Auch Matteo sagte einen Moment nichts. Er schien nachzudenken. Schließlich sagte er sanft: „Gut. Keine Enthüllung."

Sie atmete auf.

„Aber ich möchte dich wiedersehen."

„Das lässt sich sicher einrichten", sagte sie förmlich.

Er lächelte zufrieden. „Gut", sagte er. „Hast du Hunger? Ich lasse uns ein paar Speisen und Wein vom Büffet kommen."

Er zog an der Klingelschnur. Allegra wich zum Bett zurück und legte sich hin. Sie bemerkte den kleinen Blutfleck auf dem Laken und deckte ihn zu. Auf angenehme Art fühlte sie sich ermattet.

Wenige Augenblicke später war sie eingeschlafen.

## 9. KAPITEL

Cristina lag auf dem Rücken und hatte die Augen geschlossen. Sie wartete. Ungeduldig. Immer wieder richtete sie sich auf und lauschte. Die Kerzen brannten langsam herunter, aber sonst passierte nichts.

Einmal glaubte sie, Schritte zu hören, die sich näherten. Die Tür hatte leise geknarrt, und sie hatte sich sogleich mit fest geschlossenen Augen auf das Bett gelegt, in einer Pose, die sie oft geübt hatte. Verführerisch, als wäre sie eingeschlafen, alles ein bisschen unordentlich, aber dennoch: wunderschön.

Die Lilien hatte sie irgendwann beiseite geworfen, weil ihre Finger immer wieder an den Blüten herumdrückten und der süßliche Gestank ihre gespannten Nerven nur zusätzlich strapazierte.

Doch nichts passierte.

Matteo kam nicht.

Sie lag da und lauschte in die Stille. Die weißen zarten Vorhänge vor dem Fenster bewegten sich leicht in der Nachtluft. Ein plötzlicher Blitz zerriss die Dunkelheit. Ein Gewitter zog auf.

Cristina stand auf und trat an das Fenster. Sie war ungeduldig, und sie ertrug es nicht, untätig zu sein. Ihre Hände strichen prüfend über das Kleid, und sie spürte die zarten Daunenfedern unter ihren Fingern. Dann überprüfte sie den Sitz ihrer Maske.

Als der nächste Blitz die Dunkelheit zerriss, schaute sie aus dem Fenster und sah, wie der Himmel entzwei gerissen wurde. Sie wartete auf das Grollen des Donners, das sehr fern und leise klang.

Und dann hörte sie ein anderes Geräusch. Schritte. Cristina hielt den Atem an. Sie blieb am Fenster stehen, ließ sich nichts anmerken, als jemand hinter ihrem Rücken das Zimmer betrat. Endlich war Matteo zu ihr gekommen. Er hatte sich mit den anderen Gästen gelangweilt. Vielleicht war auch die eine oder andere Frau dabei gewesen, aber sie hatten ihm offensichtlich nicht genügt. Cristina lächelte fein. Sie würde schon dafür sorgen, dass Matteo auf seine Kosten kam.

Aber sie wollte es ihm nicht zu leicht machen. Daher blieb sie reglos am Fenster stehen. Sie wusste, wie schön sie war. Der Nachthimmel, die flackernden Kerzen und das Wetterleuchten, das den Raum immer wieder in gespenstische Helle tauchte, waren die Kulisse, die all ihre Vorteile zur Geltung brachte. Ihr wunderhübsches Kleid, das er ihr jeden Moment vom Körper reißen würde. Die kunstvolle Frisur, auf die ihre Zofe heute drei Stunden Zeit verwendet hatte. Ihre helle zarte Haut, die sie jeden Tag cremte und salbte … Ja, er würde zu schätzen wissen, was sie ihm bot. Und nicht nur ihre Äußerlichkeiten würden ihn verzaubern … Auch ihre Fertigkeiten ließen ihm keine andere Wahl, als für immer bei ihr zu bleiben.

Sie würde die erste Mätresse sein, die den Conte Matteo del Pirandelli länger als eine Saison würde halten können. Und wenn ihr altersschwacher Gatte erst das Zeitliche segnete, wäre sie frei für Matteo und könnte die Contessa del Pirandelli werden …

„Hast du auf uns gewartet, schöne Schwanenprinzessin?“

Die tiefe Stimme eines Mannes. Angenehm. Er stand direkt hinter ihr. Sie hielt den Atem an.

Es war nicht Matteos Stimme.

„Kann schon sein …“ Sie drehte sich nicht um. Vielleicht war dies Matteos Art, mit ihr zu spielen, indem er einen zweiten Mann mitbrachte, dem er es überließ, zu sprechen. Vielleicht prüfte er sie. Ob sie wirklich bereit war, alles für ihn zu tun.

Cristina klammerte sich an diese letzte Hoffnung, obwohl sie bereits ahnte, dass diese Inszenierung nicht Matteos Handschrift trug. Er hatte so eine Raffinesse nicht nötig. Er bekam auch so, was er wollte.

„Dürfen mein Freund und ich uns zu Euch gesellen?“

Jetzt wandte sie sich doch halb um und musterte den Mann von oben bis unten.

Er sah unverschämt gut aus.

Er war ganz in schwarz gekleidet und seine Maske war ebenso schwarz und schlicht wie das Justaucorps und die dazu passende Hose und Weste. Doch das war es nicht, was Cristina vom ersten Moment an ihm faszinierte. Es war seine Ausstrahlung, die Cristinas Knie plötzlich weich werden ließ. Sie senkte den Blick und spürte, wie heiße Röte in ihre Wangen stieg. Er hatte eine unverwechselbare Art, sie aus seinen hellblauen Augen anzusehen …

„Darf ich wissen, mit wem ich es zu tun habe?“, fragte sie und reichte ihm die Hand. Er führte sie ohne Umschweife zum Bett.

„Nein.“ Er gab ihr einen Schubs und sie fiel unsanft auf die Matratze. Ehe sie protestieren konnte, kniete er schon auf ihr. Sie fürchtete kurz um ihr Kleid, aber schon im nächsten Moment musste sie sich keine Sorgen mehr machen. Federn flogen, als er ihr ohne Zögern das Mieder zerriss. Sie atmete heftiger.

„Was fällt Euch ein!“ Sie wollte aufstehen, raffte mit ihren Händen nach dem zerrissenen Mieder, doch er war schneller. Mit einem Lächeln, das so gefährlich war wie das Fauchen einer Raubkatze, drückte er sie mit einer Hand beinahe mühelos auf die Matratze.

„Ihr bleibt“, sagte er ruhig. Seine Stimme duldete keinen Widerspruch. „Ich vermute, das gehört zu Eurem Spiel, das Ihr in diesem Raum zu inszenieren gedenkt? Wenn Ihr Euch ein bisschen ziert?“

Cristina wurde plötzlich eiskalt. „Ich verstehe nicht …“

Aber sie verstand nur zu genau, was der Fremde meinte. Sie hatte die offenen Türen gesehen, die entlang des Gangs weitere Liebhaber und Gespielinnen einluden, sich an den Ausschweifungen zu beteiligen.

Also hatte sie sich nicht getäuscht, als sie Schritte hörte. Als die Tür leise knarrte. Jemand hatte die Tür geöffnet und mit dieser offenen Tür jeden Interessierten eingeladen, sich zu ihr zu gesellen.

„Matteo!“, flüsterte sie heiser.

Er war da gewesen. Er musste es gewesen sein, denn außer ihm und ihr kannte niemand diesen Raum. Er hatte gewusst, dass sie hier war – vielleicht hatte er sie auch gesehen. Durch den Vorhang geschaut, der den Vorraum vom Zimmer trennte. Und er hatte beschlossen, nicht zu ihr zu kommen, sondern ihr eine besondere Nacht zu bescheren und andere Männer auf ihr Lager einzuladen.

Sie konnte ihm in diesem Augenblick nicht einmal böse sein. Denn der Fremde hatte etwas, das sie faszinierte.

Dennoch machte sie den Versuch, sich seinem Griff zu entwinden.

„Du bleibst hier, meine Schöne. Ich lasse doch die Schwanenprinzessin nicht entkommen!“

Seine Hände umfassten schmerzhaft ihre Handgelenke, und sie rang stumm mit ihm. Doch er war stärker. Bog ihre Arme über ihren Kopf. Grinste sie frech an.

„Willst du dich etwa wehren?“

„Lasst mich los!"

Er lachte. Dann wandte er sich an seinen Begleiter, den Cristina erst jetzt wahrnahm. „Schau doch mal, ob du etwas findest, um sie zu fesseln. Ich will meine Hände frei haben und nicht ständig mit ihr kämpfen müssen, wenn ich mich eingehend mit ihr beschäftige."

Cristina versuchte, um sich zu treten, doch ihre Beine verfingen sich im Unterrock. Sie hörte den Stoff reißen. Einen Moment schloss sie die Augen. Mein Gott. Dieser Mistkerl schaffte es, ihr sorgfältig arrangiertes Kleid in wenigen Augenblicken zu ruinieren!

Sie wünschte sich, er ließe sie in Ruhe. Ihr Fuß traf sein Schienbein, aber er verzog nicht mal das Gesicht. „Bring ein paar Stricke mehr mit", rief er über die Schulter. „Ihre Beine werde ich auch fesseln müssen."

Cristina hätte am liebsten geheult. Aber sie konnte nicht. Sie schluckte hart, weil ihre Kehle so trocken war. Das Herz schlug ihr bis zum Hals. „Was habt Ihr mit mir vor?", flüsterte sie.

Er beugte sich über sie. Seine Zunge glitt von ihrem Nippel hinauf bis zu ihrem Ohr. „Ich werde dich vögeln, bis dir die Sinne schwinden, meine Schöne."

Sie konnte nicht leugnen, dass ihr der Gedanke gefiel.

Im Gegenteil, er machte Dinge mit ihr, von denen sie nie gedacht hätte, dass sie sie so unglaublich erregten. Cristina stöhnte leise, als seine Hand ihre Brust umfasste. Er war ein Fremder, der in das blaue Zimmer eingedrungen war und sich von ihrer Ablehnung nicht beeindrucken ließ. Und ihr Körper reagierte auf ihn. Sie wollte ihn. Ihn und seinen Gefährten, der jetzt am Fußende des Bettes auftauchte.

Er hatte die Seidenschals gefunden, die auf dem Tischchen neben dem Bett bereitlagen. Cristina musste zugeben, dass der Raum tatsächlich wirkte, als wäre er von ihr für dieses delikate Rollenspiel hergerichtet worden. Sie blickte den zweiten Fremden an. Er war etwas kleiner als der Mann, der so schwer auf ihr lag und sie festhielt. Doch auch er war eine imposante Erscheinung. Wie sein Freund schien er sich seiner Wirkung auf die Frauen bewusst zu sein. Er war ebenfalls komplett schwarz gekleidet und seine Haut war gebräunt und schimmerte wie Bronze. Das einzig Helle waren seine Haare, die beinahe silbrig blond waren.

„Bist du bereit, Schwanenprinzessin?", fragte der blonde Mann. Er umwickelte seine Hand mit einem zarten Seidenschal, ohne den Blick von ihr abzuwenden. „Bereit, uns beide zu befriedigen?"

Sie nickte stumm. Die Vorstellung, diesen beiden Männern zu Willen zu sein, ließ sie feucht werden. Sie rutschte unter dem Finsteren hin und her, und er gab sie frei.

„Binde sie gut fest, damit sie es sich nicht anders überlegt."

Es lag ein bitterer Ernst in seiner Stimme, zugleich aber auch etwas Leichtes, Spielerisches. Cristina atmete tief durch. Diese Männer wollten ihr nicht weh tun. Sie wollten ihr Lust bereiten.

Dennoch machte sie es dem Blonden nicht allzu leicht, als er versuchte, ihre Handgelenke zu fesseln. Er versetzte ihr eine leichte Ohrfeige, und die harte Kante ihrer Maske grub sich so schmerzhaft in ihre Wange, dass sie Tränen in den Augen spürte. „Lass das", sagte er gereizt.

Er arbeitete danach stumm weiter und ignorierte Cristinas Versuche, sich ihm zu widersetzen. Nachdem er ihre Handgelenke gefesselt hatte, band er sie mit über dem Kopf ausgestreckten Armen an den Bettpfosten. Er zog prüfend an den Seidenschals, doch die Knoten saßen sehr fest. Cristina spürte, wie das Blut in ihren Händen stockte. Sie machte erst gar nicht den Versuch, an den Fesseln zu zerren.

Sie spürte auch ihre Möse pochen. Sie wollte das, was nun folgen würde. Sie lag auf dem Rücken, spreizte bereitwillig die Beine, soweit das mit dem weiten Rock ging.

Die beiden Männer standen am Fußende des Bettes. Sie lag quer auf der Matratze.

„So geht das nicht, Mario", sagte der Dunkle.

„Du hast recht. Soll ich ihr das Kleid vom Leib schneiden?"

„Nein!", protestierte Cristina, aber dann kniete Mario schon auf ihr. Er hatte einen Dolch in der Hand, der silbrig aufleuchtete, als ein erneuter Blitz die Dunkelheit zerriss. Diesmal folgte der Donner schneller. Cristina wand sich unter ihm, aber es kümmerte ihn nicht. Er begann an ihrem zerrissenen Mieder und schob den Dolch unter den Stoff. „Halt still", murmelte er. „Ich will dich nicht verletzen."

Sie ballte die Hände zu Fäusten und hielt den Atem an. Spürte die Klinge auf ihrer nackten Haut, während er ihr Kleid zerschnitt. Das Geräusch des zarten Stoffs, der zerriss, gellte laut in ihren Ohren.

Er zerschnitt auch den Rock. Bis zum Saum.

Dann legte er das Messer beiseite. Sein Gefährte trat ans Bett. Er zerrte das Kleid herunter. Nicht zärtlich, wie sie es erwartet hatte. Grob riss er es herunter, zog es unter ihrem Körper hervor, dass sie auf die Seite rollte, da sie sich nicht mit ihren Händen abstützen konnte.

„Oh, was für ein hübscher Anblick!"

Mario kniete plötzlich hinter ihr. Sie lag nun auf der Seite, ihr Körper teilte die Matratze in zwei Hälften. Marios Hand strich über ihren Hintern. Er ließ einen Finger in ihre Gesäßfalte gleiten. Sie spannte sich an.

„Entspann dich“, flüsterte er.

Sie konnte sich nicht entspannen. Der Dunkelhaarige stand vor dem Bett, sodass sie ihn gut sehen konnte. Er begann sich zu entkleiden. Wieder lächelte er dieses Lächeln, das ihre Knie weich werden ließ. Marios Finger schob sich nach vorne. Er fand ihre nasse Spalte.

„Da war aber jemand ungezogen.“ Er lachte und drang mit einem Finger in sie ein. Sie stöhnte leise, ohne den Dunklen aus dem Blick zu lassen. Etwas an ihm reizte sie mehr als sein Gefährte. Sie wollte ihm ihre ganze Aufmerksamkeit schenken.

Der Dunkle, dessen Namen sie so gerne gewusst hätte, zog seine Hose herunter. Warf sie beiseite und stand nun nackt vor ihr. Allein sein Anblick ließ sie zittern. Sie wollte ihn spüren! Wollte ihn verwöhnen und ihm all ihre Künste zeigen, aber verdammt … sie konnte sich ja nicht bewegen. Durch die Fesseln war sie nahezu unfähig, sich zu regen. Sie versuchte, sich auf den Rücken zu drehen. Nur mit einiger Mühe gelang es ihr, während Mario ihr belustigt dabei zusah.

„Bindet mich los!“, flehte sie. „Bitte, ihr werdet es bestimmt nicht bereuen.“

Die beiden Männer blickten sich an. Und lachten. „Erklär du es ihr, Loris“, sagte Mario.

„Mit dem größten Vergnügen.“ Er hielt mit einer Hand seinen prallen Schwanz umfasst, als er sich aufs Bett kniete.

Cristina blickte zu ihm auf. „Bitte, ich tue alles für euch, ihr dürft alles mit mir machen. Nur bindet mich los!“

Er kniete nun über ihr. Seine Beine ruhten direkt neben ihrem Leib, die Knie drückten sich in ihre Achselhöhlen. Er schob seinen Schwanz an ihre Lippen. „Ein verlockender Gedanke, das gebe ich zu. Aber solange du uns nicht gehorchst, können wir das nicht riskieren. Nachher schreist du uns noch den ganzen Palazzo zusammen?"

„Wir haben gerne Publikum, aber ob du das magst?"

Die beiden Männer lachten. Cristina blickte zu Loris auf. Sein Schwanz verharrte nun direkt vor ihren Lippen. Er zwang sie nicht, ihn in den Mund zu nehmen. Aber während er über ihr kniete, hatte Mario begonnen, mit zwei Fingern in ihre enge Möse zu stoßen. Die beiden wussten, wie sie eine Frau verführten. Es bestand kein Zwang, das spürte Cristina. Wenn sie sich übermäßig gewehrt hätte, dann wären die Männer sicher nicht so weit gegangen.

Sie wusste, warum sie jetzt gefesselt auf dem Rücken lag. Warum ein Mann seine Finger in ihre Möse steckte und der andere darauf wartete, dass sie seinen Penis in den Mund nahm.

Sie lag hier, weil sie es wollte. Weil sie sich danach sehnte, genommen zu werden. Weil sie die Kontrolle abgeben wollte. Sie war bereit, sich auf dieses Spiel aus Beherrschung und Unterwerfung einzulassen.

„Nimm ihn in den Mund." Es war ein Befehl.

Gehorsam öffnete sie den Mund. Loris schob langsam seinen Schwanz zwischen ihre Lippen.

Sie hätte ihn beißen können. Wenn sie ganz fest zubiss, würde er sofort von ihr lassen. Doch sie tat es nicht. Ihre Zunge umkreiste mit sanftem Druck seine Eichel. Er seufzte leise. „So ist's gut", flüsterte er. „Mach so weiter."

Sie ließ sich von ihm führen. Ihre Arme schmerzten, ihre Hände spürte sie schon nicht mehr, aber das war egal. Sie spürte seine Hand, die sich hinter ihren Kopf legte. Ihr einen Rhythmus vorgab, in dem sie seinen Schwanz immer tiefer in den Mund nahm. Währenddessen begann Mario, der zwischen ihren gespreizten Schenkeln kniete, mit dem Daumen ihre Klitoris zu massieren, in unnachgiebig schnellen, kreisenden Bewegungen. Sie stöhnte. Wollte Loris' Schwanz ganz in den Mund nehmen, doch er war zu lang, und sie verschluckte sich und musste husten. Sofort zog er sich ganz aus ihr zurück und wartete, bis sie sich von diesem Schreck erholt hatte.

„Nicht so gierig", tadelte er sie sanft.

Die Matratze bewegte sich, als Mario aufstand und sich nun ebenfalls auszog. Loris nahm seinen Platz zwischen Cristinas Beinen ein. Sie hob ihm die Hüften entgegen. Endlich durfte sie ihn spüren! Doch wieder wurde sie enttäuscht.

Er spreizte ihre Schenkel. Und betrachtete ihre Muschi. Mit diesem feinen Lächeln, das sie ganz kribbelig machte. Cristina bewegte aufreizend die Hüften, wollte ihm ganz nahe sein. Sie konnte es nicht mehr abwarten, endlich von ihm verwöhnt zu werden und seinen großen Schwanz in ihrer Möse zu spüren!

„Nimm mich", flehte sie.

Sein Gesichtsausdruck veränderte sich. Verzerrte sich, als wäre er wütend auf sie. Ohne sie zu beachten, wandte er sich an seinen Gefährten.

„Hast du das gehört? Kaum hat man sich ein bisschen mit ihr vergnügt, fängt diese kleine Hure an zu betteln."

„Dann müssen wir ihr wohl noch eine Lektion in Demut erteilen."

Wieder warfen die Männer einander einen Blick zu. Blindes Verständnis schien sie zu verbinden. Loris stand auf und ging zu der Sitzgruppe, die vor dem Kamin stand. Mario folgte ihr, ebenfalls nackt. Sie setzten sich auf das Sofa und wandten Cristina den Rücken zu.

Sie zerrte an den Fesseln. Ihre Möse pochte, sie wollte

jetzt endlich das bekommen, was sie verdiente!

„Bitte“, flehte sie. „Hört nicht auf! Ich gehöre euch ganz, ich gebe euch alles, was ihr wollt!“

Mario stand auf. „Alles was wir wollen?“ Er verharrte am Fußende.

Cristina nickte stumm.

„Gut.“ Er lächelte zufrieden.

Loris trat neben ihn. „Sehr gut“, befand er.

Und auch Cristina spürte, wie sehr ihr der Gedanke gefiel, alles mit sich machen zu lassen.

Matteo schlich auf Zehenspitzen zum Bett. Er setzte sich auf die Bettkante und betrachtete zärtlich das hübsche Mädchen, das ihm der Zufall erst vor wenigen Tagen im Palazzo der Principessa in die Arme getrieben hatte.

Er glaubte nicht an Zufälle.

Zumindest nicht, wenn es um irgendwelche Ereignisse ging, die im Umfeld der Principessa passierten. Sie war schon alt, aber das Alter hatte ihr nicht das Vergnügen an gekonnten Inszenierungen genommen. Sie genoss es, die Menschen wie auf einem Schachbrett hin und her zu schieben.

Nein, die Begegnung mit diesem Mädchen in den Kleidern eines Knaben und der Maske eines Kastraten war ganz und gar nicht zufällig, davon war Matteo nach dieser rauschhaften Nacht der Lust überzeugt. Dafür kannte er die Principessa zu gut. Und das bedeutete, dass seine Landesfürstin die wahre Identität des Mädchens kannte, das mit geröteten Wangen und leicht geöffnetem Mund nackt unter dem Laken auf seinem breiten Bett lag.

Sie lag auf dem Rücken, den Kopf auf das Kissen gebettet. Tiefe Atemzüge verrieten ihm, dass sie schlief. Er schob sich näher. Wenn er vorsichtig war, konnte er die Schleife lösen, mit der die Maske hinter ihrem Kopf zugebunden war. Er hielt den Atem an, als sie sich leise im Schlaf bewegte.

Sie hatte ihm ihre wahre Identität nicht offenbaren wollen. Warum? Gehörte auch das zum Spiel der Principessa?

Das Merkwürdige aber war dieses unbestimmte Gefühl, sie zu kennen. Etwas war ihm an ihren Bewegungen und ihrer Stimme vertraut. Vielleicht war er ihr schon einmal begegnet, bevor sie ihm im Palazzo Pitti über den Weg lief?

Seine Hand berührte die Maske. Strich über das Samtband an ihrem Hinterkopf. Er hielt den Atem an, als sie sich im Schlaf bewegte. Sie warf einen Arm über den Kopf und streifte seine Hand. Ihre Brust rutschte unter dem Laken hervor, der Nippel zog sich in der kühlen Nachtluft zusammen. Er lächelte.

Dann beugte er sich über sie. Nahm ihren rosigen Nippel zwischen die Lippen und knabberte sanft daran. Sie seufzte leise, ohne aufzuwachen. Er machte weiter. Zog mit einer Hand das Laken herunter. Entblößte auch die andere Brust. Sie bewegte sich leicht unter ihm. „Was machst du?“, flüsterte sie halb im Schlaf.

Seine Hände glitten an ihren Flanken hinab zu ihren Hüften. Er blickte zu ihr auf. Sie hatte die Augen geöffnet und beobachtete ihn. Nicht ängstlich, sondern aufmerksam.

„Sie haben uns das Essen in den Vorraum gebracht“, murmelte er. Kleine Küsse setzte er auf ihre Brust, auf ihren Bauch. Umkreiste mit der Zunge ihren Bauchnabel, tauchte ein. Sie bewegte die Hüften unter ihm. So verführerisch, dass er spürte, wie er sofort wieder hart wurde. Sie war wirklich unbeschreiblich.

Er glitt neben ihr unter das Laken. Ihr Gesicht wandte sich ihm zu. Ihre Augen wirkten im Licht der Kerzen dunkel und geheimnisvoll. Welche Farbe hatten ihre Augen? Braun? Dunkelblau?

Er fuhr mit dem Finger über ihre Lippen. Spielerisch schnappte sie nach ihm, ohne ihn aus den Augen zu lassen. Das Verführerischste an ihr war vermutlich, dass sie sich ihrer inneren Schönheit, ihrer unglaublichen Sinnlichkeit nicht bewusst war. Dass jede ihrer Bewegungen ihn nur noch wilder machte. Er war ihr verfallen.

„Ich will dich", flüsterte er. „Jetzt."

Ihre Augen weiteten sich. Überrascht, nicht ängstlich. „Jetzt?"

Er schmiegte sich an sie. Sein Schwanz drückte sich zwischen ihre Pobacken, und sie verstand. Als hätte sie schon immer das Lager mit ihm geteilt. Als wäre dies nicht ihre erste Liebesnacht mit einem Mann.

Sie wandte ihm den Rücken zu, drückte ihren Hintern an seinen Unterleib. Sein Schwanz schob sich zwischen ihre Oberschenkel. Sie spreizte ein wenig die Beine, um es ihm leichter zu machen. Als er in sie eindrang, stöhnte sie leise.

Ihr Körper passte perfekt zu seinem, schmiegte sich an ihn, so weich und fest, dass er sein Glück kaum fassen konnte. Wie auch immer sie zu ihm gefunden hatte, es kümmerte ihn nicht. Er wollte sie nicht wieder loslassen. Seine Hände schlossen sich um ihre Brüste.

Diesmal ließ er ihnen Zeit. Langsam bewegte er sich in ihr. Immer wieder hielt er inne und kostete das herrliche Gefühl aus, dass sie sich ihm so vertrauensvoll hingab. Dann bewegte er sich wieder schneller. Fordernd. Bis sie seufzte und leise jammerte, weil sie ihn noch mehr spüren wollte. Weil es ihr nicht schnell genug ging. Er hielt inne und lachte leise.

Seine Hand glitt hinab, vergrub sich in ihrem Schamhaar,

fand ihre Klitoris. Sie war nass, und er verrieb ihre Nässe auf der Klitoris. Als er einen Moment innehielt, spürte er, wie sie pulsierte.

Da machte er weiter, und diesmal hörte er nicht auf. Er ließ sie kommen, und ihre Hand krallte sich in seine. Er spürte gar nicht, wie sich ihre Fingernägel in seine Haut bohrten. Er spürte nur noch, wie sich in ihm alles zusammenzog. Er kam heftiger als beim ersten Mal, und ihr Schrei vermischte sich mit dem ersten lauten Donner, der dem plötzlichen Blitz folgte. Einen Moment war das Zimmer in blaues Licht getaucht. Dann war alles still. Nur ihr leises Seufzen hörte er, und er spürte seinen eigenen Atem. Sein Herzrasen. Ermattet sank er in die Kissen, zog die Decke über sie beide und schloss die Fremde in die Arme.

Sie wandte sich zu ihm um. Die Kerzen flackerten, die ersten verloschen. Es war spät. Vielleicht war es auch schon früh, der nächste Morgen nicht mehr allzu fern.

Er spürte etwas Nasses an seiner Brust, als sie ihre Wange dort bettete. Richtete sich auf und strich über ihr Gesicht.

„Du weinst?“, flüsterte er.

„Es war so wunderschön“, erwiderte sie. Ihre Stimme war schwach wie ein Windhauch. Dennoch spürbar. Sie rührte ihn zutiefst.

„Du hast keinen Grund, zu weinen.“ Er zog sie an sich. Schloss die Augen und spürte ihren Atem, der langsam ruhiger wurde. Sie war wieder eingeschlafen.

Er wachte über ihren Schlaf. Das Gewitter taumelte, als könnte es sich nicht entschließen, ob es über der Stadt verharren oder abziehen sollte. Blitz und Donner kamen erst in schneller Folge, es knallte und krachte, als stünde das Unwetter direkt über dem Palazzo. Dann zog es sich zurück, wurde in eine Himmelsrichtung davon getrieben und kam kurz darauf wieder zurück.

Matteo blieb wach, bis das Gewitter abgezogen war und der neue Tag langsam heraufdämmerte. Dann löste er sich von seiner jungen Geliebten, die selig weiterschlummerte. Das Kissen hielt sie fest umklammert. Er lächelte. Nie hatte eine Frau ihn so glücklich gemacht.

Jawohl, glücklich.

Befriedigt hatte ihn bisher so manche Frau. Doch ihr einfach beim Schlafen zusehen zu dürfen, empfand er als Glück. Ein Geschenk, das er nicht verdiente, so fühlte es sich an.

Er zog sich leise an. Obwohl er sich bemühte, im heraufziehenden Morgenlicht keine allzu lauten Geräusche zu machen, stolperte er, als er seine Kniebundhose anzog, und er stieß sich schmerzhaft das Schienbein am Bettgestell.

Sie war sofort wach und richtete sich verwirrt auf. Noch immer trug sie die Maske, und ihre Hand tastete sogleich danach. Und ob die Perücke noch ihr Haar verdeckte. Dann blickte sie sich um, als wüsste sie nicht, wo sie war.

„Guten Morgen", sagte Matteo leise.

Ihr Kopf fuhr zu ihm herum. „Habe ich geschlafen?"

„Nur eine Stunde. Du hast ein heftiges Gewitter verschlafen, meine Schöne." Er lachte leise. „Aber ich glaube, du warst recht müde nach unserem … Liebesspiel. Möchtest du nicht liegen bleiben?"

Sie zögerte, doch dann sprang sie plötzlich aus dem Bett, während Matteo sein Hemd in die Hose stopfte.

„Ich muss weg!" Hastig begann sie, ihre Kleidung zusammen zu raffen. Das Hemd streifte sie über, vergaß in der Eile die Stoffbinde, die ihre Brüste einschnürte. Wortlos bückte Matteo sich und hielt ihr den Stofffetzen hin. Unter Hemd und Weste konnte man die zarte Wölbung ihrer knospenden Brüste erkennen. Es war kaum möglich, sie zu übersehen, wenn man wusste, dass sie diese schönen Brüste hatte.

Sie zog die Hose an, die Kniestrümpfe. Einer der zarten Strümpfe zerriss, aber es war ihr anscheinend egal. Sie wollte nur noch fort, und ihre Eile zu sehen, mit der sie von ihm fort wollte, tat ihm weh.

„Du musst nicht fort“, versuchte er, sie aufzuhalten.

„Was? Aber mein …“ Sie biss sich auf die Unterlippe. „Ich bin nicht allein hier. Ist das Fest schon vorbei? Er wird sich um mich sorgen …“

Er machte einen Schritt zurück. „Ach so“, sagte er nur. Es gab also einen anderen Mann, der sich um sie sorgte. „Ich bringe dich nach unten.“

Sie schaute sich noch einmal um, als hätte sie Angst, irgendwas in diesem Raum zu vergessen. Dann folgte sie ihm durch die Tür in der Wandvertäfelung, die über eine Wendeltreppe hinab in einen Raum im ersten Stock führte.

Der Maskenball war noch nicht zu Ende, und Matteo hatte nichts anderes erwartet. Seine Gäste kamen früh und gingen selten vor dem nächsten Morgen. Er hatte schon im Vorfeld Anweisungen gegeben, bei Morgengrauen im Ballsaal ein Büffet aufzubauen, an dem sich die von der Nacht Hungrigen sättigen konnten.

Als sie den Gang im ersten Stock entlangliefen, fiel ihm Cristina wieder ein. Sie kamen an der hellblauen Tür vorbei. Die Tür stand offen.

„Warte“, sagte Matteo und griff nach ihrem Arm. Sie blieb stehen und sah ihn fragend an.

„Möchtest du etwas Besonderes sehen?“, fragte er leise.

Sie nickte.

„Komm.“

Er nahm ihre Hand und zog sie in den Vorraum.

Im Zimmer herrschte gespannte Stille. Matteo lauschte

angestrengt. Hatte er sich getäuscht? War niemand in der Nacht zu Cristina gekommen und hatte ihr das gegeben, wonach sie sich sehnte? Er hätte ihr gewünscht, dass sie für die Nacht einen Partner fand, der sie befriedigte. Es gab ja keinen Grund, ihr zu grollen …

Er schob den Samtvorhang beiseite.

Neben ihm schnappte das Mädchen hörbar nach Luft.

Ein halbes Dutzend Zuschauer hatte sich in dem Raum versammelt. Sie lehnten entspannt an der Wand oder saßen auf den Sofas. Ein Mann hatte eine Frau auf seinen Schoß gezogen, die ihre Röcke für ihn gerafft hatte, damit er – von den Blicken anderer nicht behelligt – in sie eindringen konnte. Sanft bewegte sie sich auf ihm auf und ab. Doch das Pärchen blickte wie alle anderen Zuschauer fasziniert zum Bett herüber.

Denn dort wurde etwas geboten.

Es überraschte Matteo nicht, dass der Anblick ihn schon wieder erregte. In dieser Nacht war er mehr als befriedigt worden. Doch der Anblick der Frau, die gefesselt auf dem Bett lag, war mehr als aufregend und beflügelte sogleich wieder seine Fantasie.

Er wusste, dass sie dort nicht gegen ihren Willen festgehalten wurde. Es gehörte zu diesem erotischen Spiel, dass sie sich ihrem Gebieter ganz unterwarf und alles machte, was er von ihr verlangte. In diesem Fall hatte sie jedoch zwei Gebieter, die Forderungen an sie stellten. Und Cristina schien gewillt, ihnen alles zu geben, was sie wollten.

Sie kniete, den Bauch auf die Oberschenkel gedrückt, die Hände vor ihrem Körper gefesselt, sodass sie sich abstützen konnte, aber wenig Bewegungsfreiheit hatte. Hinter ihr kniete ein dunkelhaariger Mann, vor ihr ein blonder Mann. Alle drei waren nackt. Cristina blickte zu dem blonden Mann auf, dessen Hand an seinem Schwanz auf und ab glitt.

„Bitte, ich will ihn lutschen“, sagte sie. Auch wenn sie leise sprach, hatte jeder ihre Worte vernommen. Ein Raunen ging durchs Zimmer, und die zweite Frau auf dem Sessel stöhnte sogar laut, weil ihr Gefährte sie in diesem Moment wohl besonders hart stieß.

„Bettelst du mich etwa an?“

Matteo kannte dieses Spiel. Er beherrschte es auch und es gefiel ihm. Doch bisher hatte Cristina sich ihm immer verwehrt, wenn er versuchte, ihr diesen Vertrauensbeweis abzuringen. Und darum hatte er es schließlich aufgegeben. Denn sie musste es wollen, damit beide Gefallen daran fanden.

Es war vielleicht typisch für Cristina, dass sie jetzt diesen beiden Männern dienlich war, denen sie noch nie begegnet war. Es war typisch und doch erstaunte es Matteo zu sehen, wie sie sich von beiden Männern herumkommandieren ließ.

Vielleicht war es auch die Tatsache, nicht nur von einem Mann begehrt zu werden, die sie so sehr erregte?

Matteo konnte diesen Gedanken nicht zu Ende denken. Zu groß war plötzlich seine Erregung, als er sich vorstellte, die namenlose Fremde, die sich an ihn schmiegte, könnte sich ihm eines Tages so vertrauensvoll hingeben. Nicht mit einem anderen Mann, nein. Aber hier, im blauen Zimmer, hatte er schon so manche Frau gefesselt und ihr die Augen verbunden, um sie anschließend stundenlang zu verwöhnen. Einzig, um der Frau besonders viel Lust zu schenken. Und sich selbst.

Er nahm die kleine Hand seiner jungen Geliebten, die neben ihm stand und den Blick ebenso wenig von der Szene wenden konnte wie er. Drückte ihre Hand gegen seine steinharte Erektion und spürte ihre Finger, die sich leicht bewegten. Ihn durch den Stoff umfassten. Streichelten. Er seufzte leise, schloss einen winzigen Moment die Augen.

Cristina und die beiden Männer hatte er vergessen. Er drängte seine Geliebte im Vorraum gegen die Wand, die mit alten Seidentapeten bespannt war. Aus dem Zimmer hörten sie die Geräusche des Liebesspiels. Das Stöhnen der Männer, das Seufzen der Zuschauer, und dann die spitzen Schreie Cristinas.

„Spürst du das?", fragte er leise, und sie schloss einen Moment die Augen, während sie seinen Schwanz massierte. Er wusste nicht, wo ihm der Kopf stand, sonst hätte er ihr nicht eine so unsinnige Frage gestellt. Wie sollte sie das nicht spüren?

„Ich stelle mir vor, wie du dich mir hingibst. Die Arme an die Bettpfosten gefesselt. Keine Maske verdeckt dein Gesicht, keine Perücke versteckt dein Haar. Die Augen unter einem dunklen Seidentuch verborgen bist du blind. Kannst du dir das vorstellen?"

Sie nickte. Ihr Atem ging schneller. Seine Hände fuhren über ihren Hals, eine Hand lag im Nacken, die andere glitt über ihre Brüste und ihren Bauch hinab, bis seine Finger sich durch die Hose an ihren Venushügel schmiegten. Sie bewegte sich leicht und rieb sich an seiner Hand.

„Und dann beginne ich, dich zu verwöhnen. Und werde damit nicht aufhören, ehe du mich anbettelst, dich zu vögeln, bis dir die Sinne schwinden."

Er musste sich bremsen, um sie nicht sofort wieder in einen anderen Raum zu ziehen und sie dort aufs Bett zu zerren. Und sie zögerte auch plötzlich. Ihre Hand zog sich zurück. Sie senkte den Blick.

„Ich muss fort", flüsterte sie. „Es ist schon so spät …"

Er lächelte. Ein letztes Mal rieb er seine Hand an ihr, und

sie seufzte leise. „Es ist schon eher früh“, neckte er sie. „Ein neuer Tag bricht an … ein neues Leben. Ich lasse nach dir schicken, schöne Fremde. Wo finde ich dich?“

Ihr Kopf ruckte hoch, und die Augen, die zuvor so hell gewirkt hatten, waren jetzt von einem dunklen stürmischen Grau. „So ist das? Ihr schickt nach mir, und ich muss nach Eurer Pfeife tanzen, Conte del Pirandelli?“

„Warum bist du jetzt so förmlich, mein Sturmmädchen?“ Er nahm ihre Hand, küsste ihre Finger nacheinander. Ließ sie dabei nicht aus den Augen. „Ich werde nach dir schicken, wenn ich Zeit für dich habe. Ist es dir anders lieber?“

Sie blickte beiseite. „Kann ich nicht zu Euch … zu dir kommen, wenn mir danach ist?“, fragte sie leise.

Matteo zögerte. Es behagte ihm nicht, wenn eine Frau die Zügel in der Hand hielt. Ebenso konnte er verstehen, wenn sie jetzt darauf bestand, nach ihren Regeln zu spielen. Ein großes dunkles Geheimnis rankte sich um sie. Er sah, wie sehr sie kämpfte, es zu bewahren und ihm zugleich zu gefallen.

„Wann?“, fragte er leise. Seine Stimme war heiser, und er räusperte sich. „Wann kommst du wieder zu mir?“

Sie zögerte. „Bald.“ Ihr Blick flackerte. Dann schob sie sich an ihm vorbei. „Ich komme bald, ich verspreche es.“

„Lass mich nicht zu lange warten.“

Dann war sie fort. Matteo blieb noch einen Moment und hörte, wie sich ihre Schritte im Gang eilig entfernten. Cristina schrie und stöhnte jetzt so laut, dass es ihm fast unangenehm war. Dieses Spiel, das im blauen Zimmer getrieben wurde, reizte ihn nicht mehr. Es interessierte ihn nicht, wie es Cristina erging.

Er verließ den Vorraum und ging in den Ballsaal. Als er sich unter den Gästen umblickte, die noch sehr zahlreich da waren und sich an dem morgendlichen Imbiss und dem Champagner labten, den seine Lakaien auf Tabletts durch die Menge trugen, merkte er erst, wie hungrig er nach dieser Nacht war. Er beschloss, sich ein wenig um die anderen Gäste zu kümmern. Doch schon bald übermannte ihn die Müdigkeit und er zog sich zurück.

Er wollte allein sein. Allein mit seinen Gedanken und den Erinnerungen an sein Sturmmädchen.

Ob sie schon bald wieder zu ihm käme? Er hoffte es …

Und wenn sie es nicht tat? Dann würde er die Principessa fragen, was es mit dieser jungen Frau in Knabenkleidern auf sich hatte. Und er würde keine Ruhe geben, ehe die Principessa ihm die wahre Identität seiner neuen Geliebten enthüllte …

# 10. KAPITEL

Erleichtert stellte Allegra fest, dass auch Luigi die ganze Nacht auf dem Fest geblieben war. Als sie den Ballsaal betrat, hörte sie seine Stimme.

Luigi sang.

Sie verharrte an der Tür. In den letzten Jahren hatte sie Luigi nicht singen hören, und ihm jetzt lauschen zu dürfen, nachdem sie eine so unbeschreibliche Nacht hinter sich hatte, trieb ihr die Tränen in die Augen.

Er hatte eine wunderschöne Stimme.

Am anderen Ende des Ballsaals hatte das Orchester seine Instrumente aufgebaut, und auch wenn die Musiker inzwischen längst gegangen waren, stand das Spinett noch dort. Die Gäste bildeten einen Halbkreis um das Spinett. Eine Frau, die etwas zu groß wirkte, saß auf dem Hocker und spielte eine zarte Weise. Doch es war die Stimme ihres Bruders, die Allegra stumm machte und ihr den Atem raubte. Sie merkte gar nicht, wie ihr die Tränen über die Wangen rannen.

Für diese Stimme hatte Luigi alles aufgegeben. Das Leben als Mann. Die Zukunft als Vater einer Familie. Ja, er hatte es sogar aufgegeben, irgendwann ein befriedigendes Liebesleben zu haben. Er stand gerne im Rampenlicht. Schon als Fünfjähriger hatte er jeden Sonntag in der Dorfkirche gesungen. Seine Stimme war Segen und Fluch.

Und an diesem frühen Morgen war diese Stimme zu viel für Allegra. Nach einer Nacht in den Armen des Mannes, den sie von Herzen liebte und dem sie doch nicht ihre wahre Identität enthüllt hatte. Warum nicht? Warum hatte sie gezögert, diesen letzten Schritt zu tun?

Insgeheim wusste sie die Antwort. Sie hatte Angst, er könnte sie ablehnen. Sie hatte Angst, ihn noch nicht ganz für sich gewonnen zu haben. Aber jetzt wusste sie, was er wirklich wollte. Er hatte es ihr gesagt, und sie hatte dabei seine Erregung gespürt, die sich an ihre Hand drückte. Er wollte sie besitzen und beherrschen, auf eine Art, die sie sich nie hatte ausmalen können. Seine Worte hatten sich ihr ins Gehirn eingebrannt. Ob es wirklich so erregend war, blind zu sein und nur seine Berührungen spüren zu dürfen, ohne ihn selbst berühren zu können?

Wenn es das war, was er wollte … dann würde sie es ihm geben.

Luigi beendete das Lied, und die Gäste applaudierten und jubelten laut. Er verneigte sich und strahlte. Für Luigi war die Bewunderung wie ein Lebenselixier. Er brauchte Publikum, er brauchte das Gefühl, ein Künstler zu sein. Die Gäste zerstreuten sich, einige strebten der Tafel an der Längsseite zu, auf der neue Köstlichkeiten aufgebaut waren.

Allegra merkte erst jetzt, wie hungrig sie war.

Mit der Spinettspielerin, die sich bei ihm untergehakt hatte, kam Luigi zu ihr herüber geschlendert. Er runzelte die Stirn, als er Allegra musterte, und sie errötete. Hastig wischte sie die Tränen von den Wangen.

„Ich habe geglaubt, du seist längst heim gegangen, Alessandro“, sagte Luigi. Seine Stimme klang jetzt schleppend und gar nicht mehr so hell und rein wie bei seinem Gesang. Er schwankte leicht. Allegra wusste nicht, ob sie lachen oder ihren jüngeren Bruder tadeln sollte. Er war beschwipst!

„Das habe ich von dir auch geglaubt.“ Sie blickte die Dame an. Sie war genauso groß wie Luigi, und als sie jetzt lächelte, sah Allegra die kleine Lücke zwischen den Schneidezähnen. Sie sah reizend aus.

„Möchtest du mich der Dame nicht vorstellen?“

„Oh, natürlich. Signora Danielle Grossi, darf ich meine …

meinen Zimmergenossen Alessandro Bandini vorstellen? Er lernt auch am Konservatorium.“

„Erfreut, Signora.“ Allegra verbeugte sich knapp, dann gab sie Danielle Grossi einen unbeholfenen Handkuss. „Ich würde nur allzu gerne länger bleiben, Signora, aber ich glaube, wir sind alle müde.“

Nur widerstrebend trennte Luigi sich von seiner neuen Freundin. Er musste ihr versprechen, sich beizeiten bei ihr zu melden. Endlich konnte Allegra ihn aus dem Ballsaal ziehen. Sie wollte fort, ehe sie noch einmal Matteo in die Arme lief und er vielleicht allzu richtige Schlüsse zog, wenn er sie mit Luigi sah.

Da sie auf Einladung des Conte hier waren, stellte man ihnen natürlich auch die Kalesche zur Verfügung, mit der sie hergekommen waren. Allegra warf sich in die Polster und schloss die Augen. Jetzt erst spürte sie, wie müde sie war.

Und auch Luigi schlief nach wenigen Augenblicken ein. Wie ein kleines Kind hatte er sich in ihren Schoss gekuschelt. Ein zartes Lächeln umspielte sein Gesicht. Allegra zauste zärtlich seine dunklen Locken.

Als sie in den Hof des Konservatoriums einfuhren, schlug er die Augen auf. „Du riechst nach Sex“, sagte er.

Ihr Herz blieb stehen.

Doch er lächelte nur. „Ich hoffe, der Abend hat sich für dich gelohnt.“

Allegra spürte, wie sie errötete. Ach, was wusste Luigi schon davon? Hatte er nicht selbst gesagt …

Später wäre genug Zeit, ihn zu fragen. Später. Sie wollte jetzt nur schlafen. Die kurzen Stunden in der Nacht hatten ihr Bedürfnis nach Schlaf kaum befriedigt. Schlafen wollte sie, und von Matteo träumen …

„Wach auf."

Allegra knurrte. Sie vergrub das Gesicht in den Kissen und kniff die Augen zusammen. Gerade hatte sie von Matteo geträumt …

„Wach auf!"

Es war Luigis Stimme. Sie rollte sich herum und öffnete blinzelnd die Augen. Ihr jüngerer Bruder saß mit einer Schale kandierter Früchte in der Hand auf der Bettkante. Stumm hielt er ihr die Schale hin, doch sie verzog das Gesicht. Er zuckte mit den Schultern und suchte sich eine kandierte Feige aus.

„Du hast wohl eine anstrengende Nacht gehabt, Schwesterchen?"

Allegra gähnte hinter vorgehaltener Hand. Anstrengend, das konnte man wohl sagen! Aber wenn sie an die vergangene Nacht dachte, umspielte ein zärtliches Lächeln ihre Lippen. Sie stützte sich auf einen Ellenbogen und stibitzte ein Stück Naschwerk aus der Silberschale.

„Und hungrig bist du auch. Wenn ich dich so ansehe … scheinst du gestern Nacht jemanden verführt zu haben. Oder wurdest du etwa verführt?" Luigi beugte sich vor. „Erzählst du mir davon?"

Allegra zögerte. Doch warum sollte sie Luigi ihr süßes Geheimnis nicht erzählen? Er würde sich freuen, wenn er hörte, dass Matteo und sie zueinander gefunden hatten – wenn auch auf ganz andere Art und Weise als ursprünglich geplant.

„Es war … der Conte. Matteo." Sie errötete. „Er hat mir doch den Justaucorps und die Maske geschickt, und so erkannte er mich sofort und lud mich ein, später am Abend zu ihm zu kommen …" Sie stockte.

Luigi stellte die Schale mit dem Naschwerk vorsichtig auf den Boden.

„Und du bist hingegangen?“, fragte er. Plötzlich war das Leuchten aus seinen Augen verschwunden und er wirkte sehr ernst.

„Ja“, gestand Allegra flüsternd. „Er … wir …“

Sie musste nicht mehr sagen. Luigi verstand auch so. Er schüttelte den Kopf. „Das war ein Fehler, Schwesterchen. Ich sage das ungern, aber das hättest du nicht tun dürfen. Mit ihm das Lager teilen. Er hat dich entjungfert, ja? Ihr habt es getrieben, die ganze Nacht?“

Sie konnte nur stumm nicken.

„Was hast du dir nur dabei gedacht? Auf dem Verlobungsfest noch lässt du dich so von ihm demütigen, und hier, hier ist es dir egal? Hier darf er dich wie eine billige Hure behandeln?“

„So war es nicht!“, protestierte Allegra. Angst griff nach ihrem Herzen. Sie streckte die Hand nach Luigi aus, der sich halb von ihr abgewandt hatte. „Bitte, Luigi, verstehst du nicht …“

„Nein!“ Er fuhr zu ihr herum, und Allegra prallte zurück. Selten hatte sie ihren Bruder so wütend erlebt. „Tut mir schrecklich leid, aber ich verstehe es nicht. Was denkt er jetzt von dir? Er wird die Hochzeit einfordern, und da du nicht mehr Jungfrau bist …“ Er winkte ab.

„Aber er hat mich doch gar nicht erkannt“, flüsterte Allegra. Das war ihr einziger Trost, ihr einziger Schutz. Sie war erleichtert, weil sie darauf beharrt hatte, die Maske nicht abzulegen, auch nicht in dem Moment, als er danach griff.

Einen Moment waren sie still.

„Du hast die Maske nicht abgenommen?“

Sie schüttelte stumm den Kopf und hielt den Blick auf ihre Bettdecke gerichtet.

„Hast die Perücke nicht abgenommen?“

Wieder Kopfschütteln. Nein, auch ihr verräterisch kastanienrotes Haar hatte er nicht gesehen.

Ihre Finger zeichneten die Falten im Laken nach.

„Warum nicht?"

„Weil ich Angst hatte. Angst, dass er mich wie eine Hure behandelt. Dass ich für ihn dann auch nur eine Mätresse unter vielen bin. Er hat mich behandelt wie eine Königin. So wie ich auch als Ehefrau von ihm behandelt werden möchte." Tränen schossen in ihre Augen. „Und er hat mich gebeten, wieder zu ihm zu kommen, hat mich gebeten, ihm meinen Namen zu sagen. Er hat mich angefleht, und ich wäre beinahe schwach geworden."

„Aber er weiß nicht, dass du es warst?"

Sie schüttelte stumm den Kopf. Jetzt weinte sie wirklich. In was für eine verrückte Situation hatte sie sich nur gebracht? Sie hatte sich Matteo hingegeben und die Stunden bei ihm genossen, ohne über mögliche Konsequenzen nachzudenken. Sie vergrub das Gesicht in den Händen und schluchzte laut auf. Luigi zog sie in die Arme, und sie spürte seine klebrige Hand, die über ihr kastanienrotes Haar strich.

„Nicht weinen", flüsterte er. „Dann muss ich auch gleich weinen, und dann … dann …"

„Er weiß nicht, dass ich es war. Er hielt mich für eine Fremde, und er will mich wiedersehen. Ich kann gleich zu ihm gehen und ihm zeigen, wer ich wirklich bin. Und dann … dann …" Sie konnte nicht weitersprechen.

Dann konnte er sie heiraten! War es nicht das, was alle wollten? Vater und Luigi, Matteo und sie.

„Du darfst nicht zu ihm gehen und dich ihm offenbaren!" Luigi schob sie auf Armeslänge von sich. „Wenn du das tust, verspielst du alles, was wir riskiert haben! Er wird dann eine noch höhere Mitgift fordern. Schließlich bist du keine Jungfrau mehr … Da ist es ihm egal, dass er derjenige war, der dich entjungferte. Und Vater kann sich deine Mitgift schon jetzt kaum leisten."

„Du meinst …"

„Sag es Matteo nicht. Nicht jetzt. Bitte, Allegra." Jetzt standen Luigi Tränen in den Augen. „Vater hat mein Debüt schon verkauft. Wenn ich Erfolg habe … wenn ich tatsächlich ein guter Kastratensänger werde, wird er nicht zögern, auch weitere Auftritte zu verkaufen, um dir dieses Glück zu ermöglichen. Und ich würde es ihm gestatten, aber …" Seine Stimme war nicht mehr als ein Flüstern.

Allegra verstand.

Außer seinem Talent war Luigi nichts geblieben. Wenn sie ihm auch die wenigen Möglichkeiten, die ihm sein Gesang bot, verbaute, was blieb ihm dann noch? Wenn er auf Jahre nur sang, um ihr Glück zu gewähren und nicht für sein eigenes Glück zu leben, wie sollte sich da sein Leben für ihn noch lohnen? War es dann überhaupt noch sein Leben?

Jetzt zog sie ihn in ihre Arme und bettete den Kopf ihres schluchzenden Bruders an ihrer Schulter. „Ich verstehe", flüsterte sie.

Aber was bedeutete das für sie?

Ihr blieb keine Zeit, länger darüber nachzudenken. Jemand klopfte an die Tür des Salons. Alarmiert blickte Allegra auf. Sie saß noch immer im Nachthemd im Bett, die kastanienroten Locken ringelten sich um ihr Gesicht.

Luigi verstand. Er erhob sich, wischte die Tränen beiseite und ging in den Nebenraum. Er schloss die Tür hinter sich, ehe er dem Besucher öffnete.

Allegra warf sich in die Kissen zurück. Jetzt, da sie allein war, konnte sie ihren Tränen freien Lauf lassen. Luigi hatte recht. Matteo durfte nicht erfahren, dass sie es war, die er in der Nacht des Maskenballs verführt hatte. Wer wusste schon, was er dann täte? Vielleicht löste er auch die Verlobung …

Nein, darüber wollte sie nicht nachdenken.

Es musste nur für immer ein Geheimnis bleiben, dass sie es war, die in der letzten Nacht bei ihm gewesen war. Er durfte es nicht erfahren, denn woher wusste sie schon, wie er darauf reagierte?

Eines aber wusste sie bestimmt: Cristina war ihm gleichgültig. Seine ganze Aufmerksamkeit hatte in dieser Nacht ihr gegolten. Auch als sie Cristina mit den beiden Männern beobachteten, hatte Matteo ihr gezeigt, wie sehr ihn die Vorstellung reizte, mit Allegra so ungewöhnliche, ja, unvorstellbare Dinge zu tun … Es ging ihm nur um sie. Und sie glaubte ihm seine Leidenschaft.

„Allegra …"

Sie fuhr aus ihren Tagträumen hoch. Luigi stand in der Tür. Die Schultern waren nach vorne gesackt, und in der Hand hielt er ein Blatt Papier.

Sofort sprang sie aus dem Bett und lief zu ihm. „Luigi, was ist los?"

Stumm reichte er ihr den Brief. Allegra nahm ihn und überflog die krakeligen Zeilen, die der Gutsverwalter von daheim auf das Papier geworfen hatte. Er schrieb, dass ihr Vater sehr krank sei. Luigi müsse, da man vom Aufenthaltsort Allegras nichts Genaues wisse und der Vater seit Tagen mit Fieber daniederliege, sofort heimkommen. Dem Vater bliebe nicht mehr viel Zeit …

Allegra ließ das Papier sinken. „Vater", flüsterte sie. „Was … was soll das bedeuten, ihm bleibt nicht mehr viel Zeit?" Zugleich ahnte sie bereits, was es bedeutete.

„Ich kann nicht fort“, wisperte Luigi. „In zwei Monaten ist mein Debüt, ich kann nicht fort, der Maestro wird es nicht erlauben …“

„Luigi!“ Sie umfasste mit beiden Händen sein Gesicht. „Er ist unser Vater! Er stirbt! Wir müssen heim zu ihm …“

Luigi schüttelte betäubt den Kopf. „Wenn er stirbt … wenn er stirbt …“

Seine Stimme versagte. Er weinte, und Allegra wusste sich nicht anders zu helfen, als ihren Bruder zu wiegen wie ein kleines Kind. Sie führte ihn in sein Schlafzimmer, half ihm aus den Kleidern und steckte ihn ins Bett. Nachdem sie die Decken um ihn festgestopft hatte, verließ sie ihn nur kurz, um sich anzukleiden, dann klingelte sie nach einem Diener und ließ Tee kochen und Wickel bereiten.

Am Abend bekam Luigi Fieber.

Aber da war sie schon nicht mehr da.

Sie kannte ihre Aufgabe. Ihr Platz war nicht länger in Florenz, auch wenn es sie schmerzte, Matteo zurückzulassen, ohne ihm Nachricht geben zu können, wohin sie verschwand. Sie gehörte nun an die Seite ihres kranken Vaters …

Am Nachmittag schon war sie in einer Kutsche unterwegs nach Hause. Der Maestro hatte ihr versprochen, sich aufopferungsvoll um Luigi zu kümmern, der aus Sorge um das Wohlergehen des Vaters so plötzlich krank geworden war. Allegra wusste, beim Maestro war Luigi in guten Händen. Auch ihm war daran gelegen, dass ihr Bruder in zwei Monaten erstmals auf der Opernbühne brillierte.

Ihre Sorge galt in diesem Moment aber ihrem todkranken Vater.

In einem Wirtshaus ließ sie abends Halt machen, um ein Nachtquartier zu nehmen. Es waren noch einige Wegstunden bis zum Landgut ihres Vaters. Zur Mittagsstunde hatte heftiger Regen eingesetzt, der die Straßen kaum passierbar machte. Sie schickte den Kutscher fort. Der Kutscher protestierte, doch sie blieb hart. Er sollte nicht die Möglichkeit haben, ihr Geheimnis zurück nach Florenz zu tragen. Sie musste wieder zur Frau werden. Zur Tochter des kleinen Landadeligen Giancarlo Bandinelli. Am nächsten Morgen würde sie eine andere Kutsche nehmen.

An diesem Abend saß sie in der zugigen, kleinen Kammer, die sie unterm Dach angemietet hatte. Zwei Kerzen blakten neben dem stockfleckigen Spiegel über dem Waschtisch, während Allegra die Perücke abnahm und ihr kastanienrotes Haar ausbürstete.

In der Reisetasche, die ihr einziges Gepäck war, lag sorgfältig zusammengefaltet ein Reisekleid aus Samt. Sie hängte es auf, bevor sie ins Bett ging. Doch als sie die Kerzen löschte, konnte sie immer noch das dunkle Kleid sehen, das sich wie eine drohende Gestalt vom Schrank abhob.

Ab morgen war sie wieder daheim. Ab morgen war sie wieder eine Frau, und sie musste fürchten, dass Matteo jederzeit auftauchte, um die Eheschließung einzufordern.

Doch sie beschloss, sich darüber erst morgen Sorgen zu machen.

## *11. KAPITEL*

Obwohl seit ihrem Fortgang nur knapp zwei Wochen vergangen waren, hatte Allegra das Gefühl, in einer anderen Welt anzukommen, als die Kutsche am nächsten Tag zur Mittagsstunde in das Rondell vor dem Landgut einbog.

Und sie begriff auch schon bald, woran das lag.

Denn mit dem Regen und dem Sturm, der in der Nacht an dem Fensterchen ihrer Kammer gerüttelt und ihr den Schlaf geraubt hatte, war der Herbst gekommen.

Blätter fegten über den ungepflegten Rasen, auf dem vor kurzem noch das größte Fest gefeiert worden war, das dieses Haus je erlebt hatte.

Als die Kutsche anhielt, kamen zwei Diener aus dem Haus geeilt. Einer öffnete den Schlag und klappte die winzige Stiege aus, während der andere die kleine Reisetasche entgegennahm und etwas ratlos wirkte, da die Tochter des Hauses mit so wenig Gepäck anreiste.

„Bring es in mein Zimmer“, sagte Allegra. „Wo ist mein Vater?“

Der Diener, der ihr aus der Kutsche geholfen hatte, verneigte sich. „Er liegt zu Bett, Signora Allegra. Ihm ist seit Tagen schon nicht wohl gewesen, daher hielt es Signore Tabucchi für geraten, Euren Bruder zu benachrichtigen.“

„Mein Bruder ist in Florenz unabkömmlich.“

Allegra ging auf das Haus zu. Ihr war dieses Landhaus immer groß und mächtig vorgekommen, aber nun, da sie die Paläste von Florenz kannte, kam es ihr klein und beinahe schäbig vor. Es schnürte ihr das Herz zu, als sie die dunkle Halle betrat und die Treppe ins Obergeschoss ansteuerte.

Sie musste dringend mit dem Verwalter reden. Doch später war genug Zeit, sich um die Aufgaben zu kümmern, die

die tägliche Arbeit auf dem Gut mit sich brachte. Jetzt wollte sie zu ihrem Vater. Sofort.

Das Schlafzimmer ihres Vaters lag im Dämmerlicht. Die schweren Vorhänge waren zugezogen, und die Luft war stickig, da im Kamin ein Feuer brannte. Das Holz hatte Feuchtigkeit gezogen, und als Allegra das Zimmer betrat, spürte sie den Rauch, der in ihrer Kehle kratzte.

Sie hätte ihren Vater beinahe nicht wiedererkannt.

Die letzten Wochen ohne seine Kinder hatten Giancarlo Bandinelli viel Kraft gekostet. Er war nie von besonders guter Konstitution gewesen, doch allein in dem alten Haus, das ebenso wie er dem Verfall preisgegeben war, hatte er sich von Tag zu Tag schwächer gefühlt. Nun lag er den ganzen Tag im Bett. Als Allegra an sein Bett trat, erschrak sie. Seine Wangen waren eingefallen, und die Hände, die stets so gütig über ihr Haar gestreichelt hatten, fuhren in wilder fiebriger Unruhe über die Decke.

„Mir ist so kalt", flüsterte er, als er die Gegenwart eines anderen Menschen spürte. Er hielt die Augen geschlossen, und als Allegra an seinem Bett auf die Knie fiel und nach seiner Hand griff, entzog er sie ihr.

„Feuer! Macht Feuer, verdammt noch mal! Und Licht, ich will meine Frau sehen! Marie", rief er mit rauer Stimme, die sich im nächsten Moment in einem bellenden Husten verlor.

Seine Hand glühte von dem inneren Fieber, das ihn aufzehrte. Allegra versuchte, ihn zu beruhigen. Sie streichelte seine Hand. Beruhigend flüsterte sie auf ihn ein.

„Vater, ich bin's. Allegra. Erkennst du mich denn nicht?", flüsterte sie verzweifelt.

Endlich öffneten sich flatternd seine Augenlider. Er lächelte. „Marie, mein Engel. Ja, ich erkenne dich."

Allegra erstarrte. Er nannte sie Marie … er dachte tatsächlich, ihre Mutter sei zu ihm zurückgekehrt. Sie hielt stumm und verzweifelt seine Hand, während sich auf seinem Gesicht ein so seliges Lächeln ausbreitete, als wäre endlich ein lang gehegter Wunsch für ihn in Erfüllung gegangen.

Ein Geräusch an der Tür ließ sie herumfahren. Lucia betrat das Schlafzimmer. Sie hielt in den Händen ein Tablett, auf dem eine Schüssel stand. Der würzige Duft einer frisch zubereiteten Brühe stieg von der Schüssel auf.

Lucia knickste, als sie Allegra sah. „Signora Allegra, ich habe gerade erfahren, dass Ihr zurück seid … Rosalie bereitet Euer Zimmer vor."

Sie stellte das Tablett auf dem Tisch ab. Allegra löste sich schweren Herzens von ihrem Vater, der wieder ins Delirium abgeglitten war. Er murmelte leise vor sich hin, doch sie verstand kein Wort von dem, was er sagte.

„Lucia, was ist hier los?", flüsterte Allegra. „Mein Bruder erhielt einen Brief, dass Vater todkrank wäre …"

„Ja …" Lucia seufzte. Mit einem Löffel rührte sie in der Schüssel herum, damit die Brühe schneller abkühlte. „Es ging so schnell, Signora Allegra. Vor einer Woche noch ging es ihm gut, und er schien sehr zufrieden zu sein. Dann aber kam dieser Brief …"

„Welcher Brief?", fragte Allegra. Ihr wurde plötzlich kalt, und sie schlang fröstelnd die Arme um ihren eigenen Oberkörper.

„Nun ja, das weiß ich nicht, Ihr müsst den Verwalter fragen, er kümmert sich jetzt um alles. Aber ich weiß noch, wie Euer Vater … er war plötzlich wie besessen, und nachdem er diesen Brief las, ist er ausgeritten. Es war ein schöner Tag, spätsommerlich warm …" Gedankenverloren hielt Lucia inne. „Der letzte schöne Sommertag …"

„Und dann? Lucia, was geschah dann?“, drängte Allegra.

„Er ist durch den Fluss geritten. Ihr kennt den Fluss? Im Sommer ist er ja nicht mehr als ein Rinnsal, aber trotzdem hat sein Pferd plötzlich gescheut, und er ist ins Wasser gestürzt.“

Jetzt verlor Lucia die Fassung. Sie wischte sich mit einem Zipfel ihrer Schürze die Tränen aus den Augenwinkeln. „Die Arbeiter fanden ihn erst am nächsten Morgen. Die ganze Nacht hat er im Wasser gelegen, das ihn umspülte, er war unterkühlt. Warum er nicht einfach aufgestanden ist, wissen wir nicht. Aber vermutlich verlor er nach dem Sturz das Bewusstsein. Wir brachten ihn sofort hierher und taten alles für ihn, aber … dann kam das Fieber.“

Allegra rieb sanft den Rücken ihrer Zofe. „Ihr habt euch nichts vorzuwerfen, Lucia“, tröstete sie das pummelige Mädchen, das auch so verhärmt wirkte, als wäre es gerade erst von einer schweren Krankheit genesen. Der Kummer machte Lucia offensichtlich ganz krank, und bestimmt war sie nicht die Einzige. Allegras Vater war schon immer sehr beliebt gewesen bei seinen Leuten, weil er mit sanfter, gerechter Hand das Haus führte.

Aber nie hätten sie zulassen dürfen, dass ihr Vater alleine ausritt! Er war alt und schwach, und jeder wusste das! Warum hatte ihn niemand begleitet? Doch das waren Fragen, die sie später stellen würde. Jetzt musste sie sich zuerst um ihren Vater kümmern.

„Wie lange ist er schon so … so …“ Ihre Stimme versagte.

„Seit vier Tagen. Zunächst dachten wir, es ginge ihm besser. Er hat sogar schon nach Wein verlangt und wirkte fast wieder gesund … Und dann kam das Fieber zurück.“

Allegra gab sich einen Ruck. „Wir müssen zunächst frische Luft in dieses Zimmer lassen, und dann schaff die Kohlebecken aus den anderen Schlafzimmern her, wir können sie um das Bett herum aufstellen, das ist besser als der qualmende Kamin. Tabucchi soll trockenes Holz besorgen, wenn es nicht anders geht. Habt ihr nach einem Arzt geschickt?"

Lucia schüttelte stumm den Kopf.

„Dann werde ich mich darum kümmern."

Ihr Vater stöhnte, und Allegra nahm Lucia die Schüssel mit der Brühe aus der Hand. „Ich mache das. Kümmere du dich um die anderen Dinge."

Sie trat an das Bett und setzte sich zu ihrem Vater.

„Vater, ich habe etwas zu essen hier. Du hast doch Hunger, nicht wahr?" Sie versuchte, ihre Stimme ruhig zu halten.

Ihr Vater schlug die Augen auf und blickte sie an. Einen Moment glaubte sie, er würde sie wiedererkennen, doch dann schob sich wieder ein Schleier vor seinen Blick. Es war, als würde sich eine Tür schließen. Als lebte er nur noch in der Vergangenheit, an der Allegra keinen Anteil hatte.

„Du bist so schön, Marie", flüsterte er. „Aber warum hast du dein Haar abgeschnitten?"

Giulio Tabucchi knetete die Mütze, die er sogleich vom Kopf gerissen hatte, als er das Arbeitszimmer betrat. Sein weißes Haar stand wie ein Heiligenschein in alle Richtungen ab. Er wirkte schuldbewusst und hielt den Blick auf den weichen, abgetretenen Teppich zu seinen Füßen gerichtet.

Allegra beobachtete ihn schweigend. Vor ihr auf dem Tisch lag das aufgeschlagene Rechnungsbuch, das sie herangezogen hatte, um sich über die finanzielle Situation des Landguts einen Überblick zu verschaffen. Ihre Finger trommelten auf die Tischplatte.

„Wie kam es, dass mein Vater allein ausgeritten ist?“, fragte sie schließlich leise. In ihrer Stimme lag kein Vorwurf. Sie war nur müde. Die letzten Stunden hatten ihr alle Energie geraubt.

Der Blick des Gutsverwalters ruckte hoch. Seine Augen huschten hin und her, wichen ihr aus und verharrten schließlich starr auf dem überlebensgroßen Porträt von Allegras Großvater, das hinter ihr an der Wand hing.

„Signora Allegra, es tut mir leid“, stotterte er schließlich. „Euer Vater hat den Stallburschen angeschrien, als dieser ihn begleiten wollte. Ich werde Sorge tragen, dass er bestraft und vom Hof gejagt wird.“

Allegra seufzte. „Das wirst du nicht tun“, sagte sie bestimmt. „Den Stallburschen trifft keine Schuld. Lucia hat mir erzählt, mein Vater habe einen Brief bekommen, der ihn in große Aufregung versetzt hat. Diesen Brief habe ich aber in seinen Unterlagen nicht gefunden.“

Die Hände des Gutsverwalters malträtierten die Mütze, als wollte er Wassertropfen herauspressen. „Ich habe ihn an mich genommen, Signora Allegra. Aber ich habe ihn nicht gelesen“, versicherte er ihr rasch. „Ich kann ihn Euch gerne geben, wenn Ihr das wünscht.“

Allegra antwortete nicht, und er verstand auch so. Er nestelte an seiner Weste und zog einen Brief hervor, den er auf den großen Schreibtisch legte. Dabei machte er sich so lang, als fürchtete er, ihr zu nahe zu kommen.

„Ich möchte außerdem, dass du dich um frisches Holz kümmerst. Trockenes Holz. Fahr’ meinetwegen ins Dorf und kaufe es einem Bauern ab, mir ist egal, woher du es bekommst. Lass mich jetzt allein.“

Unter vielfachen Verbeugungen stolperte er rückwärts

hinaus, dann schloss sich die Tür hinter ihm. Allegra atmete auf. Sie lehnte sich vor und nahm den Brief an sich. Das Siegel erkannte sie sofort, und ihr Herz schlug höher. Zugleich aber ballte sich etwas Kratziges in ihrem Hals zusammen und sie legte den Brief wieder beiseite, als hätte sie sich daran verbrannt.

Zunächst wollte sie sich ein Bild von der finanziellen Situation der Familie machen. Sie hätte sich schon viel eher darum kümmern müssen, dachte sie, als sie das schwere Rechnungsbuch aufschlug. Aber bisher hatte Vater immer wieder gelacht, wenn sie ihm ihre Hilfe anbot.

Sie hätte hartnäckiger sein sollen.

Während Allegra in den nächsten Stunden die Kolonnen im Rechnungsbuch las, vergaß sie den Brief, der am Rand des Schreibtischs lag. Erst als Lucia ihr das Abendessen brachte, schaute sie auf.

„Lucia, das ist lieb von dir. Danke." Sie streckte sich und spürte, wie ein Halswirbel leise knackte. Lucia brachte eine Suppe, frisch gebackenes Brot und Hähnchenfleisch in würziger Sauce. Es war kein Festmahl, aber das Beste, was Allegra seit langem gegessen hatte.

„Rosalie möchte mit Euch sprechen, Signora", sagte Lucia, während sie die Teller auf den Tisch stellte. Sie nahm den Brief und legte ihn beiseite. Allegra streckte die Hand danach aus.

„Gib mir den Brief, den wollte ich schon längst gelesen haben. Und sag Rosalie, dass wir morgen reden können. So langsam habe ich mir hier einen Überblick verschafft."

„Ja, Signora. Euer Zimmer ist auch bereit."

„Danke, Lucia. Du kannst gehen. Wenn ich noch was brauchen sollte, werde ich mich melden."

Lucia zögerte.

„Soll ich ein Feuer anfachen, Signora? Es ist kalt hier oben.“

Allegra zögerte.

„Bring’ mir eine Decke, das wird genügen.“

Lucia knickste hastig und verschwand. Allegra spürte jetzt erst die Kälte, die ihr in den letzten Stunden beinahe unbemerkt in die Knochen gekrochen war. Sie schob die Suppe und das Hühnchen beiseite und stand auf. Unruhig lief sie auf und ab, stampfte gegen die Kälte mit den Füßen auf und bewegte die kalten Zehen in ihren Seidenpantoffeln.

Es stimmte: es war kalt. Aber Allegra wagte nicht, das Feuer im Kamin entzünden zu lassen. Zum einen hatten sie im Moment nur feuchtes Holz. Und zum anderen hatte ihr das Studium der Rechnungsbücher eines klar gemacht: das Vermögen ihrer Familie bestand nur noch aus wenigen Geldreserven. Und Luigis Stimme.

Ihr Vater hatte in den letzten Jahren jeden Fiorin für Luigis Ausbildung aufgewendet. Monat für Monat hatte er eine unvorstellbar hohe Summe an das Konservatorium in Florenz gezahlt. Allegra hatte bisher immer gedacht, Luigis Ausbildung sei nicht so teuer. Hatte er nicht auch ein Stipendium bekommen? Und warum hatte ihr Vater so viel Geld aufgewendet?

Aber sie ahnte die Wahrheit. Ihr Vater war alt und seine Investitionen, die er in Luigis Stimme gemacht hatte, waren eine Investition in die Zukunft. Denn Luigi hatte keine reiche Heirat zu erwarten. Seine einzige Chance, zu Reichtum zu gelangen, war seine Stimme. Allegra wusste, dass viele Kastraten in den ersten Jahren ihrer Karriere nicht für die eigene Tasche sangen, sondern zunächst die Schulden beim Konservatorium begleichen und ihre Ausbildung mit Zins und Zinseszins zurückzahlen mussten.

Das hatte ihr Vater zu verhindern gewusst. Doch die Verlobungsfeier, die er für Allegra und den Conte ausrichtete, hatte seine finanziellen Möglichkeiten bei weitem überstiegen, und darum hatte er Luigi gebeten, sein Debüt verkaufen zu dürfen. Allegra hatte in dem Rechnungsbuch eine Schuldverschreibung gefunden, die einem römischen Adeligen Luigis Honorar zusicherte.

Sie seufzte und setzte sich wieder an den Schreibtisch. Ohne Appetit knabberte sie an dem hellen knusprigen Brot, das sogar noch ein bisschen warm war. Dabei hatte sie seit dem kargen Frühstück, das sie noch vor Sonnenaufgang in dem Gasthof zu sich genommen hatte, nichts mehr gegessen.

Endlich nahm sie den Brief zur Hand, der ihren Vater so sehr erzürnt hatte. Sie konnte dem Unausweichlichen nicht länger entgehen und entfaltete den Brief, den Matteo geschrieben hatte. Der Brief, der Schuld war am Wahnsinn ihres Vaters und der damit einhergehenden schweren Erkrankung.

Sie begann zu lesen.

Die Zeilen verschwammen vor ihren Augen.

*… Muss ich Euch an unsere Abmachung erinnern, Signore? … nicht unbeträchtliche Summe vorgeschossen … Verlobung lösen … falls Ihr nicht die Schuld von zweitausend Fiorini begleicht …*

„Signora, Signora!“

Allegra schrak hoch. Was war passiert? Sie hatte das Gefühl, als wäre ihr Kopf leicht. Und doch war er schwer auf die Tischplatte geknallt, als sie wohl plötzlich das Bewusstsein verloren hatte. Der Brief in ihrer Hand war zerknüllt, an einer Ecke sogar eingerissen.

Lucia beugte sich besorgt über sie.

„Signora, warum habt Ihr nichts gegessen? Geht es Euch nicht gut? Seid Ihr krank?“

Angst schwang in Lucias Stimme mit. Allegra konnte es ihr nicht verdenken.

„Es ist schon in Ordnung“, sagte sie mit tränenerstickter Stimme.

„Aber Ihr habt nichts gegessen.“ Beinahe vorwurfsvoll klang jetzt die Stimme ihrer Zofe. Sie hielt Allegra eine Decke entgegen. „Und Ihr friert bestimmt.“

Ohne Allegras Antwort abzuwarten, begann sie, ihre Herrin in die Decke zu wickeln. „Und Eure Finger sind auch eiskalt“, schimpfte sie leise.

Allegra lächelte nachsichtig. Sie fuhr sich mit einer Hand durch das erhitzte Gesicht und versuchte, ihre Gedanken zu ordnen, aber Lucia hatte es sich jetzt in den Kopf gesetzt, sich ernsthaft um ihre Herrin zu sorgen und sie ein wenig zu bemuttern.

„Esst.“ Sie schob die Schüssel mit der Suppe über den Tisch. Streng war ihr Blick, und Allegra nahm gehorsam den Löffel und begann, die Suppe zu löffeln.

„Wie geht es meinem Vater?“, fragte sie zwischendurch, doch Lucia klopfte mit dem Fingerknöchel nachdrücklich auf die Tischplatte.

„Erst essen“, sagte sie streng. Dann fügte sie hinzu: „Er schläft. Signore Tabucchi hat ein kleines bisschen trockenes Holz im Dorf aufgetrieben, und wir haben das Krankenzimmer durchgelüftet und neu eingeheizt, wie Ihr es befohlen habt. Der Arzt ist im Nachbardorf, ein Mann ist dort wohl vom Hausdach gefallen. Er lässt ausrichten, dass er so schnell wie möglich kommen wird, noch in dieser Nacht.“

„Gut“, sagte Allegra leise. Sie aß schweigend. Als sie die Suppenschüssel beiseite schob, breitete sich bereits eine wohltuende Wärme in ihrem Innern aus.

„Hier.“ Lucia schob ihr den Teller mit dem Hühnchen hin. Allegra seufzte und begann, auch diese Speise zu verzehren. Erst jetzt merkte sie, wie hungrig sie war. Doch ihre Gedanken schweiften schon wieder ab.

Matteo hatte ihrem Vater also auch Geld geliehen … Zweitausend Fiorini, eine Summe, die so unvorstellbar hoch war, dass ihr schwindelig wurde … Sie musste noch einmal die Bücher prüfen, denn irgendwo musste ihr Vater diesen Geldeingang verzeichnet haben. Und sie spürte, wie ihre Wut auf Matteo wuchs. Wie hatte er ihrem Vater das antun können? Wieso hatte er Giancarlo Bandinelli die Pistole auf die Brust gesetzt, hatte das Geld zurückgefordert, von dem er selbst schrieb, es sei ein „zinsloses Darlehen“? Was hatte das alles zu bedeuten?

Allegra merkte, wie sich ein pochender Schmerz hinter ihrer Stirn manifestierte. Sie schob den leer gegessenen Teller beiseite und stand auf. Sie wollte nach ihrem Vater sehen, bevor sie sich wieder mit den Rechnungsbüchern beschäftigte.

Sie brauchte Antworten.

Als sie das Schlafzimmer ihres Vaters betrat, schlug ihr eine angenehme Wärme entgegen. Das Feuer im Kamin flackerte munter, und als sie ans Bett trat, ging die Tür wieder auf. Die Köchin Rosalie trat ein. In den Händen hielt sie einen Ziegelstein, den sie im Küchenfeuer erhitzt und anschließend in Tücher gewickelt hatte.

Die Köchin knickste rasch, als sie Allegra erkannte.

„Signora Allegra, ich bin so froh, dass Ihr hier seid!“

Allegra trat beiseite und ließ Rosalie den Stein unter die Bettdecke legen. „Der Arzt ist soeben eingetroffen. Danke, dass Ihr zurückgekommen seid. Danke.“

Sie griff nach Allegras Händen.

„Ich bete Tag und Nacht um sein Leben, Signora. Er war immer so gut zu uns."

„Ach, Rosalie … Schick den Arzt herauf."

Die Köchin zögerte, ehe sie ging.

„Was denn, Rosalie?"

„Es ist nur … Der Winter steht vor der Tür, die Erntezeit. Es gibt viele Entscheidungen, die bald getroffen werden müssen, Signora."

Allegra nickte. „Morgen. Ich werde mich morgen darum kümmern, Rosalie."

Sie wärmte ihre klammen Hände am Feuer, während sie auf den Arzt wartete. Ihr Vater schlief. Sein Atem ging flach und rasselnd, und einmal keuchte er auf, und sie fuhr herum. Doch dann fiel er wieder in tiefen Schlaf.

Sie hoffte, dass er sich nun gesund schlief.

Doch der Arzt machte ihr wenig Hoffnung. Er untersuchte Giancarlo Bandinelli rasch, dann rückte er die Brille auf seiner Nase zurecht.

„Ich fürchte, im Moment können wir für Euren Vater nicht allzu viel tun, Signora", gestand er schließlich. „Er befindet sich in einem nervösen Zustand, und hinzu kommt, dass sich die Nacht im kalten Wasser schlecht auf seine schwache Konstitution ausgewirkt hat."

„Und das bedeutet …"

„Ich kann nicht viel für ihn tun. Ich werde Euch ein stärkendes Pulver mischen, das Ihr ihm verabreichen könnt. Aber ansonsten … wir müssen abwarten."

Allegra nickte. Sie begleitete den Arzt zur Tür, ehe sie ans Bett ihres Vaters zurückkehrte.

Vielleicht wäre er auch unter anderen Umständen in diesem Herbst krank geworden. Ihr Vater war alt, und um seine

Gesundheit hatte es nie besonders gut gestanden. Allegra hatte ihn, soweit sie sich erinnern konnte, nur so gekannt. Alt und schwach. Aber immer hatte ein Lächeln sein Gesicht erhellt.

Und dieses Lächeln vermisste sie gerade am meisten.

Sie holte aus dem Arbeitszimmer die Rechnungsbücher und setzte sich im Schlafzimmer ihres Vaters in den hohen Lehnsessel, den er so sehr liebte. Sie rückte das Möbel dicht ans Feuer und stützte ihre Füße auf das Kamingitter, ehe sie sich wieder in die Berechnungen vertiefte.

Doch ihre Gedanken kreisten immer wieder um den Brief, den Matteo ihrem Vater geschrieben hatte.

Wie sollte sie ihm je wieder in die Augen blicken, nachdem er ihrer Familie das angetan hatte?

Cristina hatte natürlich gemault, als Matteo sie nicht zur Principessa mitnahm. Doch Matteo blieb eisern.

„Ich habe wichtige Dinge mit der Principessa zu besprechen. Du würdest dich nur langweilen."

Inzwischen lag der Maskenball drei Wochen zurück und die meiste Zeit hatte Matteo in gespannter Erwartung verbracht. Er sehnte sich nach seinem Sturmmädchen, wie er sie im Stillen nannte. Mit jedem Tag, an dem ihm nicht der Besuch eines Kastraten oder einer unbekannten jungen Frau gemeldet wurde, versank er in immer größere Verzweiflung.

Hatte sie ihn vergessen? Oder spielte sie etwa mit ihm? War das ihre Art, ihm klar zu machen, dass sie die Regeln schrieb?

Jetzt hielt er es nicht länger aus. Er ließ sich bei der Principessa melden. Sie musste doch wissen, wer die schöne Fremde war und wo er sie finden würde, oder?

„Matteo, du hast mich sträflich vernachlässigt!“ Die Principessa eilte ihm entgegen. Heute trug sie ein geradezu mädchenhaftes Kleid aus blassblauer Seide. Die angesteckten Ärmel waren aus Spitze gefertigt und bauschten sich um ihre Handgelenke. Die Principessa empfing ihn in einem kleinen Salon, in dem es sehr warm war. Sofort geriet Matteo ins Schwitzen. Die Hitze in dem Salon stand im krassen Gegensatz zu der nebligen Kälte, die sich in diesem Jahr erstaunlich früh über die Stadt gelegt hatte und alle Geräusche schluckte.

„Es war nicht meine Absicht, Euch zu vernachlässigen.“ Er küsste ihre Hand, die sich unter seinen Fingern papiertrocken anfühlte. Seine Lippen verharrten einen Zentimeter über ihrem Handrücken.

„Wie heißt denn deine neue Favoritin?“ Sie wies einladend auf das Sofa und setzte sich in einen Sessel, der dicht ans Feuer gerückt war.

Matteo seufzte. Der Principessa konnte wirklich niemand etwas vormachen.

„Ich weiß es nicht“, gestand er schließlich.

Die Principessa hatte eine zierliche Porzellantasse vom Tisch genommen. Die Tasse verharrte in der Luft. „Wie muss ich das verstehen?“

Er zuckte mit den Schultern. „Ich hatte gehofft, Ihr könntet Licht ins Dunkel der Identität meiner Erwählten bringen.“

„Ich?“ Die Bögen ihrer Augenbrauen wölbten sich in Erstaunen. „Wie soll das möglich sein? Kenne ich sie?“

„Das vermute ich …“ Er suchte nach den richtigen Worten. Und dann purzelten sie in einem wahren Schwall aus ihm heraus, und er erzählte ihr alles: wie er dem Kastraten im Palazzo Pitti begegnet war und ihn zum Fest einlud, wie dort jenes köstliche Spiel von Verführung ihn glauben ließ, das Lager mit einem Knaben zu teilen, bis sein Sturmmädchen sich vollständig entkleidete. Er knetete seine Hände, während er gestand, dass er sie seitdem nicht mehr wiedergesehen hatte – weil sie nicht aufgetaucht war, wie sie es ihm versprochen hatte.

Die Principessa hörte geduldig zu. Nur einmal huschte ein Lächeln über ihr Gesicht.

„Und da ich das Mädchen zum ersten Mal bei Euch gesehen habe … Verzeiht, Fürstin, aber ich dachte, Ihr könntet mir vielleicht die Identität der Frau offenbaren, in die ich mich Hals über Kopf … verliebt habe."

Sie schwieg einen Moment. Dann stellte sie die Tasse auf den Unterteller. Das leise Klappern ließ Matteo zusammenzucken. Er blickte zu Anna Maria Louisa auf, die sich sehr gerade hielt. Majestätisch.

„Du liebst dieses Mädchen also", sagte sie. „Und du willst sie wiedersehen."

„Nichts lieber als das."

„Hast du denn gar nichts gelernt, Matteo? Was wird aus Allegra Bandinelli, wenn du dir schon wieder eine neue Favoritin zulegst? Und was ist überhaupt mit Cristina della Visconti? Ich kann mir vorstellen, sie wird das am wenigsten freuen …"

„Cristina hat andere Interessen", sagte Matteo steif. Und andere Interessenten, fügte er in Gedanken hinzu. Auch wenn sie noch oft zu ihm kam, wusste er, dass sie sich inzwischen häufig auch mit den beiden Männern traf, die sie auf dem Maskenball verwöhnt hatten. Er gönnte es ihr. Gegen sie hegte er keinen Groll.

„Und deine Verlobte …?"

Matteo schnaubte. „Sie ist weggelaufen, nicht wahr? Ihr

Vater schrieb mir, sie sei mit unbekanntem Ziel verreist. Ich glaube nicht, dass es noch zur Heirat kommen wird. Daher habe ich das zinslose Darlehen zurückgefordert, das Giancarlo Bandinelli von mir bekam. Er brauchte es, um das Konservatorium für seinen Sohn zu bezahlen. Ein Kastrat mit einer begnadeten Stimme …“

Matteo verstummte.

Die Erkenntnis traf ihn wie ein Schlag. Er erinnerte sich wieder an den Moment, als er das Sturmmädchen zum ersten Mal gesehen hatte. Als sie vor ihm stand. Wie ihre Augen gefunkelt hatten. Hatte sie ihn nicht in jenem Moment erkannt? Hatte sie es nicht eilig gehabt, von ihm fortzukommen?

„Es war Allegra …“, flüsterte er.

Die Principessa antwortete nicht. Plötzlich wurde es ganz still um Matteo. Er hörte aus der Ferne das Knistern und Knacken der Holzscheite im Kamin, das Blut rauschte laut in seinen Ohren. Plötzlich passte alles zusammen. Ja, sie war es! Sie hatte ihn vom ersten Moment bezaubert. Schon auf der Verlobungsfeier hatte er dieses Verlangen gespürt. Und ein Teil von ihm hatte wohl schon gewusst, wer sich wirklich unter den Knabenkleidern verbarg, als er sich noch fragte, ob er neuerdings eine Schwäche für Männer entwickelte.

„Sie hat sich als Kastrat verkleidet?“ Seine Stimme klang rau. „Aber warum?“

Die Principessa lachte leise. „Weil sie dich liebt, Matteo. Weil sie dir nahe sein wollte. Und zugleich hatte sie Angst vor deiner Nähe. Denn ihre Liebe ist so stark, dass sie keine Frau neben sich duldet.“

Matteo nickte leise. Jetzt erst verstand er. Jetzt, da er drei Wochen gewartet hatte, dass sein Sturmmädchen wieder zu ihm kam. Drei Wochen, in denen er nur an sie gedacht hatte, in denen er sich schmerzlich nach ihr sehnte. Drei Wochen, in denen es ihm nicht nach anderen Frauen gelüstete.

War das eines seiner zahlreichen neuentfachten Feuer, die nach wenigen Wochen verloschen? Oder war dies anders, einer Glut gleich, die beständig ihre Hitze verbreitete und ihn auch in den einsamen Stunden zu wärmen vermochte?

Aber nun, da er wusste, dass sein Sturmmädchen dieselbe Frau war, mit der er sich verlobt hatte, kannte er kein Halten mehr. Er sprang auf.

„Ich muss sofort zu ihr!“, rief er. „Jetzt, da ich weiß, wer sie ist …“

Die Principessa hob eine Hand und brachte ihn zum Verstummen.

„Sie ist in ihr Heimatdorf zurückgekehrt.“

„Ich fahre zu ihr, gleich heute!“

Sie wiegte nachdenklich den Kopf. „Das würde ich an deiner Stelle nicht tun.“

„Warum? Was sollte mich daran hindern?“

Sie zögerte. Dann sagte sie leise: „Ihr Vater ist sterbenskrank. Man sagt, die Sorge um die finanzielle Situation hat ihn zerstört. Allegra wacht seit Wochen an seinem Krankenbett, das schon bald ein Totenbett sein wird, wie man sich erzählt.“

Matteo sank wieder aufs Sofa. „Das ist meine Schuld“, gestand er. „Ich habe das Darlehen von ihm zurückgefordert.“

Die Principessa widersprach ihm nicht.

„Ich muss sofort zu ihr … Ich kann nicht warten, ich weiß, Ihr ratet mir dringend, nicht zu ihr zu fahren. Aber … ich liebe sie.“

„Das ist das Beste, was dir und ihr passieren kann“, stellte die Principessa fest. „Sei behutsam, Matteo.“

Er verabschiedete sich knapp von ihr und verließ eilig den kleinen Salon. Ja, er musste sofort abreisen. Er hörte nicht auf die Ratschläge, die ihm die Principessa erteilte. Was wusste sie schon? Er hatte großen Schaden angerichtet, und jetzt war er gewillt, alles in seiner Macht Stehende zu tun, um diesen Schaden wiedergutzumachen.

## *12. KAPITEL*

Es hatte durchaus Vorteile, die Mätresse von Matteo del Pirandelli zu sein. Zum Beispiel konnte sie jederzeit in seinem Palazzo aus und ein gehen, wie es ihr gefiel. Und auch wenn Matteo in den letzten Wochen kein Interesse mehr an ihr hatte, verzichtete Cristina nicht auf die Privilegien, die ihr immer noch zustanden.

Wenn sie es in dem kleinen, zugigen Stadthaus, das ihr Mann beschönigend „mein Schmuckkästchen" nannte, nicht mehr aushielt, bestellte sie ihre Kalesche und fuhr hinüber zum Palazzo, in dem Matteo residierte. Sie verabscheute es, den ganzen Tag bei ihrem Mann am Kamin zu sitzen und sich mit Stickereien zu beschäftigen oder einen Roman zu lesen. Zumal der alte Conte della Visconti Wert darauf legte, dass sie stets die hochgeschlossenen Kleider in gedeckten Farben trug, die vor dreißig Jahren vielleicht modern gewesen waren. Er betonte stets, wie hübsch sie damit aussehe und dass sie seiner ersten Frau ähnlich sei, die ihm bereits drei Söhne geschenkt hatte.

Jeder dieser Söhne hätte besser zu Cristina gepasst als der alte Mann, der den halben Tag schnarchend im Sessel verbrachte.

Matteos Diener kannten sie. Und solange Matteo ihr nicht ausdrücklich sagte, dass sie verschwinden solle, blieb sie. Und traf sich mit ihren neuen Liebhabern in Matteos Palazzo.

Ein bisschen traurig war sie schon, dass Matteo seit jenem Maskenball überhaupt kein Interesse mehr an ihr zeigte. Aber mit Loris und Mario hatte sie ja adäquaten Ersatz gefunden … Und die beiden Männer waren es auch, mit denen Cristina sich heute wieder im Palazzo von Matteo verabredet hatte.

Sie wusste nichts über die beiden Männer, denn ihre Versuche, mehr über sie herauszufinden, wurden stets im Keim erstickt. Wenn sie Fragen stellte, machten Loris und Mario ein Spiel daraus, sie zu fesseln und so lange mit Nichtachtung zu strafen, bis Cristina es aufgab, ihre wahre Herkunft zu ergründen.

Sie zog die Tür zu dem Zimmer zu, das sie heute als Treffpunkt gewählt hatte. Ein großer Raum, die Wände waren mit rotgoldenen Seidentapeten bespannt, und in der Mitte des Raums stand ein breites Bett. Kissen waren verschwenderisch auf dem Bett ausgebreitet, und auf einem Tischchen lag bereits eine Nachricht für Cristina.

Sie lächelte, als sie die Nachricht las.

*Wir wollen dich nackt sehen – am liebsten schlafend. Wage es nicht, die Augen zu öffnen, wenn wir zu dir kommen.*

Es war schade um das duftige blassgrüne Kleid, das sie heute angezogen hatte, aber Cristina gehorchte. Sie entkleidete sich und fröstelte, obwohl im Kamin ein Feuer flackerte. Rasch schlüpfte sie ins Bett und zog die Decke über ihren Körper, auf dem die Gänsehaut aufblühte. Sie kuschelte sich in die Decken, knautschte ein Kissen unter ihrem Kopf zurecht und schloss die Augen.

War es die Wärme, die langsam ihren Körper eroberte und bis in die Zehen jeden Teil ihres Körpers erfasste? Oder war es das hypnotische Geräusch der knisternden Scheite im Kamin? Das Rauschen des Herbstregens, der von draußen an die Fensterscheibe pochte? Später wusste Cristina nicht, was es war, das sie in den Schlaf wiegte. Schon bald versank sie in Träumen, in denen fremde Männer ihren Körper berührten. Sie bewegte sich leise im Schlaf. Ihre Hände zuckten. Eine Hand schob sich unter die Bettdecke und erkundete ihren eigenen Körper.

Aber sie wachte nicht auf.

Alberto hatte Nachforschungen angestellt, nachdem die schöne Fremde plötzlich nicht mehr auftauchte. Sein erster Weg führte ihn ins Konservatorium für Kastratensänger. Dort erklärte ihm ein verschwitzter, sichtlich nervöser Maestro, dass sie keinem ihrer Kastraten erlaubten, eine andere Profession auszuüben.

Der Mann log. Alberto hielt sich lieber an die Dienerschaft. Mit ein paar Münzen, die er seinem eigenen Maestro gestohlen hatte – nicht ohne sich selbst zu sagen, dass er sie beizeiten zurückgeben würde –, bestach er einen Diener, der ihm bereitwillig erzählte, der Kastrat Luigi Bandinelli habe einige Zeit mit einer Frau zusammengewohnt. Sie hatte sich zwar als Mann verkleidet, aber ließ nicht genug Vorsicht walten und hatte die Maskerade in den eigenen Gemächern selten konsequent aufrechterhalten.

Vom Diener erfuhr Alberto auch, dass die Frau vor wenigen Wochen plötzlich verschwunden sei.

Nun musste er nur noch das, was er wusste, zusammenzählen – und schon war er sicher, zu wissen, um wen es sich handelte. Die ganze Stadt redete über Allegra Bandinelli, die Braut des Conte del Pirandelli, die nach dem Verlobungsfest ebenso rätselhaft verschwunden war wie das Mädchen, das wenige Wochen bei Allegras Bruder wohnte. Zufall?

Alberto glaubte nicht an Zufälle.

Darum wurde er an diesem Tag beim Conte del Pirandelli vorstellig und bat den Lakaien, der ihn von oben herab betrachtete, eingelassen zu werden.

„Mit wem willst du denn schon sprechen?“, schnappte

der Mann. Seine schwarze Perücke glänzte, und alles an seiner Haltung strahlte Verachtung für den abgerissenen Malergesellen aus, der es wagte, auf der Schwelle des Palazzo aufzutauchen.

„Es geht um die Frau, der er seine Gunst schenkt“, erwiderte Alberto.

Der Lakai horchte auf. „Bist du gekommen, um sie zu sehen?“, fragte er.

Alberto nickte ungeduldig. „Das versuche ich doch schon die ganze Zeit, dir zu erklären!“

„Folge mir.“ Der Lakai schritt voran. Alberto schaute sich verstohlen um. So lebte also jetzt die zarte Blüte, die er vor wenigen Wochen erstmals zum Erblühen brachte. Er war sicher, dass sie jetzt bei ihrem zukünftigen Ehemann Zuflucht gefunden hatte, nachdem sie bei ihm die Lust kennengelernt hatte.

Doch als der Lakai vor einer Tür Halt machte und stumm auf die Tür wies, beschlichen ihn erste Zweifel.

„Willst du ihr meinen Besuch nicht melden?“

„Das gehört nicht zu meinen Aufgaben.“ Der Lakai rümpfte die Nase, als hätte Alberto ihn beleidigt. Er wartete, bis Alberto nach der Türklinke griff. Dann wandte er sich auf dem Absatz um und eilte davon, als wollte er mit dem, was nun folgte, nichts zu tun haben.

Alberto betrat das Zimmer, zu dem der Lakai ihn geführt hatte. Nur ein großes Bett stand in dem Raum. Die Vorhänge aus schwerem rotem Samt waren geschlossen, und er zögerte. Konnte das denn richtig sein?

Langsam näherte er sich dem Bett. War dies Allegras Schlafzimmer? Was ging hier vor sich? Am liebsten wäre er wieder gegangen, aber dann siegte seine Neugier. Vor allem aber seine Sehnsucht nach der hübschen zarten Allegra. Nach ihren taubengrauen Augen, die ihn stets so neugierig angesehen hatten, voller Zutrauen, das sie so schnell zu ihm gefasst hatte. Wenn er sich daran erinnerte, wie sich ihre Hand auf seinen Schwanz gelegt hatte, spürte er ein schmerzliches Ziehen in seiner Lendengegend.

Diese Frau raubte ihm den Verstand.

Er öffnete leise die Vorhänge.

Nicht Allegra lag mitten im Bett, umgeben von dicken Kissen und unter eine Decke gekuschelt, ihren Körper hingegossen, als wäre er nur geschaffen worden, um von ihm verwöhnt zu werden. Es war eine andere Frau, die ihn nicht minder faszinierte.

Die Frau im Bett hatte blondes Haar. Die dunklen Wimpern beschatteten ihre vom Schlaf geröteten Wangen. Soweit er sehen konnte, war sie unter der Decke nackt. Er nahm den Anblick in sich auf.

Sie war wunderschön. Verletzlich. Etwas an ihr rührte ihn. Er schob sich näher, kniete sich auf die Matratze und streckte eine Hand nach ihr aus.

Ihre Lider flatterten, doch sie schlug die Augen nicht auf.

Seine Finger strichen über ihre Schulter, zeichneten die Linie ihres Schlüsselbeins nach. Sie seufzte leise, bewegte sich, aber noch immer hielt sie die Augen geschlossen.

Alberto zögerte. Das hier war nicht, was er erwartet hatte. Auf jeden Fall nicht Allegra. Der Conte schien seine Gunst einer anderen Frau zu schenken, wenn er den Worten des Dieners Glauben schenkte. Doch warum hatte der Lakai ihn hergeführt? War dies ein erotisches Spiel, das der Conte mit seiner Mätresse spielte?

Handelte es sich etwa um die Contessa della Visconti? Das, was Alberto bisher von ihr gehört hatte, passte. Er zögerte. Wenn er sich jetzt dieser Schönheit näherte, würde sie nicht die Augen aufschlagen und ihn sogleich achtkantig rauswerfen, sobald sie erkannte, dass er nicht der war, den sie erwartete?

Er räusperte sich.

Sie runzelte die Stirn.

Alberto zog sich ans Ende des Bettes zurück. Dann räusperte er sich noch mal, ausgiebig. Erst dann fand er den Mut, zu ihr zu sprechen. Er kniete auf der Bettkante, bereit, jeden Augenblick aufzuspringen und sich zurückzuziehen. Bereit zur Flucht.

„Entschuldigt, Signora … Ich bin nicht der, den Ihr erwartet, vermute ich."

Sie hielt die Augen geschlossen. Ein leises Lächeln breitete sich auf ihrem Gesicht aus, und als sie sprach, war ihre Stimme wie Honig. „Dann haben sie also ein neues Spiel für mich erdacht", flüsterte sie.

Sie? Wen meinte die blonde Frau damit?

„Nein", gestand er nach kurzem Zögern.

„Nein?" Sie lachte leise. „Versuch erst gar nicht, mich reinzulegen. Ich weiß, was mich erwartet, wenn ich nicht mitspiele."

Doch die Vorstellung schien sie nicht im Geringsten zu schrecken. Im Gegenteil. Sie räkelte sich unter dem Laken und streckte ihm ihre schmale Hand entgegen.

„Wenn du derjenige bist, mit dem ich mich zuerst vergnügen darf, dann ist es mir eine Ehre."

Alberto wusste nicht, wie er reagieren sollte. Sie lag nackt in diesem Bett und schien jemanden zu erwarten, aber zugleich glaubte sie, er gehörte zu ihrem lustvollen Spiel dazu. Was sollte er tun? Mitspielen?

Das war eigentlich keine Frage. Er spürte, wie sein Körper auf die blonde Schönheit reagierte. Allegra war für den Moment vergessen; dabei war doch sie der Grund, der ihn in den Palazzo geführt hatte. Daran verschwendete er nun keinen Gedanken mehr.

„Du hältst die Augen geschlossen?“, flüsterte er und beugte sich vor.

Sie nickte stumm und fügte hinzu: „Wenn es das ist, was du wünschst.“

Er schaute sich suchend um. Sie sah nicht aus wie eines der zahlreichen Freudenmädchen, die hin und wieder bestimmt auch die Fürsten in ihren Gemächern erfreuten. Das hier sah ebenso wenig aus wie das typische Gemach, in dem der Conte sich herumtrieb. Die Frau machte auf ihn den Eindruck, als wäre sie eine edle Dame. Und das Zimmer – nun, es war nicht direkt schäbig, aber gehörte bestimmt nicht zu den besten Räumen des weitläufigen Palazzo.

Auf dem Tischchen neben dem Bett fand er eine Augenbinde – ein schmaler Streifen schwarzen Tuchs. Als wäre es für ihn dort hingelegt worden, damit er es für seine Zwecke benutzte …

Er beschloss, das Risiko einzugehen. Er stand leise auf und lief zur Tür. Der Schlüssel steckte, er drehte ihn um und vergewisserte sich, ob die Tür verschlossen war. Erst dann kehrte er zum Bett zurück und verharrte kurz am Fußende.

Nie hatte er eine Frau gesehen, die so schön war. Die ihn so sehr rührte. Er wollte sie besitzen, aber mehr noch: er wünschte sich, von ihr besessen zu werden.

„Mach die Augen auf“, verlangte er.

„Das darf ich nicht“, flüsterte sie.

Er seufzte. Zu gerne hätte er ihr in die Augen geblickt. Zu gerne hätte er gewusst, ob sie es auch spürte. Diese Anziehung, die ihn beseelte. Er schlang das schwarze Tuch um seine Hände. „Dann werde ich dir jetzt die Augen verbinden“, sagte er leise. Sie nickte leicht, setzte sich abrupt auf, als er sich neben sie auf die Bettkante setzte. Das Laken rutschte herunter und offenbarte ihre prallen Brüste, die schwer wie reife Früchte waren und von einem rosigen Hauch überzogen wurden. Ihre Nippel stellten sich auf, aber er ahnte, dass es nicht wegen der Kälte war.

Sanft legte er die Stoffbinde über ihre Augen und knotete sie am Hinterkopf fest. Ihre Hände hoben sich ein wenig, als wollte sie nach ihm greifen, doch etwas ließ sie zögern.

„Darf ich … darf ich dich berühren?“, fragte sie schließlich leise.

„Du darfst“, sagte er.

Sie war ein Wunder. Jemand hatte sie hierher bestellt, um sich mit ihr zu vergnügen, und dieser Jemand verstand es, ihr Befehle zu geben, wie sie sich ihm darzubieten hatte. Nun war aber Alberto aus ihm unerklärlichen Gründen hinzugekommen, die er selbst nicht so genau verstand. Ein Irrtum, es musste ein Irrtum sein! Der Lakai glaubte, er gehöre zu diesem süßen Spiel. Hatte der Conte das hier arrangiert?

Dann wäre er in großer Gefahr. Doch diese Gefahr beflügelte ihn. Und ihre Hände, die plötzlich an seinem Kittel nestelten. Sie kicherte, als sie die festgetrocknete Farbe ertastete. Dann schlüpfte ihre Hand unter den Kittel und streichelte das krause Haar seines Sonnengeflechts, umkreiste seinen Nabel und glitt tiefer, zum Hosenbund.

Er packte ihre Hand.

„Nenn mir deinen Namen!“

Sie runzelte die Stirn. „Ist mein Name wichtig?“

„Für mich schon.“

„Ich heiße Cristina.“ Ein Zittern lag in ihrer Stimme. „Du bist so anders als sie …“

Alberto überlegte. „Weiß der Conte hiervon? Dass du hier bist?“

Sie schüttelte lächelnd den Kopf. „Der Conte und ich … wahrscheinlich sind wir nun nur noch Freunde. Er hat das Interesse an mir verloren.“ Eine gewisse Bitterkeit schwang in ihrer Stimme mit.

Tat sie deshalb, was sie tat? Lösten ihre Finger darum so rasch die Knöpfe seiner Hose? Öffnete sie seinen Gürtel mit dieser Hast, weil sie vom Conte enttäuscht war? Sich an ihm rächen wollte?

Doch im nächsten Moment schob ihre Hand ihn sanft in die Kissen. „Bitte“, flüsterte sie. „Über ihn will ich weder reden noch nachdenken.“

Sie war nicht ungeschickt. Fast hätte er glauben können, sie war es gewohnt, blind den Körper eines Mannes zu erforschen. Schon hatte sie seine Hose heruntergeschoben, die auf Höhe seiner Knöchel hing. Sie schob ihre Hände hinauf zu seinen Brustwarzen, fand die eine und kniff ihn sanft, während die andere Hand ziellos umherstreifte und doch wieder nach unten glitt. Sie schnüffelte an ihm, ließ sich mit allen Sinnen auf ihn ein. In ihrer üppigen Nacktheit wirkte sie ihrer selbst sicher. Ihr Gesicht schob sich hinab zu seinem Schwanz, der sich ihr bereits hart entgegenreckte. Als sie innehielt und ihre Wange an ihn drückte, musste Alberto an sich halten, um nicht zu stöhnen. Wie sehr er sich in diesem Moment wünschte, von ihr berührt zu werden, in ihren Händen, ihrem Mund oder ihrer Möse zu schwelgen. Doch obwohl sie ihn nicht sah und sich ganz auf ihre anderen Sinne verlassen musste, hatte sie das Kommando in diesem Liebesspiel übernommen.

Sie erfüllte ihm all seine Wünsche.

Zuerst waren es ihre schmalen Hände, die sich um seinen Schwanz schlossen. Er stöhnte leise, als ihre Hände auf und ab glitten. Dann beugte sie sich über ihn, und ihre rosige Zunge glitt über seine Schwanzspitze. Seine Hand krallte sich in ihre Schulter, er musste sich beherrschen, um nicht schon in diesem Moment abzuspritzen. Sie hielt inne und lächelte still, während ihre Hände ihn weiter bearbeiteten.

„Willst du, dass ich mich auf ihn setze?", fragte sie. Süß wie Honig war ihre Stimme, und die Verlockungen, die sie ihm bot, waren zu köstlich. Er konnte nur nicken. Vor Aufregung war sein Hals trocken.

Doch zunächst widmete sie sich wieder mit dem Mund seinem Penis. Auf und ab glitten ihre Lippen, die ihn fest umschlossen hielten, während sie mit einer Hand seine Hoden umschloss und leicht massierte.

Er konnte nicht länger warten. „Komm her", befahl er ihr.

Gehorsam setzte sie sich auf seine Oberschenkel. Ihre rosige Spalte glänzte feucht, und als sie mit zwei Fingern die Schamlippen spreizte, sah er ihr dunkles Fleisch, das sich ihm so willig öffnete. Im selben Moment senkte sie sich langsam auf ihn, nahm ihn in ihre enge Möse auf. Ihre Finger, die in ihrer eigenen Nässe gebadet hatten, kreisten um das kleine Knöpfchen, das rot und geschwollen unter der Haut hervorlugte.

Pulsierend umschloss ihre Enge ihn. Er schloss die Augen, biss die Zähne zusammen. Versuchte, die Beherrschung zu behalten.

Doch wie hypnotisiert musste er auf ihre Finger starren, die um ihr Knöpfchen kreisten. Sie bewegte sich nicht auf ihm. Das Einzige, was er spürte, war das sanfte Pulsieren, das sich zu einem immer heftigeren, wilden Pochen um seinen Penis schloss. Er wollte sich in ihr bewegen, doch als er versuchte, sich ihr entgegen zu heben, drückte sie die andere Hand auf seine Brust.

„Nicht“, sagte sie. Sie duldete keinen Widerspruch.

So lag er still und genoss es, wie sie ihn umschloss. Und als sie sich langsam auf ihm bewegte, auf und ab, ihn zu reiten begann, da wusste er, warum sie es war, die das Tempo bestimmte.

Wäre es nach ihm gegangen, hätte er sie im nächsten Moment von sich heruntergestoßen, hätte sie in die weichen Kissen gebettet, ihre Beine gespreizt, um im nächsten Moment unbarmherzig in sie einzudringen und sich ganz der schnellen Lust hinzugeben. Es wäre nach wenigen Minuten vorbei gewesen, und danach hätten sie ermattet und zufrieden beisammengelegen. Aber es hätte ihn nicht befriedigt. Er hätte mehr gewollt.

Die Art, wie sie sich jetzt auf ihm bewegte, die eine Hand auf seiner Brust abgestützt, während ihre andere noch immer die Klitoris umkreiste, und wie sie es verstand, die Spannung langsam zu immer höheren Sphären zu treiben, raubte ihm alle Sinne. Sie waren nur noch Lust. Es gab keinen Anfang, kein Ende. Er sehnte sich nicht nach dem Orgasmus, der unwiderruflich über ihn kommen würde, wenn sie so weitermachte. Er wünschte sich, diese köstliche Spannung könnte ewig währen, und fast fühlte es sich ewig an.

Irgendwann dachte er, es nicht länger ertragen zu können. Schweiß glänzte auf ihrem Körper, ein Tropfen rann zwischen ihren Brüsten hinab, und er wünschte sich, das Salz von ihrer Haut lecken zu dürfen. In diesem Moment kam sie. Und er folgte ihr, denn ihre leisen, spitzen Schreie waren mehr als er ertragen konnte. Er stöhnte laut.

Danach sank sie auf ihn, und er spürte ihren heißen, vom

Schweiß nassen Körper auf seinem. Seine Arme schlossen sich um sie, und er schloss die Augen. Mattigkeit erfasste ihn, und als er ein Geräusch an der Tür hörte, war er nicht sicher, ob er in der Zwischenzeit eingeschlafen war oder einfach ein paar Minuten vor sich hin gedöst hatte.

Erneut hörte er ein Kratzen an der Tür.

Cristina richtete sich auf. Sie lächelte, schob die Augenbinde herunter, die sich jetzt um ihren Hals schmiegte. Endlich konnte er im goldenen Licht ihre Augen sehen, die von einem strahlenden Blau waren.

„Wer ist da?"

Ihre helle Stimme war etwas rau, weil sie beim Sex so laut geschrien hatte.

„Ich bin's. Matteo."

Es schien selbst Cristina zu überraschen, dass der Conte del Pirandelli vor der Tür stand. Sie schaute sich kurz um, dann griff sie die Bettdecke und schlang sie um ihren Körper. Alberto stand rasch auf und zog seine Hose hoch, ehe er sich auf die Bettkante setzte, als gehörte er hierher.

Sie eilte zur Tür und öffnete.

Alberto hatte mit vielem gerechnet. Vor allem wohl damit, dass der Conte wutentbrannt ins Zimmer stürmen und Cristina und ihm eine Szene machen würde. Doch erst nach kurzem Zögern betrat er den Raum und blickte sich um.

„Ich muss verreisen", sagte er schließlich. „Ich denke … unser Arrangement ist beendet, Cristina. Ich werde meine Diener anweisen, dir nicht länger Zutritt zum Palazzo zu gewähren. Jedenfalls nicht auf die Art, wie du ihn bisher hattest." Er kaute auf seiner Unterlippe herum. „Es wäre mir lieb, wenn du auch deinen Gespielen sagst, dass mein Palazzo euch nicht mehr offensteht. Als Gast bist du mir natürlich weiterhin willkommen.“ Er warf Alberto einen vielsagenden Blick zu.

Alberto hatte sich den Conte anders vorgestellt. Strahlender und selbstbewusster. Doch der Mann, der jetzt im Raum stand und seinen Blick in alle Ecken huschen ließ, als wolle er vermeiden, ihn oder Cristina anzublicken, wirkte übernächtigt und gehetzt. Als hielte ihn nichts mehr hier.

Hatte es mit Allegra zu tun?

Kurz nur flammte der Gedanke an Allegra in ihm auf, dann konzentrierte sich all seine Aufmerksamkeit auf Cristina. Sie stand nur mit einem Bettlaken bekleidet vor dem Conte und wich ihm nicht aus. Sie schien mehr zu sein als ein einfaches Mädchen, das nur da war, um die Lust des Conte zu befriedigen. Ihre Beziehung zueinander schien von komplizierteren Mechanismen geprägt zu sein.

Ein wenig beunruhigte dieser Gedanke ihn. Aber nicht so sehr, dass er nicht neugierig beobachtet hätte, wie die beiden einander maßen.

„Ich denke, es ist der richtige Zeitpunkt, Abschied zu nehmen.“ Cristina nickte. Sie wirkte etwas traurig. „Ich werde dich vermissen, Matteo. Es war so schön mit dir.“

Er blickte an ihr vorbei zu Alberto hinüber. Alberto fühlte sich in seiner schäbigen Hose und mit nackter Brust plötzlich unwohl. Ob der Conte ahnte, dass Alberto es gewesen war, der seine Verlobte in die Kunst der Liebe eingeführt hatte?

Und wenn er es erfuhr … würde er Alberto dafür bestrafen?

„Ja, ich sehe, wie du mich schon jetzt vermisst.“ Er lachte leise. Ein letztes Mal legte er die Hand auf Cristinas Wange, und kurz neigte sie den Kopf, schmiegte ihr Gesicht zärtlich an ihn. „Adieu.“

Er wandte sich zum Gehen.

„Wohin reist du?“, rief Cristina ihm nach.

Er verharrte an der Tür. Unwillkürlich hielt Alberto den Atem an.

„Ich werde Allegra zurückholen. Jetzt erst weiß ich, wie sehr ich ihr und ihrer Familie Unrecht getan habe.“ Er seufzte. Dann wandte er sich noch einmal um. „Ich hole Allegra zu mir. Ich hoffe, sie verzeiht mir …“

Mit diesen Worten ging er.

Cristina wandte sich zu Alberto um. Sie runzelte die Stirn, als dachte sie angestrengt nach. „Hat Loris dich geschickt? Oder Mario?“, fragte sie schließlich.

Er schüttelte stumm den Kopf. Das war der Augenblick, den er gefürchtet hatte. Zugeben zu müssen, dass er nur die sich ihm bietende Situation schamlos ausgenutzt hatte.

„Weder noch“, gestand er. „Es war wohl ein Irrtum des Lakaien, er dachte wohl …“

„Du kennst sie nicht?“ Sie kam auf ihn zu und musterte ihn forschend.

„Macht es einen Unterschied, wenn ich sie kennen würde?“

Sie nickte heftig. „Ja. Denn würdest du sie kennen, dann könnte ich nicht … ich könnte nicht …“

Er sah den Kampf, der hinter ihrer Stirn tobte. Sah ihre gerunzelte Stirn, sah ihre Kiefernmuskeln, die leise mahlten.

„Du hast von mir nichts zu befürchten“, versicherte er und erhob sich. „Wenn du mich nicht wiedersehen willst, werde ich jetzt verschwinden. Für immer.“

Sie hielt ihn am Arm fest. „Bleib“, flüsterte sie. „Es ist gut, wenn sie dich nicht geschickt haben … Es ist gut, wenn du nicht Teil ihres Spiels bist. Bleib einfach bei mir.“

Sie küsste ihn. Die Bettdecke rutschte aus ihren Händen, und er ließ seine Finger über ihren Rücken hinauf tanzen und sich mit ihren Haar verflechten, das sich im Nacken weich kräuselte.

„Bleib“, flüsterte sie und zog ihn aufs Bett.

Das Trommeln der Hufe und das Rattern der Kutschenräder hielten ihn wach. Matteo spürte, wie sich ein Schmerz in seinem Rücken breitmachte. Er saß seit Stunden in dieser verdammten Kutsche. Seine Hoffnung, noch vor Einbruch der Dunkelheit das Landgut zu erreichen, war spätestens zu dem Zeitpunkt zerstört worden, als die Kutsche an einem Fluss kehrtmachen musste, weil die Brücke von der Strömung mitgerissen worden war.

Noch nie hatte er einen so verregneten Herbst erlebt, der Brücken mit sich riss, Straßen in Schlammfelder verwandelte und unpassierbar machte. Er klopfte an die Kutschendecke, und als der Kutscher die Pferde zügelte, beugte er sich heraus und befahl, bei nächster Gelegenheit Halt zu machen, die Pferde zu wechseln und danach weiterzufahren.

Er brauchte eine Pause, aber noch viel mehr sehnte er sich danach, das Ziel seiner Reise endlich zu erreichen.

Der Abschied von Cristina, der so endgültig gewesen war, hatte ihm das beruhigende Gefühl gegeben, alles richtig gemacht zu haben. Sie hatte ihm keine böse Szene gemacht. Im Gegenteil. Nie hatte er erlebt, dass Cristina nach dem Sex mit einem Mann so gestrahlt hatte. Und dass sie mit dem Mann, der aussah, als hätte sie ihn auf der Straße aufgegabelt, wilden Sex gehabt hatte, stand für ihn außer Frage.

Auf dem Sitzpolster ihm gegenüber lag eine längliche Schachtel. Er hatte einen Diener in aller Eile losgeschickt, damit dieser ihm einen Strauß weißer Lilien besorgte. Diese zartduftenden Blumen verband er untrennbar mit Allegras Unschuld.

Nachdem der Kutscher bei einem kleinen Gasthof die Pferde gewechselt und Matteo in der Gaststube einen Eintopf gelöffelt hatte, ging es weiter.

Die Nacht hatte ihre Mitte erreicht, als sie in tiefster Dunkelheit das Landgut der Familie Bandinelli erreichten. Matteo schaute aus dem Fenster. Wolken rasten am Himmel dahin, und die Sichel des Mondes legte sich auf eine der Wolken und segelte auf ihr davon. Er lächelte wehmütig. Selten hatte er sich so … romantisch gefühlt.

„Meldet mich der Signora", blaffte er ungeduldig die Diener an, die den Schlag seiner Kutsche öffneten. Ein Diener leuchtete ihm mit einer Laterne den Weg zur Freitreppe.

„Die Signora ist nicht abkömmlich", sagte der Lakai, doch Matteo ließ diese Ausrede nicht gelten.

„Sie ist doch noch wach, oder?" Er wies nach oben, wo hinter der Reihe der Fenster im Obergeschoss Licht zu sehen war, obwohl die Vorhänge verschlossen waren. Es mussten viele Kerzen in den Gemächern brennen, wenn das Licht sogar nach außen dringen konnte. „Melde ihr, dass ihr Verlobter da ist. Los!"

Man führte ihn in einen kleinen Salon. Zwei Diener machten sich daran, Kerzen zu entzünden und ein Feuer im Kamin zu entfachen. Ungeduldig lief Matteo auf und ab. Warum dauerte das so lange? Und nun hatte er auch noch seine Lilien vergessen, das Geschenk, das er Allegra hatte machen wollen. Er fluchte leise. Wieso hatte er nur das Gefühl, alles liefe falsch?

Ein Geräusch an der Tür ließ ihn herumfahren.

Sie trug ein schlichtes Waschkleid aus einfachem Musselinstoff. Blaue und weiße Streifen umschmiegten ihren Leib und bauschten sich um Hüften und Beine. Unter dem Stoff konnte er ihre Brüste erahnen, die sich mit ihren heftigen Atemzügen hoben und senkten. War sie so schnell zu ihm geeilt? Das kastanienrote Haar, in das er so gerne seine Hand gewühlt hätte, war nicht länger als bei einem Mann, und sie trug es offen.

Ihre Verletzlichkeit rührte ihn.

Er verneigte sich knapp vor ihr. „Allegra."

Sie begegnete seinem Blick. Sturmgrau waren ihre Augen, wie er sie aus jener Nacht noch in Erinnerung hatte, aber dunkle Schatten umrahmten diese Augen, die so groß und traurig dreinblickten. Sie öffnete ihren Mund, doch kein Laut drang über ihre Lippen. Wie sehr er sich wünschte, dass sie in diesem Augenblick seinen Namen sagte. Doch sie blieb stumm.

Er zögerte. Sein Blick streifte ihre Hände, die schlank miteinander rangen und sich verknoteten und lösten, als wären sie eigenständig lebende Wesen.

„Was wollt Ihr hier, Conte del Pirandelli?" Ihre Stimme klang kalt. Sie blickte ihn herausfordernd an, obwohl ihre Hände noch immer miteinander rangen.

„Ich will dich um Verzeihung bitten. Mein Sturmmädchen", fügte er nach kurzem Zögern hinzu. „Ich habe dir Unrecht getan. Dir und deiner Familie."

Sie wandte kurz das Gesicht von ihm ab. Ihre Augen schlossen sich einen Moment, und als sie sie wieder öffnete, lag eine Feindseligkeit in ihrem Blick, die ihn innerlich zusammenzucken ließ.

„Und Ihr glaubt, es sei mit einer Entschuldigung getan?"

Er ließ den Kopf hängen. „Ich habe es gehofft, ja."

„Mein Vater ringt seit Wochen mit dem Tod, und Ihr seid gekommen, weil es Euch leid tut? Es war Euer Brief, der ihn in diese tödliche Krankheit gestürzt hat, wusstet Ihr das?"

„Ich habe erst spät davon erfahren", gestand er.

Sie war so stark und unbeugsam. Wie gerne er jetzt einfach zu ihr getreten wäre und sie in die Arme geschlossen hätte … doch er ahnte, sie würde es missverstehen.

„Seid Ihr hier, um die Schulden meiner Familie einzutreiben? Wenn Ihr aus diesem Grund gekommen seid, muss ich Euch leider enttäuschen. Wir haben nichts. Alles, was Ihr haben könnt, ist dieses baufällige Landgut. Das Einzige, worum ich Euch bitte, ist zu warten, bis mein Vater von seiner schweren Krankheit genesen ist, bevor Ihr uns alles nehmt. Danach soll dieses Haus Euch gehören."

„Ich will aber nicht dieses Haus."

„Was wollt Ihr noch?", zischte sie. „Reicht es Euch nicht, meine Familie in den Ruin gestürzt zu haben?"

„Ich will dich, Allegra." Er blickte sie offen an. „Hast du denn vergessen, was wir waren? Hast du vergessen, wie sehr wir einander in der Nacht des Maskenballs begehrten? Mein Sturmmädchen …"

Sie zuckte unter diesem Wort zusammen wie unter einem Peitschenhieb. Matteo machte einen Schritt auf sie zu, aber sie verschränkte die Arme vor der Brust.

„Ich lasse Euch ein Gästezimmer herrichten", sagte sie kühl. „Ich denke, dies ist nicht der richtige Zeitpunkt, um über Dinge zu reden, die wir vielleicht beide bereuen."

Sie wandte sich ab und verließ den Salon. Kurz darauf tauchte ein Lakai auf und bat Matteo, ihm zu folgen. Er führte ihn in ein kleines Gästezimmer im Obergeschoss, das noch eiskalt war, weil niemand mit seinem Besuch gerechnet hatte. Man entzündete ein Feuer im Kamin, brachte ihm Kerzen und fragte ihn, ob er Hunger habe. Doch Matteo verneinte dankend.

Er sank auf das Bett und starrte in die tanzenden Flammen.

Wie nur sollte er Allegra davon überzeugen, dass er ihr nichts antun wollte? Dass er sie im Gegenteil liebte und bereit war, alles für sie zu tun?

Sie fürchtete ihn. Und sie hatte recht: er war nie bemüht gewesen, ihr die Angst vor sich zu nehmen.

Aber von nun an wollte er alles tun, um für sie da zu sein. Alles. Er wusste nun, was er zu tun hatte. Sanft wollte er sie für sich gewinnen und sie von seinen lauteren Absichten überzeugen.

Der Gedanke beruhigte ihn. Er entkleidete sich und schlüpfte unter die kalte Bettdecke, die sich nur langsam durch seine Körperwärme erhitzte. Bevor er einschlief, war sein letzter Gedanke, wie schön sie war, wenn sie sich nicht aufputzte. Wie schön sie war, wenn sie nur sie selbst war.

# 13. KAPITEL

Sie wachte Nacht für Nacht am Bett ihres Vaters. Nur selten ließ sie sich von einem der Diener in der nächtlichen Wacht ablösen. Als ihr der Besuch gemeldet wurde, ließ sie ihren Vater nur widerstrebend allein.

Giancarlo Bandinelli rang seit Wochen mit dem Tod.

Der Dottore, der jeden zweiten oder dritten Tag nach ihrem Vater schaute, wiegte stets den Kopf, als wüsste er nicht, wie er ihr die schlimme Nachricht schonend beibringen sollte. Aber Allegra ahnte es bereits. Ihr Vater rang nicht nur mit dem Tod. Er würde diesen ungleichen Kampf auch verlieren.

Und nun war Matteo del Pirandelli hier. Der Mann, der das schwache Leben ihres Vaters, das nur noch an einem seidendünnen Faden baumelte, auf dem Gewissen hatte.

Sie wollte ihn dafür hassen.

Doch ihr Körper war ein elender Verräter. Er hatte sich sogleich wieder daran erinnert, wie es sich anfühlte. Seine Hände auf ihrer Haut. Sein Mund auf ihren Lippen. Sein Schwanz in ihrer Möse. Innerlich hatte sie gezittert, als er vor ihr stand. Alles in ihr sehnte sich schmerzlich nach ihm, und hätte er nur einen Schritt auf sie zu gemacht, dann wäre sie ihm in die Arme gestürzt, hätte sich bei ihm ausgeweint und versucht, ihren Schmerz zu vergessen.

Aber sie hatte es geschafft, hart zu bleiben. Unnahbar. Und morgen, das wusste sie, morgen würde sie ihn fortschicken. Er musste doch nicht mehr lange warten, bis er sie vollends erniedrigt hatte. Und diesen Sieg über ihre Familie, diesen Moment des Triumphs, da ihr Vater starb, wollte sie ihm nicht gönnen. Sie wollte mit diesem tiefen Schmerz allein sein.

Wenn dies hier vorbei war, würde sie das Landhaus für immer verschließen und zu Luigi nach Florenz gehen. Sie würde an seiner Seite leben müssen, und ihre einzige Hoffnung war, dass Luigi tatsächlich mit seiner Stimme das römische Publikum verzauberte und die Karriere als Kastratensänger den Lauf nahm, den er sich so sehr wünschte.

Sie würde stets in seinem Schatten stehen. Das Leben an der Seite eines Mannes, der sie verehrte und ihr vielleicht sogar Liebe entgegenbrachte, war ihr verwehrt. Sie hatte ihre Jungfräulichkeit in einer berauschten Nacht leichtsinnig verspielt. Wer würde sie noch wollen?

*Vielleicht will Matteo mich. Vielleicht ist er gekommen, weil er mich liebt und für mich sorgen will.*

Sie schüttelte den Kopf. Nein, das war ein dummer Gedanke. Es half nicht, wenn sie sich solchen Hoffnungen hingab. Sie sollte wahrhaftig mit dem Schlimmsten rechnen.

Es wurde Zeit, die Wickel bei ihrem Vater zu wechseln und ihm etwas Tee einzuflößen.

In den letzten Wochen hatte Allegra in der Krankenpflege erstaunlich viele Fertigkeiten erworben. Sie hatte das Schlafzimmer ihres Vaters in einen Raum der Krankheit verwandelt, der aber zugleich der Genesung zuträglich sein sollte. Über dem Feuer simmerte stets ein Kessel mit Wasser, und sie hatte viele Medikamente, stärkende Tränke und Wickel, Tees und leichte Speisen ausprobiert, um das zu finden, was ihrem Vater die Fieberkrämpfe erleichterte.

Wenig half. Manches sorgte für Linderung. Aber es war schwer für sie, dass sie nicht mehr für ihn tun konnte.

Sie wechselte die Wadenwickel, die das Fieber niedrig halten sollten. Dann nahm sie einen Becher Tee und versuchte, ihn ihrem Vater einzuflößen. Er war wach; manchmal lag er stundenlang wach da, die Augen halb geöffnet, während sein Atem rasselnd ging und seine Glieder leise zuckten. Dann wieder lag sein Körper Stunde um Stunde wie tot da, und sie musste ihr Ohr an seine Brust legen, um sein Herz leise flattern zu hören – das einzige spürbare Zeichen, dass er noch lebte.

Als sie sich jetzt zu ihrem Vater auf die Bettkante setzte, öffnete er plötzlich die Augen. „Marie“, flüsterte er.

Allegra schluckte. Er fantasierte wieder, wie so häufig. Wenn er wach war, wenn er sprach, so dachte er stets, nicht seine Tochter säße bei ihm am Bett, sondern seine verstorbene Frau.

„Ich bin hier“, flüsterte sie. „Ich bin bei dir.“

Ihre kalte Hand umfasste seine papiertrockenen Finger. Sie spürte, wie er ihre Hand sanft drückte.

„Du liebst ihn.“

Sie beugte sich vor, um seine Worte besser zu verstehen. Wovon redete er?

„Er liebt auch dich, meine Geliebte. Ich habe es in seinen Augen gesehen, als er mit dir tanzte. Lass nicht zu …“ Ein Husten erschütterte seinen Körper, rasselnd und hart bellte er. „Lass nicht zu, dass euer Glück zerstört wird. … Euer Streit …“

Allegra lauschte atemlos den Worten ihres Vaters. Was hatte das zu bedeuten? Wovon redete er?

„Vater? Vater, wovon sprichst du?“

Sie hielt seine fieberheiße Hand umklammert.

„Mit ihm wirst du glücklich, Marie. … Mit ihm … Geh zu ihm … verzeih ihm … Er tat es nicht, um dir weh zu tun … er liebt dich …“

Allegra saß wie erstarrt. Wie konnte das sein? Eine Erinnerung an ihre Mutter, die ihr Vater lange tief in seinem Herzen verborgen gehalten hatte, schien ihm nun, da er im

Fieber redete, wieder in den Sinn zu kommen. Etwas, das ihre Mutter, ihren Vater und eine dritte Person betraf … einen anderen Mann? Hatte ihre Mutter einst einen anderen Mann geliebt, ehe sie sich mit ihrem Vater verheiratete?

Sie streichelte die Hand ihres Vaters, bis er einschlief. Sein Atem ging ruhiger, und sie bildete sich ein, es ginge ihm nun besser. Leise stand sie auf und verließ auf Zehenspitzen das Krankenzimmer.

Die Worte ihres Vaters hallten in ihr nach. *Verzeih ihm … Er liebt dich …*

Konnte es Zufall sein, dass ihr Vater in dieser Nacht so redete, in der Matteo auf ihrer Schwelle stand und sie um Verzeihung bat?

Sie lenkte ihre Schritte zum Gästezimmer und lauschte an der Tür. Drinnen war es still. Ihre Hand legte sich auf die Türklinke.

Wenn sie jetzt die Tür öffnete, wenn sie das Zimmer betrat, in dem Matteo schlief, dann war es etwas Endgültiges, das spürte sie. Dann entschied sie sich für alle Zeit für ihn, und dann von ihm enttäuscht zu werden, ertrug sie nicht. Ebenso wenig, wenn er sie wieder allein ließ.

*Verzeih ihm … Er liebt dich …*

Konnte das stimmen? Doch als ihre Hand die Klinke herunterdrückte, hatte sie ihre Entscheidung bereits getroffen. Ja, sie liebte Matteo. Nur ihre Liebe ließ sie den Mut finden, mitten in der Nacht zu ihm zu gehen.

Das Zimmer war in das Licht der schmalen Mondsichel getaucht, die langsam dem Horizont zustrebte. Es war schon früh … in wenigen Stunden würde die Sonne aufgehen.

Allegra verharrte an der Tür, bis ihre Augen sich an das Dunkel und die Umrisse der Möbel gewöhnt hatten. Dann trat sie ein, bewegte sich leise. Die Tür schloss sie sorgfältig, ehe sie sich umdrehte und lauschte.

„Matteo?“, flüsterte sie in die Finsternis. Keine Antwort.

„Matteo, bist du da?“

Sie trat an den Kamin, schürte das Feuer in der erkalteten Glut, legte behutsam zwei Scheite nach, um die neuen Flammen nicht zu ersticken. Dann entzündete sie einen Kienspan und zündete eine Kerze an, die auf dem Kaminsims stand.

Sie drehte sich zu seinem Bett um.

Das Bett war leer. Die Kissen sahen zerwühlt aus, die Bettdecke war zurückgeschlagen. Seine Kleider fehlten.

Allegra fühlte, wie etwas Kaltes nach ihrem Herzen griff. Matteo war fort. Wohin? War er mitten in der Nacht aus dem Haus geschlichen? Hatte er seinen Kutscher angewiesen, anzuspannen?

War er nach Florenz zurückgekehrt?

Sie sank wie betäubt in den Sessel, der an den Kamin gerückt war. Ihre Füße, die in alten Pantoffeln steckten, stellte sie aufs Kamingitter, doch es half nichts. Die Kälte, die sie plötzlich erfasste, ließ ihre Zähne klappern und ihren Körper zittern, bis es schmerzte.

Er hatte sie allein gelassen.

Endlich konnte sie weinen.

Er konnte nicht schlafen.

Zu wissen, dass Allegra unter demselben Dach schlief wie er, raubte ihm den Schlaf. Er fiel nur in einen kurzen Dämmerschlaf, aus dem er mit rasendem Herzen aufwachte. Im Traum hatte er Allegra verloren. Lachend hatte sie sich einem anderen an den Hals geworfen, der ihr alles gab, was Matteo ihr verwehrte.

Sicherheit. Schutz. Vertrauen.

Nie wieder durfte ihm das passieren!

Er fühlte sich hellwach und munter. Kurz entschlossen stand er auf, kleidete sich wieder an und trat auf den Flur. Im Haus war es ruhig. Nur hinter einer der zahlreichen Türen hörte er ein Flüstern, als redeten zwei Menschen miteinander. Er blieb stehen und lauschte. Nein, einzelne Worte verstand er nicht.

Er ging weiter. Durch den Ballsaal und die hohe Fenstertür betrat er den Garten. Der Kies schimmerte silbrig im Mondschein und knirschte leise unter seinen Schuhen.

Jetzt wusste er, wohin er wollte, und obwohl es eine kalte Nacht war und der Morgennebel sich allmählich über das langgestreckte Tal senkte, in dem Gut und Dorf lagen, war ihm leicht und warm ums Herz. Er erinnerte sich wieder an die geschwungene Steinbank, auf der er mit Allegra gesessen hatte. Am Abend ihrer Verlobung, noch keine zwei Monate war das her.

Damals hatte er in seiner Verblendung geglaubt, alles haben zu können, er glaubte, die Welt liege ihm zu Füßen. Dankbar sollte Allegra ihm sein, weil er sie zur Ehefrau gewählt hatte. Aber jetzt war er derjenige, der dankbar und demütig war, denn als die Principessa ihm riet, Allegra Bandinelli, die Tochter eines verarmten Landadeligen zu heiraten, war er zunächst nicht bloß skeptisch gewesen, sondern hatte auch gelacht. Er hatte geglaubt, die Ehe würde sein Leben nicht verändern, und gerade aus diesem Grund war ihm Allegra gerade recht gewesen.

Vielleicht hatte die Principessa schon damals geahnt, welchen Zauber Allegra bei ihm wirken würde.

Es genügte ihm, für immer bei ihr zu sein. Es genügte ihm, mit ihr das Bett zu teilen. Seit jener Nacht, als sie zu ihm gekommen war, hatten alle anderen Frauen ihren Reiz für ihn verloren. Er verstand nun die Liebe, wie sie vieltausendfach besungen wurde.

Er liebte Allegra.

Matteo setzte sich auf die Steinbank, die sich klamm und kalt anfühlte. Es war ihm egal. Er lehnte sich zurück und schloss die Augen. Träumte von Allegra. Wie mutig sie war! Für ihn hatte sie alles riskiert, und bis heute hatte er nicht gesehen, welche Opfer sie für ihn eingegangen war. Sogar ihr kastanienrotes Haar, das am Verlobungsabend bis zu ihrer Taille reichte, hatte sie geopfert, ehe sie sich im Konservatorium versteckte. Ihm nahe und doch unerreichbar.

Er verlor ein Gefühl für die Zeit. Er sah Lichter, die im Haus hinter den Fenstern aufflackerten, und einmal glaubte er, auch Licht hinter den Fensterläden seines Gästezimmers zu sehen, aber dann war er wieder überzeugt, es sei ein Irrtum. Er legte den Kopf in den Nacken, schloss die Augen und hing seinen Gedanken nach. Kurz erlaubte er sich, von einer gemeinsamen Zukunft mit Allegra zu träumen.

Denn jetzt musste sie mit ihm kommen, jetzt würde sie endlich seine Frau werden …

Leise Schritte knirschten auf dem Kies, und er öffnete die Augen. Da stand sie in ihrem hellen Waschkleid, nur wenige Schritte von ihm entfernt. In der Hand hielt sie eine Laterne.

„Matteo“, sagte sie leise. Ihre Stimme war ein heiseres Wispern, als hätte sie ihre Stimme stark beansprucht.

Er stand auf und trat zu ihr. Eiskalt war ihre Hand, als er sie griff, und ihre Finger kreuzten sich mit seinen. Sie schniefte leise, und als er die andere Hand hob und über ihre Wange streichelte, spürte er die Tränen, die haltlos darüberrannen.

„Ich dachte, du wärst fort", flüsterte sie.

„Nein", antwortete er. „Ich geh nie wieder fort."

Sie schlang die Arme um ihn, warf die Laterne einfach beiseite, die auf dem Kies klapperte und verlosch. Ihr heißer Körper drückte sich an ihn, ihr Mund lag hungrig auf seinem, während er sie umfing, seine Hand in ihr kurzes Haar grub und ihren Geschmack trank wie Ambrosia. Atemlos hielt er inne, doch sie drückte sich weiter an ihn, und durch den dünnen Stoff ihres Waschkleids spürte er ihre Brustwarzen, die vor Kälte oder aufgrund ihrer wachsenden Erregung hart wie Kieselsteinchen waren.

„Lass uns ... im Haus ...", wisperte er an ihrem Hals. Sie legte den Kopf in den Nacken. Ihre Haut strahlte im Licht des Mondes, der gegen den aufziehenden Nebel langsam verblasste.

„Nein", flüsterte sie. „Nein, ich will nicht warten. Ich will dich sofort, Matteo. Hier."

„Hier?" Er lachte leise, überrascht von ihrer Wildheit. „Nun gut, wenn du es wünschst ..."

Er zog sie zur Steinbank. „Erinnerst du dich?", flüsterte er. „Erinnerst du dich an unsere Verlobungsfeier?"

Nur kurz verfinsterte sich ihr Blick. Er schalt sich einen Narren. Wieso musste er sie an den Abend erinnern, an dem er ihr so eine Schmach angetan hatte?

Im nächsten Moment aber machte die nachdenkliche Miene einem Lächeln Platz. Mit gerafften Röcken hockte sie sich auf seinen Schoß. „Wie könnte ich das vergessen."

„Hier haben wir uns das erste Mal geküsst." Sanft berührten seine Lippen ihre, während seine Hände unter ihren Rock fuhren. Warm war ihre Haut, und er streichelte ihre Oberschenkel. Sein Daumen drang bis zu ihrer Scham vor, und das krause Haar kitzelte ihn leicht. Sie seufzte wohlig, legte den Kopf kurz in den Nacken, damit er ihren Hals leckte.

„Ich wollte dich damals so sehr", murmelte er an ihrem Hals. Seine Finger fanden ihre Spalte, und er spürte ihre Nässe. Ihr ganzer Körper war zitternde Erregung, und als er seinem Zeigefinger erlaubte, in ihre Hitze einzutauchen, japste sie kurz auf.

„Ich wollte dich auch so sehr", flüsterte sie. Ihr Kopf neigte sich zu ihm herunter, und heiß strich ihr Atem über sein Ohr. „Schon damals wollte ich mich von dir ficken lassen, Matteo. Ich hatte nur Angst …"

Eine Angst, die sie jetzt nicht mehr hatte.

Und er spürte, wie mit jedem Kuss, mit jeder Liebkosung ihre Angst, ihre Unsicherheit von ihr abfiel. Während er ihren Hals sanft leckte und küsste, während sein Finger sich immer weiter in die Hitze ihrer Vagina schob, stöhnte sie und kam ihm mit ihrem ganzen Körper entgegen.

Sie wollte ihn, und er wollte sie.

Nie war die Liebe für ihn so einfach gewesen.

Als ihre Hände das erste Mal unter sein Hemd glitten, war sie überrascht von der Hitze seiner Haut. Von den leicht aufgerichteten Nippeln, die sich gegen ihre Handflächen drückten. Ihr ganzer Körper schien empfindlicher zu sein, während sie auf seinem Schoss saß, seine Liebkosungen genoss und versuchte, ihm einen Teil dieser Liebkosungen zurückzugeben.

Plötzlich hatte sie eine Idee.

Sie stand auf. Matteo blickte zu ihr auf, packte im selben Moment ihre Hand. „Wo willst du hin?"

Rau war seine Stimme vor Erregung, heiser und leise. Sie raffte ihre Röcke zu einem Polster unter ihren Knien, dann kniete sie sich vor ihn hin. Seine dunklen Augen ließen sie nicht los, während sie begann, seine Hose zu öffnen. Knopf um Knopf, dann den Gürtel. Sie legte ihre Wange an seinen Schritt. Spürte seine Härte, die sich heiß gegen ihr Gesicht drückte. Sie lächelte selig.

Sein Schwanz schnellte hervor, als sie die Hose herunterzog. Matteo hob ihr die Hüften entgegen, damit sie es leichter hatte. Er fröstelte, als sein nackter Hintern auf die Steinbank traf. Zischend sog er die Luft ein, und sie blickte besorgt zu ihm hoch.

„Sollen wir lieber …"

„Nein", zischte er. „Mach weiter, Allegra, bitte …"

Seine Hand streckte sich nach ihr aus, legte sich an ihre Wange und umschmeichelte ihre Locken. Allegras Finger schlossen sich um seinen Penis, der in der Dunkelheit beinahe bedrohlich wirkte. Sie schluckte. Dann öffnete sie den Mund, ließ ihre Zunge vorschnellen und leckte über die zarte Spitze seiner Eichel.

Er seufzte. Mit geschlossenen Augen saß er auf der Bank, während sie vor ihm kniete und an seinem Penis leckte. Es gefiel ihm. Sie spürte ein leises Pochen in seinem Schwanz.

Beim nächsten Mal war sie mutiger. Ihr Mund schloss sich um seine Eichel. Er war so groß! Langsam, Stück für Stück, senkte sich ihr Mund auf ihn. Er schnappte nach Luft, als sie fest an ihm saugte, aber seine Hand krallte sich nur in ihr Haar, ohne sie wegzuziehen.

Ermutigt machte sie weiter.

Schon bald fand sie einen Rhythmus, der beiden behagte. Sie veränderte das Tempo, machte es mal langsamer, mal schneller. Seine Hand drückte sie nieder, und als sie das Gefühl hatte, etwas rauschte durch seinen Schwanz, da bremste er sie auch schon und zog sie hoch.

„Verdammt, du bist darin so geübt … wenn ich es nicht besser wüsste …“

Er küsste sie, hart und fordernd. Ein Knie auf die Bank gedrückt, so hing sie halb auf ihm, während sein Schwanz sich an ihren Bauch drückte. Sie stöhnte in seinen Mund. Plötzlich war die Leere in ihrer Möse schmerzhaft, und sie sehnte sich danach, ihn ganz zu spüren. Seine nackte Haut auf ihrer.

Doch nun übernahm er wieder das Kommando. Er schob sie von sich herunter, stand auf und legte die Hände auf ihre Hüften. Sanft drehte er sie um. Schob sie zur Bank.

„Beug dich vor“, flüsterte er. „Halt dich an der Lehne fest.“

Ihre Hände, von denen die Linke nach seinem Geschlecht roch, klammerten sich an den kalten Stein. Sein Unterleib drückte sich an ihren Hintern. Mit einer Hand raffte er ihre Röcke. Sie spürte die kalte Nachtluft auf ihrer nackten Haut, die über ihre Beine strich und sogar ihre heiße Möse umschmeichelte. Doch dann war schon seine Hand da und rieb sie unnachgiebig, bis sie glaubte, dass vor ihren Augen Sterne tanzten. Sie biss sich auf die Lippen. Wenn sie jemand hörte! Sie waren im Garten des Landguts, weit weg von den Gebäuden, aber wenn jemand zufällig aus dem Fenster schaute, sah er sie vielleicht …

Hitze stieg in ihre Wangen, aber es war keine Schamesröte. Sie trieben es wie die Tiere, ohne einander anzusehen – auf geradezu gotteslästerliche Art! – aber alles, was sie denken konnte, war die Sehnsucht nach mehr.

Und Matteo gab ihr, was sie begehrte.

Seine Finger spreizten ihre Schamlippen, ebneten den Weg für seinen Penis, der sich zwischen ihren Gesäßbacken nach vorne schob. Im nächsten Augenblick spürte sie, wie er sich in ihr niederließ. Seine ganze Länge erfüllte sie.

Sogleich überkam sie ein Zittern, das ihren Körper von den Zehen bis in den Nacken erfasste. Sie keuchte auf, und im nächsten Moment legte sich seine Hand auf ihren Mund, während der erste Höhepunkt über sie hinweg brandete. So sehr hatte sie sich nach seiner Berührung gesehnt, dass es jetzt, im Augenblick der Erfüllung, für sie nichts anderes mehr gab als die unbeschreibliche Lust.

Zitternd hielt sie danach inne und lauschte. Ihre Schreie waren durch Matteos Hand gedämpft worden.

„Leise“, flüsterte er und beugte sich zu ihr vor. Seine Hand löste sich von ihrem Mund, und spielerisch schnappte sie nach seinem Finger. Saugte an ihm, wie sie zuvor an seinem Schwanz gesaugt hatte. Er zog seinen nassen Finger aus ihrem Mund. Sein Atem fühlte sich auf ihrem Hals, der von der Nachtluft umschmeichelt wurde, heiß an.

„Fühlt sich das gut an?“, fragte er leise.

Sie nickte.

„Versprichst du mir, leise zu sein?“

Wiederum nickte sie.

„Gut.“

Sie spürte seinen nassen Finger, der um ihre Klitoris kreiste, während er immer noch in ihr war. Die Erregung ergriff wieder Besitz von ihr, und als er langsam begann, sich erneut zu bewegen, musste sie sich auf die Unterlippe beißen, um ihr Versprechen zu halten.

„Schön leise“, flüsterte er.

Dann war seine Hand wieder auf ihrer Hüfte, die andere Hand aber, die zuvor noch ihre Klitoris massiert und in ihren Nektar eingetaucht war, schob sich zwischen ihre Gesäßbacken. Allegra versteifte sich, und die Hand auf ihrer Hüfte streichelte sie kurz beruhigend.

„Entspann dich“, wisperte er. Hatte sie das wirklich gehört? Oder war es nur der aufkommende Wind, der ihr diese Worte zuflüsterte?

Sie wusste es nicht. Sie wusste gar nichts mehr, und als sein Finger mit sanftem Druck begann, die Rosette ihres Anus zu massieren, wollte sie sich im ersten Moment entziehen. Doch dann ... dann spürte sie, wie sein Finger sich langsam in ihr Rektum schob, und ihre eigene Enge, die sich um seinen Finger schloss wie ein Schraubstock, pulsierte plötzlich, alles war nur noch Pulsieren, ihre Möse um seinen Schwanz, ihr Anus um seinen Finger, der sich immer tiefer schob. Den Rhythmus, mit dem sein Schwanz ihre Muschi massierte, nahm der Finger auf, und Allegra, die im Stillen Schmerz erwartet hatte und sich anspannte, merkte erst jetzt, wie sein Finger ihre köstlichen Empfindungen verstärkte.

Danach gab es nichts mehr außer ihrer Lust. Matteos Bewegungen wurden heftiger, und sie musste sich die geballte Faust gegen den Mund drücken, um nicht laut aufzuschreien, als sich der nächste Orgasmus in ihr aufbaute.

Einen Moment nur war sie nicht achtsam. Ihre Hand rutschte ab, sie musste sich mit beiden Händen abstützen. Matteo zog seinen Finger zurück, beide Hände lagen nun auf ihren Hüften, während sie ihre Lustschreie dämpfte, indem sie das Gesicht am eigenen Oberarm barg.

Ihr lauter Schrei gellte durch die Nacht, als sie das zweite Mal kam. Sie spürte Tränen, die in ihren Augen brannten und sogleich über ihre Wangen rannen. Aber vor allem spürte sie ihre Möse, die sich pulsierend an seinen Schwanz schmiegte.

Im nächsten Moment keuchte auch er auf, und sie spürte, wie sein Samen in sie schoss. Seine Stöße wurden langsamer, ehe er verharrte.

Stille umgab sie. Allegra lauschte, aber nichts rührte sich. Anscheinend hatte niemand sie gehört. Oder man hatte ihren lauten Lustschrei, der im Haus zu hören gewesen sein musste, für den Schrei eines Nachttiers gehalten.

Sie rang keuchend nach Atem. Der Schweiß kühlte rasch auf ihrer Haut ab, und obwohl sie vor wenigen Augenblicken noch so erhitzt gewesen war, fröstelte sie nun. Matteos Hand strich ein letztes Mal über ihre Hüfte hinauf, streifte ihre Taille und legte sich auf ihren flachen Bauch. Dann erst trat er zurück und zog seinen Penis aus ihr heraus.

Sofort vermisste sie ihn.

Sie richtete ihr Kleid und drehte sich zu ihm um. Seine Arme umfingen sie, und er zog sie an sich.

„Nie wieder lasse ich dich los", flüsterte Matteo. Seine Lippen legten sich auf ihren Scheitel. „Nie lasse ich dich gehen, mein Sturmmädchen."

Allegra schloss die Augen. „Ich werde nicht gehen", versprach sie ihm wispernd. „Ich bleibe bei dir. Für immer."

Eine Weile standen sie so reglos beisammen. Sie schloss die Augen und lauschte seinem Herzschlag, der beständig an ihr Ohr brandete. Im Osten wurde das Schwarz des Nachthimmels vom purpurnen Licht des heraufdämmernden Tages abgelöst. Sie hörte nur seinen Herzschlag. Nur ihn.

Die Welt sollte stehenbleiben.

Doch die Welt drehte sich weiter, unbarmherzig und ohne Rücksicht auf ihre Liebe.

# 14. KAPITEL

Nur zögernd löste Allegra sich von Matteo. Sie ließ seine Hand nicht los, aber die Kälte drang nun bis in ihr Körperinneres vor und ließ ihre Zähne klappern.

„Du frierst“, sagte er besorgt. „Lass uns zurück ins Haus gehen. Du wirst müde sein.“

Sie schüttelte entschieden den Kopf. Wie konnte sie nach diesen herrlichen Augenblicken der Leidenschaft müde sein? Arm in Arm kehrten sie gemächlich zum Haus zurück.

„Signora, Signora, kommt schnell! Etwas Schreckliches ist passiert!“

Sie hatten das Haus noch nicht ganz erreicht, als ihnen schon Rosalie entgegeneilte. Sofort blieb Allegra stehen, und ihre Hand, die sich gerade noch mit Matteos Fingern verschränkt hatte, zog sie zurück. Legte sie stattdessen an den Hals, als würge sie jemand. Sie hatte das Gefühl, keine Luft mehr zu bekommen.

„Vater“, flüsterte sie.

Dann eilte sie der Köchin nach, die heftig winkte, ihr zu folgen.

An Matteo verschwendete Allegra nun keinen Gedanken mehr. Sie lief, so schnell ihre Füße sie trugen, so schnell ihre zitternden Beine es zuließen. Ihre Schritte trommelten auf der Treppe, dem Gang zum Schlafzimmer ihres Vaters. Atemlos verharrte sie an der offenen Tür.

Sie ahnte bereits, was sie erwartete. Und dennoch schloss sie einen Moment die Augen und versuchte, sich für den Anblick zu wappnen, der sich ihr nun bot. Dann betrat sie das Schlafzimmer ihres Vaters und näherte sich leise seinem Bett.

Das Gesicht ihres Vaters war vom Tod gezeichnet. Still

lag er da, kein schwerer Atemzug zwang seine Brust zur Bewegung, kein Rasseln in den Lungen war zu hören. Die Stille im Zimmer war vollkommen. Selbst das Feuer im Kamin hatte sich zu einem stummen Flackern herabgesenkt, kein Scheit knackte in der Flamme.

Auf der anderen Seite des Bettes stand Lucia. Sie wirkte unendlich müde und Tränen glitzerten in ihren Augenwinkeln.

„Allegra, Signora …“ Ihre Hände verharrten zwischen Gebet und teilnahmsvoller Geste.

Allegra sank am Bett ihres Vaters auf die Knie und umfasste seine Hand. Kalt war sie, nicht mehr vom Fieber gewärmt, und sie spürte, wie schlaff seine Hand war. Leblos.

Giancarlo Bandinelli war von ihnen gegangen.

„Vater“, flüsterte Allegra. Ihre Augen blieben trocken. Sie konnte nicht um ihn weinen. Warum nicht? Sie hatte ihn geliebt, hatte wochenlang um sein Leben gebangt. Doch tief im Herzen hatte sie gewusst, dass dieser Moment kommen würde … Sie begriff, dass sie in den letzten Wochen bereits Abschied genommen hatte. Jeden Tag war ein Stück ihres Vaters verschwunden. Und nun war er für immer fort.

„Er hat ruhig geschlafen“, berichtete Lucia stockend. „Ich habe an Rosalies statt bei ihm gewacht, weil sie in der Küche … das Frühstück … Plötzlich war draußen dieser Schrei, wie von einem wilden Tier, das sich paarte … Euer Vater hat sich aufgerichtet, ganz abrupt, und er lächelte plötzlich, flüsterte den Namen Eurer Mutter und … dann sank er zurück, schloss die Augen und starb.“

Plötzlich spürte sie doch die Tränen.

Wie ein Sturzbach rannen sie über ihr Gesicht, und Allegra spürte, wie sie heiße Spuren in ihre Wangen gruben. Ihr Vater war gestorben – in jenem Moment höchster Lust, den sie mit Matteo erfahren durfte. Sie hatte keinen Zweifel, dass es ihr Schrei war, den sie nicht hatte unterdrücken können, der ihren Vater zu Tode erschreckt hatte.

Sie spürte eine Bewegung an der Tür. Halb drehte sie den Kopf, obwohl sie ohne hinzusehen wusste, dass Matteo im Türrahmen aufgetaucht war. Er bekreuzigte sich, flüsterte ein kurzes Gebet.

Heuchler!

Sie nickte Lucia zu. „Bereite ihn für die Beerdigung vor. Lass unseren Geistlichen kommen und dann …“ Sie atmete tief durch. „Wir werden ihn neben meiner Mutter auf dem Friedhof der Familie bestatten. Weise die Arbeiter an, Lucia. Hilf mir, bitte.“

Lucia knickste hastig, murmelte etwas. Allegra hörte es schon gar nicht mehr. Sie stand auf. Tränenblind tastete sie sich zur Tür, ging an Matteo vorbei, ohne ihn anzusehen. Er folgte ihr, als sie zum Arbeitszimmer ihres Vaters ging.

Das Arbeitszimmer war nun ihres. Wie auch die Rechnungsbücher ihr gehörten, das Haus, die Wirtschaftsgebäude, die Ländereien. Vor allem aber die Schulden.

„Allegra!“ Matteo berührte sie am Arm, doch sie fuhr wütend zu ihm herum.

„Lass mich!“, fauchte sie. „Verschon mich mit deinem Trost! Du hast mich von ihm ferngehalten, du hast mich von meinem Vater weggelockt in seiner Todesstunde, hast mich verführt mit deinen teuflischen Einflüsterungen, während er mit dem Tod rang! Und jetzt?! Willst du weitermachen wie bisher, willst du mich gleich in dein Zimmer zerren und mich aus der schwarzen Trauerkleidung schälen, die ich noch nicht einmal angelegt habe? Schließlich bin ich deine Verlobte, du betrachtest es ja wahrhaftig als dein Recht, mit mir zu schlafen!“

„Allegra, bitte …“

Er zog sie in das Arbeitszimmer und schloss die Tür hinter ihnen. Seine Hände lagen wie Fremdkörper auf ihren Oberarmen, und unwillig machte sie sich von ihm los.

„Lass mich los!“, zischte sie. Ihr ganzer Körper schauderte, doch es war nicht die Leidenschaft, die sie erfasste, sondern ein unbegreiflicher Ekel vor ihm und sich selbst. Ja, vor allem vor sich selbst ekelte sie sich plötzlich, weil sie ihre Pflicht als Tochter ausgerechnet in dem Moment vernachlässigt hatte, als ihr Vater sie am meisten brauchte. Schlimmer noch: im Moment, da sie in höchster Lust aufschrie, hatte ihr Vater das Leben losgelassen, an das er sich in den letzten Wochen so verzweifelt geklammert hatte.

Was sagte das über sie? Warum war sie auf Matteo wütend? Musste sich ihr Zorn nicht gegen sie selbst richten, weil sie ihren Vater im Stich gelassen hatte?

Sie wich vor Matteo zurück, bis sie hinter sich den wuchtigen Schreibtisch spürte. Ihre Hände legten sich auf die polierte Tischplatte.

„Geh“, flüsterte sie. „Matteo, geh. Das alles war ein großer Fehler. Bitte, lass mich allein.“

Er zuckte unter ihren Worten zusammen, als hätte sie sie ihm mit der Peitsche eingebläut.

„Warum …“, murmelte er wie betäubt, und kurz nur glaubte sie, es wäre ihr möglich, sich und ihm zu verzeihen, was sie getan hatten. Aber nein. Ihr Vater war tot. Nichts war mehr wie vorher. Die Schuld legte sich wie ein Schraubstock um ihre Brust.

„Geh einfach, Matteo, ich bitte dich. Lass meine Familie in ihrer Trauer allein.“

Du gehörst noch nicht zur Familie, dachte sie traurig. Vielleicht wirst du nie zu uns gehören, denn diese Nacht hat mich erst so heil gemacht, und dann bin ich doch wieder entzwei gebrochen, schlimmer noch als je zuvor. Geh, Matteo. Mach es mir leicht, dich loszulassen.

„Wenn du es wünschst ... Ich wäre in dieser schweren Stunde gerne für dich da, Allegra. Ich bin immer für dich da, doch besonders jetzt ..." Er machte einen Schritt auf sie zu. Allegra schwieg.

Er seufzte. „Ich werde dich in Florenz erwarten." Er trat auf sie zu und wollte die Hand tröstend auf ihre Wange legen, doch abrupt wandte sie den Kopf ab. Sie ertrug es nicht, von ihm berührt zu werden. Er zögerte, dann sank seine Hand herab.

„Ich warte auf dich, Allegra." Er ging zur Tür. „Lass mich nicht zu lange warten, ich bitte dich ..."

Noch immer hielt sie den Kopf abgewandt, um ihm nicht ins Gesicht sehen zu müssen. Sie fürchtete, seine Verachtung darin zu sehen.

„Ich würde gerne bleiben, um deinem Vater die letzte Ehre zu erweisen", machte er einen letzten Versuch.

„Geh!", schrie sie verzweifelt. „Geh doch endlich zurück in deine Welt! Dort habe ich doch keinen Platz! Ich bin doch nur ein verarmtes Mädchen, das du in den Ruin getrieben hast!"

Sie fuhr zu ihm herum, doch statt sich an ihn zu schmiegen und ihren Tränen freien Lauf zu lassen, wie sie es sich aus tiefem Herzen wünschte, trommelten ihre kleinen Fäuste plötzlich auf ihn ein. Sie wusste nicht, was sie tat, sie wusste nicht, was sie noch tun sollte, um diesen Schmerz zu beruhigen, der in ihr wütete. Sie schluchzte und spürte, wie seine Hände ihre Handgelenke wie Schraubstöcke umfassten. Erst dann ließ sie davon ab, auf ihn einzuhämmern.

Ernst blickte er sie an. Dann ließ er sie los. Sie wollte etwas sagen, aber er nickte nur leicht, ehe er sich umdrehte und ging. Sie hörte, wie er im Flur nach seinem Diener rief.

Allegra warf sich in den Sessel an der Feuerstelle. Wie schrecklich! Warum hatte sie ihn nur fortgeschickt? Alles in ihr sehnte sich danach, ihm nachzulaufen und ihn anzuflehen, bei ihr zu bleiben. Doch ihre Wangen brannten vor Scham. Sie hatte Wichtigeres zu tun. Wenn sie ihren Vater schon nicht in der Stunde seines Todes geehrt hatte, so wollte sie alles in ihrer Macht Stehende tun, um ihm ein würdiges Begräbnis zu bereiten.

Die nächsten Stunden und Tage flogen wie eine Reihe blasser, lebloser Bilder an Allegra vorbei. Manchen Moment glaubte sie, nicht mehr sie selbst und aus ihrem Körper herausgetreten zu sein. Wie im Traum wandelte sie durch die Räume, die von schwarzen Vorhängen verdunkelt waren. Das kastanienrote Haar barg sie unter einem schlichten schwarzen Schleier und einzig ihr blasses Gesicht war ein heller Lichttupfer, wenn sie sich im Spiegel anschaute. Lucia und Ana hielten die Köpfe gesenkt, während sie alle Kleider, die Allegra besaß, nacheinander in die Bottiche mit der schwarzen Farbe gaben. Nur als Ana Allegras Verlobungskleid auch der schwarzen Trauerflut überantworten wollte, fuhr Allegra dazwischen. „Das nicht!“, sagte sie knapp und ohne Begründung. „Häng es zurück in den Schrank.“

Sie hatte alles veranlasst. Selbst den Brief, mit dem sie Luigi nur wenige Wochen vor seinem Debüt nach Hause rief, schrieb sie noch am ersten Tag und vertraute ihn einem Boten an. Sie ließ sich keine Ruhe, bis sie drei Tage später, am letzten Oktobertag, neben Luigi am Grab ihres Vaters stand, während der Priester ein letztes Gebet sprach.

Kalter Regen prasselte nieder. Wie Nadelstiche grub er sich in ihre Haut, als eine Böe ihr die Tropfen ins Gesicht wehte. Allegra griff nur kurz nach der Hand ihres Bruders, dann zog sie sich wieder in sich selbst zurück. Luigi warf ihr einen knappen Blick zu.

Natürlich hatte er gemerkt, wie schlecht es ihr ging.

Als sie am Abend im Esszimmer saßen, brach er das Schweigen, mit dem Allegra sich seit Tagen umgab wie mit einer schützenden Hülle.

„Wirst du mit mir nach Florenz kommen?“, fragte er leise, während sie die Suppe löffelten, die Rosalie persönlich auftrug – schwer schnaufend, seufzend und immer wieder mit dem Schürzenzipfel Tränen aus dem Augenwinkel wischend, weil sie den Signore so schmerzlich vermisste und seine Kinder ihr so leid taten.

„Wieso sollte ich?“, fragte Allegra kühl. Ihre Hand ließ den Löffel in der Suppenschale kreisen. Appetit hatte sie seit Tagen nicht. Sie aß nur, weil alle sie streng und besorgt anschauten, wenn sie die Teller unberührt zurückgehen ließ. Diesmal war Rosalie am Kamin stehen geblieben und beobachtete jede Bewegung ihrer Signora. Allegra nahm einen Löffel von der Suppe, aber sie schmeckte nichts.

„Nun ja, willst du allein hierbleiben?“

Allegra antwortete nicht. Sie hatte Luigi noch nicht die Wahrheit gesagt. Die Rechnungsbücher hatte sie gut verschlossen, damit er nicht zufällig darüber stolperte. Und damit hatte sie auch den Gedanken an den familiären Bankrott weit von sich geschoben.

„Ich werde hierbleiben, bis du nach Rom gehst. Dann komme ich nach.“ Zuvor musste sie das Landgut ihres Vaters verkaufen. Der letzte Besitz, der ihnen geblieben war … wenn man von Luigis Stimme absah. Doch sie wollte ihn nicht mit den Schulden belasten; sie musste ihn ohnehin um einen großen Gefallen bitten.

„Was ist mit dem Conte del Pirandelli? Hast du ihn über Vaters Tod informiert?"

Luigi stach in die Wunde, die in ihrem Bauch seit Tagen brannte und schwärte. Allegra ließ klappernd den Löffel fallen.

„Erwähne seinen Namen nicht."

Plötzlich war es am Tisch still.

„Ich dachte nur …"

„Gar nichts denkst du", fiel Allegra ihm heftig ins Wort. „Conte Matteo und ich, wir finden nicht zueinander. Bitte, Luigi, zwing' mich nicht, ihn zu heiraten. Ich werde wohl auf ewig eine alte Jungfer sein, die an deinem Rockzipfel hängt, aber nach dem, was vorgefallen ist, kann ich ihn nicht heiraten!"

Luigi kaute auf seiner Unterlippe, die leicht bebte. Auch er war den Tränen nah, und sogleich bedauerte Allegra ihre harten Worte. Sie streckte die Hand nach ihm aus. „Versteh doch", flehte sie. „Es gibt Dinge, die nun einmal nicht funktionieren. Und der Conte und ich passen nicht zusammen."

„Du ziehst ein Leben als Schwester eines Opernsängers vor? Statt an der Seite eines der mächtigsten Männer von Florenz?"

Sie nickte stumm.

„Wirst du für mich sorgen?", flüsterte sie mit tränenerstickter Stimme, nachdem das Schweigen ihr unerträglich wurde. „Wirst du für mich da sein, wenn ich dieses Haus für immer hinter mir lasse?"

Luigis Hand, die in ihrer lag, drückte sie sanft.

„Du kannst immer bei mir bleiben, Schwesterchen."

„Was wirst du dem Conte sagen, wenn er nach mir fragt?"

Ihr Herz brandete heftig klopfend gegen ihren Brustkorb.

„Soll er nur kommen, ich werde die passenden Worte finden“, versicherte Luigi ihr.

Zum ersten Mal seit Tagen glättete sich ihr Gesicht, das von der Trauer und den Sorgen so zerfurcht wurde, und sie brachte ein zartes Lächeln zustande. „Danke“, flüsterte sie.

Dann nahm sie den Löffel und begann, gehorsam unter dem wachsamen Blicken Rosalies ihre Suppe zu löffeln.

Die beiden Mädchen, die auf dem Bett knieten, blickten zu ihm herüber. Er schaute aus halbgeschlossenen Augen zu, wie sie sich für ihn ins Zeug legten. Seit einer Stunde schon beobachtete er sie, wie sie einander leckten, küssten und mit den Fingern in die Möse der anderen eindrangen.

Mit seinen Gedanken war er woanders.

Er griff nach der Weinkanne, die neben seinem Sessel auf dem Boden stand. Leer, verdammt. Er hielt die Kanne hoch, und eines der Mädchen verstand. Sie stieg vom Bett herunter, warf sich einen knappen Morgenmantel über und verschwand eilig, um ihm noch mehr Wein zu besorgen.

Er war ein Kunde, der gut zahlte und keine allzu großen Ansprüche stellte.

„Was soll ich tun, um Euch zu gefallen, schöner Conte?“

Die andere gab sich offensichtlich nicht damit zufrieden, ihrer Gefährtin zu gefallen. Matteo wusste, einen richtigen Höhepunkt von einem falschen zu unterscheiden, und was die beiden Mädchen ihm bisher geboten hatten, waren ein paar kleine, kurze Orgasmen, aber vor allem viel Schauspielerei.

Sie stand jetzt nackt vor ihm. An ihren Namen konnte er sich nicht erinnern, aber was zählten schon Namen.

Er hatte sie ausgesucht, weil sie so schön schmal gebaut

war. Weil sie so hübsches rötlich braunes Haar hatte, das sich in Wellen über ihren Rücken ergoss. Die Augen waren zu blau, um ihm zu gefallen, die Lippen zu schmal, die Nase zu groß. Wenn er nur genug Wein in sich hineinschüttete, konnte er sich vorstellen, wie es wäre, wenn sie … ja, wenn sie …

„Möchtet Ihr, dass ich ein wenig auf Eurer Flöte spiele, Signore?“ Aufreizend kam sie näher und ging vor ihm auf die Knie. Ihre schlanken Finger nestelten an seiner Hose, während er versuchte, seine Sinne zusammenzubekommen.

Er schloss die Augen. Gab sich ganz den Händen hin, die nun seinen Schwanz befreiten. Unter normalen Umständen hätte sein Schwanz wie ein standhafter Soldat salutiert, nachdem er solange den Mädchen zugeschaut hatte. Jetzt hing er eher auf Halbmast, doch die geschickten Hände, die sich sanft um ihn schlossen und begannen, sich auf und ab zu bewegen, gefielen ihm. Er seufzte leise, rutschte tiefer in den Sessel.

Keine Nachricht von Allegra. Seit Tagen, nein, seit Wochen hatte er nichts von ihr gehört. Seit er sie im Arbeitszimmer ihres Vaters mit ihrer Trauer hatte allein lassen müssen, weil sie ihn fortschickte, war er ruhelos gewesen. Hatte sich nicht damit abfinden können, zu warten. Ziellos strich er durch die Gassen der Stadt, suchte die Bordelle nach Mädchen ab, die ihm gefielen. Diese beiden hatte er gefunden; die eine in einer Absteige, wo sie sich auf der Straße anbot und den Akt im Stehen hinter ein paar Fässern vollziehen wollte, die andere aber – und das hatte ihn komischerweise getröstet – hatte er in einem der teuersten Bordelle der Stadt aufgetrieben. Und hierher ging er nun, hier warteten beide Mädchen Tag für Tag nur darauf, ihm zu gefallen. Ihm und seinen langsam verblassenden Erinnerungen an Allegra. An ihre sturmgrauen Augen, ihren Rosenblütenmund. Er stöhnte.

Das Mädchen begann, ihn mit dem Mund zu befriedigen. Sie war nicht schlecht; im Gegenteil, sie verstand ihr Handwerk und war durchaus bereit, ihm alles zu geben, nachdem er sie aus der Gosse geholt hatte. Wenn er die Augen schloss, gelang es ihm manchmal, sich vorzustellen, wie es wäre, wenn nicht sie an ihm lutschte, sondern Allegra. Sein geliebtes Sturmmädchen.

Ein Geräusch ließ ihn zusammenzucken, und er schlug die Augen auf. Das zweite Mädchen – wie hieß sie noch mal? Louise? Lisette? – kam zurück und schloss die Tür hinter sich. Matteo schob das Mädchen von sich und streckte fordernd die Hand nach der Weinkanne aus.

Mehr davon. Mehr Vergessen, das er nur im Alkoholrausch fand.

Die Mädchen standen vor ihm, während er direkt aus der Weinkanne trank. Er wusste, dass er zu viel Alkohol trank. Er wusste, dass er zu oft in diesem Bordell herumhing und sich der Illusion hingab, dass Allegra zu ihm zurückgekehrt war. Das alles wusste er, und er hatte das Gefühl, in diesem Strudel aus Sehnsucht und unerfüllter Liebe immer tiefer zu versinken, wie in Treibsand, der ihn in die Tiefe zog. Dennoch konnte er nicht aufhören, solange seine Briefe nicht beantwortet wurden, die er Allegra und auch ihrem Bruder schickte.

„Möchtet Ihr, dass Elisa sich Euch hingibt, Conte?“, fragte das Mädchen, das er Wein holen geschickt hatte. Die andere hieß also Elisa, wieso war ihm das entfallen?

„Ja, leg dich aufs Bett“, sagte er. Die Weinkanne knallte er auf das Tischchen und erhob sich schwerfällig. Er war trinkfest, aber irgendwann war wohl auch seine Grenze erreicht.

Einen Moment klammerte er sich an die Lehne des Sessels, dann trat er ans Bett.

Elisa hatte sich bereitwillig aufs Bett gelegt und gehorsam die Beine gespreizt. Genau, so sollte sie sich ihm hingeben, so gefiel es ihm. Feucht glänzte ihre Spalte, und einzelne Tropfen ihres Safts glänzten in ihrem Schamhaar wie winzige Perlen. Plötzlich kannte er kein Halten mehr. Er kniete sich aufs Bett. Der Alkohol war vergessen, sein Rausch verflogen. Jetzt wollte er nur noch Erleichterung finden, wollte sein Vergessen suchen, indem er dieses kleine Hurenmädchen ordentlich durchvögelte.

Sein Schwanz war von ihren Lippen leicht feucht, und er ließ ihn erst zwei, drei Mal probeweise durch ihre nasse Furche pflügen, ehe er langsam in sie eindrang. Elisa hatte die Augen geschlossen, ein verzückter Ausdruck lag auf ihrem Gesicht, den Matteo ihr sogar abnahm. Die Beine hatte sie angezogen, und seine Hände umfassten ihre Knie, damit sie ihre Beine um seinen Oberkörper schlang.

Dann war er ganz in ihr. Sie seufzte leise, legte ihre Arme um seinen Nacken, zog ihn zu sich herab. Bot ihm ihren Mund zum Kuss dar, doch er schob mit der Hand sanft ihren Kopf beiseite, küsste sie auf den Hals, die weiche Stelle direkt unter ihrem Ohr.

Als er sich schneller in ihr bewegte, begann sie zu stöhnen. Sie kam ihm entgegen, drückte das Kreuz durch, seufzte wohlig, doch vor allem wurden ihre Schreie immer lauter, immer fordernder. Er spürte, wie sich ihre Möse um seinen Schwanz zusammenzog, und im nächsten Moment kannte er kein Halten mehr. Er verströmte sich mit ein paar letzten kurzen Stößen in ihr, ehe er auf ihr zusammenbrach.

Einen Moment lag er still, dann stand er auf. Ohne sie eines Blickes zu würdigen, knöpfte er seine Hose zu, trat an das Tischchen, trank den Wein aus und ging.

Er hatte genug von den beiden Mädchen. Sie waren nicht, was er sich erhoffte. Nie würden sie ihm die ersetzen, die er so schmerzlich vermisste. Und er hatte lange genug gewartet, bis endlich Nachricht kam, wie es ihr ging.

Er beschloss, in das Konservatorium für Kastraten zu fahren. Er wusste, dort war Luigi Bandinelli und bereitete sich auf sein Debüt vor, das er in zwei Wochen in Rom geben sollte.

Die Dezemberluft war kalt und roch nach Schnee. Luigi schloss das Fenster und zog fröstelnd die dick gefütterte Jacke um seinen Oberkörper. Ein Schal schützte seinen Hals und seine empfindliche Stimme. Nicht auszudenken, was geschah, wenn er sich jetzt erkältete!

Die Nervosität, die ihn in den letzten Monaten beständig begleitet hatte, verblasste hinter all den Sorgen, die ihn umtrieben. Es war nicht nur die Trauer um den Tod seines Vaters, die ihn kaum zur Ruhe kommen ließ. Auch Allegra machte ihm Sorgen.

Noch war sie auf dem heimischen Gut. Sie waren übereingekommen, das Landgut für die kommende Opernsaison und ihren Aufenthalt in Rom zu schließen und das Personal zu entlassen, um Kosten zu sparen. Beiden tat es weh, diesen Schritt zu gehen, aber es gab keine Alternative. Das Geld, um das Haus weiterhin zu unterhalten, hatten sie nicht. Allegra hatte deutliche Worte gefunden. Sie waren bankrott. Einziger Hoffnungsschimmer war Luigis Debüt. Wenn es gelang, wenn er also eine erfolgreiche Karriere begann … ja, dann könnte es gelingen. Dann könnten sie vielleicht eines Tages in die Toskana zurückkehren. Sie würden die Sommer auf dem Landgut verbringen, die Winter hingegen in Rom oder wohin auch immer Luigis Karriere ihn führte.

Er atmete tief durch. In einer halben Stunde hatte er einen Termin beim Maestro, der ihm inzwischen täglich seine Zeit widmete, um Luigi angemessen auf seine Premiere vorzubereiten. Luigi fühlte sich sicher.

Wenn nur die Sorge um Allegra nicht wäre …

„Signore Bandinelli? Der Conte del Pirandelli wünscht, Euch seine Aufwartung machen zu dürfen." Der Diener, der kurz eintrat, verbeugte sich knapp, nachdem Luigi ihm beschied, er solle den Conte hereinführen und ihm zudem Salbeitee bringen.

Im nächsten Moment betrat der Conte den Salon. Er hielt sich sehr gerade, und als er Luigi erblickte, neigte er nur knapp den Kopf.

„Signore Bandinelli, ich vermute, Ihr wisst, warum ich hier bin."

In Luigis Innern krampfte sich alles zusammen. Natürlich wusste er das. Es ging um Allegra.

„Nein, tut mir leid", sagte er leise. „Ich habe keine Ahnung."

„Eure Schwester", sagte der Conte und betonte jede einzelne Silbe überdeutlich, „hat mir vor einigen Monaten die Ehe versprochen, erinnert Ihr Euch? Ihr wart auch zugegen."

„Ja, ich habe gehört, wie Ihr Euch mit Eurer Mätresse vergnügt habt. Es war kaum zu überhören", gab Luigi zurück. Oh, er würde sich vom Conte nicht einschüchtern lassen, obwohl seine Knie zitterten. Er seufzte.

„Vergessen wir doch mal diese … Episode", sagte der Conte. „Ich bin hier, um mit Euch den Termin für die Hochzeit zu vereinbaren. Immerhin seid Ihr ja nun das Familienoberhaupt, nicht wahr?"

Luigi erstarrte. Hochzeitstermin ... nein, das konnte, das durfte er nicht zulassen! Zugleich aber wusste er von dem Darlehen, das der Conte del Pirandelli seinem Vater gewährt hatte. Allegra hatte ihm am Abend vor seiner Abreise widerstrebend davon erzählt. Matteo würde es vielleicht zurückfordern, wenn Luigi ihm jetzt sagte, dass er die Verlobung lösen wollte ... Schlimmer, sie hatten das Geld nicht. Vielleicht hätten sie es in ein paar Monaten oder in ein, zwei Jahren, falls es Luigi gelang, eine große Karriere zu beginnen. Doch selbst das stand in den Sternen! Nein, es musste einen anderen Ausweg geben. Er durfte Allegra nicht an diesen Mann verschachern, das hatte er ihr doch versprochen!

„Es stimmt, ich bin nun das Oberhaupt der Familie Bandinelli. Aber ... es tut mir leid, Conte, aber ... meine Schwester kann Euch nicht heiraten."

So weit, so gut. Es war nicht einmal gelogen, denn Allegra sah sich außerstande, Conte Matteo zu ehelichen. Sie hatte ihn angefleht, sie vor dieser Ehe zu bewahren.

Doch wie sollte er das tun, ohne sie in den Ruin zu stürzen?

„Warum nicht?", verlangte der Conte zu wissen. In seinen Augen blitzte es gefährlich, und er kam drohend auf Luigi zu, der unwillkürlich die Schultern hochzog.

„Sie ist krank", brachte er mühsam hervor. „Todkrank!" In seiner Verzweiflung fiel ihm auf die Schnelle nichts Besseres ein.

Conte Matteo wurde blass. „Krank?", flüsterte er. „Wie ... wie ..."

Luigi atmete tief durch. „Es ist dieselbe Krankheit, die auch meinen Vater ereilt hat. Sie ... sie hat nicht mehr lange zu leben." Er schüttelte betrübt den Kopf. „Ich wollte es

Euch sagen, aber sie hat mich davon abgehalten. Sie wollte allein sein.“

„Aber wie kann das …?“ Conte Matteo verstummte. Dann gab er sich einen Ruck. „Ich werde die besten Ärzte von Florenz zu ihr schicken lassen, es ist mir egal, was es kostet. Es muss doch eine Möglichkeit geben, sie zu retten!“

Luigi schüttelte den Kopf. „Nein, Conte. Bitte. Glaubt mir, wir haben einen guten Arzt, und er hat gesagt, es ist eine Krankheit, für die es keine Rettung gibt. Sie liegt im Sterben.“

Fast tat es ihm leid, zu sehen, wie der Conte, der noch vor wenigen Augenblicken so stolz und selbstbewusst aufgetreten war, in sich zusammenfiel. Wie ein Kartenhaus, dem man eine stützende Karte entzieht, sank er zusammen, machte sich klein.

„Sie stirbt?“, flüsterte er.

Ja, jetzt tat es Luigi wirklich leid, was er diesem Mann antat. Ihm schien wirklich etwas an Allegra zu liegen. Doch es gab kein Zurück mehr.

„Ich bitte Euch, respektiert Allegras letzten Wunsch. Sie möchte allein gelassen werden.“

Wie betäubt schüttelte Conte Matteo den Kopf. Er blickte zu Luigi auf, und in seinen Augen lag so viel Schmerz, so viel Angst und so viel Verletzlichkeit, dass Luigi einen Moment lang glaubte, er könne diese Scharade nicht aufrechterhalten, die er doch lediglich zu Allegras Schutz spielte.

„Habt Ihr, werdet Ihr …“ Conte Matteo räusperte sich. „Werdet Ihr mir Bescheid geben, wenn es … wenn sie …“

„Ihr meint, wenn sie gestorben ist? Ja. Ich werde Euch einen Boten schicken.“

Conte Matteo nickte. „Danke“, flüsterte er.

Einen Moment standen sie schweigend voreinander.

Dann gab sich der Conte einen Ruck. „Lebt wohl, Signore Bandinelli“, sagte er, und seine Stimme klang seltsam heiser. „Lebt wohl.“

Er verließ den Salon.

Luigi spürte die Stille. Nun war der Conte fort.

Der Diener brachte seinen Salbeitee, und er trat ans Fenster, während er den Tee in kleinen Schlucken trank. Schneeflocken wirbelten durch die Luft, tanzten ihren eigenen Reigen. Er summte leise. Legte die Stirn an das eiskalte Fensterglas.

Für den Conte del Pirandelli war Allegra gestorben.

Hatte er einen Fehler gemacht? Er hoffte nicht. Nein, er war sicher, das Richtige getan zu haben, zum Schutze Allegras. Meine Güte, Allegra … Wenn er sich vorstellte, sie könnte tatsächlich krank daniederliegen … Schweiß brach ihm aus, und er trat an seinen Schreibtisch und kritzelte hastig eine Nachricht, die er noch heute an Allegra schicken lassen wollte. Sie sollte zu ihm kommen, so schnell wie möglich!

Doch sie würde sich wieder als Kastratenjunge verkleiden müssen …

Am Abend schickte er einen Boten mit einer Nachricht zum Conte.

## *15. KAPITEL*

Cristina kicherte, als Alberto sich zu ihr herüberbeugte. Sein Atem kitzelte an ihrem Ohr, doch wenigstens war sein Atem warm.

Leider konnte man das vom Rest der Welt nicht behaupten.

In dicke Pelze gehüllt saßen sie im Innern der Kalesche, die über die gut ausgebaute Straße gen Süden ratterte. Heiße Steine ruhten in den Decken und Fellen am Boden der Kutsche, und Cristina bewegte ihre Zehen in den Stiefelchen, die ihr Ehemann ihr vor wenigen Wochen geschenkt hatte.

Erstaunlicherweise hatte der Conte della Visconti überhaupt nichts dagegen, dass sie mit Alberto nach Rom fuhr. Im Gegenteil. Er hatte sie gestern Abend, als sie sich schon zu Bett begeben hatte, noch einmal in ihren Gemächern aufgesucht. Nachdem er ihr beigewohnt hatte – es war wie immer recht rasch gegangen –, zog er Cristina an sich und spielte mit ihren Löckchen.

„Dein neuer Liebhaber gefällt mir", hatte er geflüstert, und er lachte laut auf, als Cristina in seinen Armen erstarrte. „Hast du wirklich gedacht, ich merke das nicht? Nein, wirklich, er ist ein hübscher Kerl, gebildet, begabt … Warum machst du dir nicht mit ihm in Rom ein paar schöne Tage … und Nächte?"

Cristina hatte diesen versteckten Vorwurf empört von sich weisen wollen, doch ihr Mann lachte sie aus. Er richtete sich auf und wies auf seinen Körper, beinahe anklagend. „Glaubst du denn allen Ernstes, mein Samen könnte dir ein Kind schenken? Vergiss es, Cristina. Meine vorige Frau hat sich auch nicht an die eheliche Treue gehalten, und nur so konnte sie mir einen gesunden Erben schenken." Traurig schüttelte er den Kopf. „Meine Söhne sind nur dem Namen nach meine Söhne. Und im Herzen sind sie es erst recht.“ Er legte die Hand aufs Herz.

Empört wollte sie sich seiner Umarmung entziehen, doch der Conte erwies sich trotz seiner Gebrechlichkeit als erstaunlich stark. „Schenk mir ein Kind, Cristina“, hatte er geflüstert. „Ich erlaube dir alles, was du dir wünschst, wenn du mir nur noch einmal einen Sohn schenkst!“

Dann war er aufgestanden, hatte sich den seidenen Morgenmantel mit chinesischer Stickerei übergeworfen und sie allein gelassen.

Cristina hatte immer sorgfältig darauf geachtet, dass es zu keiner Schwangerschaft kam, und ihre Ausrede war immer gewesen, sie wolle ihrem Mann kein fremdes Kind unterschieben. Von ihm aber nicht nur die Absolution, sondern sogar die Aufforderung bekommen zu haben, ihm ein Kind zu schenken, löste eine Vielzahl von Gefühlen bei ihr aus.

Vor allem dieses: unbändige Freude.

„Kannst du dir vorstellen, wie es wäre, in einer Kutsche zu vögeln?“, flüsterte Alberto ihr ins Ohr, und sie atmete tief durch. Der Gedanke, in diesem schaukelnden Gefährt zu ficken, war aufregend, zugleich aber auch abstoßend, weil es so elend kalt war.

Aber so war Alberto nun mal. Cristina hatte sich gerne für eine verruchte Frau gehalten, die nichts erschüttern konnte, und seit sie mit den beiden Männern das Lager geteilt hatte, war sie sicher, dass nichts sie schockieren könnte.

Bis sie Alberto kennenlernte und erfahren musste, dass er noch weit schockierendere Ideen hatte, als sie sich überhaupt vorstellen konnte.

„Mir wird zu kalt, wenn ich jetzt meine Decken beiseite

werfe", sagte sie ausweichend.

„Mir wird bei dem Gedanken ganz heiß." Er lachte leise, und seine Hand glitt hinab zu ihrer Brust. Mit der anderen Hand fuhr er unter die Decke und begann, ihre Röcke zu raffen. „Lass mich dir zu Füßen knien und deiner Venusgrotte huldigen, meine Schöne."

Sie versetzte ihm einen spielerischen Klaps. „Woher hast du nur diese Worte!", rief sie, doch da verschwand er schon im Gewühl der Decken und Pelze und vergrub sich unter den Röcken ihres Reisekleids aus dunkelgrünem Samt. Das nächste, was sie spürte, war sein heißer Atem, der über ihre nackte Möse strich.

Seine Finger spreizten sanft ihre Schamlippen, und sie schloss die Augen. Heiße Nässe berührte ihre Möse, und sie glaubte im ersten Moment, sie würde jetzt sofort kommen, in diesem stillen Moment, da seine Zunge begann, ihre Falten zu erkunden und langsam um ihr Knöpfchen zu kreisen.

Er hielt inne und lachte. Selbst sein Lachen, das durch den Pelz nur gedämpft zu ihr heraufklang, war Teil seines Spiels, denn sein Atem strich über sie hinweg und sandte neue Schauer über ihren Körper.

Ihre Hand tastete nach seinem Kopf, drückte ihn hinab zwischen ihre Schenkel, damit er weitermachte. Ihr Kleid wäre nach dieser Reise ruiniert. Sie spürte, wie ihre Säfte strömten und ihre Schenkel nass machten.

Mit jedem Schlagloch, das sie durchfuhren, jedem Stein, über den die Räder der Kutsche hinweghüpften, veränderte sich der Winkel, in dem seine Zunge sie umkreiste, in sie eindrang und sie massierte. Cristina schloss die Augen.

Es gab nur noch ihn und sie. Das Innere der Kutsche war ihr Kosmos, in dem sie sich verloren, und Cristina verlor sich nur zu gerne in dieser unendlichen Weite. Als sie kam, war es, als würde eine Welle über sie hinwegbranden und sie taub machen für alles, was jenseits des schwankenden Gefährts war.

Ihre Beine fühlten sich zittrig an, als sie sich danach wieder in dem Polster zurechtsetzte. Alberto tauchte unter dem Pelz auf. Er grinste, und sein Mund glänzte nass von ihren Säften. Er wischte sich mit dem Hemdärmel darüber. „Du bist ein kleines Wunder, meine Schöne", versicherte er ihr. „Wie froh ich bin, dass ich an jenem Tag meinem Herz einen Ruck gab und zu dir geführt wurde."

Cristina lächelte und strich ihre Röcke glatt. Das Kleid war ruiniert, aber das kümmerte sie nicht. Sie schnurrte wohlig und schloss müde die Augen. Doch Albertos Worte gingen ihr nicht aus dem Kopf.

„Wie meinst du das?", fragte sie schläfrig. „Wieso hast du deinem Herz einen Ruck gegeben?"

Alberto setzte sich neben sie und zog sie in seine Arme. „Vergiss es, meine Schöne. Vergiss es, ich habe nur so dahergeredet. Es ist nichts Wichtiges."

„Doch, sag es mir. Wen hast du dort gesucht?"

Er antwortete nicht sofort. Feine Schneeflocken prasselten gegen die Scheibe der Kutsche, und von ihren erhitzten Leibern waren die Fenster beschlagen. Cristina beugte sich vor und wischte mit einer Hand darüber. Blau senkte sich die Nacht über die Landschaft, doch weit und breit gab es kein Dorf, keinen Gasthof am Wegesrand. Sie würden noch eine Weile unterwegs sein, ehe sie endlich für die Nacht Rast machten.

„Es bedeutet nichts", sagte er schließlich. „Ich suchte nach einer Frau, die … wir kannten uns, aber dann verschwand sie, und ich dachte, sie sei beim Conte del Pirandelli."

Plötzlich wurde Cristina kalt. Sie zog fröstelnd den Pelz höher, presste ihn an ihre Brust. Sie sah, wie ihr Atem die feinen Härchen bewegte. „Wer ist sie?“, fragte sie.

„Du kennst sie nicht.“ Und weil Cristina beharrlich schwieg und mit ihrem Schweigen eine Antwort forderte, fügte er hinzu: „Allegra Bandinelli. Die Verlobte des Conte.“

Cristina lachte auf. „Du lügst.“

„Wenn ich es dir doch sage!“

„Allegra Bandinelli ist eine kleine, prüde Mimose, die sich weder beim Conte aufhalten noch einem anderen Mann mehr als ihre Ohrläppchen zeigen würde“, bemerkte Cristina spitz.

Alberto lächelte und zog sie in die Arme. „Warum denn so kratzbürstig, meine Schöne? Glaub mir, Allegra Bandinelli hat zwar auch ihren Reiz auf mich ausgeübt – und zwar auf sehr sinnliche Art, dessen sei dir gewiss –, aber jetzt gehöre ich nur noch dir allein, und daran wird sich nie etwas ändern.“

„Außerdem ist sie tot“, fügte Cristina hinzu, und sie konnte nicht verhehlen, dass ein gewisses Triumphgefühl von ihr Besitz ergriff. „Sie ist an einem Fieber gestorben, im Haus ihrer Eltern. Du siehst, als du sie suchtest, war sie schon längst nicht mehr in Florenz.“

Albertos Lächeln versiegte. Er wurde schlagartig ernst, und Cristina spürte, dass sie diesmal zu weit gegangen war.

„Sie ist tot?“, flüsterte er. „Wie kann das sein?“

„Wie ich schon sagte, sie starb an einem Fieber. Erst hat es ihren Vater dahingerafft, dann sie. Es tut mir leid, Alberto“, fügte sie hinzu. Sie schob sich näher an ihn heran und ließ ihre Hand unter die Decken gleiten. Zielsicher fand sie seinen Schritt, und durch den Stoff der Hose begann sie, seinen Schwanz zu massieren, doch er schob ihre Hand fort.

„Hast du ihr sehr nahe gestanden?“, fragte sie, doch Alberto schüttelte nur wie betäubt den Kopf. Dann wandte er sich von ihr ab und starrte aus dem Fenster, obwohl es da draußen inzwischen stockfinster war und man nichts mehr erkennen konnte.

Cristina lehnte sich zurück und schloss die Augen. Allegra, Allegra! Verhexte sie die Männer, oder warum waren sie alle ihr so hörig? Schon Matteo hatte sie den Kopf verdreht, und nun auch noch Alberto!

Nein, Cristina war froh, dass Allegra tot war. Wenn sie ehrlich war, dann war es zwar schade um die rothaarige Hexe, aber letztlich war ihr Tod das Beste, was ihr, Cristina, passieren konnte.

Denn wer wusste schon, ob sie nicht andernfalls auch Alberto an sie verlieren würde?

Auch Allegra und Luigi waren mit einer Kutsche unterwegs gen Süden. Allegra starrte aus dem Fenster, während es draußen dunkel wurde. Tiefschwarz senkte sich die Nacht aufs Land.

Sie spürte nichts als Dunkelheit, die sich in ihr ausbreitete.

Es hatte länger gedauert als gedacht, ihr Elternhaus für den Winter zu schließen. Tränenreich war ihr Abschied von Lucia, Rosalie und den anderen gewesen, ehe sie nach Florenz aufbrach, um zu Luigi zu ziehen. Ihre einstigen Bediensteten mussten nun zusehen, wie sie über den Winter kamen. Allegra hoffte, im Frühling zurückkehren zu können und ihr Leben als Frau wieder aufzunehmen. Wieder aufzuerstehen, nachdem Luigi sie lebendig begraben hatte.

Seit jenem Tag, an dem sie in Florenz angekommen war, trug sie wieder Knabenkleider.

Für die Welt war sie tot. Und manchmal fühlte sie sich auch so. Allegra spürte eine innere Kälte, die sich mit der Winterkälte messen konnte, die über dem Land lag. Erstaunlich früh und heftig war der Wintereinbruch gewesen und hatte sogar Schnee in die Niederungen der Apenninenhalbinsel getragen. In zehn Tagen war Weihnachten. In sechs Tagen Luigis Premiere. Doch in Allegra herrschte keine Freude, und kein Feuer der Welt konnte ihr eisiges Inneres wieder auftauen.

Sie hatte verloren. Ihr Leben als Frau, ihre Liebe zu Matteo.

„Wie lange werde ich diese Farce spielen müssen?“, hatte sie Luigi gefragt. Luigi, der ihr mit gesenktem Kopf beichtete, dass er ihren Tod vorgetäuscht habe, um sie vor der Ehe mit dem Conte zu bewahren, weil er sich nicht anders zu helfen wusste, hatte hilflos mit den Schultern gezuckt.

Und so hatte sie wieder die Kleider des Knaben Alessandro Bandini angelegt, hielt ihr Haar kurz, das langsam wieder nachwuchs, trug dunkle Perücken und schwarze Kleidung, die ihre schmale Figur betonte und zugleich die zarten Rundungen ihrer Brüste kaschierte, die sie wieder Tag für Tag einschnürte, bis sie das Gefühl hatte, keine Luft mehr zu bekommen. Aber der Schmerz saß tiefer, er wütete unter Haut und Knochen.

Das Schlimmste waren die Nächte. Wenn sie wach lag, konnte sie in der Stille seine Stimme hören. Wie er sie sein Sturmmädchen nannte. Und dann wandte sie den Kopf ab, drückte sich das Kissen auf die Ohren, um ihn nicht länger in ihrem Kopf zu hören und in ihrem Herzen zu spüren.

Doch es war noch lange nicht vorbei. Vielleicht würde es das auch nie sein.

Sie hoffte, dass es in Rom besser wurde.

Luigi war ihr in diesen Tagen auch keine Hilfe. Er hatte sich ganz zurückgezogen, alles an ihm sprach nur noch von der in ihm brennenden Nervosität angesichts der Premiere. Er wirkte immer sehr geistesabwesend, aß kaum noch und summte meist leise die Melodie seiner Arie vor sich hin. Stundenlang zog er sich zu Proben zurück, und permanent trank er diesen Tee mit Salbeiblättern, den Allegra nicht ausstehen konnte.

Nein, Luigi war ihr wahrlich keine Hilfe.

Sie hoffte nur, seine Premiere würde ein Erfolg! Und das hoffte sie nicht nur für ihn, sondern auch für ihre Zukunft. Vielleicht gelang es ihm ja, eine große Karriere als Opernsänger zu beginnen. Wäre es nicht wunderbar, wenn er ihnen eines Tages den Reichtum und das Ansehen zurückgeben könnte, die ihre Familie verdiente? Könnte sie dann nicht von den Toten wiederauferstehen, wie ein Schmetterling aus dem Kokon schlüpfen und vor Matteo treten?

Allegra seufzte und schüttelte nur müde den Kopf.

Selbst wenn es irgendwann soweit käme – bestimmt hatte Matteo sie bis dahin vergessen und sich eine andere Frau gesucht.

Kurz vor Mitternacht erreichten sie die Ewige Stadt. Es hatte keinen Sinn gehabt, bei dem stetig schlechter werdenden Wetter wenige Meilen vor den Toren der Stadt noch eine Rast einzulegen.

Der Maestro besaß in Rom einen kleinen Palazzo, den er Luigi und Allegra für die erste Zeit zur Verfügung stellte.

Allegra beugte sich vor und berührte Luigi leicht an der Schulter. Er schreckte auf und schaute sich verwirrt um. Wieder einmal bewunderte sie ihren Bruder, weil er in jeder

Lebenslage Schlaf fand und nicht einmal von der Nervosität davon abgehalten wurde.

„Wir sind da", sagte sie überflüssigerweise.

Die Kalesche war in einem kleinen Innenhof zum Halt gekommen. Diener strömten aus dem Haus und hielten Fackeln und Laternen hoch, um den Hof zu beleuchten. Schon wurde der Schlag geöffnet, jemand klappte die Treppe aus. Allegra drückte ein letztes Mal aufmunternd Luigis Hand, ehe sie aus der Kutsche stieg.

„Signore Luigi Pirandelli?", fragte ein Diener mit näselnder Stimme und hielt seine Laterne hoch, damit Allegra ihn besser erkennen konnte.

„Nein", sagte sie mit sanfter Stimme. Sie hatte festgestellt, dass die meisten Menschen sie am ehesten als Kastraten erkannten, wenn sie mit leiser, sanfter Stimme sprach. Sonst wirkten manche verwirrt, wenn sie sprach. „Ich bin ein Freund von Signore Pirandelli."

Der Diener musterte sie von oben bis unten, ehe er nickte. „Ich wurde über Ihr Kommen ebenfalls informiert, Signore. Sie haben ein Gemach am anderen Ende des Gangs. Ich hoffe, Sie respektieren das."

Allegra nickte knapp. Auch das war ihr inzwischen egal. Man hielt sie für den Geliebten ihres Bruders. Nur der Maestro und die Principessa wussten, dass Allegra lebte. Alle anderen glaubten, der hübsche Knabe an der Seite von Luigi sei sein Gefährte.

Und niemand stellte Fragen.

Allegra wartete, bis Luigi sich aus den zahlreichen Decken geschält hatte und die Kutsche verließ. Wie zum Trotz hakte sie sich bei ihrem Bruder unter und folgte dem Diener in den kleinen, aber luxuriös eingerichteten Palazzo, der in den nächsten Wochen ihr Zuhause sein sollte.

„Ist das nicht der Conte del Pirandelli?" – „Habt Ihr gesehen, wie traurig er aussieht?" – „Man sagt, seine Mätresse habe ihn für einen zweitklassigen Landschaftsmaler verlassen, und dann ist ihm die Verlobte gestorben, wenige Wochen vor der Hochzeit …"

Matteo hörte das Getuschel schon gar nicht mehr. Er hatte sich daran gewöhnt. Die Worte, die andere hinter seinem Rücken wisperten, schwemmten über ihn hinweg, ohne ihn zu berühren.

Anderes wog da schwerer.

Er betrat seine Loge und setzte sich auf den einzigen Stuhl, der hier stand. Früher war er in seiner Loge nie allein gewesen. Früher, wenn er nach Rom kam, hatte er immer seine Mätresse an seiner Seite. Freunde waren ein und aus gegangen, und über die anregenden Gespräche hatte er manches Mal die Opernaufführungen vergessen. Manchmal hatte die Principessa ihn in der Loge besucht und ein wenig mit ihm geplaudert.

Doch die Principessa war dieses Jahr in Florenz geblieben. Es ging das Gerücht, sie sei schwer erkrankt und werde den Winter nicht überstehen.

So wie Allegra, dachte Matteo. Und wieder spürte er, wie sich ein Kloß in seinem Hals ballte, wie seine Hände zitterten. Verdammt! Konnte er nicht endlich vergessen, dass er sie verloren hatte? Konnte er nicht endlich wieder beginnen zu leben?

Aber das Vergessen war ihm nicht vergönnt. Wie denn auch? Wenn er Vergessen suchte, hätte er nicht herkommen dürfen. Denn heute Abend würde Luigi Pirandelli sein Debüt geben. Allegras Bruder.

„Signore! Wie schön, dass Ihr auch wieder in Rom seid!" Die Marchesa di Parma lehnte sich über die Brüstung zu seiner Loge herüber. „Kennt Ihr schon meine Tochter Mirabelle? Natürlich kennt Ihr sie nicht."

Hinter der Marchesa knickste verlegen ein rotwangiges Mädchen mit dunkelbraunen Korkenzieherlocken, das kaum älter als siebzehn war.

Matteo erhob sich von seinem Stuhl. Er machte ein wenig höfliche Konversation, doch sein Blick ging derweil immer wieder durch den hohen Saal, in dem sich aufgeregt summend die Zuschauer versammelten. Man begrüßte sich, lachte unnatürlich laut oder steckte die Köpfe zusammen, um über andere Anwesende herzuziehen. Es war das ewige Spiel von Sehen und Gesehen werden.

Sein Blick schweifte umher, während er Plattitüden mit der Marchesa und ihrer unscheinbaren Tochter austauschte, die jedes Mal errötete, wenn er das Wort an sie richtete. „Seht nur, der junge Kastrat, der heute sein Debüt gibt, hat seinen Lustknaben mitgebracht."

Der spitze Finger der Marchesa stakte hinab in die zweite Reihe. Matteos Atem stockte.

„Denkt Euch nur, Conte del Pirandelli, er hat diesen Knaben schamlos im Palazzo seines Maestros einquartiert, und man sagt, sie verbringen Tag und Nacht miteinander."

Er schluckte.

Das ist unmöglich, dachte er. *Meine Sinne spielen mir einen Streich. Das kann nicht sein, sie ist tot …*

Er sollte endlich begreifen, dass sie tot war. Luigi Bandinelli hatte es ihm mitgeteilt, und Matteo hatte keinen Grund, die Worte des jungen Manns anzuzweifeln. Alles hatte er der Familie Bandinelli angeboten. Ja, er hätte auf Allegra verzichtet, wenn sie das glücklich gemacht hätte. Doch ihr Körper hatte eine so völlig andere Sprache gesprochen, und er hatte ihre Liebe gespürt, in jeder Geste, in jedem Wort, das sie an ihn richtete. Selbst an jenem Tag, als sie ihn fortschickte, hatte er die Trauer in ihren sturmgrauen Augen gesehen.

Vermutlich hatte sie ihm damit das Leben gerettet. Denn das Fieber, das ihren Vater tötete, war ansteckend und hatte auch ihr den Lebenshauch genommen. Wenn er geblieben wäre – und er wäre nicht von ihrer Seite gewichen! –, dann hätte es auch ihn treffen können ... Bewies das nicht, dass sie ihn über den Tod hinaus geliebt hatte?

Er schluckte hart. Tränen brannten in seinen Augen, und er wandte sich peinlich berührt ab.

„Ihr besucht uns doch zur Soiree?“, flötete die Marchesa, die von seiner Unruhe nichts bemerkte.

„Natürlich“, brachte er mühsam hervor.

Zum Glück wurden jetzt nach und nach die meisten Kerzen im Saal gelöscht, die Saaldiener schlossen die Türen zu den Logen und zum Innenraum.

Matteo rückte den Stuhl vor und legte die Arme auf der Brüstung ab. Die Oper interessierte ihn nicht mehr. Für ihn gab es nur noch die schlanke Gestalt in der zweiten Reihe.

Dieser Knabe war Allegra ähnlich, soweit er das auf die Entfernung erkennen konnte.

Wie war das möglich?

Doch dann betrat Luigi Bandinelli die Bühne. Das Schweigen der Zuschauer wich einer gespannten Stille, hier und da war leises Hüsteln zu hören. Das Orchester begann zu spielen, und dann ... ja dann vergaß Matteo für einen Moment den Knaben in der zweiten Reihe.

Luigi Bandinelli hatte die Stimme eines Engels.

Applaus brandete auf, Bravorufe wurden laut und einige Zuhörer sprangen sogar begeistert auf. Einzelne Taschentücher,

Blumen und sogar etwas, das wie ein Strumpfband aussah, flogen auf die Bühne.

Verstohlen wischte Allegra sich eine Träne aus dem Augenwinkel. Sie war vom Stolz auf ihren Bruder wie berauscht, und das laute Klatschen hallte in ihr wieder. Tröstlich legte es sich wie ein Mantel um ihre geschundene Seele.

Luigis Premiere war ein voller Erfolg. Mehr noch, er war rauschend, himmlisch, der Beginn der großen Karriere, die er sich immer erträumt hatte! Und das spürte jeder der anwesenden Zuschauer. Jeder wusste, dass man über diesen Premierenabend noch in Jahrzehnten reden würde, und wann immer zwei Menschen zusammenkamen, die dieses wunderbare Ereignis erleben durften, würden sie einander schwärmerisch an diesen besonderen Abend erinnern.

Luigi trat mit den anderen Sängern auf die Bühne und verneigte sich. Seine Kollegen ließen ihn vortreten, und der Applaus wurde noch lauter, brandete hin und her. Allegra schloss einen Moment die Augen. Dieser Moment war so erhebend, so glücklich! Dies war der Beginn einer wunderbaren Karriere. Wie sehr sie es Luigi gönnte!

„Signore?"

Allegra fuhr herum. Ein Diener hatte sich durch die Reihe der Zuschauer zu ihr durchgedrängelt. Er hielt ein Billet in der Hand, das er ihr nun hinhielt.

„Diese Nachricht soll ich Ihnen von meinem Herrn überbringen, Signore."

„Deinem Herrn?" Nur zögernd nahm Allegra das Billet. „Wer ist dein Herr?"

„Der Conte del Pirandelli." Der Diener wies zu einer Loge hinauf, die offensichtlich leer war. Doch Allegra wusste es besser. Sie ließ das Billet fallen, als hätte sie sich an dem zarten Papier geschnitten.

Sie musste die Nachricht nicht lesen. Sie ahnte, was darin stand.

Matteo war hier! Und er hatte sie erkannt …

„Mein Herr hat mich gebeten, ihm Ihre Antwort unverzüglich zu übermitteln", fügte der Diener hinzu. „Wenn Sie also bitte …" Er bückte sich schwerfällig und verzog das Gesicht, als er das Billet aufhob. Noch immer brandete der Applaus um sie herum, noch immer jubelten die Menschen ihrem Bruder zu. Doch Allegra nahm das alles wie durch einen dichten blutroten Nebel wahr, der sie umschloss. Sie nahm das Billet, öffnete es und starrte tränenblind auf die wenigen Zeilen, die Matteo in seiner steilen Schrift eilig aufs Papier geworfen hatte.

*Komm zu mir. Heute Nacht, in meinen Palazzo. Matteo.*

Er hatte sie erkannt.

Allegra hätte am liebsten die Hände vors Gesicht geschlagen. Sie spürte, wie ihre Knie weich wurden, doch sie hielt sich mit einer Hand krampfhaft an der Rückenlehne ihres Sitzes fest. Sie beugte sich vor, damit der Diener verstand, was sie sagte. In diesem Moment erstarb der Jubel, und ihre Worte, die sie so laut hervorbrachte, um gegen den Lärm anzukommen, waren weithin hörbar.

„Sage deinem Herrn, dass ich ihm nicht zur Verfügung stehe."

Dann drängte sie sich an dem Diener vorbei. Blicke folgten ihr, als sie sich an den festlich gekleideten Damen und Herren vorbeischob und den Weg zum Bühneneingang suchte.

*Luigi, hilf mir! Ich will heim!*

Sie eilte die Stufen hinab. Ein Zwerg versperrte ihr den Weg, doch als er sie erkannte, grinste er sie an. Seine Zähne waren strahlend weiß und wirkten in seinem kleinen Mund riesig, als er den Vorhang vor dem Bühneneingang beiseiteschob und sie durchwinkte. „Los, los! Euer Freund wird sich freuen, Euch zu sehen, Signore!"

Das bezweifelte Allegra. Zumindest, wenn sie Luigi sagte, dass Matteo sie nicht nur gefunden, sondern auch erkannt hatte …

Luigi stand hinter der Bühne. Der Zwerg führte Allegra dorthin, und sie wartete abseits, während ihr Bruder ein letztes Mal hinaus trat und den Jubel des Publikums empfing. Wie ein König, dem das Volk huldigte, stand er vorne am Orchestergraben, verneigte sich und winkte in die Menge. Der Zwerg folgte ihm auf seinen kurzen Beinen und wackelte quer über die Bühne, um die zahlreichen Blumen, Bänder und anderen Zeichen der Verehrung einzusammeln, die von den Zuschauern in einem wahren Regen herniedergingen.

Allegra wartete mit wachsender Ungeduld. Sie spürte, wie der Schweiß an ihrem Rücken hinabrann, und ihre Hand zerknüllte das Billet. Endlich war der Applaus vorbei. Luigi kam hinter die Bühne gestolpert, den Arm voller Blumen, auf dem Gesicht ein Strahlen, das sie noch nie bei ihm erlebt hatte. Ihr Herz öffnete sich ihm. Sie war so stolz auf ihn!

„Allegra!" In seinem Überschwang vergaß er, dass sie gar nicht seine Schwester war, sondern noch immer der Kastratenjunge Alessandro. „Hast du das gesehen?"

Sie trat zu ihm, legte die eiskalte Hand auf seine glühende Wange. „Ja, Luigi", flüsterte sie. „Ja, ich habe es gesehen."

Dann wurde ihr plötzlich schwindelig. Sie taumelte und Luigi, der nur einen Arm frei hatte, hielt sie mit Mühe am Oberarm fest. Sie wimmerte leise. Sogleich war Luigi wieder ganz bei ihr. Er reichte einem Bühnenarbeiter die Blumen und plötzlich spürte Allegra einen Schemel, der sich an ihre Kniekehlen drückte. Der Zwerg stand hinter ihnen, und dankbar ließ Allegra sich auf den Hocker sinken, den er ihr unterschob. Dann wackelte der Zwerg eilig davon. Luigi hockte sich vor Allegra und musterte sie besorgt.

„Was ist passiert? Freust du dich nicht mit mir?"

Wortlos reichte sie ihm das Billet.

Luigi überflog die Zeilen. Er runzelte die Stirn. „Wie ..."

„Ich weiß es nicht", flüsterte sie. „Er hat mich erkannt. Bitte, Luigi, lass uns gehen." Sie kam unsicher auf die Füße und zupfte an Luigis Ärmel. „Bitte, ich will heim."

„Wir können doch jetzt nicht heim! Ich bin auf eine Soiree eingeladen. Und ich hatte gehofft, du begleitest mich dorthin ..."

Allegra schwieg. Natürlich, dachte sie. Dies war der wichtigste Abend in Luigis Karriere und sie konnte nicht von ihm verlangen, dass er jetzt in den Palazzo heimkehrte und früh zu Bett ging.

„Sie findet im Palazzo des Kardinal Accoramboni statt. Bitte, Allegra, lass mich nicht allein." Sie warf ihm einen scharfen Blick zu. Konnte er endlich aufhören, sie Allegra zu nennen?

„Entschuldige, Alessandro." Luigi senkte verlegen den Blick. „Es ist die Aufregung dieses Abends. Spürst du es nicht auch?"

Sie seufzte. Nun ja, was konnte an einer Soiree im Haus eines Kardinals schon Schlimmes sein? Sicher würde Matteo dort nicht auftauchen, schließlich wollte er in seinem Palazzo auf sie warten. Sie würde Luigi für eine Stunde begleiten und danach eine Kutsche nehmen, um in den Palazzo des Maestros zurückzukehren. Genau, so würde sie es machen. Niemand konnte sie zwingen, auf Matteos Avancen zu antworten, niemand konnte sie zwingen, zu ihm zu gehen.

Doch ihr Herz schmerzte, als sie sich vorstellte, wie Matteo auf sie wartete. Wie er die ganze Nacht auf jedes Geräusch im Haus lauschte …

Für Matteo war sie tot. Wenn er glaubte, sie erkannt zu haben, so irrte er sich. Und wenn er glaubte, hier einen neuen Gespielen zu finden, so irrte er sich erst recht. Sie war nicht so naiv zu glauben, dass Matteo nach ihrem vorgetäuschten Tod enthaltsam lebte. Im Gegenteil: dieses Billet bewies doch, dass er wieder das Leben aufgenommen hatte, für das er vor ihrer Verlobung so berüchtigt gewesen war …

Die Soiree im Palazzo des Kardinals war überraschend langweilig. Es wurden unzählige Gänge serviert, und vor jedem Gang erhob sich der Kardinal, hob sein Wasserglas – er trank nicht mal Wein! – und trank auf den überragenden Erfolg des jungen Kastraten Luigi Bandinelli, den er nun, da er sich von dessen überirdisch schöner Stimme hatte überzeugen können, in Zukunft protegieren wolle. Luigi nickte und lächelte brav in alle Richtungen. Allegra, die man am unteren Ende der langen Tafel platziert hatte, bekam ausreichend Gelegenheit, die anderen Gäste zu beobachten, die immer wieder schräge Blicke in ihre Richtung warfen.

Allegra konzentrierte sich schließlich nur noch auf ihren Teller, auf dem sich gedünstetes Gemüse, fades Hühnchenfleisch und helles Brot abwechselten. Der Kardinal schien eine sehr genaue Vorstellung davon zu haben, was sich an seinem Tisch schickte, und es gab nicht einmal eine Sauce, um das völlig vertrocknete Hühnchen etwas schmackhafter zu machen oder das harte Brot darin zu tunken.

Sie spürte, dass sie hier nicht erwünscht war. Dass der neue Stern am Opernhimmel ein Kastrat war, konnte man hinnehmen, das war nun einmal so und damit musste man sich abfinden. Doch viele der Anwesenden hatten wohl etwas dagegen, dass Luigi seine sexuelle Orientierung so offen zeigte, indem er einen Knaben zur Tafel führte.

Allegra beschloss, gesellschaftlichen Ereignissen wie diesem in Zukunft fern zu bleiben – zumindest solange, bis sie wieder als die Person auftreten konnte, die sie war. Alessandro Bandini musste mit diesem Abend im Schatten verschwinden. Er durfte nicht mehr in der Oper sitzen und Luigi Bandinelli zujubeln. Er durfte sich nicht mehr mit Luigi Bandinelli zeigen. Wer weiß, vielleicht konnte Alessandro Bandini ihrem Bruder und seinem Fortkommen sogar schaden?

Die Soiree zog sich endlos hin. Erst weit nach Mitternacht bestiegen sie ihre Kalesche. Luigi gähnte hinter vorgehaltener Hand. Sein Strahlen war verflogen und wich nun einer Unsicherheit, die Allegra beunruhigte.

„Was ist los?“, fragte sie leise.

„Ich habe deinen Blick vorhin bemerkt.“

Vor ihm konnte sie wohl nichts geheim halten …

„Ich habe mir überlegt, dass ich in Zukunft wohl lieber im Palazzo bleibe, wenn du deine Auftritte hast. Zumindest solange ich noch Alessandro Bandini mimen muss. Und mir scheint, dass ich diese Rolle noch eine Zeit lang spielen werde. Zumindest solange Matteo in der Stadt ist …“

Luigi schwieg dazu. Allegra blickte zu ihm auf und erst jetzt bemerkte sie, wie ihr Bruder sie prüfend musterte.

„Du musst dich nicht vor ihm verstecken, Allegra“, sagte er leise. „Du musst dich vor niemandem verstecken, schließlich bist du meine Schwester.“

„Das stimmt wohl. Ich muss mich vor niemandem verstecken. Außer vor dem Mann, in den ich mich so unvernünftig verliebt habe. Ich muss ihn mir nur aus dem Kopf schlagen, Luigi. Das ist alles."

Sich Matteo aus dem Kopf schlagen … Allegra musste in den nächsten Wochen erkennen, dass dies gar nicht so einfach war. Im Gegenteil, es war sogar verdammt schwer, denn sie begegnete Matteo auf Schritt und Tritt, und wenn sie nicht ihm persönlich über den Weg lief, dann belauschte sie immer ausgerechnet die jungen Mädchen, die von dem Florentiner Conte schwärmten, der „so düster und traurig wirkt, als trüge er an einem schweren Geheimnis".

Ja, man hätte meinen können, dass Rom eine riesige Stadt war, in der es Allegra ein Leichtes gewesen wäre, Matteo aus dem Weg zu gehen. Manchmal hatte sie ihn im Verdacht, dass er sie tatsächlich verfolgte. Oder lag es nur daran, dass sie sich in denselben Kreisen bewegten?

Einerlei. Das Ergebnis blieb dasselbe, und nachdem Allegra auf einem Maskenball beinahe mit Matteo zusammengestoßen wäre und nur ihre Geistesgegenwart und ein Schubser gegen einen Lakai mit einem Tablett Champagnerflöten sie davor bewahrte, Matteo von Angesicht zu Angesicht gegenüberzustehen, begann Allegra zu begreifen, dass es so nicht weiterging.

Sie zog die Konsequenz aus diesen zahlreichen Zufällen, die keine Zufälle mehr sein konnten. Sie blieb im Palazzo des Maestros, der über die Weihnachtsfeiertage zu Besuch kam, ehe er wieder nach Florenz verschwand.

Der Maestro war mehr als zufrieden mit Luigis Erfolg. Seit Farinellis Debüt, so munkelte man, hatte es keinen Sänger wie Luigi gegeben, und schon kamen Depeschen aus den Fürstenhäusern Europas, denn jeder Fürst wollte sich mit dieser neuen Wunderstimme schmücken.

Da Luigi in diesem Winter seinen Ruhm in Rom voll auskosten wollte und da ihm seine Gesangsproben und die zahlreichen anderen Verpflichtungen keine Zeit ließen, übernahm Allegra die Aufgabe, mit den Herrschern zu korrespondieren und mit ihnen zu verabreden, wann Luigi zu ihnen reisen wollte oder nicht. Diese Arbeit lenkte sie vortrefflich von ihrem Schmerz ab. Zumindest redete sie es sich erfolgreich ein.

Es war ein bitterkalter Tag Mitte Januar, als Luigi sich am späten Vormittag zu ihr in das Arbeitszimmer gesellte, das der Maestro ihr zugebilligt hatte. Es war ein kleiner Raum, der an ihr Schlafzimmer grenzte. Doch die Kammer verfügte über einen Kamin, in dem ein wärmendes Feuer brannte, und während draußen eine für römische Verhältnisse ungewöhnliche Winterkälte herrschte, war es drinnen angenehm warm.

Luigi setzte sich lässig auf die Tischkante.

„Ich will ja nichts sagen, Schwesterchen, aber: du verkriechst dich!"

Allegra blickte von dem Brief an den sächsischen Fürsten auf, an dem sie seit dem frühen Morgen herumfeilte. Wie sollte sie dem Fürsten klarmachen, dass Luigi kein Interesse hatte, im nächsten Winter nach Dresden zu kommen, ohne es wie eine Beleidigung klingen zu lassen? Sie konnte ja nicht sagen, dass Luigi keine Lust hatte, die Alpen zu überqueren und lieber im wärmeren Süden bleiben wollte. Obwohl das römische Wetter dieser Überlegung gerade zuwiderlief.

„Ich mache meine Arbeit", sagte sie betont ruhig. „Was ist daran verkehrt?"

Luigi lachte. Er versetzte Allegra von der Seite einen Nasenstüber, und sie fuhr erschrocken zurück. Das Tintenfass kippte um, und ein Schwall pechschwarzer Tinte ergoss sich auf das feine Papier, auf dem Allegra gerade mit der Reinschrift des Briefs an den Sachsenfürsten begonnen hatte.

„Luigi, verdammt!“ Sie sprang wütend auf, damit die Tinte nicht auch auf ihre Hose floss und diese verdarb. „Kannst du nicht aufpassen?“

Hilflos suchend blickte sie sich um. Sogleich war Luigi mit seinem Seidentaschentuch zur Stelle, das er ohne Umschweife auf den Tintensee legte, der das zarte Weiß sogleich schwärzte. „Keine Sorge“, sagte er beruhigend, als sie angesichts dieser Verschwendung die Stirn runzelte. Denn das Taschentuch war verdorben. „Von diesen Taschentüchern habe ich Dutzende.“

Es waren Tüchlein, die seine Verehrerinnen jeden Abend auf die Bühne warfen. Luigi trug stets eines der Taschentücher bei sich und hatte sich angewöhnt, mit verzücktem Lächeln an den Tüchern zu schnuppern. Meist waren sie mit den Lieblingsparfüms der Damen benetzt und Luigi umgab immer ein frischer Duft nach Rosen, Veilchen oder Zitrone.

Nachdem er die gröbsten Tintenflecke beseitigt hatte, warf Luigi das Taschentuch achtlos in den Kamin, wo es hell aufloderte. Dann wandte er sich wieder an Allegra. Seine Hände wischte er mit einem neuen Taschentuch ab.

Sie sah ihren Bruder zum ersten Mal seit Wochen wirklich bewusst an. Sie hatte sich nicht nur hinter ihrer Arbeit versteckt, sondern hatte auch aufgehört, die Welt um sich herum wahrzunehmen.

Luigi hatte sich verändert. Sein Verhalten, das zuvor immer von einer unterschwelligen Unsicherheit geprägt gewesen war, als er noch nicht wusste, ob er das Zeug zum Opernsänger hatte, war einem Selbstbewusstsein gewichen, das beinahe übergroß an ihm wirkte. Als müsste er noch hineinwachsen. Doch er wuchs in diese neue Aufgabe und in seine neu erlangte Größe hinein, das spürte Allegra. Und was war mit ihr? War sie im Gegenzug geschrumpft und machte sich selbst klein?

„Ich find's übrigens schön, dass du die Arbeit machst", kam Luigi zum Thema zurück. „Mir gefällt nur nicht, wie du dich vergräbst, Schwesterchen."

Allegra antwortete nicht.

„Es ist seinetwegen, nicht wahr? Weil er immer noch in der Stadt ist und die Junggesellinnen ihn umschwärmen wie die Motten das Licht."

„Was weißt du schon …" Sie sank auf den Stuhl und fuhr mit dem Zeigefinger durch die letzten Spuren der Tinte und rieb sie in die Rillen der alten Schreibtischplatte.

„Ich weiß eine Menge", sagte er sanft. „Ich weiß zum Beispiel, dass meine Schwester einen Mann liebt, von dem man sagt, seit dem Tod seiner Verlobten sei er nicht mehr derselbe."

Sie senkte den Blick. Konzentrierte sich aufs Atmen, weil das Atmen schon schwer genug war in diesem Moment.

„Das mag alles sein", brachte sie schließlich hervor. „Aber es geht nicht."

Es war ja nicht nur das Geld … Wenn sie an die Nacht dachte, in der ihr Vater gestorben war, brannte sich die Schuld wie ein verheerendes Feuer in ihren Bauch. Nein, sie hatte das Andenken ihres Vaters in seiner Todesstunde bereits beschmutzt, und sie verdiente es einfach nicht, glücklich zu sein. Sie hatte verstanden, dass dieses Leben ihres war. Dies war ihre Strafe: sie saß in einer kleinen, zugigen Kammer und schrieb Briefe, die an die Fürstenhöfe Europas gingen, war Sekretär für ihren Bruder, dem ein Leben in der Mitte der Gesellschaft vergönnt war. Zwar rümpfte man die Nase, wenn man von Luigi redete, schließlich war er ein

Kastrat, und Kastraten genossen nur dann großes Ansehen, wenn sie es auf der Bühne zu wahrer Größe brachten. Es waren doch entmannte Männer, Zwischenwesen, mit denen man nicht umzugehen wusste.

Aber was war sie dann? Nicht Frau, nicht Mann. Verbarg ihre weiblichen Formen in unförmigen, viel zu großen Kleidern, versteckte sich im Studierzimmer und hinter wichtigen Aufgaben, die sie Luigi abnahm …

„Du solltest ihn mal sehen … Er sieht tatsächlich aus, als hätte man ihm allen Lebensmut geraubt …"

Luigi lehnte wieder am Schreibtisch. Allegra betrachtete ihre Hände im Schoss. Tintenflecke, die sich unter die abgeknabberten Fingernägel schoben. Ja, vermutlich wusste sie, wie es sich für Matteo anfühlte, so verlassen worden zu sein. Aber sie konnte nicht anders …

„Wusstest du, dass ich allein diesen Winter über achttausend Fiorini verdiene?", fragte Luigi beiläufig. „Also, wenn es nach mir ginge, könnten wir Matteo del Pirandelli jederzeit das Geld vor die Füße werfen, und du könntest wieder als die Frau auftreten, die du bist. Allegra Bandinelli, die Schwester des berühmten Opernsängers Luigi Bandinelli. Ich bin sicher, Rom wird dir zu Füßen liegen."

„Rom … Rom interessiert mich nicht."

„Ich weiß. Dich interessiert nur Matteo, so wie du ihn interessierst. Aber zwischen euch scheint etwas vorgefallen zu sein, von dem du mir nicht erzählen magst. Schade. Du bist der einzige Mensch auf dieser Welt, dem ich vertraue. Ich hatte gehofft, dir erginge es mit mir auch so."

Er starrte ins Feuer. Allegra schwieg.

„Nun gut. Dann habe ich mich wohl geirrt."

Er wollte gehen, doch Allegra hielt ihn am Ärmel fest.

„Bitte, Luigi. Es ist … kompliziert."

Er lächelte traurig. „Die Liebe ist oft kompliziert“, gab er zu bedenken.

„Ja, ich weiß. Ich weiß …“ Sie ließ ihn los und suchte nach den richtigen Worten. Wie es ihm erklären?

„Er hat Vater krank gemacht. Er hat … das Darlehen …“ Stockend begann sie zu erzählen. Von dem Brief, in dem Matteo das Darlehen zurückforderte. Von der Erkrankung des Vaters, ja, auch von der Nacht, als er starb, während Allegra und Matteo sich leidenschaftlich unter dem Herbstmond liebten.

„Ich konnte ihm nicht mehr in die Augen sehen“, gestand sie. „Ich konnte nicht anders. Es war, als hätten wir Vater mit unserer Liebe getötet.“ Müde schüttelte sie den Kopf, als Luigi widersprechen wollte. „Ich weiß schon, was du sagen willst. Ich habe Vater nicht getötet. Trotzdem fühle ich mich schuldig, und diese Schuld ist mit Matteo verknüpft.“

Luigi überlegte.

„Du sagst ja gar nichts“, sagte Allegra, als das Schweigen ihres Bruders ihr unerträglich wurde.

„Was soll ich da auch sagen? Ich wünschte, ihr würdet es einander nicht so schwer machen. Weißt du, ich habe bisher gedacht, es wäre wegen des Darlehens, und da hätte ich dich beruhigen können, denn ich werde das mit dem Conte ins Reine bringen. Ich werde ihm das Geld zurückzahlen und du kannst dich wieder frei bewegen. Es wird einen hübschen Skandal geben, wenn du plötzlich wieder lebst, aber in dieser an Skandalen reichen Stadt wird das schon bald wieder vergessen sein.“

Allegra nickte langsam. Das könnte tatsächlich funktionieren …

„In drei Tagen findet ein großer Ball statt. Möchtest du mich begleiten?“

Sie kaute nachdenklich auf ihrer Unterlippe herum. Luigi begleiten? Womöglich Matteo begegnen? Es wäre sogar sehr wahrscheinlich, dass sie ihn träfe …

„Ich weiß nicht …"

„Du kannst auch als Alessandro Bandini mitkommen, wenn du dich damit sicherer fühlst."

Sie dachte an Matteo. Das Billet, das er ihr hatte zukommen lassen und die beunruhigenden Nachrichten, die sie über seinen Zustand erreichten, machten es nicht leichter. Ahnte er, dass sie lebte? Wusste er es vielleicht sogar?

Sie seufzte. „Ich werde es mir überlegen", versprach sie.

Aber sie wusste schon jetzt, dass ihr der Mut für diesen letzten Schritt fehlen würde. Sie war noch nicht bereit. Wohin sollte das hier auch führen?!

## 16. KAPITEL

Leise summend kämmte Cristina ihr blondes Haar. Nur mit einem Morgenmantel aus Seide bekleidet saß sie an ihrem Toilettentisch und betrachtete sich lächelnd im Spiegel.

Sie war glücklich.

Und das Erstaunliche war: ihr war nie bewusst gewesen, dass sie zuvor unglücklich gewesen sein könnte. Immer hatte sie gedacht, bei Matteo das perfekte Glück gefunden zu haben. Eine unverbindliche Affäre, die Bewunderung des mächtigsten Mannes von ganz Florenz – sie hatte es genossen. Doch dann war Alberto in ihr Leben getreten, und dieser abgerissene junge Künstler hatte sie gelehrt, was es hieß, wirklich zu lieben.

Er war heute schon früh aufgestanden, und als sie aufwachte, war das Bett neben ihr leer. Sie läutete nach ihrer Zofe und ließ sich Frühstück machen. Bestimmt war Alberto in die Werkstatt gegangen, die sie für ihn eingerichtet hatte. Er genoss zwar das Leben an ihrer Seite, aber vor ein paar Wochen war er unruhig geworden, weil er nicht seiner schöpferischen Arbeit nachgehen konnte, wie er es gewohnt war. Kurzerhand hatte Cristina ihm auf Kosten ihres Ehemanns ein Atelier eingerichtet und ihm sogleich den Auftrag erteilt, sie zu malen. Er malte auch andere Motive, das wusste sie inzwischen, aber sie freute sich immer, wenn sie nachmittags ein paar Stunden für ihn Modell sitzen konnte. Er wirkte dann so ernst und konzentriert. Nie wurde ihr langweilig, obwohl sie ewig lange stillsitzen musste.

Sie wollte das Gemälde, sobald es fertig war, zu ihrem Mann nach Florenz schicken lassen.

Ja, auch dieser Teil ihres Lebens war neu und anders. Ihr Mann schrieb ihr häufig vor Zärtlichkeit übersprudelnde

Briefe, und sie beantwortete seine Briefe nicht nur gewissenhaft, sondern auch mit wachsender Freude. Es war ihr gelungen, ihren Frieden mit dieser Ehe zu machen, in der ihr inzwischen so viele Freiheiten zugestanden wurden. Und sie hoffte, ihrem Mann schon bald das Geschenk eines Kindes machen zu können …

Cristina lächelte. Als es an die Tür klopfte, rief sie fröhlich „Herein!“

Ein Diener trat ein und trug auf einem silbernen Tablett ein Billet an sie heran. Sie nahm es, noch immer lächelnd, und drehte es in den Händen. Post von ihrem Mann? Eine Einladung zu einem Fest? Neugierig brach sie das Siegel, das ihr gänzlich unbekannt war, und faltete den Brief auseinander.

*Loris und Mario erbitten ergebenst, von Euch gehört zu werden, um der alten Zeiten willen.*

Cristina runzelte die Stirn. Seit Loris und Mario sie vor Wochen in Matteos Palazzo versetzt hatten, hatte sie nichts mehr von ihnen gehört. Warum tauchten sie jetzt plötzlich wieder auf? Doch ihre Neugier siegte. Sie sagte dem Diener, er solle die beiden Männer in den kleinen Salon führen. Dann klingelte sie nach ihrer Zofe, damit diese ihr beim Ankleiden half.

Als sie eine halbe Stunde später den kleinen Salon betrat, trug sie ein schlichtes blaues Kleid und ihr Haar hatte sie von der Zofe zu einer einfachen Frisur hochstecken lassen. Loris und Mario saßen entspannt in den zwei Sesseln und standen nur langsam auf, als sie den Salon betrat.

„Ah, Cristina!“ Loris trat als Erster zu ihr. Er beugte sich über ihre Hand und blickte zu ihr auf. „Du wirst mit jedem Tag schöner.“

„Was führt euch hierher?“, fragte Cristina. Sie zog ihre

Hand zurück, und Loris bemerkte es. Seine Augenbrauen hoben sich in gespieltem Erstaunen.

„Kann es sein, dass du uns aus irgendeinem Grund zürnst?“, fragte er.

„Wie kommst du darauf?“, erwiderte sie spitz. „Ihr seid ja nur von einem Tag auf den nächsten spurlos verschwunden.“

„Siehst du, was ich meine? Ihr Temperament ist doch unvergleichlich, findest du nicht?“ Loris sprach zu Mario, als wäre Cristina nicht im Zimmer. Sie räusperte sich.

„Entschuldigt bitte, aber meine Zeit wie auch meine Geduld sind begrenzt. Wenn ihr mir bitte sagt, was euch herführt.“

„Wir möchten dich um einen Gefallen bitten. Es ist eine … Gelegenheit.“ Mario trat nun neben Loris. Er beugte sich ebenfalls über Cristinas Hand und besaß sogar die Frechheit, ihren Handrücken mit den Lippen zu streifen. Cristina zog die Hand abrupt zurück und widerstand dem Impuls, den Handrücken am Kleid abzuwischen. Plötzlich ekelte sie sich vor ihren einstigen Liebhabern, und sie wünschte, die beiden so schnell wie möglich loszuwerden. Nicht auszudenken, was passierte, wenn Alberto jetzt aus dem Atelier zurückkam und sie mit den beiden Männern hier antraf.

„Nun? Welchen Gefallen soll ich euch tun?“

„Nichts Großes. Loris und ich möchten dem Conte del Pirandelli vorgestellt werden, mit dem du ja so gut bekannt bist. Und da wir auch schon häufiger Gäste in seinem Palazzo waren …“

Cristina runzelte die Stirn. „Ich habe geglaubt, ihr wärt bereits mit ihm bekannt. Immerhin wart ihr auf seinem Maskenball zu Gast.“

„Ja, stimmt, wir waren zu Gast. Wir waren aber nicht

eingeladen, und uns würde sehr viel daran liegen, ihm offiziell vorgestellt zu werden."

Cristina zögerte. Sie wusste nicht viel über diese beiden Männer – eigentlich sogar nichts, außer ihren Namen. Aber sie machten beide einen gebildeten, höflichen Eindruck. Was konnte schon verkehrt daran sein, die beiden Männer Matteo vorzustellen?

Außerdem wusste sie, dass auch Matteo übermorgen auf dem Ball anwesend sein würde, den Kardinal Grossi in seinem Palazzo geben würde. Das wäre sicher eine gute Gelegenheit, um die Männer einander vorzustellen. Dennoch zögerte sie.

Plötzlich wurde die Tür aufgerissen.

„Allegra!", rief Alberto, der in höchster Aufregung in den Salon stürmte. Cristina drehte sich erstaunt zu ihm um, und auch Loris und Mario wandten sich interessiert dem Neuankömmling zu.

„Allegra?", fragte Cristina verwirrt.

Ohne auf die Besucher Rücksicht zu nehmen – Cristina beschloss, später mit Alberto zu reden, was ein gebührliches Verhalten Gästen gegenüber wäre –, eilte er zu Cristina und umfasste ihre Oberarme. „Allegra – sie lebt!"

Verwirrt blickte Cristina zu ihm auf. Wovon redete Alberto nur? Doch dann begriff sie die Worte, die er immer wieder wie ein Papagei wiederholte. „Allegra lebt?", brachte sie mühsam hervor.

Das konnte nicht sein. Hatte nicht in Florenz die ganze Stadt über Matteos Elend geklatscht? Hatte sie nicht mit eigenen Augen gesehen, wie die Trauer um Allegra ihn niederdrückte?

„Du musst dich irren", sagte sie knapp und schob Alberto beiseite. „Entschuldige, aber die beiden Herren haben etwas Wichtiges mit mir zu besprechen."

„Wenn ich es dir doch sage!" So schnell gab Alberto nicht auf. „Ich habe sie gesehen – sie trägt wieder Männerkleider, aber ich erkenne sie in jeder Verkleidung!"

Wütend fuhr Cristina zu ihm herum. Loris und Mario waren für den Moment vergessen. „Ach, tatsächlich? Du erkennst diese Schlampe, obwohl sie Männerkleider trägt? Warum sollte sie das tun? Welchen Grund sollte sie haben, ihren Tod vorzutäuschen?"

Ihre Stimme war schrill und unnatürlich laut in ihren Ohren. Cristina atmete tief durch. Nur nicht aufregen, sagte sie sich. Doch es war schon zu spät – der Gedanke, dass Allegra Bandinelli nicht nur lebte, sondern auch in Roms Straßen unterwegs war, ließ kalte Schauer über ihren Rücken rinnen.

Sie hatte Allegra unterschätzt. Ja, und das war ein Fehler. Denn jetzt war Allegra wieder da – wenn sie Albertos Worten Glauben schenkte –, und wenn Cristina nicht wachsam war, würde diese Frau ihr alles nehmen, was ihr heilig war. Vor allem Alberto. Sie brauchte nur in die Augen ihres Geliebten zu schauen, die vor Aufregung glitzerten, um zu erahnen, in welchen Aufruhr ihn die Wiederauferstehung Allegras stürzte.

Cristina musste dringend etwas unternehmen.

Loris meldete sich zu Wort.

„Entschuldige, aber unsere Angelegenheit …"

„Herrgott, ja!", fuhr Cristina ihn an. Sogleich bereute sie ihren Ausbruch und versuchte, sich zu beruhigen. „Ich werde mich eurer Angelegenheit annehmen. Übermorgen auf dem Ball von Kardinal Grossi. Seid dort, und ich werde euch dem Conte vorstellen."

„Mehr wollen wir gar nicht." Loris verneigte sich und lächelte spöttisch, ehe er zusammen mit Mario ging.

Cristina fuhr zu Alberto herum.

„Würdest du sie erkennen, wenn sie vor dir steht?“

„Immer und überall“, versicherte Alberto ihr.

„Gut.“ Cristina nickte. „Sehr gut …“

In ihr reifte bereits ein Plan, wie sie Allegra für immer von Alberto fernhalten könnte … Es war ein riskanter Plan, aber Cristina war bereit, dieses Risiko einzugehen. Alberto war es wert.

„Bist du soweit?“

Allegra zögerte. Nun gibt es kein Zurück mehr, dachte sie. Wenn ich jetzt mit Luigi die Kutsche verlasse …

Sie gab sich einen Ruck.

„Komm“, sagte sie.

Sie sprang aus der Kutsche und Luigi folgte ihr. Allegra blickte sich unsicher um. So viele Leute strebten dem Palazzo zu, so viele Kutschen ratterten an ihr vorbei, als sie den Vorplatz überquerte. Und dort stand auch die Kutsche mit Matteos Wappen auf den Türen … Sie blieb wie angewurzelt stehen.

„Alle… Alessandro?“

Luigi trat neben sie und blickte sie fragend an.

*Wirst du mich erkennen, Matteo? Und wie wirst du reagieren? Wirst du mir zu verstehen geben, dass du mich erkennst? Oder wirst du an mir vorbeisehen, weil ich für dich gestorben bin?*

„Was ist los?“

„Nichts.“ Sie machte zwei Schritte auf die Freitreppe zu. Die Aufregung raubte ihr den Atem. Jetzt nur nichts falsch machen …

Sie hatte sich an diesem Abend ein letztes Mal als Alessandro Bandini verkleidet. Doch sie hatte auf einige Details verzichtet. Die Brüste waren nicht eingeschnürt, und so konnte man unter dem Justaucorps und der Weste durchaus ihre weiblichen Rundungen erahnen. Statt eine Perücke zu tragen, hatte sie das kastanienrote Haar zu einem Zopf zusammengefasst, der mit einem schwarzen Samtband zusammengehalten wurde. Es war ein erster Schritt aus der Deckung, die sie so sorgfältig aufrechterhalten hatte. Heute machte Allegra Bandinelli den ersten Schritt zurück in ihr Leben.

Sie hatte Angst.

Aber was konnte ihr schon passieren?

Matteo könnte sie erkennen und sie nicht mehr wollen. Das wäre das Schlimmste. Es wäre unerträglich. Sie schloss kurz die Augen und stellte sich vor, wie dann ihr Leben verlaufen würde …

Nein. Sie konnte es sich nicht vorstellen.

Sie würde Matteo suchen. Alles, was danach passierte, lag allein in seiner Hand. Seiner Reaktion, wenn er sie erblickte.

Sie betrat den hohen Saal und blickte sich suchend um. Luigis Gegenwart tat ihr gut und spendete ihr Trost.

Wo war Matteo?

Da war sie.

Alberto nickte stumm in die Richtung, und Cristina wandte sich um. Der Fächer flatterte aufgeregt vor ihrem Gesicht, während sie quer durch den hell erleuchteten Saal zu den beiden jungen Männern hinüberblickte, die mit einer hochgewachsenen, hageren Frau beisammenstanden.

Die junge Frau kannte Cristina. Es war Daniela Grossi, die Nichte des Kardinals. Manche munkelten gar, ihr Verwandtschaftsverhältnis sei noch enger. Außerdem ging seit Wochen das Gerücht, sie habe sich auf eine Affäre mit dem Kastraten Luigi Bandinelli eingelassen. Allegras Bruder. Er stand dicht neben Daniela Grossi und flüsterte ihr etwas ins Ohr, das sie zum Lachen brachte. Wenn sie lachte, sah sie direkt niedlich aus, befand Cristina.

Der junge Mann neben den beiden … Cristina stockte der Atem. Ja. Das konnte nur Allegra sein. Alberto hatte recht – es war wirklich offensichtlich, dass sich unter den Kleidern des Mannes eine Frau verbarg. Ihre zarten Gesichtszüge, die großen grauen Augen, das kastanienrote Haar – das alles war Allegra Bandinelli. Doch etwas war anders als noch vor ein paar Monaten, als Cristina ihre Rivalin kennenlernte. Jetzt ging von Allegra Bandinelli ein Strahlen aus, das Cristina nicht zu deuten wusste, bis sie sich umwandte und Allegras Blick folgte.

Der Ball zog die römische Gesellschaft an. Unzählige Leute drängten sich in den hohen Räumen des Palazzo und suchten einen Blick auf den Kardinal zu erhaschen. Gerüchte machten die Runde, und über allem hing ein aufgeregtes Summen.

Doch Cristina hatte für diese Gerüchte keinen Sinn. Sie interessierte es nicht, ob Kardinal Grossi ein Zwillingspaar als seine neuen Geliebten auserkoren hatte, die er heute ganz dezent der Öffentlichkeit präsentieren wollte. Dezent, dass sie nicht lachte! Nein, ihr Interesse galt allein Allegra. Und dem Mann, der in einem Alkoven stand und reglos die Gäste musterte, während Allegras Blick auf ihm ruhte.

Matteo sah schrecklich müde aus. Als hätte er seit Monaten keinen Schlaf mehr gefunden. Und vermutlich kam das der Wahrheit nahe. Cristina legte kurz die Hand auf Albertos Arm. „Ich komme gleich wieder“, versprach sie ihm.

Doch Alberto nickte nur abwesend. Ihn interessierte viel mehr, was bei Kardinal Grossi vor sich ging.

Cristina schob sich durch die Menge und nickte einigen Bekannten zu. Meine Güte, halb Florenz war diesen Winter nach Rom gekommen!

Dann hatte sie die Nische erreicht. Sie verharrte kurz, bevor sie in Matteos Blickfeld trat. Noch immer glitten seine dunklen Augen unruhig über die Menge. Als er sie erkannte, umspielte ein gequältes Lächeln seine Lippen, ehe er sich knapp und für Cristinas Geschmack viel zu förmlich vor ihr verneigte.

„So sieht man sich also wieder", sagte er. Selbst seine Stimme klang müde und schleppend, als müsste er jedes Wort aus dem unendlich tiefen Brunnen seiner Seele ans Tageslicht tragen.

„Ich habe dich lange nicht mehr gesehen." Sie konnte seine saubere Haut riechen, seinen männlichen Geruch, der ihr einst den Verstand geraubt hatte. Einen Moment glaubte sie, auch den bitteren Duft der Trauer an ihm wahrzunehmen.

„Du siehst müde aus", sagte sie leise und legte eine Hand auf seine Wange. Sie fürchtete kurz, er würde ihre Hand beiseiteschlagen, doch stattdessen hatte sie das Gefühl, er sähe sie zum ersten Mal richtig an, wie sie in ihrem gewagten Ballkleid mit zarter Spitze und weiten Röcken vor ihm stand. Sie wusste, dass er mit jedem Heben und Senken ihrer Brust die dunklen Höfe ihrer Nippel sah, die sich unter der hellen Spitze bewegten. Das wusste sie, ebenso wie sie um ihre Wirkung auf die Männer wusste.

Das war in dieser Nacht ihr Kapital. Das war ihre Gelegenheit, Matteo zu erlösen und Alberto vor den Fängen Allegras zu retten.

Sie wusste, dass sie behutsam vorgehen musste. Alberto

durfte nichts davon erfahren, dass sie eine letzte Liebesnacht mit Matteo plante. Und Matteo durfte ihr Handeln nicht durchschauen. Nein, sie musste sehr vorsichtig sein, wenn ihr Plan aufgehen sollte.

Matteo neigte den Kopf und schmiegte sich an ihre Hand. Seine Haut fühlte sich überraschend kalt unter ihren Fingern an.

„Du siehst glücklich aus", sagte er schließlich leise. Über den Lärm des Orchesters und der lauten Stimmen konnte sie ihn kaum verstehen, und sie schob sich etwas näher an ihn heran, um seine Worte besser zu hören. Er ließ zu, dass sie ihre Brüste leicht gegen seinen Oberarm drückte. Ihre Hand legte sich nun an seine Hand, und seine Finger verschränkten sich beinahe automatisch mit ihren. Sie lächelte zu ihm auf. Dann stellte sie sich auf die Zehenspitzen. Ihr Atem bewegte eine Strähne seines dunklen Haars, das sich aus dem Zopf gelöst hatte, als sie ihm ins Ohr flüsterte: „Du siehst nicht glücklich aus."

Er drehte den Kopf von ihr weg. Sie verstand ihn kaum, doch glaubte sie zu hören, wie er sagte: „Es ist besser, wenn du gehst."

Damit hatte sie gerechnet. Sie hatte geahnt, dass Matteo sich nicht so leicht von ihr herumkriegen ließ.

„Warum bist du überhaupt hier?", fragte sie herausfordernd. „Niemand zwingt dich zu diesem Ball zu gehen. Niemand verlangt etwas von dir, im Gegenteil. Und du warst bisher auch nicht der Typ Mann, der es genießt, wenn alle ihn bemitleiden."

Sofort taten ihr die harten Worte leid, denn auf Matteos Gesicht zeichnete sich etwas so Gequältes ab, dass sie plötzlich verstand. Er versuchte, weiterzuleben. Er versuchte, auch mit dem Verlust von Allegra irgendwie das Leben zu führen, das er vor ihrem Tod geführt hatte.

„Entschuldige“, sagte sie reumütig. „Es scheint dich sehr mitzunehmen …“

„Nein, schon in Ordnung.“

„Ich dachte nur … ich dachte, wenn du schon hier bist, könnten wir vielleicht …“ Sie sprach nicht weiter, aber ihre Brüste drückten sich diesmal mit Nachdruck gegen seinen Arm. Erstaunt musterte er sie.

„Du und ich?“, fragte er ehrlich überrascht. „Was ist mit deinem kleinen Malergesellen, mit dem du dich herumtreibst?“

„Er ist kein ‚kleiner Malergeselle‘“, gab Cristina beleidigt zurück. „Er hat Talent und wird es noch weit bringen.“ Sie war nicht bereit, sich von Matteo unterkriegen zu lassen. Zwar war sie es, die etwas von ihm wollte, doch wenn sie sich zu zahm gab, schöpfte Matteo möglicherweise Verdacht. Nein, für ihn musste es so aussehen, als wäre es allein seine Idee.

„Ich dachte, du sehnst dich vielleicht nach ein bisschen körperlicher Wärme …“ Sie tat so, als dächte sie angestrengt nach. „Aber wenn ich es mir recht überlege, hast du vermutlich recht. Du brauchst viel mehr als nur ein bisschen Wärme.“

Er lachte bitter auf. „Du meinst doch nicht etwa, dass ich die Nacht mit dir verbringe?“

Cristina wiegte den Kopf. „Warum nicht? Ich muss ja nicht die Einzige sein, die dein Lager teilt.“

Er schien ernstlich über den Vorschlag nachzudenken. „Was schwebt dir vor?“

Jetzt hatte sie ihn soweit. Cristina unterdrückte das aufkommende Triumphgefühl und schmiegte sich noch enger an ihn. Ihr Zeigefinger umkreiste den obersten Knopf seines Justaucorps. „Ich dachte an eine kleine Ménage à trois. Du, ich, ein Mädchen, das es versteht, unsere Wünsche zu erfüllen“, gurrte sie. „Stell dir vor, wie sie sich an dich schmiegt. Wie sie sich von dir ficken lässt, während sie an meinen Nippeln knabbert und ihre Finger in meine Möse steckt …“

Matteo schloss für einen kurzen Moment die Augen. Cristina lächelte siegesgewiss. Nun war es nur wichtig, ihn in die richtige Richtung zu schieben, es war wichtig, dass er zu Allegra hinüberblickte, wenn er seine Wahl traf …

Sie zog ihn am Arm herum, damit er in den hohen Saal blickte. „Such sie dir aus“, schlug sie vor. „Was hältst du zum Beispiel von der großen Blonden bei Luigi Bandinelli? Er ist ein Kastrat, sie muss ja förmlich vor Sehnsucht nach einem harten Schwanz vergehen …“

„Sie ist die Tochter des Kardinals …“

Cristina lächelte. „Ist das ein Grund, sie nicht zu vögeln?“ Direkt neben Daniela Grossi stand Allegra, doch gerade in diesem Moment hatte sie sich abgewandt und stellte das leere Champagnerglas auf ein Tablett, das ein Lakai in kardinalroter Livree an ihr vorübertrug.

Dreh dich um, flehte Cristina in Gedanken. *Sieh herüber, sonst …*

„Was hältst du von dem Mädchen mit ebenholzschwarzem Haar?“, fragte Matteo plötzlich. Sein Blick war weitergewandert und blieb an einem Mädchen hängen, das mit dem blutroten Kleid und der cremeweißen Haut aussah, als wäre sie direkt einem Volksmärchen entstiegen. Ihre Lippen waren so rot wie ihr Kleid.

Cristina gefiel das Mädchen. Sicher wäre es ein Vergnügen, mit dieser Unschuld das Lager zu teilen. Ihr Fächer flatterte wild, während sie einem älteren grauhaarigen Mann mit ihrem verführerischen Augenaufschlag den Verstand raubte.

„Sie steht auf alte Männer, die ihr den Hintern versohlen", log Cristina, ohne mit der Wimper zu zucken. Aus dem Augenwinkel bemerkte sie, dass Allegra sich wieder umdrehte und etwas zu Luigi und Daniela Grossi sagte. Das war die Gelegenheit, auf die Cristina gewartet hatte.

„Also, ich hätte ja Lust, die kleine Grossi zu verführen", versuchte sie es noch einmal und drehte Matteo sanft, damit er erneut zu den dreien herüberschaute.

Sie bemerkte, wie Matteo sich plötzlich neben ihr versteifte. „Ja", sagte er, doch seine Stimme klang seltsam abwesend.

*Na also,* dachte Cristina.

Matteo berührte sanft ihren Arm.

„Ich frage mich, ob du etwas dagegen hast, wenn wir uns einen jungen Kastraten ins Bett holen", sagte er nachdenklich. Er warf ihr einen knappen Seitenblick zu. „Ich kann natürlich verstehen, wenn dir eine Frau lieber ist."

„Du denkst an Bandinelli?", fragte sie und heuchelte Entsetzen.

„Siehst du den jungen Mann neben ihm? Mit dem rotbraunen Haar? Ich weiß nicht, wie sie zueinander stehen …"

„Er ist auch Kastrat?" Cristina seufzte. „Meine Güte, was tun sie diesen armen Jungen nur an! Eine Schande ist das, wenn so hübsche Kerle ihrer Männlichkeit beraubt werden!"

„Also, wenn du nichts dagegen hast …" Matteo wirkte plötzlich seltsam verlegen. Wie gut Cristina ihn verstand. Sie war sicher, dass er Allegra erkannt hatte und nicht wusste, wie er seine einstige Verlobte ins Spiel bringen sollte. Sie spürte, wie er zitterte. Armer Matteo! Es musste ein Schock für ihn sein, plötzlich wieder der Frau gegenüberzustehen, die ihn schon in Florenz wochenlang genarrt hatte und danach angeblich verstarb. Doch er schien ihr zu verzeihen. Cristinas Plan ging auf!

Sie strahlte ihn an.

„Nein, überhaupt kein Problem, im Gegenteil!“, plapperte sie munter drauflos. „Ich möchte wissen, wie es mit so einem Mann, der kein Mann ist, wohl wäre. Möchtest du, dass ich ihn frage, ob er sich zu uns gesellen möchte?“

Matteo nickte. Cristina löste sich von ihm und drohte ihm mit dem Finger. „Aber nicht weglaufen, hörst du? Mit einem halben Mann kann ich heute Nacht nichts anfangen, da brauche ich dich schon auch noch!“

Sie spürte seinen Blick im Rücken, als sie zu Allegra und ihrem Bruder hinüberging. Innerlich jubilierte sie. Der schwerste Schritt war geschafft. Jetzt musste sie es nur noch klug anstellen …

# 17. KAPITEL

Allegra spürte, wie ihr jemand auf die Schulter tippte. Der Champagner machte sie überraschend übermütig und kribbelte in der Nase. Daniela Grossi warf ihr immer wieder verführerische Blicke zu, die Allegra nicht ignorieren konnte. Die Tochter des Kardinals schien ernsthaft an Allegra interessiert zu sein. Und dabei hatte sie stets geglaubt, Luigi sei der Mann, dem Daniela ihr Herz geschenkt hatte – auch wenn diese Liebe mindestens genauso unmöglich war wie eine Schwärmerei für Alessandro Bandini.

Sie fuhr herum – und stand plötzlich Cristina della Visconti gegenüber, die leicht knickste.

„Signore, ich hoffe, ich störe nicht", sagte sie betont höflich.

Allegra musste sich zusammenreißen. Sie reichte Luigi das Champagnerglas und verneigte sich knapp vor der Contessa.

„Signora, ich … Ihr …"

„Sie ist die Contessa della Visconti", mischte Luigi sich plötzlich ein, und Allegra warf ihm einen dankbaren Blick zu, weil er ihr so schnell zur Seite sprang. Ihr jüngerer Bruder schien nicht so beschwipst zu sein wie sie. Außerdem hielt er die Arme vor der Brust verschränkt und hatte die Stirn gerunzelt. Natürlich … Ihm passte es nicht, wie Daniela Grossi seiner Schwester schöne Augen machte.

„Contessa." Allegra nickte.

„Signore … Wie war noch Ihr Name?"

„Alessandro Bandini", sagte Allegra. Nun fühlte sie sich plötzlich ernüchtert und sie war wieder wachsam. Was wollte Cristina della Visconti von ihr? Sie war auf der Hut …

„Mein Begleiter und ich haben uns gefragt, ob Sie sich

nicht zu uns gesellen wollen, Signore Bandini."

Allegra wurde gleichzeitig heiß und kalt. „Ihr Begleiter?"

„Der Conte del Pirandelli."

„Der Conte …?" Allegra schluckte. Sie kam sich langsam regelrecht dumm vor, weil sie alles, was Cristina della Visconti sagte, wie ein Papagei nachplapperte.

„Ja, er wartet da vorne auf uns." Cristina trat zwei Schritte näher. Sie stand nun direkt vor Allegra, die ihr schweres Parfüm riechen konnte. „Unter uns, Signore Bandini, ich muss den Conte aus seiner Lethargie reißen. Seit dem Tod seiner jungen Verlobten ist er nicht mehr derselbe. Die Trauer nimmt ihn schrecklich mit, und ich mache mir ernsthafte Sorgen um seine Gesundheit."

Allegras Blick glitt durch den Raum und verharrte an der Nische, in der sie im Halbdunkeln eine hochgewachsene Gestalt mit breiten Schultern erahnte. Das Gesicht lag im Schatten, aber auch ohne sein Gesicht zu sehen, wusste sie, wie Matteo aussah. Sie hätte erblinden können und wäre dennoch jederzeit in der Lage gewesen, seine hohe Stirn, das dunkle Haar, die schwarzen Augen, das eckige Kinn, all das zu beschreiben, was ihn ausmachte. Selbst den Schwung seiner Ohrmuschel hätte sie mit ihrem Finger nachzeichnen können.

Die Gestalt im Schatten wich einen Schritt zurück.

Sie wusste, dass es Matteo war. Allegra blickte Cristina an und überlegte fieberhaft, welches Spiel diesmal mit ihr gespielt werden sollte. Würde Cristina sie wieder so vorführen wie bei der Verlobungsfeier? Würde sie mit Matteo ficken, während Allegra hilflos zum Beobachten verdammt war – wie damals im Buchladen? Würde sie Allegra endgültig in ihre Schranken weisen?

Aber warum sollte Cristina das tun? Hatte sie nicht schon längst gewonnen?

„Bitte!" Etwas Flehendes lag in Cristinas Stimme, das Allegra aufhorchen ließ.

„Warum?", fragte sie. „Warum ich?"

Einen Moment schwieg Cristina. Sie blickte zur Nische, und auch Allegra schaute herüber. Die Gestalt im Schatten bewegte sich. Nervös. Auch Cristina wirkte seltsam unruhig. Aber nicht so, als hätte sie einen großen Spaß vor, mit dem sie Allegra bis auf die Knochen blamieren wollte. Es war eine Nervosität, die von Verzweiflung geprägt war.

„Bitte! Ich kann es nicht erklären, aber ich verspreche, dass ich Ihnen nicht schaden will."

Allegra schüttelte verwirrt den Kopf. *Was passiert hier? Warum steht Cristina vor mir und fleht mich an, mit ihr zu kommen? Sie bettelt förmlich, als könnte das, was kommt, ihr bloß nutzen. Es klingt, als wäre es lebenswichtig für sie, dass ich mit ihr und Matteo …*

Sie schüttelte betäubt den Kopf. Auf einmal spürte Allegra Cristinas Hand, die sich um ihre Rechte schloss und an ihr zog. „Komm", flüsterte Cristina. „Er sehnt sich nach dir."

Da ging Allegra mit. Sie wusste nicht, ob sie diese Worte nur geträumt hatte, ob der Champagner, der ihr zu Kopf gestiegen war, ihr Worte einflüsterte, die sie hören wollte. Doch Cristina führte sie ohne Zögern in den Alkoven und verharrte unter dem Torbogen. Allegra blinzelte. Es dauerte einen Moment, bis sich dunkle Schatten von den helleren schieden. Dann sah sie ihn. Und sie erschrak.

„Guten Abend, Signore Bandini. War nicht so Ihr Name?" Seine Stimme war nur ein raues Flüstern, als benutzte er sie nicht mehr allzu oft. Als lachte er nicht mehr, redete nicht mehr. Sein ganzer Körper schien in eine Starre verfallen zu sein, und seine Bewegungen, die sie vorhin im dämmrigen Licht noch als seine erkannt hatte, wirkten jetzt abgehackt und fahrig, als wäre er nicht er selbst.

Es dauerte einen Moment, ehe sie erkannte, dass Matteo nervös war.

Ihr Herz schlug bis zum Hals. Trommelte im schnellen Rhythmus, ließ ihre Wangen noch heißer aufglühen, als sie ohnehin schon vom Alkohol waren.

„Guten Abend, Conte del Pirandelli." Sie verneigte sich. Das hatte sie inzwischen gelernt. Doch alles andere – männlich auftreten, mehr stampfen als gleiten, laut sein, all die Dinge, die Luigi ihr hin und wieder zeigte und an die sie sich so oft wie möglich zu erinnern versuchte, versagten in diesem Moment.

Sie war wieder Allegra. Allegra in Männerkleidern. Eine junge Frau, die ihrem Geliebten gegenüberstand und spürte, wie das Blut durch ihre Adern rauschte und ein leises Ziehen in ihrem Unterleib verursachte. Ein sanfter Schmerz, der so köstlich war, dass sie schwankte. Sie war überrascht, doch Cristina hielt sie fest. „Geht es Ihnen nicht gut?", fragte sie besorgt.

„Alles … alles in Ordnung."

Ohne ein Wort nahm Matteo ihre Hand.

Er hat mich erkannt, dachte sie. *Er hat mich erkannt und will mit mir …*

Danach konnte sie keinen klaren Gedanken mehr fassen. Matteo führte sie aus dem großen Saal. Wohin brachte er sie? Als er die hohen Eingangstüren anstrebte, wollte Allegra sich widersetzen. Sie musste Luigi Bescheid geben, wohin sie ging. Doch Matteos Hand schmiegte sich zärtlich an ihre, und als sie sich umschaute, sah sie Cristina, die hinter ihnen ging. Auf Cristinas Gesicht lag ein zufriedenes Lächeln. Es war geradezu, als hätte sie sich gewünscht, was nun passieren würde …

Allegra fröstelte. Nein, das konnte nicht sein. Cristina, Matteo und sie? Die Vorstellung, wie sich ihre drei Körper nackt auf einem breiten Bett wälzten, erschreckte sie.

*Ich werde mich nicht ausziehen. Ich behalte meine Sachen an, das ist mein einziger Schutz.*

Doch vor wem sollte sie sich schützen? Vor Matteo? Er wusste, dass sie sich unter der Kleidung verbarg. Sie hatte seinen Blick gesehen, so wissend und ein wenig traurig …

Sie verließen den Palazzo, und im nächsten Moment schon ratterte die Kalesche heran, auf deren Türen Matteos Wappen prangte. Ein Lakai öffnete den Schlag und half Cristina hinein, während Allegra und Matteo bereits in die Polster sanken. Matteo saß ihr gegenüber, und einen Moment schloss Allegra die Augen, weil sie seinen wissenden Blick nicht ertrug.

Sie konnte nicht anders. Sie musste mit ihm gehen. Weil sie ihn liebte. Und was auch immer nun passieren würde, wäre richtig. Denn er liebte sie auch. Diese Gewissheit gab ihr die Kraft, die Augen wieder zu öffnen.

„Küsst euch", sagte Matteo. Die Kutsche ruckte an und die Hufe der Pferde klapperten auf dem Kopfsteinpflaster.

„Bitte?", fragte Allegra verwirrt.

Cristina reagierte schneller. Allegra spürte Cristinas Finger, die sich von der Seite an ihr Kinn legten und Allegras Kopf mit sanftem Druck nach rechts drehten. Ihre Augen musterten Allegra prüfend. Dann schloss sie die Lider und beugte sich vor, den Mund leicht geöffnet. Allegra wagte nicht zu atmen, als sie plötzlich die weichen Lippen auf ihren spürte. Sie schmeckte Champagner. Federzart waren die Frauenlippen. Allegra seufzte leise. Ihre Hand glitt von ihrem eigenen Schoss, wo sie untätig ruhte, hinauf zu Cristinas Taille, umspielte die zarten Spitzenbänder und erkundete die Rundungen, die sich unter der Spitze abzeichneten. Als sie den harten Nippel unter ihren Fingern spürte, gab sie einen überraschten Laut von sich und zog sich abrupt von Cristina zurück.

Diese ließ sich davon nicht entmutigen.

„Hast du noch nie ein Mädchen geküsst?“, fragte sie. Ihre Stimme war ein verführerisches Gurren. Allegra konnte nur stumm den Kopf schütteln. Jedes Wort, das sie jetzt sprach, hätte sie verraten und ihre eigene Weiblichkeit nur zu deutlich offenbart.

Doch wem wollte sie etwas vormachen? Matteo wusste, wer sie war. Und Cristina? Glaubte sie, einen jungen Kastraten zu küssen?

Allegra beschloss, dieses Spiel zu ihrem eigenen Schutz bis zum Ende mitzuspielen.

„Möchtest du mich noch mal küssen?“

Diesmal antwortete Allegra, indem sie sich vorbeugte. Ihre Lippen strichen über Cristinas Mund. Sie spürte ihren Atem. Ihre Zunge strich über die Lippen. Sanft küsste sie den Mundwinkel, während sie ihre Hand wieder nach oben schob und diese, ohne bei den Brüsten zu verharren, im vollen blonden Haar Cristinas vergrub.

Ihr Kuss wurde intensiver. Hungriger. Gierig. Allegra legte beide Arme um Cristina, zog die andere Frau nah an sich heran. Cristina stöhnte, und ihre Hand nestelte an Allegras Hemd.

Da neigte Allegra ihren Kopf und schob Cristina in die Polster. Sie war sich auf einmal wieder Matteos Blick bewusst, der sie von der anderen Seite der Kutsche beobachtete. Er war nur eine Armeslänge von ihr entfernt und hielt sich doch zurück. Allegra verharrte kurz, ehe ihre Hände die zarte Spitze über Cristinas Dekolleté herunterschoben und die herrlich vollen Brüste freilegten, die sich mit Cristinas heftigen Atemzügen hoben und senkten.

Einen Moment verharrten die beiden Frauen in atemloser Spannung. Allegra warf aus dem Augenwinkel einen Blick zu Matteo herüber, der scheinbar ungerührt beobachtete, was sie taten. Doch er konnte sie nicht täuschen. Sie sah das Glitzern in seinen Augen.

Sie senkte ihren Mund auf Cristinas Brust. Erst küsste sie den Ansatz der Brust, dann glitt sie langsam tiefer. Ihre Zunge schnellte vor. Cristina stöhnte, als Allegras Atem über den nassen Nippel hinwegstrich. Dann erst nahm Allegra den Nippel in den Mund und genoss das erhebende Gefühl, wie sich unter ihr eine Frau vor Lust wand und leise stöhnte. Mit der Hand massierte Allegra die andere Brust.

Ihre eigene Erregung wuchs. Doch als sie Cristinas Hand spürte, die ungeschickt an ihrem Hemd zerrte, schob sie sie weg. Bei aller Lust vergaß sie nicht, was sie sich geschworen hatte.

„Ich unterbreche nur ungern euer Liebesspiel …“ Sanft zupfte Matteo an ihrem Ärmel. „Wir sind da.“

Nur widerstrebend ließ Allegra von Cristina ab. Sie hätte gerne mehr erfahren, mehr erkundet. Sie wollte wissen, ob der Bauchnabel einer Frau so schmeckte wie ihre Brüste. Ob ihre … Allegras Gedanken stockten bei diesem skandalösen Gedanken, doch dann dachte sie es doch: Ob ihre Muschi wohl so schmeckte wie ihr Mund? Oder schmeckte sie anders? Sie wollte es herausfinden …

Matteo führte sie in das Schlafzimmer seines Palazzo. Diener huschten im Schatten umher, und dann wurde die Tür leise ins Schloss gezogen. Sie waren allein: Cristina, Allegra und Matteo.

Er setzte sich in einen Sessel, der dem Bett zugewandt war.

„Lasst euch von mir nicht stören“, sagte er und lehnte sich geradezu entspannt zurück.

Cristina, die sich auf das Bett gesetzt hatte, stand auf und ging zu Matteo herüber. Allegra saß auf der Bettkante und beobachtete die beiden.

„Komm zu uns“, sagte Cristina leise. Ihre Hände fuhren über Matteos eingefallene Wangen und ein Finger strich über seine Lippen. Er beachtete sie nicht. Sein Blick ging über ihre Schulter hinweg zu Allegra, als fragte er sie, was er jetzt tun solle.

Sie zögerte.

Am liebsten hätte sie in diesem Moment Cristina aus dem Zimmer geschickt. Am liebsten wäre sie mit Matteo allein gewesen. Wollte sich ihm nackt zeigen. Wollte sich ihm schutzlos ausliefern, sich ihm hingeben. Doch sie wagte es nicht. Nicht, solange Cristina im Raum war.

Sie schaute ihn an. In Gedanken bat sie ihn, zu ihr zu kommen. Flehte ihn an, sie zu berühren.

*Komm zu mir, mein Geliebter. Liebe mich, wie du mich in unserer ersten gemeinsamen Nacht geliebt hast. Liebe nur mich.*

Matteo geleitete Cristina zum Bett. Seine Finger lösten die Bänder des Mieders, doch dabei schaute er nicht Cristina an, die ihre Kniekehlen an den Bettkasten drückte. Sein Blick ruhte mit unendlicher Zärtlichkeit auf Allegra. Als wollte er sie fragen, warum sie sich auf dieses Spiel einließ. Mit ihm und seiner ehemaligen Mätresse.

Dafür gab es nur eine Antwort. Weil sie ihm vertraute.

Er legte seine Hände auf Cristinas Brüste. Allegra schluckte. Wie sehr sie sich danach sehnte, seine Hände auf *ihren* Brüsten zu spüren ... Cristina sank aufs Bett, und Allegra legte sich neben sie. Matteo lag auf der anderen Seite. Plötzlich schien alles so einfach. Da waren sie: zwei Frauen, ein Mann. Sie brauchte sich nur fallen zu lassen ...

Cristina genoss die Berührungen und Zärtlichkeiten. Links Matteos Hände, die an ihrem Mieder nestelten und ihre Röcke rafften. Rechts die Hände von Allegra, die nicht ganz so angriffslustig, aber nicht minder eifrig ihren Hals, ihr Dekolleté und ihre Brüste erforschten, die aus dem Schnürmieder quollen. Allegras Lippen auf ihrem Mund, Matteos Zähne, die an ihren Bändern zerrten. Plötzlich verharrten beide, drehten die Köpfe einander zu. Cristina hielt die Augen geschlossen und lauschte mit angehaltenem Atem. Sie hörte das zarte Geräusch, als sich die Lippen der beiden berührten. Das leise Seufzen Allegras. Den kehligen Laut Matteos. Cristina öffnete die Augen und blinzelte.

Matteo und Allegra küssten sich über Cristinas Leib. Die Welt um sie herum nahmen die beiden nicht mehr wahr.

Cristina lächelte. Ihr Werk war vollbracht. Vorsichtig schob sie sich zum Fußende. Ihre Füße berührten den Boden und sie richtete sich vorsichtig auf. Matteo und Allegra bemerkten nicht, wie sie ihr Mieder zuschnürte und dann auf leisen Sohlen das Schlafzimmer verließ.

Die Liebenden hatten jemanden gebraucht, der sie wieder zueinander führte. Es war wohl die Ironie des Schicksals, dass dieser jemand ausgerechnet Cristina war ...

Ihre Mission war erfüllt.

Als die Tür leise klickte, schrak Allegra auf. Cristina war fort.

Sie war mit Matteo allein.

Im nächsten Moment spürte sie seine Finger, die sich an ihrem Hemd zu schaffen machten. Sie legte ihre Hände auf seine, wehrte ihn ab, während er sein Gesicht an ihrem Hals vergrub. Seine Zunge liebkoste ihre Kehle, und beinahe hätte sie nachgegeben und alle Bedenken über Bord geworfen. Beinahe hätte sie zugelassen, dass er sie entkleidete.

Er wusste, wer sie war.

Doch sie war noch nicht bereit, sich von der schützenden Verkleidung, in der sie sich seit Wochen frei bewegen konnte, zu lösen.

„Nicht“, flüsterte sie.

Er zog sich von ihr zurück. Enttäuschung flackerte in seinem Blick und er stand abrupt auf.

„Wenn das nur ein Spiel sein soll … dann verstehst du es vortrefflich, es mit mir zu spielen.“ Drohend ragte er vor ihr auf. Allegra senkte den Blick. Sie konnte seinem Blick nicht begegnen. Zu viel Schmerz las sie darin.

Auch er hatte in den letzten Monaten gelitten. Auch er hatte um die vergebenen Gelegenheiten getrauert, hatte vor allem aber um *sie* getrauert, weil er glauben musste, dass sie tot war.

„Ich bin noch nicht soweit“, flüsterte sie und stand auf. Sie wollte sich an ihm vorbeischieben. Doch seine Hand umklammerte ihren Oberarm so fest, dass sie einen leisen Schmerzenslaut ausstieß.

„Du kommst hierher, nur um mir zu sagen, dass du noch nicht soweit bist?“, fragte er ungläubig. „Wir wissen doch beide, was du bist. Wer du bist. Allegra …“

Sie machte sich von ihm los. „Nenn mich nicht so. Ich bin Alessandro“, zischte sie. Doch sie gab sich keine Mühe, ihre Stimme zu verstellen.

Matteo runzelte die Stirn. Er schien angestrengt nachzudenken. Doch dann lächelte er leicht.

„Schade, dass du nicht die bist, für die ich dich halte. Wenn du sie wärst ..."

„Was dann?", schnappte Allegra. „Würdest du sie dann wieder zur schnellen Eheschließung drängen, während du ihrem Vater das Geld nimmst, das du ihm zinslos geliehen hast?"

Er wirkte überrascht. „Das ist es also?", fragte er. „Dir geht es nur um dieses vermaledeite Geld?"

Sie sank auf das Bett und rutschte so weit nach hinten, bis ihr Rücken an das kunstvoll gearbeitete und vergoldete Kopfteil stieß. Sie zog die Knie an und verschränkte trotzig die Arme vor der Brust.

„Und wenn es so wäre?"

Er überlegte nicht lange. „Dann müsste ich dich davon überzeugen, worum es mir wirklich geht. Aber da du nicht Allegra bist ..."

Matteo sprach nicht weiter. Auch Allegra schwieg. Sie kaute auf der Unterlippe herum. Was sollte sie jetzt tun? Sie war nicht bereit, die Kleidung abzulegen. Matteo setzte sich behutsam am Fußende aufs Bett. Er bewegte sich vorsichtig, als wäre sie ein wildes Tier, das er zähmen wollte.

„Ich kann dir eine Geschichte erzählen. Möchtest du sie hören?"

Sie nickte knapp.

„Als ich im Spätsommer auf das toskanische Gut kam, auf dem meine zukünftige Braut mich erwartete, habe ich mit vielem gerechnet. Nur nicht mit ihrer Schönheit." Er lachte leise. „Das erste Mal, dass ich sie mir bewusst anschaute, war jener Moment in dem kleinen Zimmer. Als ich mit Cristina ..." Er schüttelte den Kopf. „Cristina langweilte mich schon damals. Und erst als ich die sturmgrauen Augen meiner Zukünftigen hinter dem Paravent sah … ihre Rosenblütenlippen … erst da habe ich wahre Lust verspürt. Ich habe Lust verspürt, indem ich sie einfach nur ansah, während sie sich heimlich berührte. Ich habe ihr leises Stöhnen gehört …“

Allegra schloss die Augen. Matteos Stimme war sanft und leise. Plötzlich sah sie wieder alles vor sich: das kleine Gästezimmer. Matteos Augen, die auf sie gerichtet waren, als er plötzlich kam. Sein Stöhnen, im selben Moment, in dem auch sie von der Lust hinweggespült wurde.

Ja, sie erinnerte sich …

„Später dann … später am Abend habe ich sie wiedergesehen. Und wir gingen durch den kleinen Park zu einer Steinbank und haben uns dort zum ersten Mal geküsst. Schon damals wusste ich, dass sie mein war. Nicht nur vor dem Gesetz würden wir schon bald Mann und Frau sein. Wir gehörten zusammen. Sie war mein Schicksal.“

Seine Stimme senkte sich zu einem rauen Flüstern. Atemlos lauschte Allegra. Die Matratze bewegte sich leicht, doch sie hielt die Augen geschlossen und gab sich ganz den Erinnerungen hin, die Matteo in ihr weckte.

„Kannst du dir meine Wut vorstellen, als sie plötzlich verschwand? Mein Entsetzen? Meine Trauer? Ich wollte sie so schnell wie möglich heiraten, doch sie entzog sich mir. Ja, ich war wütend, und in meiner Wut habe ich Fehler gemacht.“

Sie spürte, wie seine Hand an ihrem Knöchel ruhte. Mit der anderen Hand öffnete er die Schnalle ihres Schuhs. Während er weitersprach, zog er ihre Schuhe aus, und Allegra ließ es bereitwillig geschehen.

„Und dann begegnete ich im Palazzo der Principessa einem jungen Mann.“ Die Strümpfe wurden heruntergerollt.

Allegra spürte Matteos warme Finger an ihren Waden, den nackten Knöcheln. Sie kniff die Augen fest zusammen. Seine Stimme und seine Hände machten sie ganz schwach vor Sehnsucht …

„Dieser junge Mann … ich konnte ja nicht wissen, dass sie es war, die sich direkt vor meiner Nase versteckte." Er lachte leise. Seine Hand fuhr hinauf und berührte die Knöpfe ihrer Hose. Sofort hielt Allegra ihn fest. Hier war die Grenze. Mehr durfte er nicht.

Seine Hand verharrte in ihrer, direkt über ihrem Schritt. Allegra spürte, wie ihre Muschi heiß pochte, als sie sich vorstellte, wie er sie berührte … wie seine Zunge in sie eintauchte … wie er mit seinem Schwanz … Sie seufzte.

„Ich lud ihn zu meinem Maskenball ein. Ich wollte ihn verführen. Was mich selbst am meisten wunderte, denn ich hatte zwar durchaus ein Faible für junge Männer, aber mich nur mit einem anderen Mann zu vergnügen, war selbst für mich außergewöhnlich." Seine Hand begann, sich langsam zu bewegen.

Er war jetzt ganz nah. Hatte sich neben ihr aufs Bett geschoben, während er erzählte. Sein Körper drückte sich an ihren, seine Hand lag direkt über ihrer heißen, feuchten Möse, die sich an den Stoff ihrer Hose drückte. Obwohl er nichts machte, obwohl nur seine Hand auf ihrem Geschlecht lag, wuchs Allegras Erregung. Sie schlug die Augen auf und blickte ihn an.

Er hatte sich an ihren Körper geschmiegt, als suchte er bei ihr Schutz. Seine dunklen unergründlichen Augen glänzten. Seine Lippen verzogen sich zu einem Lächeln. Er wirkte in diesem Moment beinahe schüchtern. Matteo und schüchtern! Fast hätte Allegra gelacht. Es passte überhaupt nicht zu ihm, aber er schien vorsichtig zu sein. Sie war ihm schon zweimal verloren gegangen, zweimal war sie wieder aus seinem Leben verschwunden, und er schien gewillt, es kein drittes Mal zuzulassen.

Allegra versuchte, sich zu entspannen.

„Kannst du dir vorstellen, wie hocherfreut ich war, als ich ihr auf dem Ball begegnete? Sie trug das violette Samtjustaucorps, das ich ihr geschickt hatte. Sie war wunderschön. Und wie viel schöner war sie erst, als sie sich mir nackt zeigte …" Seine Finger begannen, sich leise auf ihr zu bewegen. Als spiele er auf einem Cembalo, so bewegten sich die Finger in einem ihr unbekannten Rhythmus auf und ab. Allegra wand sich vor Lust unter seiner geübten Hand und drückte sich gegen ihn. Ihre Hand strich sanft über seine Wange. Sie wandten sich einander zu. Küssten sich.

„Was passierte dann?", fragte sie atemlos. Sie wollte mehr hören. Wollte alles wissen. Als würde sie die Geschichte nicht kennen, die er ihr erzählte …

„Nach jener Nacht verschwand sie wieder aus meinem Leben. Als ich sie endlich wiederfand, wollte ich sie nicht mehr loslassen."

Seine Finger verstärkten den Druck. Unnachgiebig begann er, sie durch den Stoff zu massieren. Allegra stöhnte und rutschte tiefer. Beinahe gegen ihren Willen öffnete sie die Beine für ihn. Doch sie wollte es. Wenn sie sich schon geschworen hatte, die Kleider nicht abzulegen, dann wollte sie ihn wenigstens so spüren, auch wenn sie vermutete, dass es nur ein schwacher Trost war, verglichen mit der Lust, die er ihr bereiten konnte, wenn sich sein nackter Körper an ihren presste.

Zugleich spürte sie, wie die Lust überraschend heftig in ihr wuchs. Sie nahm seinen Kopf in beide Hände, küsste ihn heftig auf den Mund, ehe sie ihn auf ihre Brust drückte. Ihre

Nippel waren hart wie winzige Steinchen und rieben sich am Stoff des Hemds, wie sich ihre Klitoris an der Hose rieb. Sie stöhnte, und Matteo hielt plötzlich inne.

„Mach weiter", flehte sie ihn an.

Er lächelte und bewegte seine Hand. Der Rhythmus war diesmal anders. Als wollte er sie nicht unnachgiebig zum Höhepunkt treiben, sondern sie mit jeder Bewegung locken. Verführen.

Sie schloss die Augen und gab sich ganz den Empfindungen hin. Seinen Worten, die er ihr jetzt ins Ohr flüsterte, seinem Mund, so dicht an ihr Ohr gerückt, dass sie seinen Atem spürte. Kalte Schauer rannen über ihren Rücken und vermischten sich mit dem heißen Pochen ihrer Möse.

„Ich habe sie wiedergefunden. Meine Braut, meine Geliebte, meinen Knabe mit der violetten Samtmaske. Ich fand sie und verlor sie noch am selben Tag an die Trauer um ihren Vater. Und dann …"

Er zögerte. Allegra hielt den Atem an.

„Dann starb sie."

Seine Hand verharrte reglos. Allegra gab einen Laut der Enttäuschung von sich, und ihre Hand legte sich wieder auf seine, doch er blieb unnachgiebig.

„Kannst du dir vorstellen, wie schrecklich das für mich war? Sie nie wiedersehen? Nie wieder ihren Duft atmen, nie wieder ihre Lippen liebkosen, ihre Brüste streicheln, ihren Höhepunkt spüren? Mich nie wieder ganz fühlen?"

Sie jammerte leise. Ein Laut der Enttäuschung, aber auch ein Laut der Trauer. Und plötzlich spürte Allegra Tränen, die über ihre Wangen rannen. Sie war erregt, und ihre pulsierende Muschi bedurfte nur noch einer winzigen Berührung seiner Hand, damit sie ihren Höhepunkt erreichte, doch jetzt weinte sie. Sie weinte, weil Matteo und sie einander so viel Leid zugefügt hatten.

„Es tut mir leid", flüsterte sie. „Ich hatte so große Angst …"

Ohne auf ihre Worte einzugehen, erzählte Matteo seine Geschichte zu Ende. „Ich glaube, sie bereut, was passiert ist. Ich glaube, sie liebt mich. Und ich würde alles tun, um sie zurückzugewinnen."

Sein Zeigefinger lag direkt über ihrer Klitoris. Rieb sie durch den Stoff. Allegra spürte, wie sich ihr Unterleib zusammenzog, spürte den herrlichsten Höhepunkt, der mit dieser winzigen Berührung plötzlich über sie hinwegbrauste. Sie war nur noch Lust, kannte keinen Gedanken mehr außer dem, diese Lust auszukosten, solange es ging.

Doch jeder Höhepunkt ist endlich.

Als sie danach langsam wieder zu Atem kam, lächelte Matteo sie an. Er zog seine Hand zurück.

„Meinst du, sie kommt zu mir zurück?", fragte er leise.

Allegra nickte. Ihre Stimme klang merkwürdig rau, als sie endlich die richtigen Worte fand. „Bestimmt kommt sie zu dir zurück. Morgen schon ist sie wieder bei dir …"

Sie legte ihre Arme um ihn und zog ihn an sich. Sein Kopf ruhte nun an ihrer Brust, und er konnte ihr Herz schlagen hören. Sie lächelte selig, während sie mit einer Hand durch seine dunkelbraunen Locken fuhr.

„Sie kommt zu dir zurück …"

Danach sagten sie nichts mehr. Es war alles gesagt.

Cristina eilte zu der Kalesche hinüber, die vor der Remise stand. Gerade wurden die Pferde von zwei Stallburschen ausgespannt und in den Stall geführt.

„Heda! Spannt an und bringt mich nach Hause!"

Die Burschen gehorchten. Man widersprach einer Dame

nicht, wenn sie so befehlsgewohnt auftrat.

Unruhig lief Cristina auf und ab, während die Stallburschen die Pferde aus dem Stall führten. Einer der braunen Wallache warf unruhig den Kopf, und vor seinen Nüstern stieg weißer Dampf auf, als er schnaubte. Nur mit Mühe konnte das Pferd vom Burschen beruhigt werden. Zaumzeug klirrte, Leder knarrte leise.

Eine Hand legte sich auf Cristinas Schulter.

„Hast du uns etwa vergessen?“

Cristina schrie überrascht auf. Loris und Mario standen hinter ihr. Wie immer waren sie schwarz gekleidet. Ein undurchdringliches Lächeln umspielte die Lippen Loris’.

„Meine Güte, ihr habt mich zu Tode erschreckt!“, rief Cristina erleichtert. „Wie kommt ihr denn hierher?“

„Wir sind dir gefolgt“, erklärte Mario. Es klang, als wäre Cristinas Frage dumm.

„Du hast uns etwas versprochen, Cristina.“ Loris ragte übergroß vor ihr auf. Sie wich unwillkürlich einen Schritt zurück. „Muss ich dich daran erinnern?“

„Matteo, der Conte … nun ja …“, stotterte Cristina. „Ihr könnt ihn natürlich treffen, das ist kein Problem …“

„Ich habe einen besseren Vorschlag.“ Plötzlich packte Loris sie an den Oberarmen und wirbelte sie herum. Cristina taumelte zwei Schritte rückwärts und wurde von Mario aufgefangen. Seine Arme schlossen sich so fest um ihren Oberkörper, dass er ihr fast den Atem raubte.

„Du gehst jetzt hinüber zum Stall und sorgst dafür, dass Loris und ich als Lakaien auf der Kutsche des Conte mitfahren dürfen. Er wird bestimmt heute Abend noch einmal ausfahren, denkst du nicht?“

Das hielt Cristina für eher unwahrscheinlich. Sie hoffte, dass Matteo und Allegra die Nacht miteinander verbrachten. Das würde Cristina die Gelegenheit geben, Matteo zu warnen.

Bisher war es nur ein Gefallen gewesen, um den Loris und Mario sie gebeten hatten. Aber jetzt nahm dieser „Gefallen“ eine gefährliche Dimension an. Was wollten die beiden Männer von Matteo? Sie mussten mit ihm doch bereits bekannt sein, sonst hätten sie nie am Maskenball teilnehmen dürfen … Verzweifelt versuchte Cristina, ihre Gedanken zu ordnen, doch die Männer ließen ihr keine Zeit.

„Los!“ Mario versetzte ihr einen Stoß, und sie taumelte in Richtung Remise. Der Wallach, der endlich im Geschirr stand, verdrehte die Augen, sodass Cristina im Schein der Fackeln das Weiß seiner Augen sehen konnte. Sie hielt respektvollen Abstand von dem Tier und räusperte sich, um den Burschen auf sich aufmerksam zu machen, der gerade das zweite Pferd anschirrte.

„Die beiden Männer da vorne werden mich als Lakaien begleiten“, sagte sie und wies unbestimmt über ihre Schulter nach hinten. „Und sie werden auch den Conte begleiten, wenn er heute Nacht noch einmal unterwegs sein sollte.“

Der Stallbursche war zwar gewillt, den Ausführungen einer Dame Folge zu leisten. Doch diese Anweisung verwirrte den hageren Kerl mit seinen riesigen Segelohren. Er runzelte die Stirn. „Wir haben genug Lakaien“, sagte er. „Wer seid Ihr, Signora, dass Ihr die Anweisungen des Conte aufheben könnt?“

Ehe Cristina antworten konnte, wurde sie beiseitegeschubst. Sie stürzte auf das Pflaster und stützte sich mit einer Hand ab – ausgerechnet in einem Haufen Pferdeäpfel. Angewidert betrachtete Cristina ihre stinkende Hand, während hinter ihrem Rücken die Laute eines ungleichen Kampfs zu hören waren.

Sie wollte nicht hinsehen, wie die beiden Männer den Stallburschen bewusstlos schlugen. Sie wollte davon nichts wissen.

Wo war sie nur hineingeraten?

Einige Minuten vergingen, in denen sie angestrengt lauschte, ohne sich zu regen. Dann spürte sie wieder eine Hand auf ihrer Schulter.

„Wir sind soweit." Loris half ihr auf. Mario und er hatten die Livreen der Lakaien gefunden und angezogen. Sie waren etwas eng und spannten über den breiten Schultern der beiden Männer. Ein dritter Lakai, ein kleines verhuschtes Männchen mit weißer Perücke, drückte sich an das Hinterrad der Kutsche und wartete auf weitere Anweisungen.

Der Stallbursche lag reglos neben den Strohballen, die an der Stalltür aufgestapelt waren.

Cristina wandte sich ab. Sie ertrug den Anblick des leblosen Körpers nicht. Rasch stieg sie in die Kutsche. Ihre Hand fuhr unwillkürlich über den Rock, hin und her, auf und ab, und sie verrieb den Pferdemist auf dem zarten Stoff.

Die Kutsche ruckte an und verließ den Innenhof des Palazzo. Cristina schaute nicht zurück. Es war zu schrecklich, was gerade passierte. Warum war sie nicht ein bisschen mutig? Warum hatte sie nicht wenigstens versucht, Matteo zu warnen?

Auf dem Weg zu ihrem Palazzo weinte sie still.

## *18. KAPITEL*

Die Stille der Gasse wurde nur durch das Rattern der Räder und das Klappern der Hufe unterbrochen. Ein Pferd schnaubte im Takt der trabenden Hufe, und die hohen Häuser, die die Gasse einschlossen, warfen die Laute erstaunlich hell zurück.

Es hatte begonnen zu schneien.

Matteo wunderte sich. Er wunderte sich nicht nur über den Schnee, der still niedersank und alles umhüllte wie eine warme Daunendecke, sondern auch über das Wesen, das in seinen Armen ruhte und schlief.

Die Müdigkeit hatte sie übermannt, kaum dass sie in die Kutsche stiegen.

„Allegra“, flüsterte er kaum hörbar.

Sie hatte sich ihm nicht offenbart. Sie hatte nicht zugelassen, dass er sie mit ihrem richtigen Namen ansprach, aber er spürte, dass sich etwas verändert hatte. Sie war weicher geworden. Der harte Zug um den Mund und die steile Stirnfalte waren verschwunden und hatten einer Weichheit Platz gemacht, die er nicht in Worte fassen konnte. Doch es machte ihn glücklich.

Sie erreichten den Palazzo. Sanft berührte Matteo ihre Schulter, und sie schlug die Augen auf.

„Sind wir schon da?“ Sie richtete sich auf und blickte aus dem Seitenfenster der Kutsche. Ein beinahe kindliches Strahlen erhellte ihr Gesicht. „Es schneit!“

Er legte die Hand auf ihren Unterarm. „Bevor du gehst, möchte ich dir von meinem größten Wunsch erzählen“, sagte er leise.

„Was ist dein größter Wunsch?“ Sie wandte sich ihm vertrauensvoll zu.

„Ich wünsche mir, dass meine junge Braut zu mir zurückkehrt. Sie heißt Allegra …“ Seine Stimme versagte ihm und er räusperte sich verlegen.

„Vielleicht kommt sie zu dir zurück. Vielleicht findet ihr wieder zueinander“, sagte Allegra nach kurzem Zögern. „Schau, wenn du morgen bei Luigi Bandinelli vorsprichst … vielleicht ist sie dann da.“ Und wie zu sich selbst fügte sie hinzu: „Es wird Zeit, dass sie ihr Versteckspiel beendet …“

Ihre Worte machten Matteo unendlich froh. Er umarmte sie ungeschickt in der Enge der Kutsche. Dann wurde der Kutschenschlag vom Kutscher geöffnet. Er klappte die kleinen Trittstufen aus und verneigte sich eilfertig, als Allegra schnell wie der Wind aus der Kutsche stieg. Sie ging ein paar Schritte durch den unberührten Schnee und drehte sich noch einmal zu Matteo um. Ihre kleine Hand winkte ihm zu, und dieses Bild prägte sich ihm ein. Ja, er glaubte später sogar, die Schneekristalle auf ihrem kastanienroten Haar glitzern zu sehen. Dann wurde der Schlag geschlossen, und er sah nichts außer seinem Atem, der die matte Scheibe in der Tür beschlug.

Er klopfte an die Kutschendecke. „Auf, nach Hause! Wir haben uns die Nachtruhe redlich verdient.“

Obwohl seine Männer vermutlich seine Worte nicht verstanden, ruckte die Kutsche im nächsten Moment an. Matteo schloss die Augen. Er träumte sich in Allegras Arme. Träumte von ihrem Herzschlag an seinem Ohr …

Ein plötzlicher Knall riss ihn aus seinen Gedanken. Matteo riss die Augen auf und spürte im nächsten Moment, wie er nach vorne geschleudert wurde. Die Pferde wieherten schrill, die Kutsche kam quer in der Gasse zum Stehen. Matteo rappelte sich auf und versuchte, sich zu orientieren. Was passierte hier?

Er griff nach der Kutschentür, doch im selben Moment wurde die Tür von außen aufgerissen und die beiden Lakaien, die stets während der Fahrt hinter der Kutsche auf den winzigen Trittbrettern standen, zerrten Matteo an den Armen aus der Kutsche.

Es waren nicht die beiden Männer, die in seinen Diensten standen. Sie kamen Matteo seltsam vertraut vor, doch er wusste nicht, woher er sie kannte.

„Elender!", brüllte der eine, und der andere hatte plötzlich etwas in der Hand, mit dem er auf Matteos Herz zielte. Ein Dolch!

Matteo warf sich herum. Er spürte, wie der Dolch hinabsauste und ihn nur um Haaresbreite verfehlte. Jetzt spürte er das Gewicht des anderen Mannes auf seinem Unterleib. Er krümmte sich vor Schmerz zusammen. Das nächste, was er spürte, war ein heftiger Schlag gegen seine Schläfe.

Dann hörte er plötzlich Rufe und das Trommeln von Schritten. Matteo fühlte sich hochgerissen und wurde gegen das eisenbeschlagene Wagenrad geschleudert. Er spürte den Schmerz, der in seiner Schläfe explodierte.

Danach versank er in gefühlloser Dunkelheit.

Die Art, wie Daniela Grossi sich an ihn schmiegte, verwirrte Luigi. Er legte den Arm um ihre Schulter und zog sie enger an sich. Sie schnurrte leise und schloss die Augen.

Das große knochige Mädchen mit den klaren Augen hatte ihn für sich gewonnen. Sie war an diesem Abend nicht von seiner Seite gewichen.

Anders als Allegra, die plötzlich verschwunden war …

Doch um Allegra machte Luigi sich keine Sorgen. Sie hatte vermutlich ihren Conte gefunden und war endlich wieder mit ihm glücklich. Er lächelte. Allegra war es wenigstens vergönnt, die Erfüllung zu finden, die ihm auf immer verwehrt bleiben würde.

Dennoch hing Daniela Grossi mit einer Verehrung an ihm, die es ihm unmöglich machte, ihren Wunsch danach, die Nacht bei ihm zu verbringen, abzuschlagen. Und so saßen sie nun im Innern der Kalesche des Kardinals, und die Schimmel zogen die Kutsche durch den immer dichter werdenden Schneefall.

Jemand hatte Luigi erzählt, jenseits der Alpen verwende man winters statt der Räder Kufen unter den Kutschen, die dann wie riesige Schlitten von den Pferden gezogen würden. Die Vorstellung fand er amüsant. Wenn es in den nächsten Stunden mehr schneite, würde er sie nicht mehr nur amüsant, sondern direkt als notwendig für die römischen Kutschen empfinden.

Bis dahin wären sie längst daheim.

Er blickte staunend auf Daniela hinab. Was versprach sich dieses Mädchen davon, über Nacht bei ihm zu bleiben? Er hatte ihr unmissverständlich klar gemacht, dass er nicht zur körperlichen Liebe fähig war, auch wenn er sich nichts sehnlicher wünschte. Doch Daniela hatte sich nur vertrauensvoll an ihn gekuschelt und geflüstert: „Gerade das brauche ich jetzt."

Hieß das, sie begehrte ihn nicht nur trotz seiner fehlenden Männlichkeit, sondern gerade deswegen? Das wäre zu schön …

„Hoo-hoooo! Packt die Lumpen!" Plötzlich bremste die Kutsche. Die Pferde wieherten, und Daniela, die von dem Ruck aufwachte, richtete sich verwirrt auf.

„Was ist los?", murmelte sie verschlafen.

„Ich habe keine Ahnung." Luigi stieß die Tür der Kutsche auf, doch schon sausten drei berittene Wachen im gestreckten Galopp an der Kutsche vorbei – ein waghalsiges Manöver in der engen Gasse – und stürmten nach vorne, dicht gefolgt von weiteren Reitern.

Der Kardinal hatte vorgesorgt, als er Daniela mit Luigi gehen ließ – rund ein Dutzend berittene Wachen begleiteten sie, obwohl Daniela und Luigi protestiert hatten. Doch der Kardinal schien um die Gefahren der Stadt besser Bescheid zu wissen …

Vor ihnen stand quer in der Gasse eine Kutsche. Ein Lakai wälzte sich stöhnend im eigenen Blut, das den Schnee rot färbte. Daniela, die hinter Luigi aus der Kutsche strebte, schlug eine Hand vor den Mund und sank mit einem erstickten Schrei zurück in die Polster.

„Bleib da!“, befahl Luigi und kletterte aus der Kutsche. Sofort waren zwei Wächter an seiner Seite, um Daniela zu beschützen.

„Was geht da vorne vor sich?“, fragte Luigi.

„Ein Überfall auf einen Edlen, Signore. Meine Männer kümmern sich bereits darum.“ Der Hauptmann der Wache wies nach vorne. „Es sieht so aus, als wäre das die Kutsche des Conte del Pirandelli.“

*Allegra …*

Luigi stürzte vor. Der Hauptmann rief irgendetwas hinter ihm, doch er verstand es nicht. Es war ihm auch egal. Himmel, was hatte er nur getan? Warum hatte er Allegra allein gehen lassen?

Wie dumm er war, dass er Allegra beim Conte in Sicherheit glaubte …

Er erreichte die Kutsche. Zwei der Wächter waren von ihren Pferden gestiegen und kümmerten sich um eine leblose Gestalt, die neben einem Wagenrad auf dem Boden lag. Schnee hatte die Gestalt bereits sanft überzuckert. Luigi drehte sich im Kreis, blickte sich suchend um.

„Allegra!“, schrie er. „Allegra!“

Er war irr vor Sorge um seine Schwester. Hatten die Straßenräuber sie entführt?

„Er lebt“, sagte der Wächter, der neben Conte Matteo kniete. „Doch wir müssen schnell handeln, sonst holt er sich bei der Kälte den Tod.“ Er blickte zu Luigi auf, und erst jetzt ging diesem auf, was von ihm verlangt wurde.

Für die Männer war er derjenige, der ihnen Befehle erteilte. Luigi straffte sich. „Wir müssen die Männer finden, die das hier getan haben. Wo sind die anderen Lakaien des Contes? Und sorgt dafür, dass der Conte schnellstmöglich zu sich nach Hause gebracht wird. Oder nein“, unterbrach er sich selbst. „Mein Palazzo ist näher. Bringt ihn zu mir.“

Die Männer nickten. Knappe Befehle wurden gebrüllt, Pferde trabten davon. Jetzt tauchten auch die ersten Gesichter in den Türen der Gasse auf, verschlafene Stimmen fragten, was los sei. Der Hauptmann trat zu Luigi.

„Die Leute sagen, es seien zwei Lakaien des Conte gewesen, die erst seinen Kutscher erschlugen und ihn dann aus der Kutsche zerrten und verprügelten. Dann sind sie mit den Pferden geflüchtet.“

Luigi überlegte nicht lange. „Sie tragen die dunklen Uniformen, die der Conte seinen Lakaien zur Verfügung stellt. Wann ist es passiert?“

„Ein Viertel der Stunde ist seitdem verstrichen, nicht mehr. Wir suchen sie, Signore.“

Luigi nickte. Ein letztes Mal drehte er sich um, sah sich suchend um. Allegra, wo war Allegra?

„War eine Frau beim Conte?“, fragte er.

„Davon haben die Leute nichts gesagt, aber ich werde mich danach erkundigen.“

Luigi nickte erleichtert. Vielleicht hatte er Glück. Vielleicht war Allegra nicht in der Kutsche gewesen, als es passierte …

Dann war sie vielleicht schon daheim … Er eilte zur Kalesche zurück und sprang hinein. Daniela schrie vor Schreck auf, als mit Luigi die eisige Luft in einer Schneeflockenböe hereinwehte. Rasch erklärte Luigi, was passiert war.

Die Tür wurde erneut aufgestoßen, und zwei Männer wuchteten den leblosen Körper von Conte del Pirandelli auf die zweite Polsterbank. Erneut unterdrückte Daniela nur mühsam einen Schrei. Ihre Augen wurden groß. „Ist er … ist er tot?", flüsterte sie.

„Nein", sagte Luigi knapp. „Wir müssen schleunigst heim." Als hätte der Kutscher seine Worte gehört, ruckte in diesem Moment die Kutsche an.

„Alles wird gut", versprach Luigi der völlig verängstigten Daniela. „Alles wird gut …"

Er versuchte verzweifelt, seinen eigenen Worten zu glauben.

„Was ist hier los?", verlangte Allegra zu wissen. Der Lärm der eintreffenden Kutsche hatte sie geweckt, und eilig hatte sie sich einen Morgenrock gegriffen und war in den Flur gelaufen. Luigi und Daniela Grossi stolperten in die Halle. Beide wirkten verängstigt und besorgt. Hinter ihnen drängten Wachen ins Haus und eilten nach einem Wink Luigis in den Salon.

„Was ist hier los?", fragte Allegra diesmal mit lauterer Stimme.

Luigi blickte zu ihr hinauf. Erleichterung und Überraschung zeichneten sich auf seinem Gesicht ab. „Allegra! Gott sei Dank, du lebst!"

Sie blieb am Treppenabsatz stehen. Luigis Worte verwirrten sie. Natürlich lebte sie. Oder bezogen sich seine Worte darauf, dass sie ihre Verkleidung aufgegeben hatte?

Sogleich nach ihrer Heimkehr hatte sie die Männerkleider in eine Truhe geworfen und sich in ihrem Nachthemd vor die Truhe gekniet, in der sie seit ihrer Ankunft in Rom die meisten ihrer Frauenkleider verwahrt hatte. Nun wusste sie, warum sie diesen Teil ihrer Vergangenheit nicht gänzlich aufgegeben hatte.

Weil Matteo ihr gezeigt hatte, dass sie als Frau noch eine Zukunft besaß.

Sie fand keine Ruhe, und als sie den Lärm in der Halle hörte, wollte sie sich das erste Mal wieder als Herrin des Hauses zeigen.

„Allegra …“ Plötzlich vermischte sich Luigis Erleichterung mit einem kummervollen Ausdruck, den sie nicht zu deuten wusste. Das letzte Mal hatte Luigi sie so angesehen, als ihr Vater so schwer erkrankt war und er ihr den Brief hinstreckte. Unwillkürlich tastete sie nach dem Geländer der Treppe.

Erneut wurde die große Doppeltür zum Hof aufgestoßen. Mit dem kalten Wind kamen zwei Männer herein, die auf einem Brett, das ihnen als Trage diente, einen dritten Mann zwischen sich trugen.

Allegra wusste sofort, wer er war.

Sie spürte es. Als hätte jemand in ihr ein Licht entzündet. Die Gewissheit traf sie wie ein Schlag ins Gesicht. Sie flog die Treppe herunter. „Matteo!“, schrie sie. Mit wenigen Schritten war sie bei den Männern und beugte sich über ihren Geliebten. Sein Gesicht war von Blut überströmt und eiskalt.

War er tot?

Allegras Hände strichen zitternd über sein eiskaltes, nasses Gesicht. Sie spürte die Tränen nicht, die ihr haltlos über die Wangen rannen.

Luigis Arme legten sich um ihren Oberkörper. „Komm", flüsterte er. „Wir werden alles tun, um ihn zu retten."

Die Männer trugen Matteos leblosen Körper in den Salon. Erst jetzt begriff Allegra, dass er lebte. Sie wandte sich an Luigi. „Was ist passiert?"

Mit knappen Worten erzählte Luigi, was sich ereignet hatte. Er hatte kaum geendet, als Allegra sich an ihm vorbei schob. „Ich muss zu ihm."

Luigi hinderte sie nicht daran.

Sie betrat den Salon. Die Diener eilten still hin und her. Mancher blickte kurz hoch und runzelte die Stirn, wenn er Allegra erblickte. Doch das kümmerte sie jetzt nicht.

Sie hatten Matteo auf eines der Sofas gelegt. Ein Mann kniete vor ihm und untersuchte seine Kopfverletzung. Allegra wartete geduldig, bis der Mann seine Untersuchung abgeschlossen hatte. „Wird er …"

„Hat einen heftigen Schlag abbekommen", meinte der Mann. „Wird noch ein paar Wochen arge Kopfschmerzen haben. Aber solange er kein Fieber bekommt, wird er's überstehen. Und wenn er Fieber bekommt …" Er zuckte mit den Schultern. „Dann hilft wohl nur noch beten."

Allegra sank auf einen Hocker und griff nach Matteos Hand, die auf seiner Brust ruhte. Sie legte ihre Wange an seine Handfläche. „Hörst du mich, Matteo?", flüsterte sie. „Ich bin hier … Lass mich jetzt nicht wieder allein, hörst du?"

Sie wusste nicht, ob sie es sich einbildete. Aber sie glaubte zu spüren, wie Matteo ganz leicht einen Finger an ihrer Wange bewegte.

Die ganze Nacht wachte sie bei ihm. Irgendwann trat

Luigi zu ihr und bot ihr an, die Nachtwache für sie zu übernehmen, doch sie schüttelte nur stumm den Kopf. Luigi setzte sich neben sie und legte seine Hand auf ihren Rücken, als wolle er ihr damit mehr Kraft geben. Und tatsächlich fühlte sie sich durch seine Gegenwart bestärkt.

„Wo ist deine Freundin?“, flüsterte sie irgendwann.

Sie hörte Luigi leise lachen. „Sie schläft. Die Aufregung …“ Er sprach nicht weiter.

„Ich frage mich, wie es ist, zu lieben“, fuhr er nach längerem Schweigen fort. „Nicht nur … nicht nur zu lieben, indem man sich in die Augen schaut und weiß, dass der andere der Richtige ist, sondern auch …“

Sie drehte sich zu ihm um, ohne Matteos Hand loszulassen.

„Sondern?“, fragte sie behutsam.

„Wie die körperliche Liebe ist.“

Sie dachte nach. „Vermutlich ist sie nicht so viel anders als dieses Wissen, dass der andere der Richtige ist“, sagte sie schließlich.

Die Antwort schien Luigi zufriedenzustellen.

Den Rest der Nacht verbrachten sie schweigend.

Ein Poltern in der Eingangshalle ließ Allegra aufschrecken. Sie brauchte einen Moment, ehe sie wieder wusste, wo sie war. Dann richtete sich ihr Blick auf das Sofa, auf dem Matteo ruhte. Er lag still da. Allegra glaubte zu sehen, wie sich seine Brust unter den leisen Atemzügen hob und senkte.

Sie stand auf. Irgendwann war sie auf dem Sessel eingeschlafen, und Luigi hatte eine Decke über sie gebreitet, die sie jetzt beiseitelegte. Dann ging sie zu Matteo und kniete neben dem Sofa nieder. „Matteo“, flüsterte sie.

Doch er regte sich nicht. Zum Glück fühlte sich seine

Stirn kühl an. Allegra war erleichtert.

Dennoch fragte sie sich, ob es nicht besser gewesen wäre, Matteo am Vorabend in eines der Gästezimmer im oberen Stockwerk zu bringen. Die kampferprobten Männer der Kardinalsgarde hatten widersprochen – es sei zu gefährlich, ihn viel zu bewegen. Aber ob das Sofa so bequem und Matteos Genesung zuträglich war?

Sie bezweifelte es. Schlimmer noch, sie machte sich Vorwürfe und wollte an diesem Zustand so schnell wie möglich etwas ändern. Darum eilte sie in die hohe Eingangshalle, in der sie auf Luigi und den Kommandanten der Kardinalsgarde traf.

Beide sahen sehr ernst drein.

„Der Hauptmann hat die Männer gefunden, die Matteo ermorden wollten“, sagte Luigi statt einer Begrüßung. Er nickte dem Hauptmann zu, und dieser wirkte verunsichert, da er einer Frau Bericht erstatten sollte. Die noch dazu im Nachthemd vor ihm stand.

„Ihr könnt meiner Schwester ruhig alles erzählen, sie ist die Verlobte des Conte del Pirandelli.“

Allegra warf Luigi einen knappen Blick zu, und er feixte. Ihm schien es trotz des Ernsts der Lage ein unglaubliches Vergnügen zu bereiten, den Hauptmann in Verlegenheit zu bringen.

„Ja, die beiden Männer“, stotterte der Mann. „Wir haben sie gefunden, in einer Schenke. War nicht schwer, sie zu finden, weil sie sich mit ihrer Tat gebrüstet haben.“ Er schüttelte den Kopf. „Sie haben wohl große Schulden beim Conte, und obwohl sie mit den Waffen ebenso ungeschickt sind wie mit den Würfeln, haben sie geglaubt, sich auf diese Art des Problems zu entledigen.“

„Sie haben auch gestanden, sich aus diesem Grund Cristina genähert zu haben. Es war ein groß angelegter Rachefeldzug, weil Matteo ihre Schulden zurückforderte und ihnen die kleinen Landgüter genommen hätte, wenn sie nicht bis Anfang nächsten Jahres gezahlt hätten", fügte Luigi hinzu. „Erst haben sie Cristina verführt, weil sie glaubten, damit dem Conte einen großen Schaden zuzufügen. Da sich Matteo aber zu genau dieser Zeit von der Contessa della Visconti lossagte, haben sie diesen perfiden Mordplan ausgeheckt."

„Sie sind nun hinter Schloss und Riegel und werden ihrer gerechten Strafe nicht entkommen."

„Danke, Hauptmann." Allegra nickte, und der Hauptmann verstand, dass er hiermit entlassen war. Er verneigte sich knapp und ging.

„Ist er immer noch bewusstlos?", fragte Luigi besorgt. Er trat zu Allegra.

Sie nickte. „Es sieht aus, als ob er friedlich schläft …"

„Ich bleibe einen Moment bei ihm. Mach dich frisch, Schwesterchen." Es lag nicht nur Besorgnis in seiner Stimme, sondern auch ein leiser Tadel.

Sie senkte den Blick. „Natürlich."

Sie spürte Luigis Blick im Rücken, als sie die Treppe hinaufeilte. Dann schaute sie zurück, und Luigi lächelte.

Alles wird gut, sagte sie sich. *Matteo wird wieder gesund, die Verbrecher sind gefasst.*

Dennoch konnte sie ein leises Zittern nicht unterdrücken, als sie ihr kaltes Gemach betrat. Auf der Truhe lag ausgebreitet das Kleid, das sie am Vorabend herausgesucht hatte. Sie trat näher und strich über die zart raschelnde kühle Seide. Es war ein schönes Kleid, nicht zu schlicht und nicht zu aufreizend. Das Taubengrau passte zu ihren Augen, und die roten Samtschleifen, die den Ausschnitt des Mieders umspielten, bildeten dazu einen hübschen Kontrast.

Sie kleidete sich allein an. Es war nicht leicht, denn sie hätte eine Zofe gebraucht, die ihr beim Schnürmieder half. Doch schließlich gelang es ihr, und sie trat vor den mannshohen Spiegel.

Ihr Haar hatte sie ausgebürstet und ein wenig hochgesteckt. Es sah nicht perfekt aus, das wusste sie, dafür war ihr Haar einfach zu kurz. Dennoch gefiel ihr, was sie sah. Leichte Röte überzog ihre Wangen. Die Aufregung …

Ein letztes Mal drehte sie sich vor dem Spiegel. Dann schlüpfte sie in die hübschen roten Seidenpantöffelchen mit chinesischer Stickerei und verließ eilig das Zimmer.

Es hatte länger gedauert, sich anzukleiden. Vor der Tür zum Salon verharrte Allegra kurz und kam wieder zu Atem. Sie war es nicht mehr gewohnt, vom Mieder eingeschnürt zu werden, und in den letzten Wochen und Monaten hatte sie zu gerne die Freiheit genossen, die es bedeutete, tief durchzuatmen.

In dem Augenblick, als sie nach der Türklinke griff, hörte sie Stimmen.

Zwei männliche Stimmen.

Luigi und Matteo …

Allegra spürte ihr Herz bis zum Hals klopfen. Matteo! Am liebsten wäre sie allzu undamenhaft in den Salon gestürmt und hätte sich ihm an die Brust geworfen. Stattdessen lauschte sie mit angehaltenem Atem dem Gespräch der beiden Männer.

„Also ist es ausgemacht. Ich werde das Darlehen meines Vaters in zwei Jahresraten begleichen."

„Als Hochzeitstermin würde ich den Mai vorschlagen, also in gut drei Monaten. Was denkst du, Schwager?", fragte Matteo. Seine Stimme klang erstaunlich munter, und im Stillen dankte Allegra dem Herrgott, dass es ihrem Geliebten wieder gut ging.

„Im Mai kann ich aus Rom kommen, dann ist die Opernsaison vorbei. Doch was wird in der Zwischenzeit mit Allegra ..."

„Ich nehme sie mit nach Florenz."

Die Worte Matteos klangen so überzeugt, dass Allegra nicht glaubte, von Luigi könne ein Widerspruch kommen. Dennoch lauschte sie ängstlich. Was sollte sie tun, wenn Luigi diesen Vorschlag ablehnte? Wenn er darauf bestand, dass Allegra bis zur Hochzeit bei ihm in Rom bliebe?

Denn sie wollte Matteo keinen Moment mehr aus den Augen lassen ...

Das Schweigen vor Luigis Antwort dehnte sich für die heimliche Lauscherin unendlich. Schließlich hörte sie ihren Bruder antworten: „Einverstanden."

Sie atmete auf.

Dies schien ihr der geeignete Zeitpunkt, um hinzuzukommen. Ein letztes Mal strich sie über den raschelnden Seidenrock ihres Kleids, ehe sie die hohe Tür öffnete und den Salon betrat.

Luigi und Matteo blickten auf. Doch Allegra hatte in diesem Moment nur Augen für Matteo, der sich sogleich erhob. Blass war er, und die Wunde an seiner Schläfe hatte den Verband rot durchnässt. Doch das Lächeln, das sein Gesicht nun erhellte, wog all ihre Sorge um sein Wohlbefinden auf. Er strahlte sie an – voller Liebe und Zuneigung. Er wirkte noch etwas wacklig, als er zwei Schritte auf sie zu machte, und er hielt sich an der Rückenlehne des Sessels fest, auf dem Luigi saß, der sich nun halb zu Allegra umdrehte.

Sie brauchten keine Worte. Allegra eilte Matteo entgegen

und umfasste seine Hände. All ihre Selbstbeherrschung war verflogen, sie kannte keine Zweifel mehr.

„Alles wird gut“, flüsterte sie.

Und in diesem Moment glaubte sie selbst daran.

Schnell war beschlossen, dass Allegra und Matteo schon am nächsten Tag nach Florenz aufbrechen würden. Solange es so erfrischend kalt war und die Straßen vom Frost hart und noch nicht vom Tauwetter aufgeweicht, würden sie schnell voran kommen.

Lediglich der Abschied von Luigi fiel Allegra schwer. Doch sie stieg mit dem guten Gefühl in die Kutsche, ihren Bruder schon bald auf dem heimischen Landgut begrüßen zu können. Sobald der Frühling kam, das hatte Matteo ihr versprochen, würden sie dorthin aufbrechen und das Haus nach den langen Wintermonaten wieder öffnen.

Zunächst aber war Florenz das Ziel ihrer Reise. Sie waren jeden Tag stundenlang in der engen Kutsche unterwegs, doch Allegra wurde die Zeit nicht zu lang. Manchmal genügte es ihr einfach, Matteo anzuschauen. Manchmal war es ihr genug, seine Hand zu halten, die ihre wärmte. Und manchmal … ja. Manchmal genügte ihnen das nicht, und dann ließ Matteo schon am frühen Nachmittag Halt machen und Quartier in einem Gasthaus beziehen, wo sie meist erst in den Abendstunden aus ihrem Zimmer wieder auftauchten – erhitzt, zerzaust und strahlend.

So brauchten sie zwar etwas länger, bis sie endlich Florenz erreichten. Aber Matteo und Allegra genossen diese intime Zweisamkeit. Sie wussten beide, dass es damit in Florenz vorbei sein würde. Man würde Allegra bestaunen, und über ihre wundersame Auferstehung würde sich die Stadt vermutlich das Maul zerreißen. Aber das kümmerte sie nicht.

Für sie zählte nur, dass sie endlich angekommen war.

Sie vertraute Matteo, dass er zu ihr stehen würde. Und daran ließ er keinen Zweifel. Trotzdem konnte Allegra sich nicht gegen kleine, böse Gedanken wehren, die sie immer wieder überkamen, wenn sie auf den langen Kutschenfahrten müde wurde. Oft schwiegen sie stundenlang. Und wenn es auch kein unangenehmes Schweigen war, so gaben ihr diese Stunden allzu viel Zeit, um über Dinge nachzugrübeln, die eigentlich – so glaubte sie – überhaupt kein Thema mehr waren.

„Diesen verträumten Gesichtsausdruck kenne ich", sagte Matteo eines Tages. Sie waren nur noch drei Tagesreisen von Florenz entfernt.

Allegra schrak aus ihren Gedanken hoch. „Wie bitte?"

Lächelnd beugte er sich vor. „Du siehst aus, als dächtest du an die letzte Nacht."

Allegra errötete. „Unsinn", widersprach sie.

„So? Woran hast du dann gedacht?"

Allegra zögerte. „Ich weiß nicht, wie ich's sagen soll … Es ist nur … du hast eine Vergangenheit, die mir nicht gefällt, und ich dachte … Ich dachte darüber nach, was wohl passieren würde, wenn du wieder ein Mädchen ins Bett holst, weil ich dir nicht genüge."

Da war es heraus. Ihre größte Sorge der letzten Tage, die sie um den Schlaf brachte.

Matteo lehnte sich zurück. Seine Hände ruhten auf den Oberschenkeln. Seine dunklen Augen musterten sie ernst und nachdenklich.

„Das ist eine Frage des Vertrauens", sagte er schließlich leise. „Und dieses Vertrauen kann ich dir nicht geben. Ich kann dir nur versichern, dass es nie wieder passieren wird, weil du für mich die Eine bist." Er schaute auf seine Hände.

„Du selbst musst lernen, mir zu vertrauen“, fügte er leiser hinzu. „So wie Cristina auf dem Maskenball den beiden Männern vertraut hat. Erinnerst du dich?“

Allegra nickte stumm.

„Inzwischen wissen wir, dass sie die beiden erst an jenem Abend kennenlernte, und wir wissen auch, was die beiden im Schilde führten, als sie Cristina verführten. Aber Cristina hat ihnen vertraut, hat sich von ihnen die Augen verbinden lassen, hat zugelassen, dass sie gefesselt wurde. Das ist Vertrauen, Allegra. Da ist es egal, was außerhalb des Schlafzimmers passiert. Wir werden immer wissen, dass wir zueinander gehören, was auch passiert.“

Seine Worte waren tröstlich für Allegra. Dennoch war ihre Frage damit nicht vollständig beantwortet. In den folgenden Tagen dachte sie noch oft darüber nach. Wie sollte sie wissen, ob sie Matteo wahrhaftig vertrauen konnte?

Genügte ihr der Blick in seine Augen? Der leise Händedruck, wenn er ihr abends aus der Kutsche half? Lag Vertrauen in der Art, wie sie sich ihm Nacht für Nacht hingab?

Sie wusste es nicht. Vielleicht musste sie erst einen Schritt weitergehen, um die Wahrheit über Matteo und sie zu erfahren …

Doch bei ihrer Ankunft in Florenz trat diese Sorge recht schnell in den Hintergrund. Gerade erst hatten sie die Kutsche verlassen, und ein Diener führte Allegra in ihre Gemächer, die von nun an ihr Zuhause sein sollten. Matteo hatte einen Boten vorausgeschickt, damit bei ihrer Ankunft alles bereit war, und so fand Allegra nicht nur eine Truhe mit jenen Kleidern vor, die man vom Landgut geholt hatte, sondern erlebte auch eine wunderbare Überraschung.

„Lucia!“ Allegra eilte ihrer Zofe entgegen, die am Fenster stand und eines der schwarzen Kleider ausbürstete, die nach dem Transport leicht zerknittert waren.

„Signora Allegra …“, stammelte Lucia nur. Sie ließ Kleid und Bürste sinken und ließ sich von Allegra umarmen. Als Allegra sie auf Armeslänge von sich hielt, bemerkte sie Tränen, die ihrer Zofe haltlos über die Wangen liefen.

„Aber was ist denn los?“, fragte Allegra bestürzt. Sie führte das Mädchen zur Récamiere, die in ihrem Schlafgemach stand, und setzte sich neben Lucia. Sie ergriff die Hände des Mädchens. „Es ist doch nichts passiert? Daheim ist doch alles in Ordnung?“

Unter Tränen lachte Lucia. „Ja, Signora, es ist alles zum Besten. Rosalie lässt grüßen, und ebenso Tabucchi. Wir sind alle so froh, dass Ihr im Sommer zurückkommt.“

Allegra lächelte. Matteo schien in den letzten Tagen nicht untätig gewesen zu sein, wenn man daheim schon wusste, dass sie bald wieder zurückkehrten. Sie hatte gar nicht bemerkt, dass er auch Boten in ihr Heimatdorf geschickt hatte.

„Ich freue mich nur so sehr, dass Ihr heil zurück seid. Und dass wir alle bald wieder in Eurem Haus leben und arbeiten dürfen, Signora.“

„Darüber freue ich mich auch, Lucia“, versicherte Allegra ihr. Sie wollte noch etwas hinzufügen, doch in diesem Moment betrat Matteo den Raum.

Sie sah sofort, dass etwas nicht stimmte. Ein letztes Mal legte sie ihre Hand auf Lucias, dann stand sie langsam auf. Matteos Gesicht war von innerem Schmerz verzerrt, und als sie zu ihm trat, wich er ihrem Blick aus und griff zugleich nach ihren Händen.

„Was ist los?“, fragte sie leise.

„Es ist … Die Principessa. Sie lässt nach uns schicken.“ Ihm versagte die Stimme. Schließlich flüsterte er: „Sie liegt im Sterben.“

Im Palazzo Pitti war es totenstill.

Der Diener, der sie zum Gemach der Principessa führte, schlich die Gänge entlang, als hätte er Angst, die Ruhe einer Toten zu wecken. Allegra wusste, dass dieses rücksichtsvolle Verhalten die Principessa erbost hätte, wenn sie die Kraft gefunden hätte, ihre Diener zurechtzuweisen.

Matteos Gesicht war eine Maske, und er hielt den Blick starr geradeaus gerichtet. Er hatte sich nicht die Zeit genommen, seine schmutzigen Reisekleider abzulegen. Sie hatten keine Zeit verloren, denn sie wussten nicht, wie viel Zeit ihnen noch blieb …

Der Diener blieb vor der Tür stehen. „Bleibt nicht zu lange bei ihr", flüsterte er. „Ich weiß, dass sie es mag, Besuch zu haben, auch in dieser Stunde, aber …"

„Sie weiß selbst, wessen sie bedarf", widersprach Matteo. Seine Stimme war scharf, und Allegra zuckte zusammen. Beruhigend legte sie die Hand auf seinen Unterarm, und sein Lächeln, das er ihr schenkte, war gequält.

Auf leisen Sohlen betraten sie das Schlafgemach der Principessa. Die Vorhänge vor den Fenstern waren offen und ließen die goldene Sonne hereinblinzeln. Nun, da die Tage länger wurden, begann auch die Sonne langsam wieder an Strahlkraft zu gewinnen. Sogar im Zimmer konnte man das leise Tropfen und Rauschen des tauenden Schnees hören.

Die Principessa saß aufrecht im Bett, unzählige Kissen in den Rücken gestopft. Ihre Hände ruhten auf der Bettdecke, die ihr jemand fürsorglich bis an die Brust hochgezogen hatte. Darunter trug sie ein dickes Nachthemd, und einen Moment glaubte Allegra, sie wäre schon tot – so friedlich und still saß sie da. Doch dann flatterten ihre Augenlider und sie wandte mühsam den Kopf. Jede Bewegung schien ihr Schmerzen und unendliche Mühe zu bereiten.

„Matteo“, krächzte sie, als sie ihn erkannte. Mit wenigen Schritten war er an ihrem Bett und setzte sich auf die Bettkante. Sie streckte die Hand nach ihm aus, und er griff danach.

„Ich bin gekommen, sobald ich davon hörte …“

„Schon … gut“, wisperte die Principessa. „Wer … Allegra?“

„Ich bin hier, Principessa.“ Allegra trat nun auch zum Bett und machte einen tiefen Knicks.

Obwohl sie der Principessa nur einmal begegnet war, hatte die alte Frau damals einen bleibenden Eindruck bei ihr hinterlassen. Sie hatte so stark und unbeugsam gewirkt – und das passte nicht zu der schwachen abgemagerten Gestalt, die im Bett saß und nur mit Mühe einzelne Worte hervorbrachte. Mit der freien Hand winkte die Principessa Allegra heran, und schwach fiel die Hand neben ihr auf die Bettdecke. Allegra verstand es als Aufforderung, sich auf der anderen Seite des Bettes zu ihr zu setzen, und gehorchte.

„Habt ihr … gefunden?“ Ein schelmisches Lächeln umspielte ihre Lippen.

„Ja“, sagte Matteo. „Ich habe Allegra endlich gefunden. Wir werden bald heiraten, liebe Freundin. Ich habe Euch unendlich viel zu verdanken. Ihr habt uns erst zusammengebracht und unsere Ehe gestiftet.“

Sie lächelte müde. „Gut …“ Es sah aus, als wollte sie noch mehr sagen, doch ihr fehlte die Kraft. Zweimal versuchte sie es, atmete tief durch, bevor sie ansetzte zu sprechen. Doch kein Wort drang über ihre Lippen.

Allegra beobachtete die Principessa. Sie bedauerte plötzlich, dass ihr nicht die Zeit vergönnt gewesen war, die Principessa besser kennenzulernen. Nun blieb ihr nur, Abschied zu nehmen von einer Frau, die selbst auf dem Totenbett noch Größe zeigte.

Die Zeit verging. Matteo blickte Allegra über das Bett hinweg immer wieder kurz an, doch die meiste Zeit konzentrierte er sich auf die Principessa. Er streichelte ihre dürre Hand, die sich wie eine Vogelklaue in seiner krümmte. Es wurde nicht viel gesprochen. Nur einmal lachte die Principessa plötzlich auf. Es klang wie das raue Bellen eines wilden Hunds.

„Es ist nicht nötig … ihr müsst nicht lauern … bis ich gehe“, sagte sie. In diesem Augenblick wirkte sie erstaunlich klar und auch viel munterer, und kurz erlaubte Allegra sich, Hoffnung zu schöpfen und an eine Genesung der Fürstin zu glauben. Doch schon bald versank sie wieder im Dämmer, und als es dunkel wurde, trat der Diener ein und bat sie, jetzt lieber zu gehen.

Allegra ging voran. An der Tür blieb sie stehen und drehte sich um. Matteo beugte sich über das Bett der Principessa und küsste seine Landesherrin sanft auf die Stirn. Allegra lächelte traurig.

Dann kam Matteo zu ihr, und gemeinsam folgten sie dem Diener aus dem Palazzo. Auf dem Heimweg schmiegte Allegra sich in der Kalesche an Matteo. Den Kopf an seine Brust gelegt. lauschte sie seinem beständigen Herzschlag und wünschte sich, sein Herz würde niemals aufhören zu schlagen.

Am nächsten Abend, zur blauen Stunde, setzte Schneefall ein. Es war der Moment, in dem alle Kirchenglocken in Florenz anfingen zu läuten, um den Tod der Principessa Anna Maria Louisa de’Medici zu verkünden.

Die letzte Medici war gegangen und hinterließ in Florenz eine schmerzliche Lücke.

## *19. KAPITEL*

Allegra stand am Fenster ihres Schlafgemachs, als die Reihe der Kutschen auf das Rondell einbog. Es waren nicht viele Kutschen – sie zählte auf Anhieb etwa sieben oder acht.

Matteo trat hinter sie und legte seine Hände auf ihre Hüften. Sein Kinn ruhte auf ihrer Schulter.

„Siehst du – sie sind da. Pünktlich, wie sich das gehört."

Etwas verlegen lachte Allegra. Bis zuletzt hatte Matteo sie aufgezogen, weil sie befürchtete, die Gäste würden es nicht rechtzeitig zur Hochzeit schaffen.

„Komm, wir wollen unsere Gäste begrüßen."

Allegra hakte sich bei Matteo unter. Mit der freien Hand raffte sie den leichten, duftigen Rock ihres cremefarbenen Kleids. Sie lächelte zu Matteo auf, der ihr auf dem Weg nach unten verspielt einen kleinen Nasenstüber versetzte.

„Ihr seid wunderschön, junge Contessa del Pirandelli", neckte er sie.

„Noch bin ich nicht deine Contessa." Doch schon morgen war es soweit …

„Was soll jetzt noch dazwischenkommen? Sieh nur, sogar dein Bruder hat es rechtzeitig geschafft, seinen zahllosen Verpflichtungen zu entkommen."

Sie erreichten die Freitreppe, und Allegra jauchzte auf, als sie die schlanke, hochgewachsene Gestalt ihres Bruders erkannte, der gerade aus der Kutsche sprang und einer Frau helfend die Hand reichte.

„Luigi!"

Seit drei Monaten hatte sie ihn nicht mehr gesehen. Allegra fragte sich, ob Luigi schon immer so groß gewesen war. Oder war ihr „kleiner" Bruder mit achtzehn Jahren noch einmal eine Handbreit in die Höhe geschossen?

„Allegra!" Er eilte ihr entgegen. Atemlos verharrte Allegra vor ihm, ergriff seine Hände und musterte ihn. Er sah unverschämt gut aus. Das dunkle Haar hing ihm verwegen ins Gesicht, und seine Haut war von der Sonne gebräunt. Sein Lächeln war so strahlend, wie sie es in Erinnerung hatte, und die feinen Kleider, die er trug, waren maßgeschneidert.

Kein Zweifel: der Kastrat Luigi Bandinelli war der aufsteigende Stern am römischen Opernhimmel. Seine anfängliche Unsicherheit war einer berückenden Ausstrahlung gewichen, die jedem klar machte, dass er es mit einer Berühmtheit zu tun hatte.

„Du siehst wunderbar aus", stammelte er, von ihrem Anblick sichtlich beeindruckt. In diesem Moment konnte sie ein letztes Mal einen Blick auf den jungen, verunsicherten Mann erhaschen, der die Menschen mit seiner Stimme inzwischen zu verzaubern wusste.

„Danke. Ich bin so froh, dich zu sehen", flüsterte Allegra.

Er stellte ihr seine Begleiterin vor. „Du kennst doch Daniela? Ich habe mir erlaubt, sie mitzubringen."

Allegra begrüßte die Kardinalstochter. „Ihr seid in unserem Haus ebenso willkommen wie mein Bruder."

Als nächstes näherte sich Cristina della Visconti, schwer auf den Arm ihres Ehemanns gestützt, der mit stolzgeschwellter Brust neben ihr herschritt. Zwei Meter hinter ihnen erkannte Allegra Alberto, der ihr verschwörerisch zuzwinkerte.

Ganz Florenz zerriss sich über Cristina und ihren Ehemann das Maul. Es war ein offenes Geheimnis, dass sie inzwischen ein Kind unter dem Herzen trug, das – so wussten es die Klatschweiber zu berichten – nicht den Lenden ihres Mannes entstammte. Doch das schien weder Cristina noch den Conte della Visconti zu stören, denn beide strahlten ein Glück aus, das Allegra ihnen von Herzen gönnte.

Am letzten Abend vor der Hochzeit wurde im Festsaal groß getafelt. Die hohen Flügeltüren zum Garten standen weit offen, und anders als im letzten Sommer herrschte eine ausgelassene fröhliche Stimmung. Allegra fühlte sich im Kreis ihrer Freunde sicher. Sie legte ihre Hand auf Matteos, und er lächelte sie zärtlich an.

Heute Nacht würde er zu ihr kommen und sie würden sich lieben. Doch in dieser Nacht würde etwas anders sein, und der Gedanke daran ließ ihr Herz höher schlagen.

Erst weit nach Mitternacht gingen alle zu Bett. Und auch danach kehrte keine Ruhe ein – es herrschte ein Flüstern und Wispern im Haus, und als Allegra ein letztes Mal durch den hohen Flur im Obergeschoss schlich, hörte sie hinter mancher Tür Seufzen und wohliges Stöhnen.

Sie lächelte und betrat ihr Gemach.

Matteo erwartete sie schon.

„Auf diesen Tag habe ich seit Ewigkeiten gewartet", sagte Matteo. „Dich ein letztes Mal zu lieben, bevor morgen ein Priester unseren heiligen Bund der Ehe stiftet."

Allegra lächelte. Sie stellte den fünfarmigen Kerzenleuchter auf ihren Waschtisch und betrachtete durch den Spiegel, wie Matteo auf ihrem Bett ausgestreckt lag. Er wirkte entspannt und beobachtete seinerseits, wie sie sich langsam entkleidete. Lucia hatte sie schon vor Stunden zu Bett geschickt; ihre Zofe würde sie morgen Früh dringender brauchen.

„Lass mich das machen." Geschmeidig wie eine Katze erhob Matteo sich vom Bett und trat zu Allegra. Seine Finger lösten die Schnüre ihres Mieders, hakten die Ärmel aus und öffneten den Rock. Raschelnd sank die cremefarbene Seide um ihren Körper hinab. Sie stand nur noch mit dem Unterhemd bekleidet vor ihm. Allegra zögerte, als Matteo ihre Hand nahm und sie zum Bett ziehen wollte.

Jetzt war der richtige Zeitpunkt gekommen, um ihr Vorhaben in die Tat umzusetzen …

„Ich möchte heute etwas Besonderes machen", sagte sie atemlos.

„Etwas Besonderes?" Matteo hob spöttisch die Augenbrauen. „Ich dachte, es ist immer etwas Besonderes, wenn wir uns lieben."

Seine Hand strich an ihrem Hals hinab und glitt über ihr Dekolleté nach unten. Ihr Nippel stellte sich unter seiner Liebkosung auf und drückte gegen den zarten Stoff.

„Ja, … nein."

„Nein? Ach, du brichst mir das Herz." Er lachte und beugte sich über sie. Seine Hände schoben die Träger ihres Nachthemds über die Schultern hinab und entblößten ihre Brüste, die er sogleich mit beiden Händen massierte.

Allegra stöhnte und tastete Halt suchend nach dem Waschtisch hinter ihrem Rücken.

„Nicht … ich … ich will doch …"

„Ich weiß", murmelte er. Mit dem Fuß schob er das Unterhemd beiseite und kniete sich vor sie. Seine Hände glitten hinab, und Allegra spürte, wie er mit den Fingern ihre Schamlippen öffnete. Sie hielt den Atem an, und als sie das erste Mal seine Zunge spürte, die über ihre Klitoris strich, glaubte sie, ihm nicht länger widerstehen zu können.

Doch sie hatte es sich fest vorgenommen …

Sie vergrub ihre Hand in seinem Haar.

„Fessle mich", flüsterte sie.

Er blickte ehrlich überrascht zu ihr auf. „Bitte, was?"

Sie schluckte. Jetzt war es heraus, und es gab kein Zurück mehr. „Fessle mich“, wiederholte sie. „Bitte, Matteo. Ich …“

Sie konnte es nicht erklären. Aber seit dem Maskenball hatte sie der Anblick nicht losgelassen. Eine Frau, die sich zwei Männern so bedingungslos auslieferte und ihnen blind – im wahrsten Sinne des Wortes! – vertraute.

Allegra wollte Matteo vertrauen. Und sich ihm auf diese Weise hinzugeben, schien ihr die beste Möglichkeit, ihm ihr Vertrauen zu beweisen.

Und ein bisschen auch sich selbst.

Er schmiegte sein Gesicht an ihren Bauch. „Das möchtest du, ja? Dass ich dich fessle? Dass ich dich leiden lasse, ehe ich dir höchste Erfüllung schenke?“

Allegra nickte leicht.

Er stand auf und nahm ihre Hand. Wortlos zog er sie zum Bett. Allegra spürte einen leichten Stoß, dann fiel sie auf die Matratze. Erwartungsvoll blickte sie zu ihm auf.

Er wirkte kurz ratlos, doch dann nickte Allegra zu der Schatulle herüber, die auf dem Tisch stand. Matteo grinste, als er in die Schatulle blickte.

„Du hast wirklich an alles gedacht“, stellte er fest. Er zögerte. „Du musst das nicht tun, wenn du nicht willst …“

„Ich will es aber.“

Sie schloss die Augen. Jetzt wollte sie nicht mehr reden, sondern ihn nur noch spüren. Sich ganz der Empfindung seiner Haut hingeben, die sich an ihre Haut schmiegte.

Das erste, was sie spürte, war das weiche Tuch, das sich über ihre Augen legte. Allegra ließ es geschehen, hob den Kopf leicht an, damit Matteo das Tuch besser verknoten konnte.

Dann begann er, sie zu fesseln.

Er kniete neben ihr auf dem Bett. Umfasste erst ihr rechtes Handgelenk und bog ihren Arm über den Kopf, dann machte er dasselbe mit dem linken. Allegra widerstand dem Impuls, die Arme vor der Brust zu kreuzen. Sie fühlte sich schwach. Ihm ausgeliefert. Ihre Hand zuckte, und er packte so fest zu, dass es beinahe weh tat.

Dann spürte sie das dünne Seil, das sich um ihre Handgelenke legte. Er fesselte sie an die beiden Bettpfosten, die Arme weit gespreizt. Als Allegra probeweise an den Fesseln rüttelte, lachte er.

„Glaub mir, ich weiß, was ich tue." Seine Stimme klang rau. Erregung schwang darin mit und noch etwas anderes, das Allegra nicht genau benennen konnte. Sie zitterte. Wie gerne hätte sie ihm in diesem Augenblick zugesehen, doch sie konnte sich nur auf ihr Gehör verlassen und auf die Empfindungen ihrer Haut.

Es war totenstill im Raum.

Allegra drehte den Kopf hin und her. War er fort? Hatte er sie allein gelassen?

„Matteo?" Sie konnte die Angst nicht unterdrücken, die in ihrer Stimme mitschwang. „Wo bist du?" Jetzt war ihre Stimme fast schon schrill, und erneut zerrte sie an den Fesseln, die sich immer fester um ihre Handgelenke zogen. Sie jammerte leise, doch sobald sie innehielt und lauschte, war nichts außer Stille um sie herum.

Sie wollte das hier nicht mehr. Was für ein dummes Spiel, auf das sie sich leichtsinnig eingelassen hatte! „Matteo, bitte!", flehte sie. „Mach mich los, ich will nicht …"

Da spürte sie es. Seine Hand an ihrem Knöchel. Die Finger streichelten ihre Haut, liebkosten ihre Wade bis hinauf zur Kniekehle. Allegra neigte den Kopf und lauschte, doch sie hatte sich in ihrem Kampf gegen die Fesseln verausgabt und hörte im ersten Moment nur ihren eigenen keuchenden

Atem und das Blut, das in ihren Ohren rauschte.

Und dann hörte sie ihn leise lachen. Atemlos und ... anders.

Ihr Unterleib zog sich zusammen. Ein heißes Zittern rann über ihre nackte Haut, und sie bog den Rücken durch. Kam ihm entgegen, obwohl sie nicht wusste, wo genau er war. Spürte die Nässe zwischen ihren Beinen.

Dabei tat er nichts. Außer leise zu lachen und ihre Wade zu streicheln.

Nichts wäre ihr schöner vorgekommen. Nichts hätte ihr besser gefallen. Sie schob sich nach unten, soweit die Fesseln es zuließen, wollte ihm entgegen kommen. Mehr von ihm spüren.

Seine Finger liebkosten die dünne Haut ihrer Kniekehle. Sie glaubte zu spüren, wie ihr Puls sich unter der Haut beschleunigte und von seinen Fingern ertastet wurde.

Für sie gab es nicht mehr viel. Es gab nur seine Hand – das Wenige, was er ihr von sich gab –, seine Hand und seinen Atmen. Sie lauschte angestrengt.

War das alles, was sie von ihm bekam? Mehr nicht?

Leise Zweifel beschlichen sie. Ob das hier eine gute Idee war? Sie wollte ihn doch nur spüren, wollte sich ganz seinen Liebkosungen hingeben, und nun hielt er sie hin, erregte sie durch kleine Berührungen so unendlich, dass sie frustriert aufheulen wollte, wenn sie nicht geahnt hätte, dass ihm ihr Missfallen großes Vergnügen bereitete.

Zugleich spürte sie eine neue Dimension der Erregung. Nicht oberflächlich, wie sie es bei ihrem täglichen Liebesspiel erlebte. Nein. Diese Erregung ging tiefer und erfasste jede Faser ihres Körpers.

Sie war bereit, alles für ihn zu tun. Und jetzt verstand sie, was es hieß, ihm zu vertrauen, ihm alles zu geben. Sie verstand, wie es war, wenn man wusste, dass nichts Schlimmes passieren würde und dass das Folgende nur die Krönung ihrer Lust sein würde.

Dann begann er, sie zu lieben.

Seine Berührungen entzündeten ein Feuerwerk auf ihrer Haut.

Obwohl sie seine Berührungen nicht erwidern konnte, obwohl sie ihn nicht sah, war ihr Körper eine einzige Antwort auf seine Liebkosungen. Als er begann, ihre Muschi mit seinen Fingern zu erkunden und tief in ihre enge Passage zu stoßen, wusste sie nichts mehr. Außer Lust. Leidenschaft. Vertrauen.

Es dauerte ewig und doch nicht lang genug. Als er ihren Körper von oben bis unten erkundet hatte, von den Zehen bis zum Scheitel ihres Haars jeden Zoll ihrer Haut berührt und geküsst hatte, erst dann drückte er ihre Beine auseinander und schob seinen Schwanz quälend langsam in sie hinein. Und sie kam ihm entgegen, konnte nicht länger warten, bis er ihr endlich alles gab, konnte es nicht ertragen, wenn er ihren Höhepunkt noch länger hinauszögerte.

Seine Lippen legten sich an ihre Ohrmuschel. „Du musst mich schon anbetteln, damit ich dich kommen lasse."

Sie schüttelte stumm den Kopf. Nein, das würde sie nicht tun. Doch er lachte nur ob ihrer Sturheit und machte weiter … bewegte sich in ihr immer schneller, bis er spürte, dass der Orgasmus über ihr zusammenzuschlagen drohte, und dann verharrte er. Keuchend. Abwartend. Ein Tropfen Schweiß traf auf ihre Lippe, und da war es genug. Sie konnte nicht länger warten. Sie hielt es nicht aus.

„Bitte!", flehte sie.

„Bitte was?", fragte er, und Allegra konnte das Lachen in seiner Stimme hören.

„Bitte, lass mich kommen. Bitte, Matteo, ich flehe dich an!“, bettelte sie.

Ein letztes Mal hielt er inne. Allegra spürte, wie seine Hand am Knoten an ihrem Hinterkopf nestelte, und dann hob sich das Tuch von ihren Augen.

„Sieh mich an“, flüsterte er.

Sie konnte nichts anderes. Seine dunklen Augen wirkten im spärlichen Kerzenlicht noch strahlender, noch tiefer und beinahe geheimnisvoll.

„Ich liebe dich“, stammelte sie.

Er brauchte nicht antworten. Sie kannte seine Antwort, als er jetzt begann, sich mit tiefen Stößen in ihr zu bewegen und nicht wieder aufzuhören.

Und ebenso schien der Höhepunkt, der Allegra in diesem Augenblick erfasste, keinen Anfang und kein Ende zu kennen.

Sie spürte Tränen über ihre Wangen rinnen. Als sie wieder denken konnte, als die selige Mattigkeit ihren Körper erfasste, waren die Tränen Ausdruck ihres Glücks. Zärtlich wischte Matteo über ihre Wangen, beugte sich vor und kostete mit der Zungenspitze von ihren Tränen. Dann band er sie los.

Allegra rollte sich auf die Seite. Nur langsam kam sie wieder zur Besinnung. Sie spürte den kühlen Frühlingswind, der durchs Fenster hereinwehte. Matteo stand auf und holte ihnen aus dem Nebenzimmer Wein, der dort Nacht für Nacht in einer Karaffe bereitstand, falls sie nach ihrem Liebesspiel Durst bekamen.

Sie brauchte keinen Wein. Die Liebe Matteos berauschte sie mehr als es der Wein vermocht hätte.

Stumm zog sie ihn zurück aufs Bett, rollte sich in seinen Armen ein und schnurrte wohlig wie eine zufriedene Katze.

So schliefen sie ein, eng aneinander geschmiegt und der Liebe des anderen gewiss.

Allegra vertraute auf das Morgen.

Sie hatte gelernt, was es hieß, dem Menschen zu vertrauen, den sie liebte.

*– ENDE –*

nur 6,00 €

*Sharon Page*
## Blutrot – Die Farbe der Lust

Träume voller Wolllust erfüllen die Nächte der Vampirjägerin Althea Yates. Träume, in denen sie von zwei Männern gleichzeitig geliebt wird. Träume, die plötzlich wahr zu werden scheinen, als Althea den faszinierenden Zwillingen Bastien und Yannick de Wynter begegnet. Doch ihre Liebhaber sind keine Menschen, sie sind Vampire …

Band-Nr. 35054
6,00 € (D)
ISBN: 978-3-86278-806-4
416 Seiten

*Alison Kent*
## Gewagte Spiele

Erin fasst einen Entschluss: Ihr geheimnisvoller Nachbar Sebastian Gallo war lange genug Hauptakteur ihrer nächtlichen Fantasien. Jetzt ist die Zeit reif für ein reales erotisches Abenteuer – ganz ohne lästige Verpflichtungen und genau deswegen so herrlich hemmungslos. Sie nimmt all ihren Mut zusammen, spricht Sebastian an …

Band-Nr. 35055
6,00 € (D)
ISBN: 978-3-86278-808-8
304 Seiten

nur 6,00 €

nur 6,00 €

*Kayla Perrin*
Enthemmt!

Band-Nr. 35056
6,00 € (D)
ISBN: 978-3-86278-809-5
416 Seiten

Woher kommt auf einmal Adams unstillbarer Hunger auf laszive Spiele im Swingerclub? fragt Claudia sich, zuerst noch amüsiert. Warum will Charles trotz raffinierter Verführungsversuche keinen Sex mehr? Alisha ist ratlos. Und wieso ist bei ihren Dates, die in schöner Regelmäßigkeit im Bett enden, nie der Mann dabei, der sie auch noch am nächsten Morgen glücklich macht? wundert sich Lishelle. Drei Freundinnen, bereit, für erfüllende Lust, wahre Liebe und ein glückliches Leben fast alles zu geben. Doch wehe, wenn ein Mann diese Grenzen überschreitet. Denn dann ist für sie die Zeit der Rache gekommen: erotisch, enthemmt – und vernichtend …